名家谈诗词

叶嘉莹 主编

陈斐 执行主编

一代宗师、方家泰斗
讲给大家的诗词课

奇气灵光之境

缪钺 著

缪元朗 编选 景蜀慧 导读

生活·讀書·新知 三联书店 生活書店出版有限公司

图书在版编目（CIP）数据

奇气灵光之境／缪钺著；缪元朗编选；景蜀慧导读．—北京：生活书店出版有限公司，2022.8
（名家谈诗词．缪钺卷）
ISBN 978–7–80768–349–0

Ⅰ．①奇… Ⅱ．①缪… ②缪… ③景… Ⅲ．①诗词研究－中国－文集 Ⅳ．① I207.2-53

中国版本图书馆 CIP 数据核字（2021）第 034014 号

责任编辑 廉 勇
装帧设计 罗 洪
责任印制 孙 明
出版发行 生活書店出版有限公司
（北京市东城区美术馆东街 22 号）
邮 编 100010
经 销 新华书店
印 刷 三河市腾飞印务有限公司
版 次 2022 年 8 月北京第 1 版
2022 年 8 月北京第 1 次印刷
开 本 880 毫米 × 1230 毫米 1/32 印张 11.625
字 数 248 千字
印 数 0,001– 3,000 册
定 价 59.00 元
（印装查询：010-64052612；邮购查询：010-84010542）

编 委 会

名家谈诗词

第一辑十种

总序

叶嘉莹

我从小喜欢读诗、背诗，1945年大学毕业后就开始登上讲台教授古典诗词。我所以一生以诗词为伴，不是出于对学问的追求，而是古典诗词生发的精神力量对我的感动和召唤，这一生命感发蓄积着古代伟大诗人的心灵、智慧、品格、襟抱和修养。我一生经历很多苦难和挫折，在外人看来，我一直保持乐观、平静的态度，这与我热爱古典诗词实在有很大关系。

诗歌价值在于滋养精神和文化。中国古代伟大诗人往往是用生命谱写诗篇、用生活实践诗篇，他们把自己内心的感动写了出来，千百年后的我们依然能够体会到同样的感动，这就是中国古典诗词的生命力。古典诗词凝聚了中华文化的理念、志趣、气度、神韵，是我们民族的血脉、中华儿女的精神家园。

读诗、讲诗有三个层次。第一个层次是直觉的、感性的。比如李商隐“无题诗”到底说些什么，你可能不懂，可是你一读，觉得它意象很美，声音也很美，这就是你对一首诗的直觉感受。第二个层次是知性的、理性的，即考察一首诗的历史、背景、思想。第三个层次则完全从读者接受角度来读，我们对一首诗的诠释不一定是作者原来的意思。意大利学者墨尔加利就曾经提出来一个术语“创造性背离”，即我们对一个作品的阐释有自己的创造，这个创造很可能不同于作者原意。像王国维在《人间词话》中以古人写爱情的小词说明“成大事业大学问”的三种境界，就是这样一个例子。也就是说，当你在读诗或词时，不仅探讨作者原意，更读出一种真正属于你自己的、从你内心兴发出来的东西。

其实这就是中国古老的、孔子说诗的方法。孔子说诗可以“兴”，是说诗可以给读者兴发感动，引起读者更多感发和联想——这样的感发正是诗歌强大的生命力所在，这样讲诗词才是真正的诗教传承。

我一向认为，“兴”是中国诗歌精华所在，使你内心涌动生生不已的活泼的生命。几千年来，中国有这么多伟大诗人留下这么多诗篇，让千古之下的我们读过之后内心震动，从而豁然兴起，这是一件多么美好的事情！

今天我们诵读诗词，如果只为能背会写，无异于买椟还珠。诵诗读诗，重要的是体会一颗颗诗心，与古人生命情感发生碰撞，进而提升自己当下修为。我的老师顾随先生也曾经讲过“中国说‘诗教’，不是教作诗，是使做好人”。今天我们提倡中华诗教，就是要透过诗词，用今人的生命体悟和古人交流，用诗人的生命品格滋养今人的生命质地，这个过程本身将产生强大的感发作用，使作者、讲者与听者都得到生生不已的力量。在这种以生命相融会、相感发的活动中，自有极大的乐趣。

这些年有关部门和机构推进《中国诗词大会》、“中华经典诵读工程”，2019 年开始举办“迦陵杯·诗教中国”诗词讲解大赛。比赛以我的别号命名，专门面向全国中小学语文教师，鼓励古典诗词的读诵与讲解。去年暑期，虽然我还在病中，但仍然和决赛选手们在南开大学见面，与大家一同齐声高诵我的小诗：“中华诗教播瀛寰，李杜高峰许再攀。喜见旧邦新气象，要挥彩笔写江山。”我衷心希望这个大赛能选拔出一批优秀语文教师，大家一起把古典诗词薪火传续下去。如闻一多先生指出的：“诗人对诗的贡献是次要问题，重要的是使人精神有所寄托”，我们这些诗教传薪者的使命，就在于发掘古典诗词中的感发力量，让中国古典诗词成为更多人生命中的指路明灯。每一代人有每一代人的责任，学人文科学的人更应该担当起传承民族精神命脉的责任。

此时此刻全球抗疫，不知道有多少人可以从中华诗词中获得慰藉和勇气。作为一位 96 岁的老人，我一生经历过很多苦难。记得 2007 年冬季我因肺炎住院，病愈后曾写过一首和友人的小诗：“雪冷不妨春意到，病痊欣见好诗来。但使生机斫未尽，红蕖还向月中开。”数千年来，中华优秀传统文化代有承传，千百年来传诵的古典诗词也必将滋养一代代中华儿女的精神世界。

（本文由南开大学文学院教授张静整理，原题为《红蕖还向月中开》，初刊于 2020 年 3 月 20 日《人民日报》。经叶老授意，作为本丛书总序。）

附记：

余初学诗，读叶嘉莹先生以兴发感动解说诗词的论著，甚为心契。后来读顾随、俞陛云等先生的说诗文字，读《唐诗解》

《山满楼笺注唐诗七言律》等明清诗解、诗说，才慢慢明白，由叶嘉莹先生发扬光大并注入新质的说诗理路，在我国由来已久。当我自己也走上诗词研究之路、对学界状况有所了解后，又恍然觉得：这种真正能够接续中华诗词命脉的说诗理路，在当下面临着严峻的传承危机。盖说诗和引诗不同，引诗可以断章取义、各取所求，说诗则必须符合诗词自身的表意规则及互文语境。诗词表意具有含蓄性、暗示性和跳跃性，"语码"系统更为独特，不像散文语言那样直白、连贯、易解，更与日常生活中使用的社会话语相去甚远。《文心雕龙·知音》云："夫缀文者情动而辞发，观文者披文以入情。"作诗是抒志摛文、将情志外化为文字的"编码"过程，而说诗则是沿波讨源、通过文字探求情志的"解码"过程。现代学术将"研究"与"创作"断为二事，部分学者的国学功底相对比较浅狭，且缺乏创作体验，对诗词这套独特的"语码"系统不甚了解，难以还原互文语境，故其说诗，难免隔靴搔痒、支离破碎。而一切研究，不管选题、理论、方法如何，都应该奠基于对文本的准确解读之上，否则无异于空中楼阁。欲提高对诗词文本的感悟力和解读力，除了学习写诗丰富创作体验外，揣摩擅于说诗的名家的理路、方法，亦必不可少。

我把自己的这个"杞忧"说给叶嘉莹先生和三联书店的郑勇先生，并提议编选一套"名家谈诗词"丛书，对近代以来国学功底深厚且研究与创作兼擅的名家的诗词研究成果进行梳理、总结，得到了他们的鼎力支持。具体来说，"名家谈诗词"丛书拟分辑陆续推出，每辑十家，每家一本。每一名家，均邀请对其治学比较熟悉的门生弟子或与其研究领域相近的领军学者进行编选：从该名家的所有说诗文字中撷取精华篇章都为一集，以普及性为主，兼顾学术性和代表性。每本卷首，由编选者撰写一篇“导读”，介绍该名家的生平和说诗理念、方法、特点、成就、影响等。整体而言，“名家谈诗词”丛书既由点成线，串联起了近代以来诗词研究的学术史，同时也撷英采华，凝聚了近代以来诗词研究的成果精华，非但普通读者可藉此走近、了解中华诗词的“正脉”，专家学者也能由此揣摩路数，提高感悟力和解读力。

“名家谈诗词”丛书从动议到编选都受到叶嘉莹先生的关心、指导。王兆鹏、刘跃进、陈水云、蒋寅四位先生欣然出任丛书编委并进行把关。葛晓音、罗时进、张伯伟、彭玉平、戴伟华、曹辛华、缪元朗等先生愉快地接受编选邀请，他们不仅在选目上精心斟酌，而且撰写了精彩的“导读”。这些“导读”，既通俗扼要，亦不乏学术洞见，有些已先期在《文学遗产》《清华大学学报》等重要学术期刊上发表，颇受好评。丛书策划动议与三联·生活书店一拍即合，郑勇、廉勇等先生为丛书的出版费心费力，他们不放过任何细节、精益求精的精神令人感动。对于以上诸位先生的支持与付出，谨致以诚挚的谢意！

好诗凝聚了人生最美好的心志和情感，读诗可以变化气质、涵养灵魂。中华诗教也就在这“好峰随处改”的快意阅读中传承、光大，社会风气也就在这“润物细无声”的陶冶煦育中好转、净化。希望大家喜欢这套多方殊胜因缘共同襄赞而成的“名家谈诗词”丛书，一起欣赏好诗，共同创造美好的人生和世界！

陈 斐

2020年8月

缪钺先生中年时期

缪钺先生

缪钺先生在讲课

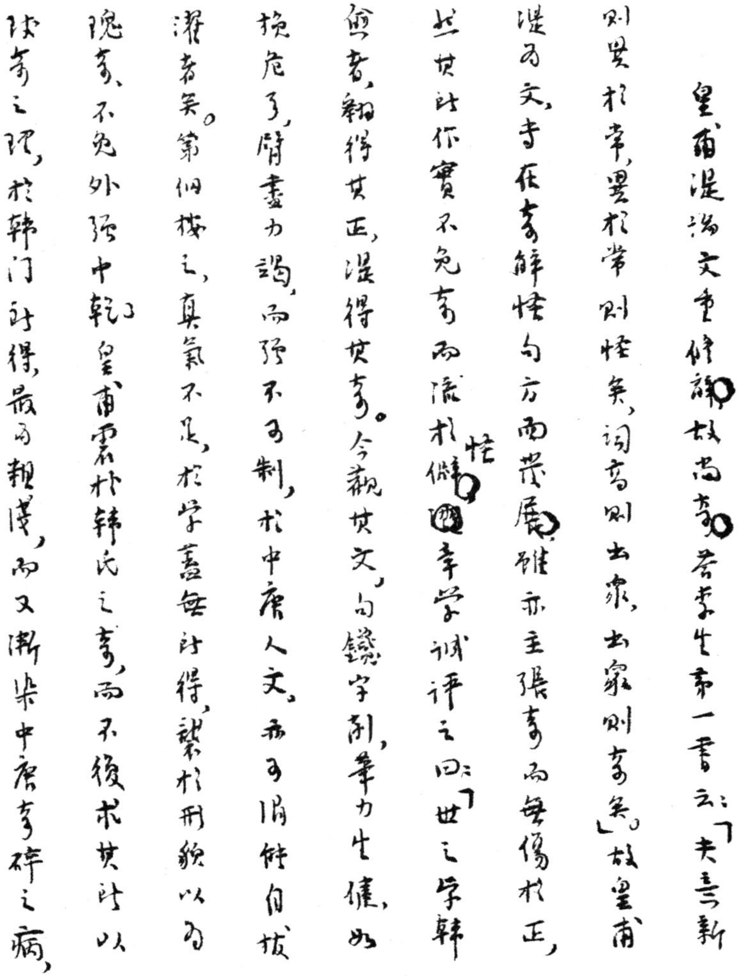

皇甫湜論文重修辭，故尚奇。答李生第一書云：「夫言新則異於常，異於常則怪矣；詞高則出衆，出衆則奇矣。」故皇甫湜為文，專在奇辭怪句方面發展，雖亦主張奇而無傷於正，然其所作實不免奇而流於僻怪。章學誠評之曰：「世之學韓愈者，翺得其正，湜得其奇。」今觀其文，句鍛字削，筆力生健，如挽危弓，臂盡力竭，而終不可制。於中唐人文，亦可謂能自拔濯者矣。第細按之，真氣不足，於學蓋無所得，惑於形貌以為瑰奇，不免外强中乾。皇甫湜雖學韓氏之奇，而不復求其所以然奇之理，於韓門所得最為粗淺，而又漸染中唐奇碎之病，

缪钺先生“中国文学史”讲义手迹

读中华书局版《靖康稗史笺证》

中华书局于1988年出版的《靖康稗史笺证》是一部罕见而价值高的史料书，崔文印同志的笺证也极为谨严翔实，是近年来整理古籍书的上品。

下面我略述读此书的心得，以及运用书中资料进一步阐释吴激词的一点收获。

据崔文印同志所撰该书"前言"的介绍，此书包括七种稗史，除《宣和乙巳奉使金国行程录》又见于《三朝北盟会编》及《大金国志》之外，其它六种皆世所仅见。此书是确庵、耐庵二人编成的。确庵于南宋孝宗隆兴二年（1164）编订《同愫录》下帙，其中有《开封府状》、《南征录汇》、《宋俘记》、《青宫译语》、《呻吟语》各一卷。一百多年之后，耐庵于度宗咸淳三年（1267）发现此稿本时，该书上帙已经散佚。耐庵从下帙内容，推知此书上帙

缪钺先生文稿手迹

目　　录

导读

景蜀慧

一

这本论文集精选了缪彦威（钺）先生从20世纪20年代到90年代以论古典诗词为主的中国古代文学的论文三十三篇，其中《诠诗》一文发表于1929年，《钱宝琮〈骈枝集〉序》发表于1991年，时间跨度长达六十余年。

“奇气灵光”是先生《论词》诗中形容理想诗词境界之语。[1] 先生论诗词特重境界，“凡诗词皆贵有整个之意境，而不贵零碎之佳句”。[2] 诗之所言，乃人类情感中最精华最高贵部分，先生《诠诗》中云“夫诗者，言之精也，情之华也”，[3] 所谓深远之思、温厚之情与灵睿之感也。《论宋诗》并引英国安诺德之言：

---

[1] 先生《论词》诗：“论词悬拟最高境，奇气灵光兼有之。玉宇琼楼饶远想，斜阳烟柳寄幽思。由来此事关襟抱，莫向蛮笺费丽辞。察物观生增妙趣，庭中嘉树发华滋。”见《缪钺全集》第8卷《冰茧庵诗词稿》，河北教育出版社，2004年，第90页。

[2] 缪钺：《评叶麐〈轻梦词〉》，《冰茧庵随笔》，四川人民出版社，2017年，第178页。

[3] 缪钺：《诗词散论（增订本）》，北京大学出版社，2018年，第1页。

“一时代最完美确切之解释，须向其时之诗中求之，因诗之为物，乃人类心力之精华所构成也。”诗歌美好纯粹的内在精神情感及其表达，意境高远，富于感发力，先生曾引散原老人论蒹葭楼诗之语：“格澹而奇，趣新而妙，造意铸语，冥辟群界，自成孤诣。庄生称藐姑射之神人，肌肤若凝雪，绰约若处子……诗境似之”，[1]此超逸之境亦为先生理想中之诗境。至于词，作为“吾国最深美之诗体”，[2]较之于诗，更具空灵蕴藉韶秀深美的风神气骨，如先生《论词》所言：“人有情思，发诸楮墨，是为文章。然情思之精者，其深曲要眇，文章之格调词句不足以尽达之也，于是有诗焉……诗之所言，固人生情思之精者矣，然精之中复有更细美幽约者焉，诗体又不足以达，或勉强达之，而不能曲尽其妙，于是不得不别创新体，词遂肇兴。”[3]其“取资于精美之事物，造成要眇之意境”，[4]寄意尤其深婉。王国维谓：“词之为体，要眇宜修。能言诗之所不能言，而不能尽言诗之所能言；诗之境阔，词之言长。”[5]故先生《论词》诗中以“论词悬拟最高境，奇气灵光兼有之”拟之。至于“奇气灵光”何以理解？先生《要言不烦》一文中尝有提示，盖诗文之中，有精言警语如宝玉明珠，精光四射，能引起读者遐思远想的文字，即是有“灵光奇气”，

[1] 见黄节《蒹葭楼诗》，番禺汪氏1934年印本。

[2] 缪钺：《评叶麐〈轻梦词〉》，《冰茧庵随笔》，第180页。

[3] 缪钺：《诗词散论（增订本）》，第13页。

[4] 许总、许结：《缘情探史诗　隐境说词风——从〈诗词散论〉到〈灵谿词说〉》，《缪钺先生学记》，四川大学出版社，2016年，第43页。

[5] 王国维：《人间词话》，人民文学出版社，1960年，第226页。

而能臻于此境界者，唯学养深厚、识力敏锐之士。[1]此书中所选文章，侧重讨论古典诗与词这两种精美文体，主要展现先生在这一研究领域的精深造诣和过人禀赋，故编者以“奇气灵光之境”名之。

二

缪彦威（钺）先生，江苏溧阳人，公元1904年12月6日（清光绪三十年甲辰，农历十月三十日）生于直隶（今河北省）迁安县，后寓居保定。先生本书香世家，自曾祖以下，皆有诗文集传世。先生晚年自述，他对古典文学的挚爱，“殆出于天性”。由于少承庭训，在传统文化学术方面受到极好的训练与熏陶，先生十八岁中学毕业前，已较为系统地掌握了文字、声韵、训诂及目录学等方面的知识，阅读了相当数量的经、史、子、集要籍，也看了许多小说戏曲之书，尤其《诗经》《左传》《庄子》《楚辞》数种，先生最为喜爱。这一切，为先生以后的诗词理论研究打下了坚实深厚的基础。二十岁时，因父殁，先生从北大文预科肄业，开始教书养家。此时先生在古文、骈文、诗、词的创作方面，已有相当水准。同时也在《学衡》等杂志上，发表了诸如《诠诗》等传统诗学的研究论文，见解新辟，显示了先生在相关学术领域具有的精深造诣与高远学术追求。上世纪30年代始，先生先后受聘于河南大学中文系、广州学海书院、浙江大学中文系、华西协合大学中文系及四川大学历史系。在长达七十年

[1] 参见缪钺《冰茧庵随笔》，第69页。

的学术生涯中，先生广泛涉足文史哲各个领域，其研究或文或史，双峰并峙，不分轩轾。在古代史尤其是中古魏晋南北朝史领域所发表的学术论著，主要集中于此时期政治、学术思想、典章制度、典籍文献、思想文化、民族关系和历史人物以及文学发展变迁等；而在中国古典文学研究领域，先生倾注一生心血，成果累累，对先秦魏晋以来历经唐宋以迄于清代的各种文学体式，如《诗经》《楚辞》、魏晋辞赋、五言诗、唐宋诗词之特质与流变，清代文学发展，以及历代重要作者如曹植、王粲、陶渊明、颜延之、鲍照、颜之推、陈子昂、杜甫、杜牧、李商隐、皮日休、韩偓、两宋诸诗人与词人、元好问、顾亭林、汪中、龚自珍、王国维等，都有专文论述。

先生治学，深具老一辈学术大家的通博气象，兼有学者、诗人和良师三重身份，不仅在研究中“对于唐宋诗词致力尤深”，而且治学从教之余，不废吟咏。既有出色的研究成果，又有精美的诗词之作，且毕生致力于对后辈学人的培育奖拔。中国古典文学是先生早期和晚期治学的重点，其中以诗词研究着力最多。叶嘉莹先生尝言，缪先生的古典文学研究，以“诗人之禀赋与学者之修养的互相结合”“创作之实践与评赏之理论的互相结合”[1]为特点，于古代文学发展的诸多方面有透辟精深的研究。

先生的第一篇论文《诠诗》发表于1929年5月《学衡》杂志第69期，文中析论诗之质、诗之用，观点独到，鉴识过人。

[1] 叶嘉莹：《论缪钺先生在诗词评赏与诗词创作两方面之成就》，《缪钺先生学记》，第58页。

甫一发表，即受到刘咸炘先生的推重，刘先生在所著《风骨集》“题记”中说：“适于《学衡》杂志见此篇，究本括末，简要超常，不独非时流钞剿芜冗者比，即先士名论亦未有是，吾撰《诗评综》，广采精择，贯穿编次，其所论辨，不越乎是。因附印集后，以为读斯集之准则。”[1]其后先生虽历经播乱，辗转南北，但治学发表愈加深广。1948年，先生选取十篇论文，集为《诗词散论》，由开明书店印行，此书的出版奠定了先生在中国古典文学研究领域的学术地位。书中通过对名家作品的剖析，探索作家的内心世界，说明作家、作品、文学流派之间的关系，出入诗词三昧，见解精微，意深辞美，文质相辉，得到海内外读者广泛的欣赏与推崇。叶嘉莹先生谈及她与缪师合撰《灵谿词说》的因缘，说最早要追溯到她50年代初读《诗词散论》时所产生的景慕之心，她认为此书堪与王国维《人间词话》相比，都是“深辨甘苦，惬心贵当”之言，“既充满熟读深思的体会，也充满灵心锐感的兴发”。由于此书的学术价值，问世数十年仍不断再版，所收录的文章，也一再被研究者引用。

“文革”结束，进入80年代以后，先生再次焕发学术创造热情，在双目白内障失明，后经手术始恢复到0.5的单眼视力下，以惊人的毅力，撰构了一系列独有见地的诗词评赏探析文章，并与叶嘉莹先生合作撰写《灵谿词说》及其续篇《词学古今谈》。由于缪、叶二位先生对中国古典文学都有精深的造诣，并擅长诗词吟咏，深悉古人创作之甘苦，《灵谿词说》一书纵论唐五代两宋著名的词人

---

[1] 刘咸炘：《推十书》，成都古籍书店1996年影印本，第3册第2036页。

词作，不仅体例上独创一格，阐释方法与观点立论也都有所创新。书中每篇开头，先用一首或数首七言绝句撮述要旨，以醒眉目，然后再附以详细的散文说明；全书各篇按时代次序编排，由此显示出词史的发展。以往的论词绝句、词话、词学论文、词学史等内容，都在作者的精心剪裁下熔于一炉。《词说》问世后，学术界给予很高评价，先生遂与叶先生继续合作，完成该书续篇《词学古今谈》，分别在大陆和台湾同时出版。先生在续篇中，除了对一些宋代名家进行更深入的评析外，又将研究的视角移向被学界关注较少的一些宋、金、元及清代词人的作品，一定程度上填补了这方面的研究空白。其书中对清代词家有关理论与创作状况的研究，以及对词中所蕴含的历代词人共同的思想心态，乃至对词之艺术本质的再探讨，尤其表现出先生晚年在词学理论上的又一重体悟。

先生一生中，有不少由文学结缘又性情相契的友朋同道，老一辈学者诗人中的吴雨僧、马一浮、刘永济、叶石荪、钱宝琮、梁鹤铨，以及后来的叶嘉莹先生等等，都以学者诗人性情之真，与先生交契。先生与他们志业相期，过从谭艺，或函札往还，纵论诗道。这本论文集所选的文章中，也有若干先生与友人相与切磋、商榷作品利病之篇或诗文集序跋之作。这些文字如屑金片玉，虽大都篇幅不长，但皆为深思自得之作，内容精粹。真知灼见、逸事珍闻及忆旧怀人之深挚情怀相互交融，别有一种淡远温厚、超越时空的文章魅力。

三

先生尝言：“学者既要能观察敏锐，深入隐微，又要凭高远望，目穷千里。只能微观而不能宏观，则失之狭隘；只能宏观而不能微观，则流于空疏。既有深邃的情思，又有宏观的通识，才能达到治学的完美境界。”[1]这也是先生评论古典诗词的境界风格，其精妙之处，凡是读者，皆有深切之体会。而这一切，与先生学识该博渊深、文史兼通，既有杰出史家的学术造诣又有诗人极高的艺术审美鉴赏力密切相关。1948年，先生在悼念朱自清先生的文章中，称美佩弦先生治中国文学“兼能考证、批评与创作，故无一偏之蔽，而收交流互通之益”，认为“此其所以为通人之第一点”。[2]而若以先生一生对中国古典文学的研究成果来衡定，同样具有“兼能考证、批评与创作”的特点。由于对中国古代史、中国历史文献学以及中国古代文学史均研究有素，学养深厚，先生在治诗词时视野开阔，由近及远，由小至大，从作者评介、作品欣赏延伸到诗词的理论与历史，论证左右逢源，时有精邃之新见。而在旧体诗词创作方面的深厚造诣，也使得先生能深入体会古人创作的甘苦，细微体察古人作品深蕴的内涵，于空曲交会之际理解古人的词心，在论诗、论词时言人所未言。

先生学问渊雅，治古典诗词文学，深具通人之眼光，能看到事物的源头发展流变、事物之间的相互关系与异同，把握问题高屋建瓴。如刘琳先生所指出：“论述某一时代的诗词，或评论某一诗人词人的作品，必通观该时代诗词的全貌，比较同时代作家之同异，上考其渊源，中察其流变，下观其影响，而后评定其长

[1] 缪钺：《治学经验漫谈》，《冰茧庵随笔》，第51—52页。

[2] 缪钺：《考证、批评与创作——敬悼朱佩弦先生（自清）》，《冰茧庵随笔》，第82页。

短得失及其在文学史上之地位，有如站在高山之巅，指点形胜，远山近水，历历在目，一丘一壑，了如指掌。其视瞻高远，故其见解超卓。”[1]其所关注的，不仅仅在一个时代的诗词本身，更从时代背景探求时代精神及其在诗词中的反映；而对古代作家及其作品，也强调“知人论世”，先考订研究其家世背景与身世经历，由此获得超越前修的深邃见解，对一个时代的诗文以及具体作者作品更能通观全貌，理解入微，阐发其意义。譬如先生之名篇《论宋诗》，即是在深刻把握宋代历史特征的前提下，阐述对宋代诗歌的认识：

宋代国势之盛，远不及唐，外患频仍，仅谋自守，而因重用文人故，国内清晏，鲜悍将骄兵跋扈之祸，是以其时人心，静弱而不雄强，向内收敛而不向外扩发，喜深微而不喜广阔。……明乎此，吾人对宋诗种种特点，更可得深一层之了解。宋诗之情思深微而不壮阔，其气力收敛而不发扬，其声响不贵宏亮而贵清泠，其词句不尚蕃艳而尚朴澹，其美不在容光而在意态，其味不重肥醲而重隽永，此皆与其时代之心情相合，出于自然。[2]

而在此认识基础上，先生进一步以精微之思致，比较唐宋诗，观其异同，论其区别：

唐诗以韵胜，故浑雅，而贵蕴藉空灵；宋诗以意胜，故精能，而贵深折透辟。唐诗之美在情辞，故丰腴；宋诗之美在

[1] 刘琳：《缪钺先生的治学道路与学术特色》，《缪钺先生学记》，第 53 页。

[2] 缪钺：《论宋诗》，《诗词散论（增订本）》，第 231—232 页。

气骨，故瘦劲。唐诗如芍药海棠，秾华繁采；宋诗如寒梅秋菊，幽韵冷香。唐诗如啖荔枝，一颗入口，则甘芳盈颊；宋诗如食橄榄，初觉生涩，而回味隽永。譬诸修园林，唐诗则如叠石凿池，筑亭辟馆；宋诗则如亭馆之中，饰以绮疏雕槛，水石之侧，植以异卉名葩。譬诸游山水，唐诗则如高峰远望，意气浩然；宋诗则如曲涧寻幽，情境冷峭。唐诗之弊为肤廓平滑，宋诗之弊为生涩枯淡。虽唐诗之中，亦有下开宋派者，宋诗之中，亦有酷肖唐人者；然论其大较，固如此矣。……就内容论，宋诗较唐诗更为广阔。就技巧论，宋诗较唐诗更为精细。然此中实各有利弊，故宋诗非能胜于唐诗，仅异于唐诗而已。[1]

以下更举唐人以为不能入诗或不宜入诗之材料，而宋人皆写入诗中的诸多例证，以说明宋诗内容之更为广阔；又从用事、对偶、句法、用韵、声调诸端立论，以阐释宋诗技巧之更为精细。然后总结道：

宋人略唐人之所详，详唐人之所略，务求充实密栗，虽尽事理之精微，而乏兴象之华妙。……然唐诗中深情远韵，一唱三叹之致，宋诗中亦不多覯。[2]

文中观点精深透辟，为学界所广泛接受。

四

先生读书强调“熟读深思”，并援用司马温公之言，谓“书

[1] 缪钺：《论宋诗》，《诗词散论（增订本）》，第219页。

[2] 同上，第220页。

不可不成诵，……咏其文，思其义，所得多矣”。[1]以此深入体会作者之用心而求得其精意微旨，达到汪中所言能够“于空曲交会之际以求其不可知之事，心目所及，举无疑滞，钩深致隐，思若有神”[2]的精微境界。其论诗词，不仅有宏观的通识，又有深邃的情思。对作者身世及相关历史事件考订精详，更对诗词作品的意境神韵与作者之心灵情感体察入微，分析精密。《诗词散论》《灵谿词说》《词学古今谈》等论著中，这样的境界无处不见。

对古代诗词，先生在研究中特重其内在质性及其发展改变。《诠诗》析诗之质、诗之形、诗之用，[3]指出诗之本质所贵者深远之思、温厚之情与灵睿之感，表达方式忌质、直、拙、滞，尚文、婉、灵、浑，以言近旨远、委婉含蓄为尚。传世之优秀诗作，不仅可以显示政治污隆，人心美恶，亦可从个体情感展现时代心声，而美好的诗歌作品，可改善人性，变易风俗。《论宋诗》引用英国安诺德“一时代最完美确切之解释，须向其时之诗中求之”之意见，进一步探索不同时代诗作之质原出于不同时代之精神：

> 欲对某时代之诗得完美确切之了解，亦须研究其时代之特殊精神，盖各时代人心力活动之情形不同，故其表现于

---

[1] 语见［明］马峦、［清］顾栋高撰，冯惠民点校：《司马光年谱》卷之一，中华书局，1990年，第28页。

[2] ［清］汪中：《与达官书》，［清］汪喜孙编，郑晓霞、吴平标点：《容甫先生年谱》“乾隆三十七年壬辰”引，《扬州学派年谱合刊》，广陵书社，2008年，第158页。

[3] 谓诗之质有三，诗之形有四忌四尚，末则谓古之诂诗者有三训：曰承、曰志、曰持。

诗者风格意味亦异也。[1]

了解把握不同时代的精神特点，始可体察不同时代诗词的风格韵味。《论词》一文同样深入时代精神去探析文体特质，强调内质的变化而导致新文体的产生，即“内质为因，而外形为果。先因内质之不同，而后有外形之殊异”。[2]时代精神之改变始有文体之改变，诗与词的本质区别亦即在此，词之所以能出于诗又离诗而独立，自拓境域，不可不于其内质求之。而句调韵律为其外形而已。

诗能言文之所不能言，而不能尽言文之所能言，则又因体裁之不同，运用之限度有广狭也。诗之所言，固人生情思之精者矣，然精之中复有更细美幽约者焉，诗体又不足以达，或勉强达之，而不能曲尽其妙，于是不得不别创新体，词遂肇兴。

及夫厥端既开，作者渐众，因尝试之所得，觉此新体有各种殊异之调，而每调中句法参差，音节抗坠，较诗体为轻灵变化而有弹性，要眇之情，凄迷之境，诗中或不能尽，而此新体反适于表达。[3]

在揭示诗词所具特质的前提下，进一步深入作者之个性心灵以及具体的创作方法与艺术风格。《论李义山诗》从李义山灵心善感、一往情深而不能自遣之个性为人入手，特别提示李义山与令狐绹“不即不离之关系”，体验其“复杂难明之隐情”乃“深怨沉忧，

[1] 缪钺：《论宋诗》，《诗词散论（增订本）》，第231页。

[2] 缪钺：《论词》，《诗词散论（增订本）》，第13页。

[3] 同上。

如春蚕自缚，牢固而不可解，愈望之而愈怨之，愈怨之而又愈不忍舍去”，[1]其情感沉绵往复，幽忆怨断，形成其诗凄美芳悱之基调。而其诗风格特点之渊源，在取李贺作古诗之法移于作律诗，且变奇瑰为凄美，而又参以杜甫之沉郁，故其诗境超出于李贺之上。《论李易安词》论证李清照灵心锐感，“悱恻善怀，灵心多感，其情思常回翔于此种细美凄迷之域者，则为纯粹之词人”，[2]而词“本以妍媚生姿，贵阴柔之美”，[3]而易安得天性之近，“灵襟秀气，超越恒流，察物观生，言哀涉乐，常在妍美幽约之境，感于心，出诸口，不加矫饰，自合于词”。[4]因具此幽约细美之情，故其词作兼“有高超之境界”“富创辟之才能”的特点，艺术风格“大抵于芬馨之中，有神骏之致，适以表现其胸怀襟韵，而早期灵秀，晚岁沉健，则又因年因境而异”。[5]至于《论辛稼轩词》则指出辛词所具含之豪放与闲适双重意境，其于豪壮情思之中，又蕴含一种要眇凄美之词境，而显示出浑融深厚之妙。而评析姜白石之以江西诗法入词，则谓：

白石的诗，气格清奇，得力江西；意境隽澹，本于襟抱；韵致深美，发乎才情。……他能以江西派的诗法运用于词中，遂创造出一种清劲、拗折、隽澹、峭拔的境界，为前此词中所未有者。……江西诗派之长在“清劲”，而其短处

[1] 缪钺：《论李义山诗》，《诗词散论（增订本）》，第161页。
[2] 缪钺：《论李易安词》，《诗词散论（增订本）》，第250页。
[3] 同上。
[4] 同上。
[5] 同上，第252页。

在“生硬”。姜白石用江西诗法作词，故长处短处亦相同。所谓“清”者，即洗尽铅华，屏弃肥醲；所谓“劲”者，即用笔瘦折，气格紧健。[1]

正如叶先生所指出：

其《论词》与《论宋诗》诸文之探索不同时代及不同文类之特质；《论李义山诗》与《论李易安词》诸文之所析两种迥然不同的锐感之心灵；《论辛稼轩词》之能指出辛词之具含双重之意境；论《姜白石之文学批评及其作品》之能指出姜氏之以江西诗法入词，凡此种种评断及识见，盖皆可谓为“探索隐微”能“于空曲交会之际，以求其不可知之事”者。

而诸文“固皆足以见其在诗词评赏中，所具含的学者之熟读深思的学养与功力”。[2]

五

先生对于诗词毕生情有独钟，他少事吟咏，博采名家，对诗词之道的见解、追求十分高远，始终葆有纯正的诗人气质，因此对古人诗词，有第一流的敏锐感受和理解。其研究“运思于文史之间，也每能恰到好处”，“有分寸地把握诗句的语义，准确认识文体的性质与做法，依据诗人自身的文化价值取向理解其意

[1] 缪钺：《论姜夔词》，《灵谿词说正续编》，北京大学出版社，2014年，第348—349页。

[2] 叶嘉莹：《论缪钺先生在诗词评赏与诗词创作两方面之成就》，《缪钺先生学记》，第58页。

指”。[1] 透过古人诗文中之用典修辞格律意境，钩深索隐，探骊得珠，辨识其妍媸而细绎其隐衷，体察其未便言说之意、甘苦曲折之心。解读精辟入微，诠评独有高境，诚如曹植《与杨德祖书》中言，是为“有南威之容，乃可以论于淑媛；有龙泉之利，乃可以议于断割”者。

试举数例：先生论杜牧古近体诗特点，不取前人之说，指出其并非“不工古诗”，而近体诗尤有俊爽的风格，能在峭健之中又有风华流美之致。他以诗家之内行眼光，指出：

> 自从韩愈以古文家从事于诗歌的创作，将作散文的方法运用于诗中，盘曲跌宕，劲气直达，开了一个新途径。杜牧作古文是学韩愈的，他的古诗也汲取了韩诗的特长，善于叙事、抒情，甚至于发议论，气格紧健，造句瘦劲，如《感怀诗》《杜秋娘诗》《张好好诗》《雪中书怀》《郡斋独酌》等，都是典型的例子。
>
> 大凡作律诗与绝句，劲健者容易失于枯直，而有韵致者又多流于软弱，杜牧的作品，独能于拗折峭健之中，有风华流美之致，气势豪宕而又情韵缠绵，把两种相反的好处结合起来。[2]

其律绝往往是“抑郁之思而以旷达出之，音节高亮”。[3] 尤其是

[1] 王东杰：《由文入史：从缪钺先生的学术看文辞修养对现代史学研究的“支援”作用》，《四川大学学报》（哲学社会科学版）2014 年第 6 期。

[2] 缪钺：《重印冯集梧〈樊川诗集注〉前言》，《诗词散论（增订本）》，第 144—145 页。

[3] 同上，第 145 页。

绝句，“在短短的两句或四句中，写出一个完整而幽美的景象，宛如一幅画图，或者表达深曲而蕴藉的情思，使人玩味无尽，而音节顿挫上，尤其安排得好”。[1]

先生对金代著名诗人元好问研究精深，著称学界。元好问诗“嗣响子美，方轨放翁”，冠绝一代，古今早有定评。但对其词作之风格功力，论者众说纷纭，多有异同。先生从遗山词具体篇章入手，以词人之眼细加裁评，例如对元好问《木兰花慢》词：

拥都门冠盖，瑶圃秀，转春晖。怅华屋生存，丘山零落，事往人非。追随，旧家谁在，但千年辽鹤去还归。系马凤凰楼柱，倚弓玉女窗扉。　　江头花落乱莺飞，南望重依依。渺天际归舟，云间汀树，水绕山围。相期更当何处，算古来相接眼中稀。寄与兰成新赋，也应为我沾衣。

对这首写亡国之痛、充满凄凉绝望哀挽之情的慢词，先生指出，“这首词的艺术手法很高妙”，“用比兴酝藉之法、腾挪跳宕之笔，不即不离，时隐时显，以寄托其悼念亡国之沉哀深痛”。上片连用曹植《箜篌引》、丁令威故事、庾信《哀江南赋》三典写金亡之惨，寓意深切。“下片宕开，借伤春惜春以喻亡国之痛，笔势更为空灵。刘熙载说：‘空中荡漾，最是词家妙诀。上意本可接入下意，却偏不入，而于其间传神写照，乃愈使下意栩栩欲动。’（《艺概》卷四）元好问此词正是运用这种艺术手法。”所以这首词浑融深酝，哀怨苍凉，颇有“烟水迷离之致”，“读起来使人有

[1] 缪钺：《重印冯集梧〈樊川诗集注〉前言》，《诗词散论（增订本）》，第147页。

凄惘之感，如闻呜咽之音，可谓是词中的《哀江南赋》”。[1]

通过对遗山词作篇章的分析，先生从词之特质着眼，指出以效仿苏、辛自命，词风亦豪健清刚的元好问，乃是以诗之余力而为词，其填词运用诗人之笔法多，而运用词人笔法者少。虽颇有如上篇之佳什，但其词反复吟诵仔细玩味，仍感觉总体上缺乏余味远韵，于苏、辛词高度尚有不及。疏快豪健有余，浑化酝藉不足。有鉴于此，故先生引陈廷焯之评，云遗山词“纵横超逸既不能为苏、辛，骚雅清虚复不能为姜、史，于此道可称别调，非正声也”。[2]而其词作独特之风格取向，又与整个金代词风有关。

先生对近代学者王国维先生特别推崇，谓其“心中如具灵光，各种学术，经此灵光所照，即生异彩。论其方面之广博，识解之莹彻，方法之谨密，文辞之精洁，一人而兼具数美，求诸近三百年，殆罕其匹”。[3]因具此独到的内在质性，不仅《人间词话》论词精莹澄彻，其诗词之作亦“含有哲学意味，清邃渊永，在近五十年之作家中，能独树一帜”。[4]对静安之诗词，先生极为称赏，云其“芳悱幽咽，凄艳绝世，又俨然秦少游、晏小山复生，未尝不惊叹其才气超人”。[5]其文中，一再言及“静安学术贡献，举世推崇，其诗才实亦甚卓，所作量虽少而质则精，领异

[1] 缪钺：《论元好问词》，《灵谿词说正续编》，第 615—616 页。

[2] ［清］陈廷焯：《白雨斋词话》卷三，人民文学出版社，1959 年，第 55 页。

[3] 缪钺：《王静安与叔本华》，《诗词散论（增订本）》，第 388 页。

[4] 同上，第 392 页。

[5] 同上，第 395 页。

标新，未容忽视”。[1]

对静安诗词的艺术风格，先生探析深密，他认为静安诗能够超出晚清诗人多喜宋诗的风气，其诗不专学某一古人，而是兼采众长，魏晋唐宋都有取法。五言长律精丽工整，七言歌行体清华流美，婉转悠扬。七言律诗有深曲峭劲之致，又能学近世名家的高古僻奥之体，沈曾植谓之“格制清远，非魏晋后人语”。[2]而最为特长的，则是欧西哲理融入诗词，通过诗词中之具象阐发哲理。其诗词既无平铺直叙之陈述，也不堆砌哲学的术语词汇，而是通过描写物象，发抒情怀，观物托兴，将哲理融会于诗中，有理趣而无理障，情致沉绵，意味酞郁。先生曾举静安的两首七律“欲觅吾心已自难”“出门惘惘知奚适”为例，云：

> 这两首七律诗，怅惘凄迷，深情绵邈，颇似李义山《锦瑟》《无题》等诗作，但是有显著不同的两点：第一，静安的诗屏弃了义山诗的秾华繁彩，而出之清疏淡雅，明白如话，曲折尽意。第二，义山之诗，或发抒身世之感，或对某一特定的人或事有所追怀眷念，而静安诗中则是对整个人生哲理之领悟与探索，在思想深度上胜过义山，而其月笔之一气旋折，婉曲跌宕，似又得力于宋人。[3]

至于静安之词，先生认为其论词之意见与作词之祈向都是深造自得，不同凡响。其作词时，注意保持词体“要眇宜修”的特点，以发抒其“幽约怨悱不能自言之情”，以写真景物、真感

[1] 缪钺：《王静安与叔本华》,《诗词散论（增订本）》，第394页。
[2] 见《王静安诗词述评》,《诗词散论（增订本）》，第403页。
[3] 同上，第406页。

情而具备真境界，深情幽旨，高格自成。其词往往“用鲜明的形象描写个别事物情景，而其含义的丰融又超出于个别事物情景之外”，将哲理融化于情景之中，“言近而旨远，观物微而托兴深”，[1]读者能在其暗示中得到感发，从感性形象领悟人生与自然社会之哲理。静安自言“意深于欧”，正是因为其词清新隽永的形象语言中，蕴含了他受西哲影响的人生哲学，而此在词史上是前无古人的。先生由于自身的诗人气质与对诗词之道的精深造诣，对王国维在词中的深心流露，理解透辟，洵为知人。如静安《蝶恋花》“辛苦钱塘江上水，日日西流，日日东趋海”，用语平淡，描述平实。先生从词中江水西流东趋而体会静安心境，指出“此数语托意颇深。钱塘江水，日日西流，而日日东趋于海，可以象征冲突之苦。静安心中，盖隐寓此种痛苦，故见钱塘江水而借以寄兴也”。[2]《浣溪沙》：“掩卷平生有百端，饱更忧患转冥顽。偶听啼鴂怨春残。坐觉无何消白日，更缘随例弄丹铅。闲愁无分况清欢。”先生以为“闲愁清欢皆由于生活之欲，心境寂灭，则忧欢两忘，静安盖视‘弄丹铅’、治考证为遣愁之方，忘忧之地，此词实乃其深心之流露。然治考证果能使静安忘忧烦而得解脱乎？曰：不能。非但不能，并增加其内心之冲突而更痛苦”，故此词“虽以弄丹铅为可以忘忧，而同时透露情感被抑，渐至冥顽，隐有一种冲突，一种不自然之痛苦”。[3]又如《蝶恋花》（昨夜梦中）写怀人之情，借香车、蜡泪、轻雷等诸多形象，象征人

[1] 缪钺：《王静安诗词述评》，《诗词散论（增订本）》，第416页。
[2] 缪钺：《王静安与叔本华》，《诗词散论（增订本）》，第395页。
[3] 同上，第394—395页。

生对于理想固执的追求，以及难以企及的失望；《蝶恋花》（百尺朱楼）借朱楼、大道、行人等意象寓托，意在呈现人世中无论是世俗之人或是自命为超世之人，当世变之来，均受其冲击而不能抵抗，而世变又是难以预测的。[1]先生认为这些词做到了将深奥的哲理运化于幽美的形象之中，浑融无间，恰到好处，“读起来觉得写景鲜明，言情深婉，而很自然地能玩味出其中所含之意蕴”，从而获得理智上的领悟。[2]

六

先生论诗词之文，可谓清新馨逸，含英咀华，文辞之精美，象譬之切当，罕有其匹。有学者指出，“缪先生把高度抽象难以解说的境界，通过鲜明生动的形象、错落有致的文字，雅俗共赏地传达给读者”。[3]叶先生对先生“以形象取譬，遂使论说之文平添了一份恍如诗歌之兴象的情致”尤其体会入微，她也以《论宋诗》为例分析说，文中对唐宋诗之异点做了概念比较之后：

> 更举引了一连串形象的对比以增强读者的感受，谓“唐诗如芍药海棠，秾华繁采；宋诗如寒梅秋菊，幽韵冷香”；“唐诗如啖荔枝，一颗入口，则甘芳盈颊；宋诗如食橄榄，初觉生涩，而回味隽永”。又以宋人审美之观念与六朝相比较，谓“六朝之美如春华，宋代之美如秋叶”，“六朝之美在声容，宋代之美在意态”，“六朝之美为繁丽丰腴，宋代

---

［1］ 参见缪钺《王静安诗词述评》，《诗词散论（增订本）》，第 415—416 页。

［2］ 缪钺：《王静安诗词述评》，《诗词散论（增订本）》，第 417 页。

［3］ 李世琦：《卓然大家说缪钺》，《缪钺先生学记》，第 99 页。

之美为精细澄澈”。[1]

如先生《论李义山诗》一文，谓义山灵心善感，一往情深，有似屈原；进而论及汉魏以降之诗人用情的两种类型，“盖诗以情为主，故诗人皆深于哀乐，然同为深于哀乐，而又有两种殊异之方式，一为入而能出，一为往而不返，入而能出者超旷，往而不返者缠绵，庄子与屈原恰好为此两种诗人之代表”；“惟庄子虽深于哀乐，而不滞于哀乐，虽善感而又能自遣。屈原则不然，其用情专一，沉绵深曲，生平忠君爱国，当遭谗被放之后，犹悱恻思君，潺湲流涕，忧伤悼痛，不能自已”；类庄子者用情“如蜻蜓点水，旋点旋飞”，类屈子者用情“如春蚕作茧，愈缚愈紧”，凡此种种，譬喻绝妙。[2]又如《论辛稼轩词》一文论及辛氏晚年闲适之词中所蕴含的豪放之情与郁勃之气，亦举物象为喻，谓之“譬如江水滔滔东流，阻于山石，激荡回折，潴为大湖。湖波虽似平静，而水势余怒，蕴藏于中，黛蓄膏渟，气象阔远”。[3]又如《论李易安词》中谓“凡第一流之诗人，多有理想，能超脱，用情而不溺于情，赏物而不滞于物，沉挚之中，有轻灵之思，缠绵之内，具超旷之致，言情写景，皆从高一层着笔，使读之者如游山水，于千岩竞秀万壑争流之中，常见秋云数片，缥缈天际”，[4]用“秋云数片，缥缈天际”形容李清照之艺术境界，清雅

[1] 叶嘉莹：《论缪钺先生在诗词评赏与诗词创作两方面之成就》，《缪钺先生学记》，第59页。

[2] 缪钺：《论李义山诗》，《诗词散论（增订本）》，第159—160页。

[3] 缪钺：《论辛稼轩词》，《诗词散论（增订本）》，第264页。

[4] 缪钺：《论李易安词》，《诗词散论（增订本）》，第251页。

出尘。又言姜白石词之“格澹神寒”，与同样精通音律的周清真相比，“周词华艳，姜词清澹，周词丰腴，姜词瘦劲，周词如春圃繁英，姜词如秋林疏叶”，[1]思致形象入神。叶先生指出：

> 凡此种种精美切当之象譬，在先生之作品中，可谓不胜遍举，而此种形象之譬喻，在先生而言，又都并非徒事盛藻，而皆为深辨甘苦、惬心贵当之言，固非兼具学识与才情如先生者不能道。[2]

个人体会，先生讨论评赏诗词和其他体裁文学作品的一大特色，是善用比兴之法，将理致精微的真知灼见，用清雅惬当优美流畅之文辞譬喻，既形象透彻又含蓄隽永地表达出来，本身即极具诗意。无论撰文还是授课讲述中，先生每用此法，驭重若轻，蕴兴于比，既启发哲思又富于美感之享受，令人收获良多。记得先生当年讲授《文选》时尝分析陆机骈文，指出陆机善用骈偶之文体说理，因难见巧，精辟有致。先生为文，亦有此风，寓高妙义理于精美象喻之中，读之如饮甘醴，陶然豁畅。

七

历史上，一种文学形式的产生和流行，本身就具有深刻的社会或文化的内涵，而一个时代的文学变迁，也有助于后人动感地看到整个时代思想、文化、社会的变化过程。作为杰出史家，先生治古典诗词，“善于从对某一诗体的发展的提挈揭示出那时一

[1] 缪钺：《姜白石之文学批评及其作品》，《诗词散论（增订本）》，第 282 页。

[2] 叶嘉莹：《论缪钺先生在诗词评赏与诗词创作两方面之成就》，《缪钺先生学记》，第 59 页。

代文学思潮的变化，同时，也常以对某个诗人的研究而显示一种新诗体的发展及其对一代诗风的影响”。[1]有学者指出，先生毕生进行史学研究的同时，也以史学家的谨严态度和历史眼光审察中国文学史的发展，探流溯源，融会贯通。如六朝五言诗的发展，先生将其概括为“三变”，指出，魏晋以来，玄学大兴，渡江之后，佛理尤盛，如何融合这两种新思想于盛行之五言新诗体中，则是当时众多诗人的理想并努力实践的目标。然而西晋时，向秀、郭象精于玄义而不工吟咏，潘岳、陆机辞采绮艳而名理无闻，东晋孙绰、许询虽致力此途，精研玄释，但苦乏诗才，“理过其辞，淡乎寡味”，僧人支遁、慧远，虽能以佛理入诗，且不乏风韵，但篇什很少，未见大观。唯谢灵运出，兼得玄理佛义合于天才高韵，发为精美之诗，于是五言诗自曹、阮、潘、陆以来，至此一变。江南旧有吴歌，东晋以来，其声渐盛，其缠绵婉媚之调，更利于抒流连哀思之情，足以动摇声心，为士大夫所好，竞效其体者甚众。鲍照诗才遒艳不羁，亦喜吴歌，并仿效融会，使其诗作多含轻灵婉妙之韵味；当时同声相应者惠休，亦常作此新尝试。对此，锺嵘曾有“鲍休美文，殊已动俗”[2]之赞。这种新诗风，虽然在当时曾遭保守派的极力反对，但实为五言诗增添新风味，为谢灵运之后五言诗的又一新变。齐永明末，沈约、谢朓、王融等将古人诗文中“暗与理合，匪由思至”[3]的声

---

[1] 许总、许结：《缘情探史诗　隐境说词风——从〈诗词散论〉到〈灵谿词说〉》，《缪钺先生学记》，第43页。

[2] ［梁］锺嵘著，陈延杰注：《诗品注》卷下，人民文学出版社，1961年，第68页。

[3] ［梁］沈约：《宋书》卷67《谢灵运》，中华书局，1974年，第6册第1779页。

音之美加以完整化、系统化，创立了声律学说，并自觉地在创作中实践这种学说。其中尤以谢朓运用精细之声律，发为清新妍美之诗，为声律学说试验之成功，增一坚强之证据，更为五言诗的发展作出超异之建树。自谢、鲍以降，五言诗又生一变。五言至此，已极精丽之能事，而契机衰飒，亦蕴蓄其中。在此基础上，先生对五言诗梁、陈之际的发展趋势作了精练的概括：

> 梁陈之际，五言诗之发展，有两种趋势。一则承鲍照之风，仿效吴歌，受其影响，日臻于轻蒨婉媚；一则承谢朓之风，重声律，工对偶，篇幅简短，开唐代律诗绝句之先河。[1]

梁、陈诗风，上承宋、齐，下启三唐，为唐诗艺术的成熟准备了充分的条件，而唐诗一旦出现，立即以百花竞妍的姿态，在文坛取得统治地位，也正是在这样的历史条件下文学发展之必然。故叶先生谓："凡此诸文其通观达识融贯古今之目光，则皆可谓为高瞻远瞩'如禹之治水，知天下之脉络'者。"[2]

最后需要强调的是，先生研治古典诗词，从来不曾将其仅视作单纯的文学作品。对文与史之关系，先生见解深刻，晚年为《全宋文》所作序中对此有所阐述。先生说，古人文集为容繁复，"举凡国计民生、世情风习、说经考史、论道参禅、仕宦升沉、山川游览、遗闻轶事，以及文学艺术之评赏，罔不涉及"。其丰富内容或"可与史书互证而订其失误"，或"可以补史书之阙遗"，"更有诸作者发抒内心深处之情思，反映一代心声，而只

---

[1] 缪钺：《六朝五言诗之流变》，《诗词散论（增订本）》，第47—48页。

[2] 叶嘉莹：《论缪钺先生在诗词评赏与诗词创作两方面之成就》，《缪钺先生学记》，第58页。

记表面事迹之史书所无能为役者。故文集之作用，固不得仅以词章目之”。[1] 因此，先生对陈寅恪先生倡导的“文史互证”之法，深为服膺。对于以诗词为代表的古代文学作品，先生别具眼光，多次指出：

> 一人之诗，足以见一人之心，而一时代之诗，亦足以见一时代之心也。[2]
>
> 各种史书所记载的多是古人活动的表面事迹，至于古人内心深处的思想感情，在史书中是不易找到的，只有在文学作品中才能探寻出来。所以文学作品是心声，一个历史人物的文学作品是他一个人的心声，一个时代的文学作品则可以表现这一个时代的心声。[3]

作为“心声”，文士在诗文中表露出来的那些苦闷、哀伤、忧惧、感愤的复杂情感，以及由此而产生的那些今天看来多少有些奇怪异常、不可理喻的习尚风气，既是个人的，又是整体的，对深入认识古代历史有重要价值。陈寅恪先生尝言，中诗西诗传统不同。西诗之佳者多论哲学与宗教，中诗则多讲“实际的环境，个人的状况”，可以清楚见及时、地、人的情形，足补正史所缺。[4]缪师论诗，也极重“时代性”：

> 凡一诗人所处之时代，大之国势朝政、世风民俗，小

---

[1] 缪钺：《〈全宋文〉序》，《冰茧庵随笔》，第152页。

[2] 缪钺：《论宋诗》，《诗词散论（增订本）》，第232页。

[3] 缪钺：《治学补谈》，《冰茧庵随笔》，第39—40页。

[4] 陈寅恪讲授、刘隆凯整理：《陈寅恪“元白诗证史”讲席侧记》，湖北教育出版社，2005年，第14页。

之一己所经、生活情况，必有其特异之点焉，必有与古人不同者焉，苟能一一写入于诗，则自为新意，自非陈言。……并世者可以观国，异代者可以论世，孟子谓“《诗》亡然后《春秋》作”，然则诗之与史，固有相表里之意矣。[1]

从诗中看出“一诗人所处之时代，大之国势朝政、世风民俗，小之一己所经、生活情况”之“与古人不同”之“特异之点”。先生晚年为已故著名学者兼诗人刘永济先生的《云巢诗存》作序，特意摘出刘永济先生的一个重要观点：

词人抒情，其为术至广，技亦至巧，然而苟其情果真且深，其词果出肺腑之奥，又果具有民胞物与之怀，则虽一己通塞之言，游目骋怀之作，未尝不可以窥见其世之隆污，是在读者之善逆其志而已。[2]

古代诗人秉承诗、骚传统，往往自觉或不自觉地在诗文创作之中，将自己所历时代的政治、思想、文化、制度以及社会风习的状况连同自己的襟怀、抱负、精神、情感、生活一齐写入，实际上是为后人留下了大量反映当时时代现实包括社会心灵史、思想文化史的第一手材料。有此内涵，故诗人之作可以因小见大，窥见世道之盛衰隆污，治史者善逆其志，自可“于空曲交会之际以求其不可知之事”。

陈寅恪先生尝指出，以诗文治史，首先要对作品有所感，即治史者要具有相当的欣赏感悟能力，以深挚的情怀去感受古人的

[1] 缪钺：《龚自珍诞生百四十年纪念》，《诗词散论（增订本）》，第380—381页。

[2] 缪钺：《〈云巢诗存〉序》，《冰茧庵序跋辑存》，巴蜀书社，1989年，第114页。

文学作品，“其所感较深者，其所通解亦必较多”。[1]只有这样，始可对作者其人其文，具了解之同情，在明了其所处之环境、所受之背景的前提下，求得同情之真了解。先生读书治学，历来主张“呼吸千载，卓然撢古人之用心”，[2]其深厚的学养，自能对古人之心深于感受，研究时“运思于文史之间，也每能恰到好处”，透过古人诗文之字面，深入幽微，以空灵之思，细心于字里行间甚至言外之意考求其不可知之事。可谓得陈先生所倡“诗（文）史互证”之精奥。[3]先生自云：“研究文学的人要知人论世，必须熟悉历史；研究历史的人也可以从文学作品中得到启发，能更深透地理解、阐述历史问题。所以，文史互证确是治学的一个行之有效的好方法。”而陈寅恪先生文史互证的诸多论著，“都是征引广博，比勘精密，识解敏锐，抉发深微，往往由近及远，因小见大，发前人所未发，示后学以津梁”。[4]此正是先生平生治文史之学的甘苦见道之言，读先生研究古典诗词之作所不可不注意者。

（本文之写作，主要参考了刘琳先生《缪钺先生的治学道路与学术特色》，叶嘉莹先生《论缪钺先生在诗词评赏与诗词创作两方面之成

---

[1] 陈寅恪：《读〈哀江南赋〉》，《金明馆丛稿初编》，上海古籍出版社，1980年，第209页。

[2] 缪钺：《与章士钊书》，《冰茧庵论学书札》（上），商务印书馆，2014年，第2页。

[3] 台湾学者陈弱水言：“缪氏治史，选题和研究取向，都可算是‘陈派’的。他因为也研治文学，还特别师法陈氏文史互证的方法，以史说文，以文证史。”见陈弱水《现代中国史学史上的陈寅恪——历史解释及相关问题》，《中国文化》第19、20期合刊，2002年。

[4] 缪钺：《治学补谈》，《冰茧庵随笔》，第43页。

就》，缪元朗老师《陈寅恪先生对缪钺先生的学术影响》，许总、许结先生《缘情探史诗　隐境说词风——从〈诗词散论〉到〈灵谿词说〉》，王东杰老师《由文入史：从缪钺先生的学术看文辞修养对现代史学研究的“支援”作用》，景蜀慧《灵谿一水挹清源——缪彦威先生古典诗词研究和创作成就浅窥》《浅述缪师彦威（钺）先生治学的四个特点》等文。特此说明并致谢）

2020 年 8 月

曹植与五言诗体

中国文学以抒情诗为主。抒情诗体变化甚多，有四言，有楚辞，有赋，有乐府歌辞，有五言、七言，有词，有曲。最古之诗体为四言与楚辞，西周初至春秋用四言体，楚辞兴于战国。四言至汉代，其势已尽，魏晋以降，作者不多，亦鲜佳什。楚辞变为汉赋，由抒情而趋重体物，貌同心异。魏晋以还，抒情复昌，至庾信《哀江南赋》而止，唐以后赋体亦微。五言、七言均出汉代，而七言至唐始大盛。惟五言诗，自建安时即为文学主要体裁，其后虽新体代兴，而五言诗体并未被淘汰，迄今仍可应用，故在中国各种诗体中，能流行二千年尚未僵化者，惟有五言。五言诗体发生虽在汉代，而其正式成立，则在建安、黄初之间，曹植为最重要之作者。锺嵘《诗品》乃专论五言诗之书，其称美曹植，“譬之人伦之有周孔”，良非无以。五言诗既为中国诗中最重要之体裁，而曹植即奠定五言诗体之人，故“曹植与五言诗体”，乃治中国文学史者所不可不注意之事也。

旧传西汉人五言诗，如枚乘《古诗》、苏李赠答、卓文君

《白头吟》、班婕妤《怨歌行》，皆不可信据。古今学者，多已言及，近逯钦立氏《汉诗别录》(1945年12月《历史语言研究所集刊》外编《六同别录》卷中)，论证尤详，兹不复赘。西汉虽无有作者主名之五言诗，而民谣短歌，多用五言，逯氏文中亦举例说明之。其所举民谣最早者，为《汉书·禹贡传》所载武帝时俗语“何以孝悌为”云云。其所举短歌最早者，为《汉书·李延年传》所载延年歌：“北方有佳人，绝世而独立。一顾倾人城，再顾倾人国。宁不知，倾城与倾国，佳人难再得。”并谓：“此歌第五句多出三字，当系歌者临时所加之趁字。此通篇既与《乌生八九子》之杂言不同，又与含‘兮’字之楚歌亦迥乎有异，虽多出三字，固可谓五言首次用于倡乐之例也。”又谓：“延年以故倡而善新声，则此非四言非楚歌之《北方佳人》，其为新曲可知，其为五言之首用于倡乐亦可知。”逯氏所举最早之五言民谣短歌均在武帝时，因此推论五言发生于武帝之世。钺按，西汉人用五言作短歌者，李延年之前，亦尚有迹象可寻。《汉书·外戚传》载高祖戚夫人歌曰：“子为王，母为虏。终日舂薄暮，常与死为伍。相离三千里，当谁使告汝。”首二句虽为三言，下四句皆五言，似亦可视作五言短歌。用五言为短歌，乃汉初以降自然之趋势，非必李延年故意创制之新乐，亦不必拘定起于武帝之时也。又汉代乐府中之《相和歌辞》，多出民间(《晋书·乐志》所谓：“凡乐章古辞，今之存者，并汉世街陌谣讴，《江南可采莲》《乌生八九子》《白头吟》之属也。”)，其体裁无定，有四言者，如《箜篌引》《善哉行》等；有杂言者，如《乌生八九子》《平陵东》《东门行》《妇病行》《孤儿行》等；有五言者，如《江南》《鸡鸣》《陌上桑》《长歌行》《相逢行》《长安有狭斜行》《陇西行》《艳歌行》《白头吟》等。以五言者为多，此亦可见五言体在街陌谣讴中滋长之盛。

中国字为单音，诗体句调，宜于整齐。周诗多四言，句调简短，变化无多，易于凝重而难于动宕，故至汉代，箴铭颂赞等典重之作，多用四言，而鲜有用于抒情者。韦孟《讽谏》《在邹》，及韦玄成《自劾》《戒子孙》诸四言诗，殊板重少诗意。四言既不适于抒情，于是民谣短歌自然产生一种五言体，其后渐发展为较长之乐歌。五言较四言虽仅多一字，然因其为奇数，句法轻灵而变化，胜于四言。（钟嵘《诗品序》："夫四言文约意广，取效《风》《骚》，便可多得，每苦文繁而意少，故世罕习焉。五言居文词之要，是众作之有滋味者也，故云会于流俗，岂不以指事造形穷情写物最为详切者耶？"即说明五言所以胜于四言之故。）文人觉得适用，故有模仿五言乐府者，如辛延年作《羽林郎》，宋子侯作《董娇饶》。（此两诗皆仿《陌上桑》描述之体。）有采乐府之五言体以抒情言志而不必被诸管弦者，是为五言诗之滥觞。据文献可征者，以班固《咏史》诗为最早，余如傅毅《古诗》（冉冉孤生竹）、张衡《同声歌》、秦嘉《赠妇》、蔡邕《翠鸟》、郦炎《见志》、赵壹《疾邪》，皆其伦也。

东汉文人，虽不乏作五言诗者，然成绩并不佳，盖此新体尚未被重视，作者不过偶尔尝试，非郑重为之。班固、张衡文学之天才，卓绝一代，所作《两都》《二京》诸赋，殚精结撰，蔚为辞宗，而其作五言诗，则掉以轻心，并不经意，故钟嵘谓班固《咏史》"质木无文"。此种情形，亦如中唐之时，词体初兴，白居易、刘禹锡于诗造诣虽高，而偶作小词，则率意为之，无甚精彩也。东汉五言诗之传世者，除班固、张衡诸人之作以外，皆无作者主名，后人称为《古诗》，《文选》采录十九首（锺嵘《诗品》谓："《古诗》，陆机所拟十四首，其外《去者日以疏》四十五首。"则锺嵘所见有五十九首。），其中不乏佳制。然既非一人一时之作，作者主名亦无考，盖新体初兴，标准未定，作诗者多出于自然之尝试，故东汉一代，未有专以五言名家之诗人。

《古诗》虽非一人之作，然其中亦颇有共同之特点。《古诗》虽无作者主名，大抵出自文人。五言之体，采自乐府歌辞，而《古诗》有与乐府不同者。乐府出自民间，多纪事之篇，写社会情况，重绚烂之描绘，其长处为清新、平易、活泼，而无高深之意境，且风格相似，不显作者个性。《古诗》为文人抒情之作，表现作者个性，情思深远。故《古诗》乃用乐府五言之体裁而提高其境界者。此一特点也。锺嵘谓《古诗》"原出于《国风》"，实则其中多含《骚》意，如：

涉江采芙蓉，兰泽多芳草。采之欲遗谁，所思在远道。还顾望旧乡，长路漫浩浩。同心而离居，忧伤以终老。

庭中有奇树，绿叶发华滋。攀条折其荣，将以遗所思。馨香盈怀袖，路远莫致之。此物可足贡（贡或作贵），但感别经时。

其芳馨悱恻轻灵幽渺之致，非《国风》所有。《楚辞》盛行于汉，其形式衍为赋，而其精神意味则融于五言诗，故东汉五言诗兼承《风》《骚》，而得于《骚》者尤多。此其特点二也。

在班固《咏史》之后百余年，当三国纷扰之际，建安、黄初之间，作五言诗之风气大盛。曹操、曹丕、曹植、孔融、王粲、陈琳、徐幹、刘桢、阮瑀、繁钦、应玚等，莫不从事于五言诗之创作，而曹植专精努力，造诣最高，从此遂奠定五言新体之基础。

建安时文人，喜仿乐府，所谓“依前曲，作新声”（曹植《鞞舞诗序》语），故曹植作乐府甚多。兹就朱绪曾《曹集考异》统计之（朱绪曾《曹集考异》，于曹植作品，搜辑校勘，最为详密，故依据之。所统计只取完篇，零章断句不计入。又如《善哉行》“来日大难”篇，非曹植作，亦不计入。），乐府共四十三篇，其中五言者三十篇。建安时文人作乐府之风气，有两件事可注意者。第一，旧传汉曲之四言或杂言者，至此多以五言代之。如《善哉行》，古辞“来日大难”篇四言，曹操“自惜身薄祜”篇，曹丕“朝游高台观”篇皆为五言；《薤露》，古辞“薤上露，何易晞”篇杂言，曹操“惟汉二十世”篇则为五言；《蒿里》，古辞“蒿里谁家地”篇杂言，曹操“关东有义士”篇则为五言。（此意逯钦立氏所说，见所著《汉诗别录》。）第二，建安时文人作乐府，往往借旧题自抒怀抱，不必尽用原题之意旨。如《薤露》《蒿里》本挽歌，而曹操作《薤露》《蒿里》，则伤感汉末时事；《陌上桑》本叙罗敷采桑拒过路官人相挑之事，而曹操作《陌上桑》，则言游仙之意，曹丕作《陌上桑》，则言弃乡离家远从军旅之苦；《善哉行》古辞言人命不可保，当酒歌行乐，或驾龙求仙，而曹操作《善哉行》，则言少罹孤苦，不闻督教，曹丕作《善哉行》，则言宴饮奏乐乐极哀来之情。凡此诸篇，虽借乐府之题，等于咏怀之什。曹植作乐府，亦依上述两种风气。《薤露》古辞本杂言，曹植作《薤露行》“天地无穷极”则为五言，《薤露》本挽歌，而曹植《薤露行》则言自己立功立言之志。《苦寒行》本言冰雪之苦，而曹植拟《苦寒行》，作《吁嗟篇》，则言转蓬之随风飘荡，以慨十年而三徙都之事。《长歌行》言芳华不久，当努力为乐，莫至老大乃伤悲，而曹植拟《长歌行》为《吁嗟篇》，则言壮士之怀非世人所能解，隐以自喻。

曹植之诗，亦多五言，兹仍依朱绪曾《曹集考异》统计之（零章断句不计入），共诗三十三篇，其中五言二十六篇。

建安文人中，曹植对诗最努力，所作最多，而诗中尤以五言为多。就以上所统计，其作品传世者，乐府四十三篇，诗三十三篇，共七十六篇，其中五言五十六篇，几占全数四分之三。可见曹植特喜尝试五言。曹植作乐府虽不少，然既多自抒怀抱，不拘原题，且亦不必被诸管弦（《文心雕龙·乐府》篇："子建士衡，咸有佳篇，并无诏伶人，故事谢丝管，俗称乖调，盖未思也。"可见曹、陆等人作乐府已不尽歌唱。），则其五言乐府与五言诗无异。

上文已言，东汉人试作五言，有两种途径。或仿乐府，叙述故事，描写社会，如辛延年《羽林郎》、宋子侯《董娇饶》是也。或用五言抒自己之怀抱，如《古诗十九首》之类是也。曹植创作五言，似偏重第二种途径。（锺嵘《诗品》谓《古诗》："《去者日以疏》四十五首，旧疑是建安中曹、王所制。"按，"弹筝奋逸响，新声妙入神"二句，在《古诗十九首》"今日良宴会"篇中，《北堂书钞·乐部·筝》引为曹植作，当别有所据。故《古诗》中是否杂有曹植之作，虽难一一确考，然就上引两事观之，可见昔人视曹植诗与《古诗》极近似，盖二人撰作之途径与态度相同也。）惟《古诗》作者虽已将五言诗境提高，然未有专精为之者。

曹植同时文人，如曹操、曹丕、王粲、刘桢等，天才虽卓，而于五言之创作，皆不如曹植之努力。曹植殚精竭虑，创作五言，做多方面之尝试，其人格个性，皆渗透于五言诗中，遂增扩内容，提高境界。《楚辞》之体，出于楚国民间（《楚辞》体与《诗》三百篇不同者，即在其句调曼长而悠扬，句中多用“兮”字，此盖南方民歌之体裁。屈原以前，南方歌谣，如《论语》《庄子》中之《接舆歌》，《左传》中之《庚癸歌》，《孟子》中之《沧浪歌》，《说苑》所载之《越人歌》译文，均已如是。），有志洁行芳之屈原出，用此体裁，发抒哀怨，楚辞之体始昌。五言源出于汉代民间之乐歌，有曹植出，用此体裁，写其深厚之情思，树立高浑之风格，五言诗体始定。就中国文学史中考之，每一种新文学体裁之产生，必经多年之酝酿，多人之试作，至伟大之天才出，尽其全力，多方试验，扩大其内容，增进其技巧，提高其境界，用此种新体裁作出许多高美之作品，树立楷模，开辟途径，使后人有所遵循，于是此种新体裁始能成立，始能盛行，而此伟大作家遂为百世尸祝，奉为宗匠，曹植在五言诗中即居如此之地位。故以含思深远、造境旷逸而论，阮籍、陶潜、谢灵运之作，或有超过曹植之处，而后人论五言诗者，仍奉曹植为典型。锺嵘论曹植诗，譬之“人伦之有周孔”。周孔为人伦之规范，曹植为最早奠定五言诗体之人，故其所作亦为五言诗之规范也。（温庭筠在词中之地位，与曹植在五言诗中之地位相似。盖词虽发生于中唐，而温庭筠以前，未有以词名家之作者，温庭筠始专精作词，树立规范，故《花间集》以温庭筠冠首，选录最多，可见五代词人奉温为宗匠。五代、北宋之词家，其作品或超出温氏之上，而温氏在词中始终居重要地位，即以其有奠定词体之功也。）

逯钦立氏《汉诗别录》论五言诗体谓：“自西汉武帝至东汉章帝之时，应定为此一体裁之发生期，自东汉章帝至献帝建安以前，应定为此一体裁之成立期。”此固是一种看法。钺之愚见，则以为西汉时仅有五言民谣短歌，班固《咏史》为现存文献中文人作五言诗之最早者，此后百余年，虽不乏尝试五言诗者，然未有专以五言名家之诗人，至曹植出，树立规范，而五言诗体始确立，后之作五言诗者奉为楷模。曹植以前，似只能称为五言诗之发生期，建安、黄初间，始为五言诗之成立期，与逯氏看法不同。谨志于此，以供商榷。

研究文学体制之流变，除注意于其表面之形式以外，对于内容，亦应探索。盖每一种新体制，往往兼具新内容、新意境。《楚辞》之不同于《诗》三百篇者，不仅在其句调之曼长悠扬，而尤在其芳馨悱恻之思。词之不同于诗者，不仅在其长短句之参差相间，而尤在其幽约凄迷之境。五言诗为东汉时发生之新体，成立于建安、黄初之间，滋盛于魏晋南北朝之际，其内容上承《诗》《骚》，而融合佛道两家思想，歌咏自然，描绘山水，为其所增辟之新境。曹植之诗，在此方面关系如何，亦可加以研讨。

建安、黄初之间，政治、文学、学术思想，皆有蜕变之势，由两汉变为魏晋，此时实为一转关，曹植则为此转变时期之人物。东汉儒家思想盛行，魏晋以降，则谈老庄，讲佛学。汉人盛倡孝义，所谓“以孝治天下”，而曹植《仁孝论》（严辑《全三国文》。以后引曹植文不注明者，均本严辑。）则谓：“孝者施近，仁者及远。”以为仁重于孝，此与汉人思想已不尽同。然就大体论，则曹植思想仍本儒家，故其诗中内容多言君臣、父子、兄弟、夫妇、朋友等人伦之情感。《责躬》《应诏》两诗，君臣之情也。《赠白马王彪》，兄弟之情也。《七哀》《弃妇诗》《代刘勋妻王宋诗》《寡妇诗》，夫妇之情也。《送应氏诗》《离友诗》《赠徐幹》《赠丁仪》《赠王粲》《赠丁仪王粲》《赠丁翼》，朋友之情也。

曹植之儒家思想，虽承汉人，而汉人五行迷忌之思，神仙方士之说，则均在屏弃之列。其《荧火论》辨熠耀之非鬼火，《说疫气》谓疫气"乃阴阳失位，寒暑错时，是故生疫，而愚民悬符压之，亦可笑也"。《辨道论》以神仙之书、道家之言为虚妄，谓其父曹操招致方士甘始、左慈、郗俭等，集之于魏国，乃恐其"挟奸宄以欺众，行隐妖以惑民"，并非信奉其术。又谓甘始辞繁寡实，颇有怪言。凡此均可见曹植之重理智，一扫汉人迷信之思。(《抱朴子》内篇《论仙》引曹植《释疑论》："初谓道术直呼愚民作伪，空言定矣，及见武皇帝试闭左慈等，全断谷近一月，而颜色不减，气力自若……乃知天下之事不可尽知。而以臆断之不可任也。但恨不能绝声色专心以学长生之道耳。"与《辨道论》所言乖牾。疑此乃葛洪伪托，非曹植之言。）又佛学自东汉桓、灵以来已渐盛，而曹植曾作论曰："昔尧、舜、禹、汤、文、武、周、召、太公，并享百年之寿，六圣三贤，并行道修政，治天下，不足损神，贤宰一国，不足劳思，是以各尽其天年。桀放鸣条，纣死牧野，犬戎杀幽，厉王不终，周祚八百，秦灭于二世，此时本无佛僧。"（此文严辑曹植文未载，朱绪曾《曹集考异》卷一〇载此文，题曰"失题论"，注云："《辨正论》内九箴陈子良注引陈思王论。"）可见曹植亦不信佛。至于《法苑珠林》《高僧传》《广弘明集》诸书所载，曹植尝游鱼山，闻空中梵天之响，遂摹其声节，写为梵吹，亦出后人附会。

曹植虽不信方士之说，而其作品中颇喜言游仙，乐府中如《升天行》《仙人篇》《游仙》《五游咏》《苦思行》《远游篇》《桂之树行》《飞龙篇》《驱车篇》，均言神仙飞腾遨游之乐，盖假此放旷之思以抒其郁轖，上承屈原《离骚》、汉人《远游》(《远游》乃汉人所撰，非屈原作。)之旨也。

总之，曹植思想，仍本儒家，不信方士之说，亦无玄释之思，其诗多咏人伦，喜言游仙，大抵不出《诗》《骚》之域。故曹植虽有奠定五言诗体之功，而增扩新内容，则有待于阮籍、陶潜、谢灵运诸人矣。

（原载《文学杂志》第 2 卷第 12 期，1948 年 5 月）

六朝五言诗之流变

五言诗为东汉时所产生之一种新体。建安、正始之间，经曹植、阮籍两大诗人之努力试作，发为伟制，证明此新诗体之于抒情言志，较四言诗及辞赋均便利。操觚之士，靡然从风，魏、晋、南北朝三百年中，五言诗遂为文学主流。萧子显《南齐书·文学传论》历叙四言、五言、七言诸体诗及赋、颂、章、表、碑、诔诸体文，而结之曰："五言之制，独秀众品。"锺嵘《诗品序》亦谓："五言居文词之要，是众作之有滋味者。"当时人之重五言诗，可以见矣。此时期中佳诗，多录于《文选》中，后人或名为选体，实则风气代变，情貌日新，固非可以一名概之也。其流变之迹，荦荦大者，约有三端。

魏晋以来，玄学大兴，渡江之后，佛理尤盛。如何融合此两种盛行之新思想于盛行之新五言诗体中，为时人之所理想。但在西晋时，向秀、郭象精于玄义，而不工吟咏；潘岳、陆机辞采绮艳，而名理无闻。东晋孙绰、许询皆致力此途，虽研精玄释，而苦乏诗才，所作"理过其辞，淡乎寡味"，不为真赏所重。简文帝谓许询五言诗妙绝时人（《世说·文学篇》），盖仅取其中之玄理。简文乃谈士，非知诗者也。惟郭璞文藻秀出，其《游仙》诗能合道家之言而韵之，故刘彦和称其“艳逸”，萧子显许其“灵变”。东晋僧人，如支遁、慧远，皆能以佛理入诗，不乏风韵，惜篇什不多，未能大畅宗风。谢灵运出，此理想始实现。灵运敬事远公，自许慧业，曾作《辩宗论》，申竺道生顿悟之旨，又注《金刚般若》，与慧严、慧观等修改《大本涅槃》，其深于佛学如此。灵运《山居赋》自注，谓《老》《庄》“二书最有理，过此以往，皆是圣人之教，独往者所弃”，其崇尚玄义如此。《山居赋》自注复谓：“少好文章，自山栖以来，别缘既阑，寻虑文咏，以尽暇日之适，便可得通神会性，以永终朝。”锺嵘《诗品》引《谢氏家录》，谓灵运“在永嘉西堂思诗，竟日不就”。灵运天才本高，而用力诗篇又如此，故能兼此三者，以玄理佛义发为精美之诗。百余年来，世人齐心同愿，向往未逮者，灵运独能为之，其所以能名重一时，为南朝之标准诗人，殆以此故。（《宋书·谢灵运传》谓：“每有一诗至都邑，贵贱莫不竞写，宿昔之间，士庶皆遍。”沈约撰《宋书》无《文苑传》，于《谢灵运传》后总论历代文章流变，俨然尊谢为一代宗匠。齐武陵昭王萧晔、梁伏挺、王籍，作诗专学谢灵运。此皆可见谢氏诗为举世景从，百年推奉之盛况。）世徒以工于写山水称谢诗者，犹皮相之论。刘勰谓谢诗“庄、老告退，而山水方滋”，亦非知言。盖谢氏诗中，庄、老不但未告退，并可谓以庄、老入诗至此始成功。谢氏不空言玄理，而融化于模山范水之中，此其所以精深华妙，如“初发芙蓉，自然可爱”，而胜于孙、许之淡乎寡味。五言诗之情貌，自曹、阮、潘、陆以来，至此而一变矣。同时颜延之与谢齐名，然颜诗远宗陆机，止于典丽凝重，虽守诗派正统，而不能开创新境，颜不及谢，此亦一因也。

江南旧有吴歌，东晋以来，其声渐盛，缠绵婉媚，流连哀思，足以动摇人心，士大夫多好之，遂有效其体者，王献之作《桃叶歌》，孙绰作《碧玉歌》，皆其证也。宋鲍照天才遒艳，不受羁勒，独喜吴歌，时仿为之，有《吴歌》三首、《采菱歌》七首、《幽兰》五首，其《中兴歌》十首，亦仿《子夜》体，并喜作四句小诗，如《酒后》《讲易》《可爱》《夜听声》《咏老》《春咏》等。当时与鲍氏同声相应者有惠休。惠休作《杨花曲》《白纻歌》，均轻艳。但鲍照仿作吴歌，仍能融入自己之风格，如《采菱歌》："弭榜搴蕙荑，停唱纫薰若。含伤拾泉花，营念采云蓴。"用字造句，遒紧警炼，皆鲍照之特色。而鲍照自作诗时，亦无形中受吴歌影响，有轻灵婉妙之韵味，如《秋日示休上人》及《答休上人》诸篇。鲍照、惠休此种新尝试，自不易为守矩矱、尚典重之颜延之所满，故颜"忌照之文，立休鲍之论"。（《诗品》下）又曰："惠休制作，委巷中歌谣耳，方当误后事。"（《南史·颜延之传》）而鲍照、惠休论诗，亦扬谢抑颜，讥其"雕绘满眼"（《南史·颜延之传》）、"错彩镂金"（《诗品》中），两派遂如水火。然鲍、休此种试作，能为五言诗增新风味，故时人颇多悦之者。"大明泰始中，鲍、休美文，殊已动俗"（《诗品》下），遂俨然与颜、谢抗席。《南齐书·文学传论》谓"颜、谢并起，乃各擅奇，休、鲍后出，咸亦标世"，又谓"今之文章，略有三体"，而其一则："发唱惊挺，操调险急，雕藻淫艳，倾炫心魂，斯鲍照之遗烈。”可见其影响之巨。谢灵运以后，此又一新变矣。

齐永明末，盛为文章，沈约、谢朓、王融以气类相推毂，为文皆用宫商，以平上去入四声制韵，五字之中，音韵悉异，两句之内，角徵不同，世呼为永明体（《南史·陆厥传》），即所谓声律之说也。古人诗文，固亦未尝无声音之美，然皆“暗与理合，匪由思致”，至沈约等始出于自觉，加以人工，调剂配合，益为精密，故撰《四声谱》，矜为独得之秘。（《高僧传》载鸠摩罗什与慧叡论西方辞体，商略同异，云：“天竺国俗，甚重文制，其宫商体韵，以入弦为善，凡觐国王，必有赞德，见佛之仪，以歌叹为贵，经中偈颂，皆其式也。”沈约等诗文特重宫商，或受佛经翻译之启示。）但沈约论韵虽精而诗才未卓，王融五言之作，亦“几乎尺有所短”（《诗品》），故能应用此种声律新说，而于五言诗有超异之建树者，当推谢朓。谢朓之天才，闳伟不足，清美有余，生平论诗贵“圆美流转如弹丸”（《南史·王筠传》），可见其向慕所在，故能运用此种精细之声律，发为清新妍美之作，为声律说试验之成功，增一坚强之证据。沈约称之曰：“二百年来，无此诗也。”（《南史·谢朓传》）此非阿好之言，约盖矜其声律之发明，而又自愧才弱，不能卓然创为新体诗，有谢朓之作出，始足为己说张目，而杜反对者之口，故心悦诚服，情见乎辞。所谓“二百年来无此诗”者，非仅贵其高，实亦贵其新也。朓诗既出，“为后进士子之所嗟慕”（《诗品》中）。梁刘孝绰有重名，无所与让，惟服谢朓，常以谢诗置几案间，动静辄讽味。（《颜氏家训·文章篇》）其见重于世如此。自谢、鲍以降，至此又一变矣。

萧梁之时，鲍照、谢朓并为时人所尊，故梁陈之际，五言诗之发展，有两种趋势。一则承鲍照之风，仿效吴歌，受其影响，日臻于轻蒨婉媚；一则承谢朓之风，重声律，工对偶，篇幅简短（八句或四句），开唐代律诗绝句之先河。梁武帝父子为前者之代表，何逊、阴铿则后者之冠冕也。梁武帝及其子简文帝、元帝，皆喜仿吴歌，昭明太子独少此类作品，盖好尚微有不同。故昭明太子撰《文选》，不取《子夜》《欢闻》等民歌及王献之《桃叶歌》、孙绰《碧玉歌》诸作；而简文帝命徐陵编《玉台新咏》，均以入选。鲍照、惠休以来重民歌之风气，至简文而大盛，由此遂产生所谓“宫体”之诗。何逊、阴铿所作八句之诗，已有极似唐律者。杜甫称李白云：“李侯有佳句，往往似阴铿。”又自述云：“颇学阴何苦用心。”唐人深受阴、何之影响可见矣。

综观此三百年之诗，谢灵运融合玄释、模写山水，鲍照仿吴歌，谢朓用声律，均能吸收新成分，故免于陈腐，开创风气。萧子显谓：“在乎文章，弥患凡旧，若无新变，不能代雄。”（《南齐书·文学传论》）此诚文学演化不易之则。惟所谓新者，乃渐渐蜕化，非尽弃故常，且重在质，不重在形，质苟新矣，纵用同一体裁，其貌自异。故谢灵运、鲍照、谢朓之作，虽新质日增，而体制仍循五言之旧。然正因其各有新成分之故，是以诸人之诗，又风格互殊，如朱蓝各妍，甘咸别味。至于因重声律而渐流为唐代之律诗，此种变革，亦出于自然之演化，非有一二人矜心作意于其间。此均治中国文学史者所应致意者也。

（原载1942年6月4日《益世报·文史副刊》第8期）

杜牧诗简论

一、论诗的标准

在论杜牧诗之前，我想先略谈一谈论诗的标准。

诗应当是不同于散文论著的。好诗固然要有进步的思想、健康的感情，但是还必须有高妙的艺术，创造优美的意境、风格，具有魅力，吸引读者，使他们在不知不觉中感发兴起。诗可以比作酒（吴乔《围炉诗话》卷一：“意喻之米，饭与酒所同出，文喻之炊而为饭，诗喻之酿而为酒。文之措词，必副乎意，犹饭之不变米形，啖之则饱也；诗之措词，不必副乎意，犹酒之变尽米形，饮之则醉也。”），能使人陶醉，也可以比作花，能使人迷恋。读诗者也正如饮美酒，赏名花，要涵泳其风味，而不仅是了解其内容。一篇散文，读过之后，内容已知，就不愿再读（有高度艺术性的散文除外），但是对于好诗，甚至于一首短短的绝句诗，可以多年玩味，百读不厌。诗之所以成其为诗，不仅在于它的情思内容，还要结合它的高度艺术，因此论诗者也不能很简单地专就诗的情思内容来评价。

但是近几年中，有一些评论古人诗篇的文章，似乎专就其思想性立论。譬如只是列举诗中描写民生疾苦，揭发统治阶级罪恶，反抗封建制度，以及爱国主义、人道主义等等进步思想，便肯定它的价值。我常想，如果这样读诗，则与看散文论著又有何区别？而且以表达意思的明畅详尽来说，诗还不如散文，那么，岂不是大可以把诗取消了吗？再说，如果专就思想性而论，则凡情思相同的诗，似乎都是一样的，文学价值也是相等的，但是实际上并非如此简单。譬如南宋爱国词人，有张元幹、张孝祥、辛弃疾、陆游、陈亮、刘克庄等。他们的词中痛恨南宋朝廷苟且偷安，而想驱除女真，恢复中原，在这一点上，是同样地壮怀激烈，但是各家的壮词是否风格、意境一样呢？是否文学价值相等呢？绝对不是。我就最喜欢辛弃疾的壮词，有回肠荡气之感，其次有张元幹、张孝祥、陆游之作，刘克庄的壮词已嫌直率浅薄，陈亮壮志可嘉，文章也好，而他的词多是索然寡味。固然，我个人的爱好，也许是有偏向，不足为凭。但是我想无论何人也不会因为陈亮的词同样地有爱国主义思想，于是就承认它可以与辛弃疾词媲美。

这就说明一个问题："没有一个高度水平的艺术形式，那么，尽管作者的思想和意图是何等有价值，也绝不会产生真正的艺术作品的。"（西蒙诺夫《论苏联文学问题》，译文见1953年5月15日《光明日报》。）因此，我们论诗时，必须记住所论的是"诗"，不是散文论著，尽管思想性在诗中是很重要的，但是仍然不能只阐发它的思想性，不能只说明作者思想与意图的价值，而必须结合它的艺术性，说明诗的意境、风格、韵味，甚至于技巧方面的种种特点。

二、独创的风格

只要接触过杜牧诗的人，都会感觉到它的独创的俊爽风格，也就是刘熙载评杜牧诗时所说的“雄姿英发”（《艺概》卷二）。

黄庭坚说过：“文章最忌随人后。”凡是杰出的作家，都不肯碌碌因人，而要自创风格。杜牧说：“某苦心为诗，本求高绝，不务奇丽，不涉习俗，不今不古，处于中间。”（《献诗启》）这是他自己说明作诗的态度。杜牧在唐朝作家中最推崇李、杜、韩、柳，他说：“李杜泛浩浩，韩柳摩苍苍。近者四君子，与古争强梁。”（《冬至日寄小侄阿宜》）而在创作方面对他直接有些影响者，似乎只有韩愈。杜牧作古文，又喜欢作长篇五言古诗，“健美富赡”有时像“押韵之文”（此两语都是沈括评韩愈诗的话），也能“横空盘硬语”，这都可能是韩愈的影响。这一点，以前论杜牧诗的人似乎还很少注意到，张戒《岁寒堂诗话》甚至于说杜牧“不工古诗”，可见他完全忽视了杜牧诗这一方面的成就。白居易的诗在中、晚唐时流行甚广，影响甚大，尤其是他那种“杯酒光景间小碎篇章”的所谓“元和体”诗（参看陈寅恪先生《元白诗笺证稿》附论五篇中〈丁〉“元和体诗”）。晚唐人书中说，杜牧曾批评元、白“诗体舛杂”。杜牧为友人李戡作墓志，记载李戡指责白居易诗的一段话。（按，这段话所指责的如“纤艳不逞”“淫言媟语”等等，当然指的是白居易诗中所谓“元和体”的那一部分，与白居易的讽喻诗无关。）后世论者说这就是杜牧的意见，至少是杜牧所同意的。张祜的诗不为白居易所重视，而杜牧偏偏大捧张祜，称赞他“七子论诗谁似公？曹刘须在指挥中”（《酬张祜处士见寄长句四韵》），有点故意与白居易闹对立。（参看范摅《云溪友议》卷中“钱塘论”条及《四库提要》“樊川文集”条。）这一件诗坛公案，究竟是怎么回事，还需要做进一步的探索，不过，杜牧诗与白居易诗趋向不同，不受白诗的影响，是肯定的。李贺诗在中唐时是异军突起，也颇影响晚唐诗人，李商隐就是受影响的一个。杜牧作《李贺集序》，称赞李贺诗种种优点，但是最后又说它“盖骚之苗裔，理虽不及，辞或过之”。所谓“理”，指诗的思想性，就是说：“骚有感怨刺怼，言及君臣理乱，时有以激发人意。”在这一方面，李贺诗是不如《离骚》的，尽管在辞采方面有独到之处。晚唐人张为作《诗人主客图序》，将李贺与杜牧都归于“高古奥逸”一类。（见《全唐文》卷八一七。）我认为这不妥当。杜牧对李贺诗并非完全满意，他的诗与李贺也非同派。我推想，上文所引杜牧自述作诗态度之言，所谓“不务奇丽”的“奇丽”，可能是指李贺的诗风，而所谓“不涉习俗”的“习俗”，大概是指元稹、白居易风靡一时的“元和体”。所谓“不今不古，处于中间”，就是说自己不囿于时尚，不因袭古人。的确，杜牧固然不沾受白居易、李贺的影响，即便他所最推崇的李、杜、韩、柳，除去受到韩愈一些影响之外，其他也绝无因袭痕迹。他真是独往独来，即所谓“处于中间”，能创造自己独特的风格。但是这并不是说杜牧不接受古人的文学遗产，不过他是把它们的好处吸收融化，而用自己的精神面貌表现出来。

杜牧诗中俊爽的风格，能在峭健之中而又有风华流美之致，在晚唐是杰出的，在整个唐代诗坛中是独创的。这是杜牧平生忧国忧民的壮怀伟抱与伤春伤别的绮思柔情交织在一起，而以艺术天才表现出来的特征。

三、忧国忧民

杜牧生在晚唐内忧外患国家多事之秋，继承了他祖父杜佑作《通典》的经世致用之学，注意研究“治乱兴亡之迹，财赋兵甲之事，地形之险易远近，古人之长短得失”(《上李中丞书》)。他自述志向是：“平生五色线，愿补舜衣裳。弦歌教燕赵，兰芷浴河湟。腥膻一扫洒，凶狠皆披攘。生人但眠食，寿域富农桑。”(《郡斋独酌》）这与杜甫“致君尧舜上，再使风俗淳”“穷年忧黎元，叹息肠内热”的热情宏愿相似。杜牧主张削平藩镇，加强统一，收复河湟，巩固边防，都符合当时人民的利益。他善于论兵，注《孙子》十三篇，作《罪言》《原十六卫》《战论》《守论》，切中当时情事。他反对统治者的奢虐荒淫（《阿房宫赋》)，而尽自己力量之所及改善人民生活（《黄州祭城隍神祈雨第二文》)，解除民间疾苦（《与汴州从事书》)。杜牧可以说是承继了屈原、贾谊以来封建士大夫有抱负有气节、忧国忧民的优良传统。

杜牧尽管有这些忧国忧民的情思，但是如果没有高美的诗才表达，也不能成为杰出的诗人，因此，我们也就不能只在杜牧诗中将这些情思找出来，便算尽了评诗之能事。杜牧如何在诗中表达这些忧国忧民的思想感情呢？他有许多方法。有时直抒胸臆，慷慨激昂，用长篇五古的体裁，如《感怀诗》《郡斋独酌》《雪中书怀》等作皆是。（诗长不便征引）这些诗沉郁顿挫，笔力健举，与其情思内容配合恰当。一般说来，晚唐诗气格卑弱，多是律诗绝句，很少有人能作精彩的长篇古诗。杜牧独善作长篇五古，除去以上所举的几篇以外，其他如《杜秋娘诗》《张好好诗》《李甘诗》等，都是杰作。这是承继了韩愈诗的长处，上文已经提到。但是杜牧作忧国忧民的诗，也并不千篇一律，并非总是用这种体裁、这种方法。武宗会昌中，回鹘南侵，杜牧关心国防，忧念北方边塞人民遭受扰害，他这一次不用长篇五古直抒感愤，而是作了一首七律，用比兴象征之法，出以空灵蕴藉之笔，更觉耐人寻味。

金河秋半虏弦开，云外惊飞四散哀。仙掌月明孤影过，长门灯暗数声来。须知胡骑（读去声）纷纷在，岂逐春风一一回？莫厌潇湘少人处，水多菰米岸莓苔。

（《早雁》）

有时讽刺当时政治，不便明言，杜牧于是就用最含蓄的绝句体：

清时有味是无能，闲爱孤云静爱僧。欲把一麾江海去，乐游原上望昭陵。

（《将赴吴兴登乐游原一绝》）

这首诗头两句说自己无能与爱闲静，末句思念唐太宗（昭陵是唐太宗的坟陵），暗寓不满时政之意，用笔深婉。北宋有一位士大夫，因为迁官，到任后，给皇帝上谢表云：“清时有味，白首无能。”无意中运化了这首诗的两句，结果遭到统治者的憎恶，遂被免职，可见这首诗对统治者讽刺力量之深刻了。（《苕溪渔隐丛话》前集卷二十三引《石林诗话》：“杜牧诗：‘清时有味是无能，闲爱孤云静爱僧。拟把一麾江海去，乐游原上望昭陵。’此盖不满于当时，故末有‘昭陵’之句。江辅之谪官累年，后知虔州，谢表有云：‘清时有味，白首无能。’蔡持正为御史，引牧诗为证，以为怨望，遂复罢。”）

四、伤春伤别

人的生活是丰富的，情思是繁复的，杜牧虽然是一位议政论兵、忧国忧民的志士，但也不妨同时又是一个多情善感、倜傥不羁的才人。他颇有些风流韵事，流传人口。关于这，杜牧有一个怅惘的自白：

> 落魄江南载酒行，楚腰纤细掌中轻。十年一觉扬州梦，赢得青楼薄幸名。
>
> （《遣怀》）

具体的事情是哪些呢？杜牧在江西、宣城两府做幕僚时，与歌女张好好熟识，极欣赏她的歌唱；后来张好好为人作妾，几年之后，杜牧在洛阳市中重遇张好好，当垆卖酒。杜牧同情张好好俯仰由人的沦落生活，回想起以前的情谊，并联想到其他有关的朋友，作了一首长篇五古《张好好诗》。唐代扬州繁华，甲于全国。杜牧为淮南节度使府掌书记时，住在扬州，征歌逐舞，游兴甚豪，而最钟情于一个幼小的妓女。后来离开扬州时，作了两首诗送给她：

> 娉娉袅袅十三余，豆蔻梢头二月初。春风十里扬州路，卷上珠帘总不如。
>
> 多情却是总无情，惟觉樽前笑不成。蜡烛有心还惜别，替人垂泪到天明。
>
> （《赠别》）

至于湖州女子的故事，《太平广记》卷二七三“杜牧”条引《唐阙文》曾记载之。所谓《唐阙文》，疑是《唐阙史》之误，但内容与今本《唐阙史》又颇有出入。其中所记情事有些与杜牧行迹及史事不合，或不免附会之处。杜牧曾作过一首《叹花》诗：“自是寻春去校迟，不须惆怅怨芳时。狂风落尽深红色，绿叶成阴子满枝。”这首诗可能有寓托之意，后来的好事者遂附会编造了湖州女子的故事。故事是这样的：杜牧曾游湖州，欣赏一个十余岁的女子，与其母约曰：“待我十年，不来然后嫁。”并以重币结之。十四年后，杜牧来做湖州刺史，寻访此女子，则女子已嫁，且生三子矣。杜牧遂作《叹花》诗以自伤。我在所撰《杜牧年谱》中，曾考杜牧平生行迹，对此事加以辨析，认为是后人附会，并非事实。

唐朝诗人恋爱的对象多半是妓女、女道士及贫寒家女子（高门世族的女子要谨守礼教，不易与男子自由往还。），尤其与妓女往来最多，这是当时的风气。杜牧虽然不能如欧阳詹用情的精诚专一（参看《全唐文》卷八一七黄璞《欧阳行周传》及石印本《全唐诗》卷十八孟简《咏欧阳行周事》。），但也不像元稹的轻薄，他的诗中所表现的情感还是相当的深挚温厚，有时对待她们像朋友一样。他作这一类爱情诗，多是用他所最擅长的绝句体，在缠绵怅惘之中，仍有英爽俊拔之致。李商隐《杜司勋》诗：“刻意伤春复伤别，人间惟有杜司勋。”（这时杜牧正做司勋员外郎，故称“杜司勋”。）就是欣赏杜牧诗的这一特长。

五、抑郁与旷达

晚唐宦官专政，朋党倾轧，政治是浊乱的，有正义感的士大夫常受挫折。杜牧性情刚直，不肯苟合取容，所以他虽然出身高门，又是少年科第，而一生在政治上并不得意，经常是“愤悱欲谁语，忧慍不能持”(《雪中书怀》)。武宗会昌初，杜牧被宰相李德裕排挤，出为外州刺史，七年之中，换了黄州、池州、睦州三个地方。有一次，他用凄惋的调子唱出忧伤抑郁的情怀：

淮阳多病偶求欢，客袖侵霜与烛盘。砌下梨花一堆雪，明年谁此凭栏干！

(《初冬夜饮》)

但是杜牧终究是有豪情胜概的人，不能总是忧伤憔悴，所以有时又豪放旷达，看开一切：

江涵秋影雁初飞，与客携壶上翠微。尘世难逢开口笑，菊花须插满头归。但将酩酊酬佳节，不用登临恨落晖。古往今来只如此，牛山何必独沾衣！

[《九日齐山登高》(按，齐山在池州)]

这两类的诗实际上是一致的，都是在封建社会中有才能有正义感而受到抑制者，所发出的曲折的反抗之音。

六、绝句与律诗

杜牧虽然也善作长篇五古，但是他的诗最为后人所传诵者似乎还是绝句，其次是律诗。绝句与律诗虽然只有短短的四句或八句，但是唐代诗人善于运用这两种诗体，大含细入，变化无方，创造出无数传诵千载的名篇佳什。晚唐时，在这方面最擅胜场的当推杜牧与李商隐。李商隐少时曾摹李贺体，其后运用李贺古诗中象征之法作律诗，去其奇诡而变为凄美芳悱，遂为律诗开一新境界（详拙作《论李义山诗》）；而杜牧则将其雄姿英发融于薄物小篇，他的律诗在俊爽拗峭之中见出风神韵致。前面已经举出他的《早雁》与《九日齐山登高》两律，都是佳作，现在再举一首：

六朝文物草连空，天淡云闲今古同。鸟去鸟来山色里，人歌人哭水声中。深秋帘幕千家雨，落日楼台一笛风。惆怅无因见范蠡，参差烟树五湖东。

（《题宣州开元寺水阁，阁下宛溪，夹溪居人》）

至于李商隐的绝句，论者谓其"寄托深而措辞婉"（叶燮语）。杜牧的绝句，言情写景，浑融精练，而音节响亮，风神摇曳，并且也还是透露一种英爽的气概。前面已经举出好几首，现在再选录几首，都是脍炙人口的：

烟笼寒水月笼沙，夜泊秦淮近酒家。商女不知亡国恨，隔江犹唱后庭花。

（《泊秦淮》）

青山隐隐水迢迢，秋尽江南草未凋。二十四桥明月夜，玉人何处教吹箫？

（《寄扬州韩绰判官》）

两竿落日溪桥上，半缕轻烟柳影中。多少绿荷相倚恨，一时回首背西风！

（《齐安郡中偶题》）

总之，我们读李商隐的诗，如同吃带酒味的葡萄，含咀津液，令人心醉，而读杜牧的诗，则如啖哀梨，甘脆适口，使人神爽。他们两位诗人确是异曲而同工。

七、小结

上面已经简略说明杜牧诗的种种特征与优点。（当然，杜牧诗集中也不免有极少数的庸俗之作与酬应之篇。）不过，杜牧并没有作过描写民生疾苦之诗，如杜甫的“三吏”“三别”与白居易的《秦中吟》《新乐府》之类，是不是因此它就欠缺人民性呢？不然。因为文学中所谓人民性，内容是丰富的，绝不能把人民性只看作是人民生活的描写（季摩菲耶夫《文学概论》，查良铮译本，平明出版社，1953年。），而杜甫、白居易之所以伟大，也不专在于他们曾写过“三吏”“三别”、《秦中吟》《新乐府》等诗篇。我们反对今日文学创作中的公式化与千篇一律，那么，我们衡量古代作家也不应该用公式化与千篇一律的标准；我们今日提倡“百花齐放”“百家争鸣”，那么，我们也应该使古代作家能够百花齐放，百家争鸣。所以我认为杜牧应当被肯定是一位杰出的诗人。

杜牧在文学上的主要成就固然是诗，但是他还有其他方面的长处。杜牧的古文，“纵横奥衍”，笔力健举，最为北宋古文大家欧阳修所激赏（参看费衮《梁溪漫志》卷六“唐藩镇传叙”条），而文章中的内容，多关于国计民生，有很好的思想性与史料价值。洪亮吉《北江诗话》曾说，“有唐一代诗文兼擅者，惟韩、柳、小杜三家”。中、晚唐诗人渐采用民间曲子作词，然多是短调，即所谓小令，而杜牧曾作《八六子》词，全首九十字，是第一个采用民间曲子中长调作词也就是第一个作慢词的人。杜牧又工于书法，他手写的《张好好诗》真迹流传于今日，去年已由收藏家张伯驹先生捐献给人民政府。清代叶奕苞称赞“牧之书潇洒流逸，深得六朝人风韵”。（叶奕苞《金石录补》卷二二“唐杜牧之赠张好好诗”条。）

总之，由以上所论述者看来，我们对于这位忧国忧民、伤春伤别而又多才多艺的古典作家杜牧，应当在中国文学史中给予他相当高的地位。

（原载《光明日报》1957 年 6 月 23 日“文学遗产”第 162 期）

论李义山诗

李义山诗，具有特美，自北宋以还，即为世人所爱诵。但义山诗情辞虽美，而义旨渊微，不易索解。元好问论诗，已有“独恨无人作郑笺”之叹。近三百年，治义山诗者近十家，大抵皆以论世为逆志之具，进而探求其托意之所在。就中以冯浩《玉谿生诗集笺注》及张孟劬先生《玉谿生年谱会笺》两书，旁搜远绍，精密详核，用力最勤，成绩最佳，而张书尤为后来居上，于义山诗中微辞深旨，十得七八。吾人今日读义山诗，关于知人论世方面，多可凭借成书，无劳再多作艰苦之探索，至于李义山诗在中国文学史上应据如何之地位，则尚可阐论也。

欲论李义山诗，须先明李义山之为人。李义山盖灵心善感，一往情深，而不能自遣者。方诸曩哲，极似屈原。昔之论诗者，谓吾国古人之诗，或出于《庄》，或出于《骚》，出于《骚》者为正，出于《庄》者为变。斯言颇有所见。盖诗以情为主，故诗人皆深于哀乐，然同为深于哀乐，而又有两种殊异之方式，一为入而能出，一为往而不返，入而能出者超旷，往而不返者缠绵，庄子与屈原恰好为此两种诗人之代表。庄子持论，虽忘物我、齐是非，然其心并非如槁木死灰，其书中如："君其涉于江而浮于海，望之而不见其崖，愈往而不知其所穷，送君者皆自崖而反，君自此远矣。"(《山木》篇)又如："山林与，皋壤与，使我欣欣然而乐与，乐未毕也，哀又继之。"(《知北游》篇)诸语忧乐无端，百感交集，在先秦诸子中最富诗意。惟庄子虽深于哀乐，而不滞于哀乐，虽善感而又能自遣。屈原则不然，其用情专一，沉绵深曲，生平忠君爱国，当遭谗被放之后，犹悱恻思君，潺湲流涕，忧伤悼痛，不能自已。"退静默而莫余知兮，进号呼又莫吾闻，申侘傺之烦惑兮，中闷瞀之忳忳。"(《惜诵》)最足以自状其心境之郁结，不能排遣，故卒至于自沉。盖庄子之用情，如蜻蜓点水，旋点旋飞；屈原之用情，则如春蚕作茧，愈缚愈紧。自汉魏以降之诗人，率不出此两种典型，或偏近于庄，或偏近于屈，或兼具庄、屈两种成分，而其分配之比例又因人而异，遂有种种不同之方式，而以近于屈者为多，如曹植、阮籍、谢灵运、谢朓、张九龄、杜甫、柳宗元等皆是，故论者谓吾国诗以出于《骚》者为正。李义山之心情，苟加以探析，殆极近屈原。"春蚕到死丝方尽，蜡炬成灰泪始干。"此义山自道之辞，亦即屈原之心理状态。故就此点而论，李义山固为中国文学史上正宗之诗人也。

凡读李义山诗者，无不注意其与令狐绹之关系。义山集中佳诗，多为此事而发。义山少时受知于令狐绹之父令狐楚，其后登进士第，又赖令狐绹推荐之力，受恩两世，渊源深厚。唐代新及第进士，往往为达官贵人东床之选，故义山进士登第后，娶泾原节度使王茂元之女。此事本无足异。唯当时李德裕与牛僧孺两党相争，分立门户，令狐氏父子党于牛僧孺，而王茂元乃李德裕所厚，义山以孤寒书生，与牛李两人均无关涉，其娶王茂元之女，或亦未尝思及党争门户之事，然因此为令狐绹所怨。谓义山背恩，情好渐乖。其后义山又应桂管观察使郑亚之辟，为使府掌书记，郑亚亦李德裕之党，令狐绹益不悦。宣宗时，令狐绹为相十年，威权震烁，干进者率趋其门，义山与令狐氏有两世交谊，本应受其沾溉，乃因曾依王茂元及郑亚之故，为绹所怨，绝不汲引，义山遂蹭蹬终身。在义山之意，以为娶王茂元女本新进士联姻显贵之常事，而依郑亚幕，亦为贫所迫，皆非有意背恩，故屡次陈情，以明心迹，望能为令狐绹所谅。令狐绹以旧谊之故，仍与义山往还，形迹亦颇亲密，而心中则深怨义山负恩事仇，放利偷合，不肯再援于仕途。此种不即不离之关系，复杂难明之隐情，使义山深感痛苦。如陶潜、苏轼处此，必有以放怀自遣，而义山对于此事，则深怨沉忧，如春蚕自缚，牢固而不可解，愈望之而愈怨之，愈怨之而又愈不忍舍去。其怨令狐绹之冷淡也，则曰："欲就麻姑买沧海，一杯春露冷如冰。"（《谒山》）其自慨心迹不明也，则曰："不辞鶗鴂妒年芳，但惜流尘暗烛房。昨夜西池凉露满，桂花吹断月中香。"（《昨夜》）其望令狐绹之援引也，则曰："闻道神仙有才子，赤箫吹罢好相携。"（《玉山》）又曰："人间桑海朝朝变，莫遣佳期更后期。"（《一片》）及至陈情不省，援引望绝，而犹不能舍去，则曰："直道相思了无益，未妨惆怅是清狂。"（《无题》。以上所引诸诗，皆本冯注之说。）义山之于令狐绹，与屈原之于楚王，情事虽殊，所感相似，故义山诗之沉绵往复，幽忆怨断，亦极近《离骚》也。

义山之心情，固近于屈原，而其作诗之方法，亦多取自《离骚》。屈原借美人香草之辞，发抒忠爱，芳馨悱恻，为中国文学开一美境，后世诗人多承其风，而义山尤喜用其法，故集中多艳体诗。其中一部分或即闲情之什，无更深之托意，而有一部分则确系借男女之情以喻他事，尤多寄意于令狐者。义山《有感》诗云："非关宋玉有微辞，却是襄王梦觉迟。一自《高唐赋》成后，楚天云雨尽堪疑。"此诗无异自作笺注，说明自己作诗之法，使后世读者勿以辞害意也。

李义山一往情深而又复灵心善感，对于人事，对于自然，莫不如是。上文所述义山与令狐氏恩怨亲疏之故发为篇章者，皆与自己有密切之关系，其感深而怨切，固无论矣。而与自己无关之事，义山亦极易枨触。义山一生四十余年，历宪穆敬文武宣六宗之世，值晚唐多故之秋，阉寺擅权，藩镇跋扈，牛李两党，倾轧甚烈，当时之事，多可悲慨。先就帝王言之。敬宗童昏即位，荒于嬉戏，一夕之间，为宦官刘克明等所弑。自古弑君者，或由权臣主使，或由奸党阴谋，其事非易，酝酿须时，若敬宗于仓卒之间，死于狎昵之手，弑君大变，竟同儿戏，征诸往史，尚不多见。文宗有心图治，思去宦官，乃以任用非人，致有甘露之祸，宰相族灭，朝堂一空，文宗虽未遭废黜，亦几同囚禁，曾赋诗云："辇路生春草，上林花满枝。凭高何限意，无复侍臣知。"帝王哀怨，同于骚人。文宗崩后，复因立嗣之事，平生所爱之杨妃，竟蒙赐死。以帝王之尊，生时不能保全宰相，死后复不能保全爱妃，亦可悯矣。武宗英明，任李德裕为相，外拒回鹘，内平泽潞，有中兴之象，乃好女色，信方士，饵金丹受毒，在位六年而崩，年仅三十三，功业辉煌，倏然而灭。此诸帝王之情形也。再就大臣论之。当义山之时，最有才具德望之大臣，推李德裕。李德裕相武宗六年，内修外攘，政绩粲然，会昌之世，号为中兴。宣宗立，李德裕为群小所媒孽，两载之中，由宰相贬为崖州司户，功高未赏，反罹罪罚。凡此诸事，皆深感义山之心。其伤敬宗也，则曰："莫恃金汤忽太平，草间霜露古今情。"又曰："长乐瓦飞随水逝，景阳钟堕失天明。"（《览古》）其伤甘露之事也，则曰："古有清君侧，今非乏老成。素心虽未易，此举太无名。谁瞑衔冤目，宁吞欲绝声。近闻开寿宴，不废用《咸》《英》。"（《有感》）其伤杨妃之赐死也，则曰："金舆不返倾城色，玉殿犹分下苑波。"又曰："天荒地变心虽折，若比伤春意未多。"（《曲江》）其伤武宗也，则曰："汉家天马出蒲梢，苜蓿榴花遍近郊。内苑只知含凤觜，属车无复插鸡翘。玉桃偷得怜方朔，金屋修成贮阿娇。谁料苏卿老归国，茂陵松柏雨萧萧。"（《茂陵》）其伤李德裕也，则曰："绛纱弟子音尘绝，鸾镜佳人旧会稀。今日致身歌舞地，木棉花暖鹧鸪飞。"（《李卫公》）诸作均感怆深至，而其事有未便明言者，则借古事以映衬之，托意婉曲，而韵味渊厚，固义山之所长也。

义山对于自然，亦观察精细，感觉锐敏。如《咏蝉》云："五更疏欲断，一树碧无情。"《凉思》云："客去波平槛，蝉休露满枝。"《七月二十九日崇让宅宴作》云："露如微霰下前池，风过回塘万竹悲。浮世本来多聚散，红蕖何事亦离披。"均体验入微，照物如镜，遗其形迹，得其神理，且联想丰富，能于写物写景之中，融入人生之意味。

李义山以善感之心，生多故之世，观当时帝王之尊，宰相之贵，生死不常，荣衰倏变，己身复牵于党争恩怨之间，心事难明，所遇多迕，故对人生为悲观，其作品中充满哀音。例证多不胜举，标其显著者，如：

万里重阴非旧圃，一年生意属流尘。

（《回中牡丹为雨所败》）

悠扬归梦惟灯见，濩落生涯独酒知。

（《七月二十九日崇让宅宴作》）

莫恨名姬中夜没，君王犹自不长生。

（《华岳下题西王母庙》）

人生岂得长无谓，怀古思乡共白头。

（《无题》）

读之使人荡气回肠，凄然欲绝。义山虽受杜甫之影响，而毫无杜诗诙谐之趣，此则禀性之不同也。

义山虽亦云："永忆江湖归白发，欲回天地入扁舟。"（《安定城楼》）又云："如何匡国分，不与夙心期。"（《幽居冬暮》）而其在政治上之抱负，自不如屈原之伟大，然有一往之深情，善感之灵心，对外物观察细微，对人生体验深刻，故终不失为第一流之诗人也。

兹再进而研寻义山诗之渊源，并论其特殊之贡献。前人论义山诗者，率谓其善于学杜，是固然矣。然非仅如此之简单也。唐诗自杜甫出，开一新局面，中唐诗人多受其影响，而发展之途径又不同。白居易极赏杜甫新乐府诗，承其风而光大之，补察时政，泄导人情，其风格贵平易，元稹、李绅、张籍等辅之。韩愈则承杜甫“语不惊人死不休”之作风，以文为诗，硬语盘空，风格奇险。当时如孟郊之瘦劲，卢仝之险怪，李贺之瑰丽，贾岛之僻涩，皆与韩愈应和者也。元和长庆间，元白诗风行一时，然因此亦渐生流弊，故晚唐诗人多反元白。李义山年十六即能古文，颇汲韩愈之流，其诗亦有学韩者，《韩碑》一篇，即其明证。惟此体非义山所长，故其所得力者乃在李贺。李贺诗出于楚《骚》，想象丰富，喜用象征，造境瑰奇，摛彩艳发。义山才情盖与李贺相近，故慕其为人，曾为贺作小传，义山集中亦多仿李贺体之作，如《长长汉殿眉》一诗明题“效长吉”者，固无论矣，此外效李贺者尚多，如《宫中曲》《无愁果有愁曲北齐歌》《海上谣》《射鱼曲》《房中曲》《烧香曲》《燕台诗》《河内诗》《河阳诗》《景阳宫井双桐》等皆是，可见其受李贺影响之大。如《无愁果有愁曲北齐歌》曰：“推烟唾月抛千里，十番红桐一行死。白杨别屋鬼迷人，空留暗记如蚕纸。日暮西风牵短丝，血凝血散今谁是。”又如《海上谣》曰：“桂水寒于江，玉兔秋冷咽。海底觅仙人，香桃如瘦骨。紫鸾不肯舞，满翅蓬山雪。借得龙堂宽，晓出揲云发。刘郎旧香炷，立见茂陵树。云孙帖帖卧秋烟，上元细字如蚕眠。”置之长吉集中，可乱楮叶。惟诗贵自立，不贵依傍，义山若徒摹李贺，纵能酷似，亦不足矜，故义山诗之成就，不在其能学李贺，而在其能取李贺作古诗之法移于作律诗，且变奇瑰为凄美，又参以杜甫之沉郁，诗境遂超出李贺之上。李贺集中多古诗，五律偶一为之，七律绝无，而李义山则特工律诗，尤长于七律，凡论义山诗者，无不首忆及其七律之名句。律诗为唐初新诗体，齐梁间人作诗，尚声律，重对偶，逐渐演变，至初唐而上官仪、沈佺期、宋之问诸人出，“回忌声病，约句准篇”，律诗体遂正式成立。此新诗体虽稍有规律之检束，然亦自有其技术上之价值。不幸初唐人作律诗者多用于应制应试，浅薄卑靡，不为识者所重。当时反齐梁、主复古之诗人，如陈子昂、李白等，皆轻视律诗，偶或为之，虽提高其意境，而往往不屑于谨守规律。长此以往，则严守律诗矩矱者，仅能作应制应试之诗，而能加以深厚之情思，高远之意境者，又破坏律诗之格律，此新诗体之功能，几无从尽量发挥。及杜甫出，因其论诗不鄙薄齐梁，故承认律体诗之价值，而精心结撰，多方尝试，其高才健笔，深情博学，皆纳于此薄物小篇之中，严守格律，复能变化，至此，律体诗之价值始高，标准始定。中唐诗人，又多轻视律诗。白居易谓律诗“非平生所尚”（《与元九书》），元稹谓“律体卑庳，格力不扬”（《上令狐相公诗启》），韩愈驰骋笔力，多在古体，律诗亦非所经意。李义山出，复专力作律诗，用李贺古诗象征之法于律诗之中，遂于杜诗之外开一新境。象征之法，本诗中所常用，惟全集中十之七八皆用象征，则在李贺之前尚不多见。李贺诗造境虽新，而过于诡异，能悦好奇者之心，而不能餍常人之望，义山则去其奇诡而变为凄美芳悱，如：

一春梦雨常飘瓦，尽日灵风不满旗。

（《重过圣女祠》）

阆苑有书多附鹤，女床无树不栖鸾。

（《碧城》）

沧海月明珠有泪，蓝田日暖玉生烟。

（《锦瑟》）

扇裁月魄羞难掩，车走雷声语未通。

（《无题》）

与李贺诗“女娲炼石补天处，石破天惊逗秋雨”（《李凭箜篌引》）、“画栏桂树悬秋香，三十六宫土花碧”（《金铜仙人辞汉歌》），意境韵味，迥乎不同。李义山摹李贺体作五七言古诗，乃一种尝试，一种训练，其移用李贺古诗中象征之法作律诗，变奇诡为凄美，为律诗开辟一新境界，树立一新风格，乃义山自己之创造，自己之成就。故论唐代律诗者，于杜甫之后，以义山为大宗。此义山在中国诗史上之贡献也。

义山诗与词体之关系，亦有可附论者。词为中唐时发生之一种新文学体裁，至晚唐始渐盛。晚唐诗人，温庭筠与李义山齐名，温之诗不及李，而于词则颇努力，建树甚卓。义山虽未尝作词，然其诗实与词有意脉相通之处。盖词之所以异于诗者，非仅表面之体裁不同，而尤在内质及作法之殊异。词之特质，在乎取资于精美之事物，而造成要眇之意境。义山之诗，已有极近于词者，如《灯》诗：

皎洁终无倦，煎熬亦自求。花时随酒远，雨后背窗休。冷暗黄茅驿，暄明紫桂楼。锦囊名画掩，玉局败棋收。何处无佳梦，谁人不隐忧。影随帘押转，光信簟文流。客自胜潘岳，侬今定莫愁。固应留半焰，回照下帏羞。

据冯浩注，此诗乃郑亚贬官、桂府初罢时义山自慨身世之作。今姑不问冯说当否，要之此诗必有相当之托意，以“灯”为题，取资微物，诗中所用之意象辞采，皆极细美，篇末尤为婉约幽怨。此作虽为诗体，而论其意境及作法，则极近于词。义山集中类此之作颇多。盖中国诗发展之趋势，至晚唐之时，应产生一种细美幽约之作，故李义山以诗表现之，温庭筠则以词表现之。体裁虽异，意味相同，盖有不知其然而然者。长短句之词体，对于表达此种细美幽约之意境尤为适宜，历五代、北宋，日臻发达，此种意境遂几为词体所专有。义山诗与词体意脉相通之一点，研治中国文学史者亦不可不致意也。

（原载《思想与时代》第 25 期，1943 年 8 月）

论宋诗

宋初沿袭五代之余，士大夫皆宗白居易诗，故王禹偁主盟一时。真宗时，杨亿、刘筠等喜李商隐，西昆体称盛，是皆未出中晚唐之范围。仁宗之世，欧阳修于古文别开生面，树立宋代之新风格，而于诗尚未能超诣，此或由于非其精力之所专注，亦或由于非其天才之所特长，然已能宗李白、韩愈，以气格为主，诗风一变。梅尧臣、苏舜钦辅之。其后王安石、苏轼、黄庭坚出，皆堂庑阔大。苏始学刘禹锡，晚学李白；王黄二人，均宗杜甫。“王介甫以工，苏子瞻以新，黄鲁直以奇。”（《苕溪渔隐丛话》卷四十二引《后山诗话》）宋诗至此，号为极盛。宋诗之有苏黄，犹唐诗之有李杜。元祐以后，诗人迭起，不出苏黄二家。而黄之畦径风格，尤为显异，最足以表宋诗之特色，尽宋诗之变态。《刘后村诗话》曰：“豫章稍后出，会粹百家句律之长，究极历代体制之变，搜讨古书，穿穴异闻，作为古律，自成一家，虽只字半句不轻出，遂为本朝诗家宗祖。”其后学之者众，衍为江西诗派，南渡诗人，多受沾溉，虽以陆游之杰出，仍与江西诗派有相当之渊源。至于南宋末年所谓江湖派，所谓永嘉四灵，皆爝火微光，无足轻重，故论宋诗者，不得不以江西派为主流，而以黄庭坚为宗匠矣。

唐代为吾国诗之盛世，宋诗既异于唐，故褒之者谓其深曲瘦劲，别辟新境；而贬之者谓其枯淡生涩，不及前人。实则平心论之，宋诗虽殊于唐，而善学唐者莫过于宋，若明代前后七子之规摹盛唐，虽声色格调，或乱楮叶，而细味之，则如中郎已亡，虎贲入座，形貌虽具，神气弗存，非真赏之所取也。何以言宋人之善学唐人乎？唐人以种种因缘，既在诗坛上留空前之伟绩，宋人欲求树立，不得不自出机杼，变唐人之所已能，而发唐人之所未尽。其所以如此者，要在有意无意之间，盖凡文学上卓异之天才，皆有其宏伟之创造力，决不甘徒摹古人，受其笼罩，而每一时代又自有其情趣风习，文学为时代之反映，亦自不能尽同古人也。

唐宋诗之异点，先粗略论之。唐诗以韵胜，故浑雅，而贵酝藉空灵；宋诗以意胜，故精能，而贵深折透辟。唐诗之美在情辞，故丰腴；宋诗之美在气骨，故瘦劲。唐诗如芍药海棠，秾华繁采；宋诗如寒梅秋菊，幽韵冷香。唐诗如啖荔枝，一颗入口，则甘芳盈颊；宋诗如食橄榄，初觉生涩，而回味隽永。譬诸修园林，唐诗则如叠石凿池，筑亭辟馆；宋诗则如亭馆之中，饰以绮疏雕槛，水石之侧，植以异卉名葩。譬诸游山水，唐诗则如高峰远望，意气浩然；宋诗则如曲涧寻幽，情境冷峭。唐诗之弊为肤廓平滑，宋诗之弊为生涩枯淡。虽唐诗之中，亦有下开宋派者，宋诗之中，亦有酷肖唐人者；然论其大较，固如此矣。

兹更进而研讨之。就内容论，宋诗较唐诗更为广阔。就技巧论，宋诗较唐诗更为精细。然此中实各有利弊，故宋诗非能胜于唐诗，仅异于唐诗而已。

唐诗以情景为主，即叙事说理，亦寓于情景之中，出以唱叹含蓄。惟杜甫多叙述议论，然其笔力雄奇，能化实为虚，以轻灵运苍质。韩愈、孟郊等以作散文之法作诗，始于心之所思，目之所睹，身之所经，描摹刻画，委曲详尽，此在唐诗为别派。宋人承其流而衍之，凡唐人以为不能入诗或不宜入诗之材料，宋人皆写入诗中，且往往喜于琐事微物逞其才技。如苏黄多咏墨、咏纸、咏砚、咏茶、咏画扇、咏饮食之诗，而一咏茶小诗，可以和韵四五次。（黄庭坚《双井茶送子瞻》《和答子瞻》《省中烹茶怀子瞻用前韵》《以双井茶送孔常父》《常父答诗复次韵戏答》，共五首，皆用“书”“珠”“如”“湖”四字为韵。）余如朋友往还之迹，谐谑之语，以及论事说理讲学衡文之见解，在宋人诗中尤恒遇之。此皆唐诗所罕见也。夫诗本以言情，情不能直达，寄于景物，情景交融，故有境界，似空而实，似疏而密，优柔善入，玩味无斁，此六朝及唐人之所长也。宋人略唐人之所详，详唐人之所略，务求充实密栗，虽尽事理之精微，而乏兴象之华妙。李白、王维之诗，宋人视之，或以为“乱云敷空，寒月照水”（许尹《山谷诗注序》），不免空洞，然唐诗中深情远韵，一唱三叹之致，宋诗中亦不多觏。故宋诗内容虽增扩，而情味则不及唐人之醇厚，后人或不满意宋诗者以此。

唐诗技术，已甚精美，宋人则欲百尺竿头，更进一步。盖唐人尚天人相半，在有意无意之间，宋人则纯出于有意，欲以人巧夺天工矣。兹分用事、对偶、句法、用韵、声调诸端论之。

（一）用事　杜甫自谓：“读书破万卷，下笔如有神。”其诗中自有熔铸群言之妙。刘禹锡云：“诗用僻字须要有来去处。宋考功诗云：‘马上逢寒食，春来不见餳。’尝疑此字僻，因读《毛诗·有瞽》注，乃知六经中惟此有餳字。”宋祁云：“梦得作九日诗，欲用餻字，思六经中无此字，不复用。”诗中用字贵有来历，唐人亦偶及之，而宋人尤注意于此。黄庭坚《与洪甥驹父书》云：“自作语最难。老杜作诗，退之作文，无一字无来处。盖后人读书少，故谓韩杜自作此语耳。古之能为文章者，真能陶冶万物，虽取古人之陈言，入于翰墨，如灵丹一粒，点铁成金也。”黄庭坚欣赏古人，既着意于其“无一字无来处”，其自作诗亦于此尽其能事。如《咏猩猩毛笔》云：“平生几两屐，身后五车书。”用事“精妙隐密”，为人所赏。故刘辰翁《简斋诗注序》谓：“黄太史矫然特出新意，真欲尽用万卷，与李杜争能于一词一字之顷，其极至寡情少恩，如法家者流。”实则非独黄一人，宋人几无不致力于此。兹举一例，以见宋人对于用字贵有来历之谨细。

> 《西清诗话》：“熙宁初，张掞以二府初成，作诗贺荆公，公和曰：‘功谢萧规惭汉第，恩从隗始诧燕台。’以示陆农师。农师曰：‘萧规曹随，高帝论功，萧何第一，皆摭故实，而请从隗始，初无恩字。’公笑曰：‘子善问也。韩退之《斗鸡联句》：“感恩惭隗始。”若无据，岂当对功字也。’乃知前人以用事一字偏枯，为倒置眉目，反易巾裳，盖谨之如此。”（《苕溪渔隐丛话》卷三十五）

唐人作诗，友朋间切磋商讨，如“僧推月下门”，易“推”为

“敲”；“此波涵帝泽”，易“波”为“中”，所注意者，在声响之优劣，意思之灵滞，而不问其字之有无来历也。宋诗作者评者，对于一字之有无来历，斤斤计较，如此精细，真所谓“寡情少恩，如法家者流”。此宋人作诗之精神与唐人迥异者矣。

所贵乎用事者，非谓堆砌饾饤，填塞故实，而在驱遣灵妙，运化无迹。宋人既尚用事，故于用事之法，亦多所研究。《蔡宽夫诗话》云：“荆公尝云：‘诗家病使事太多’，盖皆取其与题合者类之，如此乃是编事，虽工何益。若能自出己意，借事以相发明，情态毕出，则用事虽多，亦何所妨。”《石林诗话》云：“诗之用事，不可牵强，必至于不得不用而后用之，则事辞为一，莫见其安排斗凑之迹。苏子瞻尝作人挽诗云：‘岂意日斜庚子后，忽惊岁在己辰年。’此乃天生作对，不假人力。”大抵用事贵精切、自然、变化，所谓“用事工者如己出”（《王直方诗话》），即用事而不为事所用也。

非但用字用事贵有来历、有所本，即诗中之意，宋人亦主张可由前人诗中脱化而出，有换骨夺胎诸法。黄庭坚谓：“诗意无穷而人才有限，以有限之才，追无穷之意，虽渊明、少陵不得工也。不易其意而造其语，谓之换骨法；规摹其意形容之，谓之夺胎法。”

诗中用字用事用意，所以贵有所本，亦自有其理由。盖诗在各种文学体裁中最为精品，其辞意皆不容粗疏，又须言近旨远，以少数之字句，含丰融之情思，而以对偶及音律之关系，其选字须较文为严密。凡有来历之字，一则此字曾经古人选用，必最适于表达某种情思，譬之已提炼之铁，自较生铁为精。二则除此字本身之意义外，尚可思及其出处词句之意义，多一层联想。运化古人诗句之意，其理亦同。一则曾经提炼，其意较精；二则多一层联想，含蕴丰富。至于用事，亦为达意抒情最经济而巧妙之方法。盖复杂曲折之情事，决非三五字可尽，作文尚可不惮烦言，而在诗中又非所许。如能于古事中觅得与此情况相合者，则只用两三字而义蕴毕宣矣。然此诸法之运用，须有相当限度，若专于此求工，则雕篆字句，失于纤巧，反失为诗之旨。

（二）对偶　吾国文字，一字一音，宜于对偶，殆出自然。最古之诗文，如《诗经》《尚书》，已多对句。其后对偶特别发展，故衍为骈文律诗。唐人律诗，其对偶已较六朝为工，宋诗于此，尤为精细。《石林诗话》云："荆公晚年，诗律尤精严，造语用字，间不容发，然意与言会，言随意遣，浑然天成，殆不见有牵率排比处。如'含风鸭绿鳞鳞起，弄日鹅黄袅袅垂'，读之初不觉有对偶，至'细数落花因坐久，缓寻芳草得归迟'，但见舒闲容与之态耳，而字字细考之，皆经檃括权衡者，其用意亦深刻矣。尝与叶致远诸人和头字韵诗，往返数四，其末篇云：'名誉子真居谷口，事功新息困壶头'，以谷口对壶头，其精切如此。"大抵宋诗对偶所贵者数点：

（甲）工切　如"飞琼"对"弄玉"，皆人名，而"飞"字与"弄"字、"琼"字与"玉"字又相对。如"谷口"对"壶头"，皆地名，而"谷"字与"壶"字、"口"字与"头"字又相对。如"含风鸭绿鳞鳞起，弄日鹅黄袅袅垂"，"鸭绿"代水，"鹅黄"代柳，而"鸭""鹅"皆鸟名，"绿""黄"皆颜色，"鳞鳞""袅袅"均形容叠字，而"鳞"字从"鱼"，"袅"字从"鸟"，备极工切。

（乙）匀称　如“细数落花因坐久，缓寻芳草得归迟”，其中名词动词形况词相对偶者，意之轻重，力之大小，皆如五雀六燕，铢两悉称。

（丙）自然　对偶排比，虽出人工，然作成之后，应极自然，所谓“浑然天成，不见牵率处”。如黄庭坚《寄元明》诗：“但知家里俱无恙，不用书来细作行。”陈师道《观月》诗：“隔巷如千里，还家已再圆。”陈与义《次韵谢表兄张元东见寄》诗：“灯里偶然同一笑，书来已似隔三秋。”骤读之似自然言语，一意贯注，细察之则字字对偶也。

（丁）意远　对句最忌合掌，即两句意相同或相近也。故须词字相对，而意思则隔离甚远，读之始能起一种生新之感。如苏轼：“身行万里半天下，僧卧一庵初白头。”黄庭坚：“舞阳去叶才百里，贱子与公俱少年。”读上句时，决想不到下句如此接出，此其所以奇妙也。

（三）句法　杜甫《赠李白》诗云：“李侯有佳句，往往似阴铿。”《寄高适》诗云：“佳句法如何。”《江上值水如海势聊短述》诗云：“为人性僻耽佳句，语不惊人死不休。”韩愈《荐士》诗称孟郊云：“横空盘硬语，妥帖力排奡。”唐人为诗，固亦重句法，而宋人尤研讨入微。宋人于诗句，特注意于洗炼与深折，或论古，或自作，或时人相欣赏，皆奉此为准绳。王安石每称杜甫“钩帘宿鹭起，丸药流莺转”之句，以为用意高峭，五字之模楷。黄庭坚爱杜甫诗“不知西阁意，肯别定留人”。肯别耶，定留人耶，一句有两节顿挫，为深远闲雅。《王直方诗话》云：“山谷谓洪龟父云：‘甥最爱老舅诗中何语？’龟父举‘蜂房各自开户牖，蚁穴或梦封侯王’‘黄流不解涴明月，碧树为我生凉秋’，以为深类工部。山谷曰：‘得之矣。’张文潜尝谓余曰：‘黄九似“桃李春风一杯酒，江湖夜雨十年灯”，真是奇语。’”观此可知宋诗造句之标准，在求生新，求深远，求曲折。盖唐人佳句，多浑然天成，而其流弊为凡熟、卑近、陈腐，所谓“十首以上，语意稍同”。故宋人力矫之。《复斋漫录》云：“韩子苍言，作语不可太熟，亦须令生。东坡作《聚远楼》诗，本合用‘青山绿水’，对‘野草闲花’，以此太熟，故易以‘云山烟水’。此深知诗病者。”此事最足以见宋人造句之特色。若在唐人，或即用青山绿水矣，而宋人必易以云山烟水，所以求生求新也。然过于求新，又易失于怪僻。最妙之法，即在用平常词字，施以新配合，则有奇境远意，似未经人道，而又不觉怪诞。如黄庭坚“桃李春风一杯酒，江湖夜雨十年灯”，张耒称为奇语。“桃李”“春风”“一杯酒”“江湖”“夜雨”“十年灯”，皆常词也。及“桃李春风一杯酒，江湖夜雨十年灯”，六词合为两句，则意境清新，首句见朋友欢聚之乐，次句见离别索寞之苦，读之隽永有深味。前人诗中用“江湖”、用“夜雨”、用“十年灯”者多矣，然此三词合为一句，则前人所无。譬如膳夫治馔，即用寻常鱼肉菜蔬，而配合烹调，易以新法，则芳鲜适口，食之无厌。此宋人之所长也。

（四）用韵　唐诗用韵之变化处，宋人特注意及之。欧阳修曰：“韩退之工于用韵。其得韵宽，则波澜横溢，泛入傍韵，乍还乍离，出入回合，殆不可拘以常格，如《此日足可惜》之类是也。得韵窄，则不复傍出，而因难以见巧，愈趋愈奇，如《病中赠张十八》之类是也。譬夫善驭马者，通衢广陌，纵横驰逐，惟意所之，至于水曲蚁封，疾徐中节，而不蹉跌，乃天下之至工也。”宋人喜押强韵，喜步韵，因难见巧，往往叠韵至四五次，在苏黄集中甚多。吕居仁《与曾吉甫论诗帖》云：“近世次韵之妙，无出苏黄，虽失古人唱酬之本意，然用韵之工，使事之精，有不可及者。”诗句之有韵脚，犹屋楹之有础石，韵脚稳妥，则诗句劲健有力。而步韵及押险韵时，因受韵之限制，反可发弃陈言，独创新意。此皆宋人之所喜也。

（五）声调　唐诗声调，以高亮谐和为美。杜甫诗句，间有拗折之响，如“宠光蕙叶与多碧，点注桃花舒小红”“一双白鱼不受钓，三寸黄柑犹自青”“负盐出井此溪女，打鼓发舡何郡郎”。其法大抵于句中第五字应用平声处易一仄声，应用仄声处易一平声，譬如“宠光”二句，上句第五字应用平声，下句第五字应用仄声，则音调谐和。今上句用仄声“与”字，下句用平声“舒”字，则声响别异矣。因声响之殊，而句法拗峭，诗之神味亦觉新异。此在杜甫不过偶一为之，黄庭坚专力于此。宋人不察，或以为此法创始于黄。《禁脔》云：“鲁直换字对句法，如：‘只今满坐且尊酒，后夜此堂空月明。’‘清谈落笔一万字，白眼举觞三百杯。’‘田中谁问不纳履，坐上适来何处蝇。’‘秋千门巷火新改，桑柘田园春向分。’‘忽乘舟去值花雨，寄得书来应麦秋。’其法于当下平字处以仄字易之，欲其气挺然不群。前此未有人作此体，独鲁直变之也。”黄非独于律诗如此，即作古诗（尤其七古），亦有一种奇异之音节。方东树谓黄诗：“于音节尤别创一种兀傲奇崛之响，其神气即随此以见。”（《昭昧詹言》）

总之，宋诗运思造境，炼句琢字，皆剥去数层，透过数层。贵“奇”，故凡落想落笔，为人人意中所能有能到者，忌不用，必出人意表，崛峭破空，不从人间来。又贵“清”，譬如治馔，凡肥醲厨馔，忌不用。苏轼评黄诗云：“黄鲁直诗文如蝤蛑、江瑶柱，格韵高绝，盘飧尽废。”任渊谓读陈师道诗，“似参曹洞禅，不犯正位，切忌死语”。方东树评黄诗曰：“黄山谷以惊创为奇，意、格、境、句、选字、隶事、音节，着意与人远，故不惟凡近浅俗，气骨轻浮，不涉毫端句下，凡前人胜境，世所程式效慕者，尤不许一毫近似之。”黄陈最足代表宋诗，故观诸家论黄陈诗之语，可以想见宋诗之特点。宋诗长处为深折，隽永，瘦劲，洗剥，渺寂，无近境陈言、冶态凡响。譬如同一咏雨也，试取唐人李商隐之作，与宋人陈与义之作比较之：

萧洒傍回汀，依微过短亭。
气凉先动竹，点细未开萍。
稍促高高燕，微疏的的萤。
故园烟草色，仍近五门青。（李商隐《细雨》）

潇潇十日雨，稳送祝融归。
燕子经年梦，梧桐昨暮非。
一凉恩到骨，四壁事多违。
衮衮繁华地，西风吹客衣。（陈与义《雨》）

李诗写雨之正面，写雨中实在景物，常境常情，人人意中所有，其妙处在体物入微，描写生动，使人读之而起一种清幽闲静之情。陈诗则凡雨时景物一概不写，务以造意胜，透过数层，从深处拗折，在空际盘旋。首二句点出雨。三四两句离开雨说，而又是从雨中想出，其意境凄迷深邃，决非恒人意中所有。同一用鸟兽草木也，李诗中之“竹”“萍”“燕”“萤”，写此诸物在雨中之情况而已；陈诗用“燕子”“梧桐”，并非写雨中燕子与梧桐之景象，乃写雨中燕子与梧桐之感觉，实则燕子、梧桐并无感觉，乃诗人怀旧之思，迟暮之慨，借燕子、梧桐以衬出耳。宋诗用意之深折如此。五六两句言人在雨时之所感。同一咏凉也，李诗则云“气凉先动竹”，借竹衬出；陈诗则云“一凉恩到骨”，直凑单微。“凉”上用“一”字形容，已觉新颖矣，而“一凉”下用“恩”字，“恩”下又接“到骨”二字，真剥肤存液，迥绝恒蹊。宋诗造句之烹炼如此。世之作俗诗者，记得古人许多陈词套语，无论何题，摇笔即来，描写景物，必“夕阳”“芳草”，偶尔登临，亦“万里”“百年”，伤离赠别，则“折柳”“沾襟”，退隐闲居，必“竹篱”“茅舍”；陈陈相因，使人生厌，宜多读宋诗，可以涤肠换骨也。再举宋人古诗为例，黄庭坚《跋子瞻和陶》诗云：

> 东坡谪岭南，时宰欲杀之。
> 饱吃惠州饭，细和渊明诗。
> 彭泽千载人，东坡百世士。
> 出处虽不同，风味乃相似。

此诗纯以意胜，不写景，不言情，而情即寓于意之中。其写意也，深透尽致，不为含蓄，而仍留不尽之味，所以不失为佳诗。然若与唐人短篇五古相较，则风味迥殊。如韦应物《淮上即事寄广陵亲故》诗：

> 前舟已渺渺，欲渡谁相待。

秋山起暮钟，楚雨连沧海。
风波离思满，宿昔容鬓改。
独鸟下东南，广陵何处在。

则纯为情景交融，空灵酝藉者矣。

宋诗中亦未尝无纯言情景以风韵胜者，如：

春阴垂野草青青，时有幽花一树明。
晚泊孤舟古祠下，满川风雨看潮生。（苏舜钦）

梨花淡白柳深青，柳絮飞时花满城。
惆怅东栏一株雪，人生看得几清明。（苏轼）

我家曾住赤栏桥，邻里相过不寂寥。
君若到时秋已半，西风门巷柳萧萧。（姜夔）

诸作虽亦声情摇曳，神韵绝佳，然方之唐诗，终较为清癯幽折。至如：

书当快意读易尽，客有可人期不来。
世事相违每如此，好怀百岁几回开。（陈师道）

则纯为宋诗意格矣。

宋诗既以清奇生新深隽瘦劲为尚，故最重功力，“月锻季炼，未尝轻发”（任渊《山谷诗注序》），盖此种种之美，皆由洗炼得来也。吕居仁《与曾吉甫论诗帖》云：“要之此事须令有悟入，则自然越度诸子，悟入之理，正在工夫勤惰间耳。”此言为诗赖工夫也。因此，一人之诗，往往晚岁精进。王安石少以意气自许，故语惟其所向，不复更为涵蓄。后为郡牧判官，从宋次道尽假唐人诗集，博观而约取，晚年始尽深婉不迫之趣。作诗贵精不贵多。黄庭坚尝谓洪氏诸甥言："作诗不必多，……某平生诗甚多，意欲止留三百篇。"诸洪皆以为然。徐师川独笑曰："诗岂论多少，只要道尽眼前景致耳。"黄回顾曰："某所说止谓诸洪作诗太多，不能精致耳。"作诗时必殚心竭虑。陈师道作诗，闭户蒙衾而卧，驱儿童至邻家，以便静思，故黄庭坚有"闭门觅句陈无己"之语，而师道亦自称"此生精力尽于诗，末岁心存力已疲"，此最足代表宋人之苦吟也。

宋诗流弊，亦可得而言。立意措辞，求新求奇，于是喜用偏锋，走狭径，虽镌镵深透，而乏雍容浑厚之美。《隐居诗话》云："黄庭坚句虽新奇，而气乏浑厚。"刘熙载云："杜诗雄健而兼虚浑，宋西江名家，几于瘦硬通神，然于水深林茂之气象则远矣。"此其流弊一。新意不可多得，于是不得不尽力于字句，以避凡近，其卒也，得小遗大，句虽新奇，而意不深远，乍观有致，久诵乏味。《隐居诗话》云："黄庭坚喜作诗，得名，好用南朝人语，专求古人未使之一二奇字，缀葺而成诗，自以为工，其实所见之僻也。"方东树曰："山谷死力造句，专在句上弄远，成篇之后，意境皆不甚远。"此其流弊二。求工太过，失于尖巧；洗剥太过，易病枯淡。《吕氏童蒙训》云："鲁直诗有太尖新、太巧处，不可不知。"方东树曰："山谷矫敝滑熟，时有枯促寡味处。"刘辰翁曰："后山外示枯槁，如息夫人绝世，一笑自难。"此其流弊三。

陈子龙谓："宋人不知诗而强作诗，故终宋之世无诗，然其欢愉愁苦之致，动于中而不能抑者，类发于诗余，故其所造独工。”此言颇有所见，惟须略加解释。盖自中晚唐词体肇兴，其体较诗更为轻灵委婉，适于发抒人生情感之最精纯者，至宋代，此新体正在发展流衍之时，故宋人中多情善感之士，往往专藉词发抒，而不甚为诗，如柳永、周邦彦、晏幾道、贺铸、吴文英、张炎、王沂孙之伦是也。即兼为诗词者，其要眇之情，亦多易流入于词。如欧阳修，世人称其诗“多平易疏畅，律诗意所到处，虽语有不伦，亦不复问，而学之者往往遂失于快直，倾囷倒廪，无复余地”。(《苕溪渔隐丛话》卷二十二引《石林诗话》)是讥其不能酝藉也。然观欧阳修之词如：

寸寸柔肠，盈盈粉泪，楼高莫近危栏倚。平芜尽处是春山，行人更在春山外。(《踏莎行》)

芳菲次第还相续，不奈情多无处足。尊前百计得春归，莫为伤春眉黛蹙。(《玉楼春》)

尊前拟把归期说，未语春容先惨咽。人生自是有情痴，此恨不关风与月。(《玉楼春》)

何其深婉绵邈！盖欧阳修此种之情，既发之于词，故诗中遂无之矣。由此可知，宋人情感多入于词，故其诗不得不另辟疆域，刻画事理，于是遂寡神韵。夫感物之情，古今不易，而其发抒之方式，则各有不同。唐人中工于言情者，如王昌龄、刘长卿、柳宗元、杜牧、李商隐，若生于宋代，或将专长于词；而宋代柳周晏贺吴王张诸词人，若生于唐，其诗亦必空灵酝藉。陈子龙谓：“宋人不知诗而强作诗。”宋人非不知诗，惟前人发之于诗者，在宋代既多为词体夺之以去，故宋诗之内容不得不变，因之其风格亦不得不殊异也。

英国安诺德谓："一时代最完美确切之解释，须向其时之诗中求之，因诗之为物，乃人类心力之精华所构成也。"反之，欲对某时代之诗得完美确切之了解，亦须研究其时代之特殊精神，盖各时代人心力活动之情形不同，故其表现于诗者风格意味亦异也。宋代国势之盛，远不及唐，外患频仍，仅谋自守，而因重用文人故，国内清晏，鲜悍将骄兵跋扈之祸，是以其时人心，静弱而不雄强，向内收敛而不向外扩发，喜深微而不喜广阔。宋人审美观念亦盛，然又与六朝不同。六朝之美如春华，宋代之美如秋叶；六朝之美在声容，宋代之美在意态；六朝之美为繁丽丰腴，宋代之美为精细澄澈。总之，宋代承唐之后，如大江之水，潴而为湖，由动而变为静，由浑灏而变为澄清，由惊涛汹涌而变为清波容与。此皆宋人心理情趣之种种特点也。此种种特点，在宋人之理学、古文、词、书法、绘画，以至于印书，皆可征验。由理学，可以见宋人思想之精微，向内收敛；由词，可以见宋人心情之婉约幽隽；由古文及书法，可以见宋人所好之美在意态而不在形貌，贵澄洁而不贵华丽。明乎此，吾人对宋诗种种特点，更可得深一层之了解。宋诗之情思深微而不壮阔，其气力收敛而不发扬，其声响不贵宏亮而贵清冷，其词句不尚蕃艳而尚朴澹，其美不在容光而在意态，其味不重肥醲而重隽永，此皆与其时代之心情相合，出于自然。扬雄谓言为心声，而诗又言之菁英，一人之诗，足以见一人之心，而一时代之诗，亦足以见一时代之心也。

1940 年 8 月写定

（原载《思想与时代》第 3 期，1941 年 10 月）

《花间》词平议

活色生香情意真，莫将“侧艳”贬词人。
风骚体制因时变，要眇宜修拓境新。

固多儿女柔情语，亦有风云感慨辞。
红藕野塘亡国泪，残星金甲戍边思。

淮海清真晏小山，发源同是出《花间》。
滥觞一曲潺湲水，万里波涛自不还。

所谓《花间》词，即是指《花间集》所选的曲子词。《花间集》十卷是五代后蜀赵崇祚所辑，有后主广政三年（940）欧阳炯序文［为《花间集》作序之欧阳炯与《宋史》卷四七九《西蜀孟氏世家》中有传的欧阳迥，是一人抑是二人，后世论者意见不同。吴任臣《十国春秋》“后蜀”卷中为欧阳炯与欧阳迥分别立传，认为是二人，但是亦有人认为应是同一人者。我曾与友人谈及此问题。杨伟立同志撰《欧阳迥、欧阳迵、欧阳炯》一文见示，文中谓，《宋史》之“欧阳迥”，“迥”字应是“迵”字之误，中华书局标点本《宋史》校勘记中已指出。《宋史·西蜀孟氏世家》中欧阳迥传谓其于广政十三年后任翰林学士，二十四年拜相。黄休复《益州名画录》与郭若虚《图画见闻志》记广政十六年、十七年翰林学士欧阳炯事，与《宋史·欧阳迥传》所记时间吻合。《宋史·欧阳迥传》又谓：“迥性坦率，无检操，雅善长笛，太祖常召于偏殿，令奏数曲。”此条史料盖取自《续资治通鉴长编》卷六，《长编》原文正作“欧阳炯”。杨同志进一步断定，《宋史》之“欧阳迥”，应作“欧阳迵”，欧阳迵与欧阳炯应是一人，“迵”与“炯”以形近音同而致误，应以“欧阳炯”为是。我认为，以上的说法是可信的。《宋史·欧阳迥（即迵）传》谓其“开宝四年（971）卒，年七十六”。上推其生年应在896年（唐昭宗乾宁三年），而后蜀广政三年（940）欧阳炯为《花间集》作序时年四十五岁，则《花间集》所录欧阳炯词十七首皆是四十五岁以前所作。《尊前集》录欧阳炯词三十一首，其中无有与《花间集》重复者，此三十一首词中可能有其四十五岁以后之作。]。集中辑录温庭筠、皇甫松、韦庄、薛昭蕴、牛峤、张泌、毛文锡、牛希济、欧阳炯、和凝、顾夐、孙光宪、魏承班、鹿虔扆、阎选、尹鹗、毛熙震、李珣十八家词五百首。其中温庭筠、皇甫松为晚唐人，和凝仕于中原梁、唐、晋、汉、周五代，孙光宪仕于南平高氏，其余十四人都是仕于西蜀者。[有人认为薛昭蕴即是晚唐之薛昭纬，张泌是南唐人，仕于李后主时。这都是误解。《花间集》中之薛昭蕴，王国维认为即是新、旧《唐书》中所载乾宁中为礼部侍郎之薛昭纬（《庚辛之间读书记·跋覆宋本〈花间集〉》）。俞平伯先生疑其非是，谓："史载昭纬卒于唐末，而《花间集》列昭蕴于韦庄、牛峤之间，当为前蜀时人。"（《唐宋词选释》上卷）这个意见是对的。《花间集》中之张泌，有人认为即是《十国春秋》卷三十"南唐"十六所载之张泌，后主朝，仕为内史舍人，随后主入宋，及见后主之卒（龙榆生《唐宋名家词选》）。按，南唐后主在位为公元960年至975年，较《花间集》结集时（940）晚二十至三十余年，仕南唐后主之张泌，其词不可能选入《花间集》。俞平伯先生亦谓，南唐时之张泌，"及见李煜之死，则已在978年之后，距《花间集》成书迟约四十年。且《花间》不收南唐词，自非一人也"（《唐宋词选释》卷上）。其说甚是，故《花间集》中之张泌应是仕于西蜀者，非南唐之张泌也。又按，《尊前集》选录西蜀词，亦选录南唐词，但是《集》中将张泌放在西蜀词人韦庄之后，毛文锡之前，而不放在南唐词人李王（指李煜，李煜降宋后封吴王）、冯延巳一起，可见《尊前集》的编者（宋初人）也认为填词的张泌是西蜀人，非南唐人。］

词是唐代开元以后新兴的一种文学体裁，是配合燕乐而歌唱的曲子词。最初创始于民间，如《敦煌曲子词集》所录者；自中唐以后，文人刘禹锡、白居易等按拍填词，晚唐温庭筠更大力创作（其词传世者七十余首），提高词的艺术风格，遂为此新兴的文学体裁之奠基者。五代十国时，分裂割据，战乱频繁，不利于文学事业的发展，但是新兴的词体是富有生命力而不可遏止的，所以它还是能够在适当的土壤如西蜀、南唐这两个政局稳定、经济繁荣的地区滋生起来，出了不少词人与词作，其中颇有杰出者。南宋王灼、陆游都指出这一现象。王灼说："唐末五代文章之陋极矣，独乐章可喜，虽乏高韵，而一种奇巧，各自立格，不相沿袭。"（《碧鸡漫志》卷二）陆游也说："故历唐季五代，诗愈卑而倚声者辄简古可爱。"（《渭南文集》卷二十《跋花间集》）可见五代词上承唐代，下开两宋，是不可忽视的。

《花间集》就是选录晚唐、五代（尤其是西蜀）曲子词的第一部总集，所以陈振孙谓其为"近世倚声填词之祖"（《直斋书录解题》），对后世影响很大［在《花间集》之外，还有一个唐五代词的总集，名《尊前集》，不著编选者姓名，朱彝尊认为是"宋初人编辑"（《曝书亭集》卷四十三《书尊前集后》），其说可信。《尊前集》选录唐、五代三十六家词，其中有西蜀词人韦庄、张泌、毛文锡、欧阳炯、魏承班、阎选、尹鹗、李珣、薛昭蕴诸人词共七十一首，只有李珣《西溪子》（金缕翠钿浮动）、薛昭蕴《谒金门》（春满院）两首见于《花间集》，其余六十九首皆《花间集》所无者。读《花间集》时可以参看《尊前集》。］因为《花间集》中多是叙写男女之情的艳词（当然也有其他方面的作品，详下文）。所以古人或评其为"儿女情多，风云气少"（刘熙载《艺概》卷四）。而今人则更多加以责难，如有人说："作为晚唐、五代词人代表作的《花间集》，几乎千篇一律都是抒写绮靡生活中的艳事闲愁，在他们的词里很难看到时代的影子。"（胡云翼《宋词选前言》）又有人说，《花间集》所录是"专以描写女人为能事的词"；又说："绝大部分都是蹈袭温庭筠香软词风的后尘，而内容却显得更加颓靡，风骨也尤见苒弱。"（中国科学院文学研究所编《中国文学史》第531页）这些评论虽然说出一些表面现象，但是缺乏深入细致的全面分析。现在我们根据词史发展的具体情况加以讨论。

《花间》词为什么多是写艳情呢？为什么没有或很少写到国事民生呢？这是因为，在晚唐、五代词体初兴时，它只是一种为应歌而写的乐府新辞，当“朋僚亲旧或当燕集”之时，词人有作，使唱者“倚丝竹而歌之，所以娱宾遣兴”（陈世修《阳春集序》）。又因为当时唱词者都是女子，词人填词时取材于当前情事，于是多是叙写歌女的容貌、才艺以及词人与歌女的欢聚爱慕、伤离怨别之情，正如晏幾道自序其《小山词》所谓“写一时杯酒间闻见，所同游者意中事”。这样做，作者与歌者都会感到亲切，而其相应的风格则是清丽婉约。欧阳炯《花间集序》也说出这种情况：“则有绮筵公子，绣幌佳人，递叶叶之花笺，文抽丽锦；举纤纤之玉手，拍按香檀。不无清绝之辞，用助娇娆之态。”王灼也说：“今人独重女音，不复问能否，而士大夫所作歌词亦尚婉媚。”（《碧鸡漫志》卷一）这是晚唐、五代词人填词时特定的情况。至于对国事民生关怀之情，则发抒于古今体诗中，而不放在词中。譬如温庭筠，史称其“能逐弦吹之音，为侧艳之词”（《旧唐书》本传）。所谓“侧艳”者，即是不合雅正之意也。但是温庭筠诗集中却也并不乏雅正之作。其中有同情人民疾苦者，如《烧歌》“谁知苍翠容，尽作官家税”；有忧念边防者，如《山中与诸道友夜坐闻边防不宁因示同志》“韬钤岂足为经济，岩壑何尝是隐沦。心许故人知此意，古来知者竟谁人”；有凭吊古迹以寄慨者，如《过陈琳墓》《蔡中郎坟》《过孔北海墓》《过五丈原》；有歌咏本朝杨贵妃事而隐寓讽刺者，如《华清宫二十二韵》《洞户二十二韵》《华清宫和杜舍人》；至于发抒怀才不遇之感愤者，如《寓怀》《秋日》《郊居秋日怀一二知己》之类的诗篇就更多了。但是，这些内容在其词作中都无所反映，其词作如《菩萨蛮》《更漏子》等，都只是写绮怀闺怨（张惠言谓温词《菩萨蛮》有感士不遇之意，乃穿凿附会之说，不可信，论者多已辨之。）。再如晚唐另一位诗人韩偓，其出仕当唐、梁易代之际，他尽忠王室，痛嫉强藩（朱全忠），因此遭谗被贬。他借诗篇以抒写悲愤，所作如《冬至夜作》《故都》《有瞩》《感事三十四韵》《安贫》《八月六日作四首》等，既发抒忠愤，又反映现实，沉郁苍凉，无愧诗史；但他的词作如《生查子》《浣溪沙》，所写者仍不外闺情绮怨。就温、韩二人的事例看来，当时人认为曲子词其文小，其体卑，只是酒筵遣兴的唱辞，而不宜用以抒写忧国忧民之情，而这种情怀应在古今体诗中反映。西蜀词人大概也是这个态度。这是词体发展在特定时期的特定情况。我们如果了解这一点，怎么还能责难《花间》词人都是写“艳事闲愁”，“很难看到时代的影子”呢？

不过，事物总是经常发展变化的。词体发展初期的《花间》词虽有其局限性，但是它是新生之物，有生命力，在以后的两宋三百年中，词的内涵与风格不断地开拓创新，于是词可以写边塞将帅报国之情（范仲淹），可以写仕途升沉寥落之感（柳永、周邦彦），可以咏史吊古（苏轼），可以发抒政治感愤（苏轼、黄庭坚、秦观、贺铸）。南渡之后，强敌侵陵，忠义之士如岳飞、张元幹、张孝祥、辛弃疾、陆游以至于文天祥之伦，皆以词作发抒其抗战报国的雄心壮志。及乎宋室倾覆，故国沦亡，遗民故老又以词作写其《黍离》《麦秀》之悲（刘辰翁、王沂孙、张炎）。这许多词作已经不是歌筵酒席娱宾遣兴的小曲，而成为志士仁人抒怀言志的鸿篇，可以上与《风》《骚》同流，而承继六朝、三唐诗歌的优良传统。时会迁移，境界各异，我们不能将这种造诣要求晚唐温、韩诸词人，当然也不能要求五代西蜀诸词人。运用辩证唯物论与历史唯物论的观点方法对具体问题作具体分析，实事求是，避免公式化，乃是我们研治文史所应遵循的原则。

下面我们将评论《花间集》中的具体作品。

《花间集》词人以温庭筠、韦庄为冠冕。温词秾丽，韦词清疏，各有其独自的特色。其余诸词人大抵无有显著的个性。《花间集》中所录艳词最多，其中固然有伤于浅露、格调不高者，如“兰麝细香闻喘息，绮罗纤缕见肌肤。此时还恨薄情无”（欧阳炯《浣溪沙》）、“山枕上，私语口脂香”（顾敻《甘州子》）之类，但是着笔淡雅、含蓄酝藉、意境较高之作还是不少的。

温庭筠、韦庄所作艳词，如温的《菩萨蛮》《更漏子》等，能叙写精美物象，引人遐思，韦的《荷叶杯》《女冠子》等，能发抒真挚感情，沁人心脾，而其《菩萨蛮》五首，则兼有身世家国之感，又不仅以艳情限矣。对于这两家词的特长，叶嘉莹教授在其所撰《论温庭筠词》《论韦庄词》中有精到的评述，这里不再复述。下面专论温、韦两家以外西蜀词人的艳词（孙光宪祖籍陵州贵平县，今四川仁寿，也是西蜀人；他出仕的南平与西蜀接壤，他与西蜀词坛是关系密切、声气相通的，所以《花间集》选录其词六十首，数量之多仅次于温庭筠。因此，我们也可以把他算作西蜀词人）。

先看牛峤的《望江怨》：

东风急。惜别花时手频执。罗帷愁独入。马嘶残雨春芜湿。倚门立。寄语薄情郎，粉香和泪泣。

这是一首写女子送别其情侣的短词。起二句点出春天花时惜别的依恋之情。别后就将孤寂了，所以说“罗帷愁独入”。下边不写情，突然接一个写景之句“马嘶残雨春芜湿”短短七个字中，写出数种景物，残雨之中，春芜沾湿，征马嘶鸣，行人将发，借景衬情，笔力奇横，别意凄凉。末三句写不忍分离的缠绵之情。况周颐评云：“昔人情语艳语，大都靡曼为工。牛松卿《望江怨》云，……繁弦促柱间有劲气暗转，愈转愈深。此等佳处，南宋名作中间一见之，北宋人虽绵博如柳屯田，顾未克办。”（《餐樱庑词话》，转引自龙榆生《唐宋名家词选》。下文引况氏语，均出此书。）

再看张泌的《浣溪沙》：

枕障熏炉隔绣帏。二年终日两相思。杏花明月始应知。

天上人间何处去，旧欢新梦觉来时。黄昏微雨画帘垂。

这大概是张泌怀念其所爱女子之词。词中不多从正面写情，而是以景语衬托。不说两年相思之情如何深切，而说“杏花明月始应知”。“天上”两句点出相念之情，但不再说下去，而以“黄昏微雨画帘垂”作结。着笔极淡而含蕴无尽。

再看毛文锡的《醉花间》：

休相问。怕相问。相问还添恨。春水满塘生，鸂鶒还相趁。　昨夜雨霏霏，临明寒一阵。偏忆戍楼人，久绝边庭信。

这是写女子怀念戍边远人者。开头三句一句一折，点出“添恨”，但未明说所恨者为何事。“春水”二句用景语寓离情，鸂鶒可以雌雄相趁，反衬人之孤独。“昨夜”二句写孤寂情况。末二句始点出怀人，章法灵活。况周颐评此词云：“余只喜其《醉花间》后段，情景不多，写出正复不易。语淡而真，亦轻清，亦沉着。”

再看牛希济的《生查子》：

春山烟欲收，天淡稀星小。残月脸边明，别泪临清晓。语已多，情未了。回首犹重道。记得绿罗裙，处处怜芳草。

这是一首送别之词。上片写清晨送别，情景凄凉。下片“记得绿罗裙，处处怜芳草”二句，是男子临别时对其所爱女子说的话，表示离别之后，怀念不忘，因为记得女子常穿着的绿罗裙，以后随处见到碧色的芳草亦将发生怜爱之意，情思甚为缠绵。因碧草而联想到罗裙，古人诗句中曾有之。江总妻《赋春草》诗：“雨过草芊芊，连云锁南陌。门前君试看，是妾罗裙色。”杜甫《琴台》诗也有“蔓草惜罗裙”之句。不过，牛希济这两句词是否即是有意运化以上诸诗句呢？恐怕不见得。因为在五代时，还没有北宋末年贺铸、周邦彦有意运化古人诗句入词以逞工巧的那种风气。

再看顾敻的《醉公子》：

漠漠秋云淡。红藕香侵槛。枕倚小山屏。金铺向晚扃。睡起横波慢。独望情何限。衰柳数声蝉。魂销似去年。

这是一首女子怀人之词。上片写初秋深闺凄凉景况，设色艳丽，饶有画意，仿佛一幅精美的仕女图。下片“睡起”二句略点怀人。“衰柳”二句宕开，因听见衰柳蝉声而联想到去年的“魂销”

（指离别之感，用江淹《别赋》“黯然销魂者，惟别而已矣”。），亦即是去年的离别之情，极有远韵远神。郑文焯评此词云：“极古拙，亦极高淡，非五代不能有是词境。”（转引自龙榆生《唐宋名家词选》）况周颐评顾敻词云：“顾太尉，五代艳词上驷也。工致丽密，时复清疏，以艳之神与骨为清，其艳乃益入神入骨。其体格如宋院画工笔折枝小帧，非元人设色所及。”（《餐樱庑词话》，转引自龙榆生《唐宋名家词选》。）

再看孙光宪的《谒金门》：

留不得。留得也应无益。白纻春衫如雪色。扬州初去日。

轻别离，甘抛掷。江上满帆风疾。却羡彩鸳三十六。孤鸾还一只。

这是孙光宪与其所爱女子离别之词。起二句深折沉痛，言无论如何亦不能留住也。“白纻”二句回忆从前。下片写乘舟远去。末二句以“彩鸳”“孤鸾”作比兴以衬托自己离别情侣后的孤寂之苦。通首用笔峭拔顿折，虽是艳词而有清刚之致。

综观以上所标举的几首词，再加以温庭筠的《菩萨蛮》《更漏子》，韦庄的《荷叶杯》《女冠子》《菩萨蛮》诸词，可以看出，《花间集》中许多艳词的佳作，大抵都是清婉酝藉，情景相生，笔法灵变，有远韵远神，而无尘下浅露之弊，诚如南宋晁谦之所谓“情真而调逸，思深而言婉”者（宋绍兴本《花间集》晁跋，转引自李一氓同志《花间集校》。），大大提高了敦煌曲子词的艺术风格，而对后世很有影响。北宋晏殊、欧阳修、张先、柳永、晏幾道、秦观、贺铸、周邦彦诸词人均受其沾溉，绝不可因为是“侧艳”之词而低估其作用。

上文说过，《花间》词人在当时填词的特定环境中所作多属艳词，但也绝不是说他们就没有其他方面的词作。当他们凭吊古迹，涉想边塞，羁旅行役，看到异乡风土景物，甚至于感伤亡国之时，也不免偶尔将这些内容写入词中，不过数量不多而已。其中有凭吊怀古者，如：

阎选《临江仙》

十二高峰天外寒。竹梢轻拂仙坛。宝衣行雨在云端。画帘深殿，香雾冷风残。　　欲问楚王何处去，翠屏犹掩金鸾。猿啼明月照空滩。孤舟行客，惊梦亦艰难。（王国维谓此词“有轩翥之意”，见《人间词话·附录》。）

毛熙震《后庭花》

莺啼燕语芳菲节。瑞庭花发。昔时欢宴歌声揭。管弦清越。　　自从陵谷追游歇。画梁尘黦（音郁，色坏也）。伤心一片如珪月。闲锁宫阙。（王国维爱此词，谓其“不独意胜，即以调论，亦有俊上清越之致”，见《人间词话·附录》。）

有写边塞者，如：

牛峤《定西番》

紫塞月明千里，金甲冷，戍楼寒。梦长安。　　乡思望中天阔。漏残星亦残。画角数声呜咽。雪漫漫。

有写羁旅行役兼及异乡风土景物者，如：

欧阳炯《南乡子》

岸远沙平。日斜归路晚霞明。孔雀自怜金翠尾。临水。认得行人惊不起。

顾夐《河传》

棹举。舟去。波光渺渺，不知何处。岸花汀草共依依。雨微。鹧鸪相逐飞。　　天涯离恨江声咽。啼猿切。此意向谁说？倚兰桡。独无憀。魂销。小炉香欲焦。（况周颐评此词云：“毫不着力，自然清远。”）

李珣《南乡子》

渔市散，渡船稀。越南云树望中微。行客待潮天欲暮。送春浦。愁听猩猩啼瘴雨。

相见处，晚晴天。刺桐花下越台前。暗里回眸深属意。遗双翠。骑象背人先过水。

有痛伤故国者，如：

鹿虔扆《临江仙》

金锁重门荒苑静，绮窗愁对秋空。翠华一去寂无踪。玉楼歌吹，声断已随风。　　烟月不知人事改，夜阑还照深宫。藕花相向野塘中。暗伤亡国，清露泣香红。（据《十国春秋》卷五十六“后蜀”九“列传”记鹿虔扆事，谓其后蜀时历官至检校太尉。按，《花间集》结集于后蜀广政三年，则此词不可能是伤痛后蜀灭亡之作，大概鹿虔扆也曾仕官于前蜀，此词盖伤痛前蜀之灭亡者。）

综观以上所举诸词，题材广泛，风格变化，或激昂悲壮，或清疏淡远，已经突破了艳词的范围，对北宋词也都很有影响。即如今人所珍视的苏、辛词中写农村生活的作品，在《花间集》中也可以找到先例，如孙光宪《风流子》：“茅舍槿篱溪曲。鸡犬自南自北。菰叶长，水葓开，门外春波涨绿。听织。声促。轧轧鸣梭穿屋。”可见《花间》词人也能在写绮罗香泽之外，偶尔运用词体抒写其他方面的内容，不过他们在这方面用力不多，所作尚少，但是这也总算是一个开端而不容忽视的。如果看到这一方面，我们怎么能说《花间集》都是“千篇一律”地抒写“艳事闲愁”呢？又怎么能说它“内容却显得更加颓靡，风骨也尤见苒弱”呢？

若进而论之，《花间》词之所以可贵，尤其在于它的情思真挚，风格新鲜。正因为当时作者把词看作是应歌的曲子，所以写作时态度真率，称心而言，伫兴而就，不必装门面，摆架子，而都是由衷之言，无有客气假话，正如陆游《跋花间集》(《渭南文集》卷三十）所说：“会有倚声填词者，本欲酒间易晓，颇摆落故态，适与六朝跌宕意气差近，此集所载是也。”这就符合古人所谓修辞立诚之旨。至于风格也都是创新的，因为词是新兴的文学体裁，尚未出现过众所尊奉的权威作者，也没有固定宗派的约束，因此词人可以互相观摩，而不必模仿依傍。正如王灼所说的“各自立格，不相沿袭”（见上文所引）。这时的词如同在大自然中自生自长的繁花众卉，品种虽然高下不同，但都是活色生香，既不是绢制的假花，也不是盆中的“病梅”，使人读起来有一种生意盎然的清新之感，而没有后来宋词（尤其是南宋词）中晦涩、雕琢、矫揉造作之弊。

词的创作始于民间，如《敦煌曲子词集》所录者。《花间》词人则在词的格律方面使之规范化［吴世昌先生《花间词简论》下（《文史知识》1982年11期）：“再从《敦煌曲子词》来看，其词调大都与《花间集》和《尊前集》等传世调名相同，但因出自民间传钞，写法也有歧异，……其中文字也有参差。如《菩萨蛮》之六，其三、四、八各句添了一、二字不等：枕前发尽千般愿：要休且待青山烂。水面上秤锤浮，直待黄河彻底枯。　白日参辰现，北斗回南面。休即未能休，且待三更见日头。这首《菩萨蛮》还未脱民歌粗糙而富于热情精力的原始形式。但《花间集》中即没有这种长短不合规格的句子。”]，而在文辞、风格、意境方面更有所提高，增强其艺术性，摆脱原始民间词的粗糙率直之弊，遂奠定了以后词体发展的基础。吴世昌先生说：

但如《花间》所收，则几乎首首在格律方面已有定型，趋于规范化，而在文字的艺术性方面则珠圆玉润，无懈可击。这些“诗客”都有高度的艺术修养，本来就能做很好的诗，现在把民间新兴的和前代遗传下来的乐府歌辞重加修饰整理，使之格律化、规范化，同时他们自己也创作了许多堪为模范的这种新兴词曲。——我们现在所能见到的《花间》《尊前》集中的作品，大部分是他们的贡献。（《花间词简论》下，载《文史知识》1982年11期。）

吴先生又说：

在北宋文人看来，《花间集》是当时这一文学新体裁的总集与范本，是填词家的标准与正宗。一般称赞某人的词不离“花间”，为“本色”词，这是很高的评价。陈振孙称赞晏幾道的词“在诸名胜中，独可追逼《花间》，高处或过之”。由此可见，南宋的鉴赏家、收藏家或目录学家以《花间》一集为词的正宗，词家以能上逮“花间”为正则，“花间”作风成为衡量北宋词人作品的尺度，凡不及“花间”者殆不免“自郐以下”之讥。(《宋词中的“豪放派”与“婉约派”》，载《文史知识》1983年9期。)

吴先生的论断精辟中肯，切合实际。近三十年来，在“左”倾思想影响之下，故意贬低《花间》词人，吴先生之言给《花间》词人作出了公允的评价。

刘熙载说：“五代小词，虽好却小，虽小却好。”(《艺概》卷四)《花间》词人的作品正处于词体发展的初期，如同幼年花树，虽生意盎然，而尚未壮大。宋代三百年是词体的成长壮大时期，枝叶扶疏，繁花似锦，在内涵与风格两方面较《花间》词都大有所拓展与创新，但《花间》词精美的艺术则为宋代词人提供了无穷的营养，这是应当充分肯定的。

1985年10月写定

(原载《灵谿词说》)

陈师道词论与词作述评

陈师道《后山居士文集》卷九有《书旧词后》一文，我读过之后，引起了特别的注意。兹节录其文如下：

> 余他文未能及人，独于词，自谓不减秦七、黄九；而为乡掾三年，去而复还，又三年矣，而乡妓无欲余之词者。独杜氏子勤恳不已，且云："所得诗词满箧，家多畜纸笔墨，有暇则学书。"使不如言，其志亦可喜也，乃写以遗之。古语所谓"但解闭门留我处，主人莫问是谁家"者也。元符三年十一月一日后山居士陈师道书。（以上引文，据上海古籍出版社影印宋刊本《后山居士文集》，清赵刻本《后山集》此段文中字句有错误。）

我们都知道，陈师道（字履常，一字无己，号后山）是北宋末的著名诗人，他的诗沉健朴厚，独树一帜，文章也相当好，得到当时古文大家曾巩的知赏，大诗人苏、黄两家的称赞。黄庭坚《答王子飞书》（《豫章黄先生文集》卷十九），劝王子飞去拜访陈师道，对陈做了全面的评介，其言曰："陈履常正字，天下士也。读书如禹之治水，知天下之络脉，……其作诗渊源，得老杜句法，今之诗人不能当也。至于作文，深知古人之关键，其论事救首救尾，如常山之蛇，时辈未见其比。”黄文中称道陈的学问、诗、文，独不及其词，可见在黄庭坚心目中，作词并非陈之所长。南宋至明清各家词话中，也很少论及陈师道者。陆游甚至于说：“陈无己诗妙天下，以其余作词，宜其工矣；顾乃不然，殆未易晓也。”（《渭南文集》卷二十八《跋后山居士长短句》）陆游对于陈师道工诗而不工词，提出疑问。胡仔也说：“无己自矜其词如此（按，此谓陈氏自矜其词，不减秦七、黄九。），今《后山集》不载其小词，世亦无传之者，何也？”（按，据此可知，在南宋初年，陈师道的词流传甚少。本文所引胡氏之言，见其所著《苕溪渔隐丛话》前集卷五十一。）但是陈师道自己为什么对于他的词这样自负呢？他甚至于认为，他的作品，包括诗在内，都未能及人，惟独词，“不减秦七、黄九”；而且深以乡妓不肯歌唱他的词为憾事。杜氏子独肯抄录并宝爱他的词，他引为知己，大有空谷足音之感。这是怎么回事呢？

要想深入研究这个问题，我们应当先考察一下陈师道论词的意见。陈氏《后山诗话》中有一段论词的话，常为后人所引用，其言曰：

> 退之以文为诗，子瞻以诗为词，如教坊雷大使之舞，虽极天下之工，要非本色。今代词手，惟秦七、黄九尔，唐诸人不迨也。

陈师道对于苏子瞻是非常敬佩的，但是独对于苏词提出非议，认为“非本色”。这正可以看出古人的耿直坦白，不因牵就人情世故而隐瞒自己的意见。但是他这个意见是否妥当呢？后人即有提出驳议者。南宋胡仔说："《后山诗话》谓：'子瞻以诗为词，如教坊雷大使之舞，虽极天下之工，要非本色。'余谓后山之言过矣。子瞻佳词最多，其间杰出者，如（举例从略）……凡此十余词，皆绝去笔墨畦径间，直到古人不到处，直可使人一唱而三叹。若谓以诗为词，是大不然。"（《苕溪渔隐丛话》后集卷二十六）胡氏之言当然颇有道理，而陈师道所以这样说，大概是从另一角度看问题的。这就需要作进一步的阐释。

长短句的词本是在唐代兴起的一种新的文学体裁，是配合燕乐而歌唱的，最初流传于民间，所谓"胡夷里巷之曲"。中唐以来，有少数文人采用新声，按拍试写。及至晚唐，其风渐盛，在宴会中，文人常写词付歌女演唱以娱宾遣兴。词的内容大多是叙写歌女的容貌才艺以及作者与歌女的相爱相思之情，而相应地形成了婉约幽微的特殊风格。温庭筠词可为代表。经过五代至北宋，这个传统一直延续发展。在北宋时，词被视为小道，不能与诗歌、古文分庭抗礼；但是由于它的声情之美及传唱之便为当时朝野人士所爱好，许多名公巨卿都喜作小词。词体正因为兴于民间，出身寒微，所以它能摆脱文以载道、诗以言志的传统，而可以发抒作者幽约怨悱不能自言之情，尤其是在封建礼教禁锢下的男女相悦之深情。在北宋初期，当时词人虽然没有在语言文字中明显说出这一点认知，但是在创作实践中却已经表现出来了。譬如晏殊贵为宰相，是政坛领袖，他有一首《木兰花》词"绿杨芳草长亭路。年少抛人容易去"云云，蒲传正说，此词是作"妇人语"。晏殊之子幾道（叔原）虽然加以辩护，但是赵与时认为，晏殊此词"盖真谓所欢者，叔原之言失之"（赵与时《宾退录》）。

又譬如，欧阳修是当代文宗，他的古文与诗歌都是冠冕堂皇，为士林表率，但是他的小词中所表现的情思则完全是另一种，尤其是关于写爱情的，更是真挚而大胆。在我们今天看来，这些小词正是欧阳修内心深处真情的自然流露，这种感情在言志式的诗歌中不便表现，只有在无所禁忌的词体中才能得到表现的机会。欧阳氏这些词作，情感真挚，艺术美妙，比他的诗与古文并无逊色，不愧为一代文宗。但是在当时卫道的风气之下，有些人认为，这些词有损于欧公文以载道的面目，于是要为之辩解。曾慥《乐府雅词序》说："欧公一代儒宗，……乃小人或作艳曲，谬为公词，今悉删去。"罗泌为欧阳修《近体乐府》作跋语时也说："今词之浅近者，前辈多谓是刘煇伪作。"陈振孙《直斋书录解题》也认为，欧阳词，"亦有鄙亵之语厕其中，当是仇人无名子所为也"。这些人的意见，都是主观的猜想，并无客观凭证，可见他们的识见尚远在欧阳修之下，而更不能全面理解欧公之为人。

苏轼以卓异的天才，以诗为词，开拓境界，从一方面看，固然有一新耳目之功，但是从另一方面看，如果发展过度，则词的幽微婉约、"要眇宜修"（王国维论词语）之特质与传统将会因此动摇。南北宋之交的李清照论词，强调词"别是一家"（见《苕溪渔隐丛话》后集卷三十三），就是针对苏词的消极影响而发的。陈师道论词之见可能与李清照不谋而合。

不过，李清照是卓越的词人，对于词深造自得，她发表这种意见是可以理解的。陈师道以沉健朴厚之诗作擅长，为什么也对于词有这种见解呢？这就需要作进一步的阐释。

后人论陈师道之诗者，大都认为他的诗虽有清纯沉健之长，但是不免枯涩之病。姚范曾认为，陈诗“外貌枯槁，如息夫人绝世，一笑自难”（《昭昧詹言》卷十引）。如果从这个角度来看，则陈师道似乎没有李商隐式的幽微馨逸的情思。其实也并不尽然。请看下列所引陈师道的《放歌行》二首：

春风永巷闭娉婷，长使青楼误得名。不惜卷帘通一顾，怕君著眼未分明。

当年不惜嫁娉婷，抹白施朱作后生。说与旁人须早计，随宜梳洗莫倾城。（《四部备要》据赵刻本印《后山集》卷八）

这两首诗风韵婉美，与陈氏其他诗作迥乎不同，以至于引起黄庭坚的诧异。黄氏说：“无已他日作诗，语极高古；至于此篇，则顾影裴回（按，同徘徊），炫耀太甚。”（《苕溪渔隐丛话》前集卷五十一引《王直方诗话》）由此可见，陈师道内心深处感情中也原有一种“要眇”之思，不过发露得不多而已。正因为这两首诗中含有一种“要眇”之思，所以它很有词意。千年之后，王国维作过一首《虞美人》词，其下片云：“妾身但使分明在，肯把朱颜悔？从今不复梦承恩，且自簪花坐赏镜中人。”（《观堂集林》卷二十四，缀林二）这几句词的意境，岂不是与陈氏《放歌行》有一脉相通之处吗？

陈师道的“要眇”之思，还可以从另一处得到证明。《苕溪渔隐丛话》后集卷三十三引《复斋漫录》云：

晁无咎玉山过彭门，而无己废居里中。无咎出小鬟舞梁州佐酒。无己作《木兰花》云：“娉娉袅袅。芍药梢头红样小。舞袖低垂。心倒郎边客自知。金樽玉酒。劝我花前千万寿。莫莫休休。白发簪花各自羞。”无咎云：“人疑宋开府铁心石肠，及为《梅花赋》，清腴艳发，殆不类其为人。无已清适，虽铁石心肠不至于开府，而此词清腴艳发，过于《梅花赋》矣。”（按，陈廷焯《词则·闲情集》卷一曾选录此词，评云：“后山词亦以情胜，微逊子野沉着，而措语较婉雅。”）

可见陈师道也能作清腴艳发之词，并非总是“如息夫人绝世，一笑自难”者。

大概因为陈师道内心深处亦有一种“要眇”之情，所以他能了解并珍惜词体的特质特美，因此，他对于苏东坡之以诗为词表示不满，担心这样下去将会远离词之特质。陈氏自已作诗之余，也偶尔填写小词（《后山集》卷十《与鲁直书》：“迩来绝不为诗文，然不废书，时作小词以自娱，用以卒岁，毋以为念也。”可见词是陈师道发抒感情的另一种工具。），并且自认为，这些小词是符合词之特质的。但是他的词未能得到当时人的重视，甚至歌妓都不愿唱他的词，所以他在《书旧词后》（上文已引）中发了一段牢骚，大有“不惜歌者苦，但伤知音稀”之悲慨。

其实，陈氏《后山词》中的确也不乏佳作。兹举数例如下：

木兰花

阴阴云日江城晚。小院回廊春已满。谁教言语似鹂黄，深闭玉笼千万怨。　　蓬莱易到人难见。香火无凭空有愿。不辞歌里断人肠，只怕有肠无处断。

木兰花减字

清尊白发。曾是登临年少客。不似当年。人与黄花两并妍。　　来愁去恨。十载相看情不尽。莫更思量。梦破春回枉断肠。

清平乐二首

秋声隐地。叶叶无留意。冰簟流光团扇坠。惊起双栖燕子。　　夜堂帘合回廊。风帷吹乱凝香。卧看一庭明月，晓衾不耐初凉。

秋光烛地。帘幕生秋意。露叶翻风惊鹊坠。暗落青林红子。　　微行声断长廊。熏炉衾换生香。灭烛却延明月，揽衣先怯微凉。

踏莎行

红上花梢，风传梅信。青春欲动群芳竞。林声鸟语带余寒，江光野色开游径。　　乍雨还晴，暄寒不定。重门深院帘帷静。又还日日唤愁生，到谁准拟风流病。

陈师道这些词，清婉妍秀，饶有风韵，与其诗之枯寂者迥乎不同，这是陈师道另一种才情的表现，但在当时不易为人所知赏（王灼《碧鸡漫志》卷二有评陈师道词者二条，对陈词颇有微词。其言曰："陈无己所作数十篇，号曰'语业'，妙处如其诗，但用意太深，有时僻涩。"又曰："陈无己作《浣溪沙》曲云：'暮叶朝花种种陈。三秋作意向诗人。安排云雨要新清。随意且须追去马，轻衫从使著行尘。晚窗谁念一愁新。'本是'安排云雨要清新'，以末后句'新'字韵，遂倒作'新清'，世言无己喜作庄语，其弊生硬，是也。词中暗带'陈三''念一'两名，亦有时不庄语乎？"王灼所论，即代表当时一种低估陈师道词的意见。)。清末王鹏运对后山词做了高度的评价，其言曰："词名诗余，后山词，其诗之余矣。卷中精警之句，亦复隐秀在神，蕃艳为质，秦七、黄九蔑以加。昔杜少陵云：'文章千古事，得失寸心知。'国朝纳兰容若自言其为诗词，'如鱼饮水，冷暖自知'而已。笃行如后山，讵漫然自矜许者？（按，《渔隐丛话》述师道语，谓于词不减秦七、黄九。）特可为知者道耳。"(《历代词人考略》卷十二。转引自龙榆生《唐宋名家词选》。) 陈师道在《书旧词后》一文中，深憾世人无知其词者。假使陈氏地下有知，闻王鹏运之言，将有"后世扬子云"之感矣。

不过，我认为，王氏评价陈词，实有溢美之处。所谓"隐秀在神，蕃艳为质，秦七、黄九蔑以加"之语，后山词不足以当之。陈师道虽自谓其词"不减秦七、黄九"，但实际上，陈词比起秦词来，还是有相当的距离。秦观虽出于苏东坡之门，但作词并不走东坡以诗为词的道路，而是远承西蜀南唐之遗风，又能有所创新。他具有幽微馨逸之词心与高妙卓异之词才，其所作充分体现出词之特质与特美，造诣之高，早有定评。冯煦说："他人之词，词才也；少游，词心也；得之于内，不可以传。虽子瞻之明隽，耆卿之幽秀，犹若有瞠乎后者，况其下耶？"(《宋六十一家词选例言》) 夏敬观也说："少游则纯乎词人之词也。"(《吷庵手校淮海词跋》，转引自龙榆生《唐宋名家词选》。) 冯、夏两家指出秦观之词是"词心"，是"纯乎词人之词"，尤为洞微之论。词的幽微绵邈、要眇宜修之特美，在秦观词中能充分体现出来。反观陈师道的词，虽有清婉妍秀之长，但是缺乏炫人眼目的灵光与动摇人心的奇气，也就是说，缺乏对读者感发兴起的功效，所

以难以与秦词相颉颃。下面我们选录秦观词三首，试与陈词比较，高下自见矣。（请参看《灵谿词说》叶嘉莹《论秦观词》）

画堂春

落红铺径水平池。弄晴小雨霏霏。杏园憔悴杜鹃啼。无奈春归。　　柳外画楼独上，凭阑手撚花枝。放花无语对斜晖。此恨谁知？

减字木兰花

天涯旧恨。独自凄凉人不问。欲见回肠。断尽金炉小篆香。　　黛蛾长敛。任是春风吹不展。困倚危楼。过尽飞鸿字字愁。

浣溪沙

漠漠轻寒上小楼。晓阴无赖似穷秋。淡烟流水画屏幽。　　自在飞花轻似梦，无边丝雨细如愁。宝帘闲挂小银钩。

陈师道诗名甚盛，后世评论者亦甚多，独于其词，论述者少。至于他自谓“余他文未能及人，独于词，自谓不减秦七、黄九”这几句自负其词的话，更是几乎少有注意到者。我对此略作阐释，说明陈师道才情的另一个方面，尽管这个方面在其作品中所表现得并不很多。由此可见，一位著名的古代作家，其才性情思往往是非常复杂的，在其作品中所表现者也往往是各有所偏重的，如果只看到一个方面（尽管这是最主要而明显的方面），往往不能得其全貌。这就要求我们研治中国文学史者运用辩证的观点、方法，对于古代作家进行全面而深入的探索，以期理解其精神世界之全貌。本文所讨论的陈师道自矜其词，以为“不减秦七、黄九”这个问题，就是一个很好的例证。

1989 年 7 月写定

（原载《四川大学学报》1990 年第 2 期）

论李易安词

李易安（清照）以超轶绝尘之姿，生国势衰微之际，掩抑自伤，流离暮齿，名满天下，谤亦随之。身后遗稿散佚，流落人间者，不过泰山豪芒。后人摅怀旧之想，悼生才之难，遥挹芬馨，缅思冰玉，其生平遗事，已有俞正燮、陆心源、李慈铭等为之搜集考订，辨雪诬谰，独其《漱玉词》为易安精华所寄，世人虽多空语推崇，而尚罕有以深切著明之言，作透彻之批评者。余邂逅灵光，偶有触悟，虽惭真赏，愿贡愚蒙。

易安词超卓之处，应分三点论之。

（一）为纯粹之词人。词出于诗，故名诗余。然词之所以殊于诗者，不仅在体制之不同，而尤在情思之差异。诗中歌咏，已为人生情思之精英，而其中又有尤细美者焉，幽约凄迷，诗又不足以尽之，于是不得不别为新体，词遂应运而兴。故词体之生长及发扬，非作者有意为之也，人生有此种情思，于是有此种文学体裁以表达之，此种情思永存于天地间，此种体裁之作品即永久有人欣赏，有人试作。两宋固为词之盛世，自元以后，词之歌法失传，而清代纳兰性德、项鸿祚等，仍能用此体裁，撰为清新不朽之作。因天授以此种细美之情思，自不得不借此种体裁发抒之。且不独中国为然，西洋诗人如罗色蒂（D. G. Rossetti）所作之精约凄迷，芳馨悱恻［其十四行诗集《生命之屋》（*The House of Life*）尤具此种特美］，纯为吾国词之意境。罗色蒂若生于中国，必为词人，殆可与晏幾道相伯仲。可见此种情思，非徒无间古今，抑且无殊中外。惟此种极细美之情思，并非人人有之。有绝无此种情思者，世俗凡庸之人是也。有虽具另一种深情高韵，而不与此细美之境相合，于是能诗而不工词，如王安石、黄庭坚是也。有雄姿英气，卓跞不群，而有时偶与此细美之情相契者，此其人率于学术事功，别有树立，间作小词，亦极精工，如范仲淹、文天祥是也。有深具此种细美之情，而仍有他种襟怀抱负者，此其人于词可卓然名家，而兼有他方面之成就，如欧阳修、苏轼是也。至于悱恻善怀，灵心多感，其情思常回翔于此种细美凄迷之域者，则为纯粹之词人，如李煜、晏幾道、秦观、周邦彦、姜夔、吴文英之伦皆是，而李易安亦其选也。词本以妍媚生姿，贵阴柔之美，李易安为女子，尤得天性之近。易安父格非，为北宋末名士，隶元祐党籍，母为王状元拱辰之孙女，亦工文章。易安承父母两系之遗传，灵襟秀气，超越恒流，察物观生，言哀涉乐，常在妍美幽约之境，感于心，出诸口，不加矫饰，自合于词，所谓自然之流露，虽易安亦或不自知其所以然。如："昨夜雨疏风骤。浓睡不消残酒。试问卷帘人，却道海棠依旧。知否，知否？应是绿肥红瘦。"（《如梦令》）又如："蹴罢秋千，起来慵整纤纤手。露浓花瘦，薄汗轻衣透。"（《点绛唇》）殆少时所作，虽无深意，而婉美灵秀之致，非用力者所能及。至如：“守着窗儿，独自怎生得黑？梧桐更兼细雨，到黄昏点点滴滴。这次第，怎一个愁字了得！”（《声声慢》）又如：“被冷香消新梦觉，不许愁人不起。清露晨流，新桐初引，多少游春意。日高烟敛，更看今日晴未。”（《念奴娇》）皆以寻常言语，度入音律，极自然，极隽永，在易安行所无事，而后人鲜能学步。盖活色生香，决非剪彩为花者所可企及也。

（二）有高超之境界。凡第一流之诗人，多有理想，能超脱，用情而不溺于情，赏物而不滞于物，沉挚之中，有轻灵之思，缠绵之内，具超旷之致，言情写景，皆从高一层着笔，使读之者如游山水，于千岩竞秀万壑争流之中，常见秋云数片，缥缈天际。宋代词人，如柳永，笔力非不健拔，写景非不工巧，言情非不深婉，惟无高超之境界，故李易安讥其“词语尘下”。李易安之词，如：“天接云涛连晓雾，星河欲转千帆舞。仿佛梦魂归帝所，闻天语，殷勤问我归何处。”（《渔家傲》）有姑射仙人饮露吸风之致。又如：“髻子伤春懒更梳，晚风庭院落梅初，淡云来往月疏疏。”（《浣溪沙》）写情含蓄幽淡，从空际着笔，不滞于迹象，皆能造境清超，无“尘下”之弊。

（三）富创辟之能力。李易安生于北宋末年，其前名词家甚众，而易安开径独行，无所依傍，其评骘诸家，持论甚高。尝曰：

> 本朝……柳屯田永者，变旧声作新声，出《乐章集》，大得声称于世，虽协音律，而词语尘下。又有张子野、宋子京兄弟、沈唐、元绛、晁次膺辈继出，虽时时有妙语，而破碎何足名家。至晏元献、欧阳永叔、苏子瞻，学际天人，作

> 为小歌词，直如酌蠡水于大海，然皆句读不葺之诗耳，又往往不协音律者……。王介甫、曾子固文章似西汉，若作一小歌词，则人必绝倒，不可读也。乃知词别是一家，知之者少。后晏叔原、贺方回、秦少游、黄鲁直出，始能知之。而晏苦无铺叙，贺苦少典重，秦即专主情致而少故实，譬如贫家美女，虽极妍丽丰逸，而终乏富贵态，黄即尚故实而多疵病，譬如良玉有瑕，价自减半矣。
>
> （《苕溪渔隐丛话》）

此非好为大言，以自矜重。盖易安孤秀奇芬，卓有见地，故掎摭利病，不稍假借，虽生诸人之后，而不肯模拟任何一家。凡第一流之诗人，皆感自己之所感，言自己之所言，其读古人之作，亦不过取精用宏，借以发挥自己之才情，其所作或偶肖古之某家，则以其才情本相近，发抒于外，自然相似，非必有意模拟也。第一流诗人既不世出，而所谓诗匠者，本无多诗意，强欲作诗，于是不得不于古人中觅求模范，袭貌遗神，以模仿之，而批评他人之作，亦辄曰近于某家，远于某家，斯则皮相之论矣。知此意而后可以读李易安之词。易安词在有宋诸名家中，自有其精神面目，晏殊之和婉，欧阳修之深美，张先之幽隽，柳永之绵博，苏轼之超旷，秦观之凄迷，晏幾道之高秀，贺铸之瑰丽，举不足以限之。大抵于芬馨之中，有神骏之致，适以表现其胸怀襟韵，而早期灵秀，晚岁沉健，则又因年因境而异。（灵秀者如《一剪梅》“红藕香残玉簟秋”，沉健者如《永遇乐》“中州盛日”。）而其善于镕铸寻常言语（举例见前），善用成语（如《念奴娇》用《世说新语》“清露层流，新桐初引”二语，毛稚黄称其浑妙。），善用叠字至十四字之多（如《声声慢》:“寻寻觅觅，冷冷清清，凄凄惨惨戚戚。”张端义谓：“本朝非无能词之士，未曾有一下十四叠字者。”)。皆足以见其创辟之才也。

昔刘知幾谓良史须兼才学识三长，余谓诗人亦须兼具天才情感理想三者。李易安即如是。“为纯粹之词人”，以见其情感之美也。“有高超之境界”，以见其理想之高也。“富创辟之能力”，以见其天才之卓也。且易安非仅工于词而已，生平博极群书，尝与其夫赵明诚坐归来堂，指堆积书史，言某事在某几卷几页几行，以中否决胜负，并与明诚共考订金石（李易安《金石录后序》)，其诗文之传世者虽寡，皆斐然可诵。超世之才，固无施不可，然要以词为其菁华，故徒知易安之词，固不足窥其全，而不解其词，亦不足以探其精也。

夫怅望千秋，萧条异代，李易安往矣，读其遗作，因迹求心，意其为人，必也灵睿善感，要眇宜修，神情襟韵，常在清都绛阙之间，不与人世花鸟为伍，盖其人即如一首极佳之词，有精美之情思，高超之境界，渌波容与，彩云零乱，使人玩味无穷，百读不斁，又如姑射仙人，冰雪之姿，苟接其謦欬，挹其清芬，可以浚发聪明，消除鄙吝，实天壤间气之所钟，虽千载遇之，犹旦暮已。

（原载《真理杂志》第1卷第1期，1944年1月）

论陈与义词

诗法为词亦一途，简斋于此得骊珠。
杏花疏雨传佳什，自有神情似大苏。

陈与义字去非，号简斋，是北宋末、南宋初的杰出诗人。他的诗是学杜甫的，但也很受其前辈诗人黄庭坚、陈师道的影响。所以方回《瀛奎律髓》以杜甫为一祖，黄庭坚、陈师道、陈与义为三宗，说明其源流关系。不过，陈与义论诗是有独立见解的，他曾说："诗至老杜极矣，东坡苏公、山谷黄公奋乎数世之下，复出力振之，而诗之正统不坠。……要必识苏、黄之所不为，然后可以涉老杜之涯涘。"（中华书局版《陈与义集》卷首晦斋《简斋诗集引》转述）所以陈与义作诗虽亦取法黄、陈，但又不为其所囿。他的诗作，"体物寓兴，清邃超特，纡余闳肆，高举横厉"（张嵲《陈公资政墓志铭》），无有黄、陈诗生硬艰涩之弊。尤其是在汴京沦没、流转湖湘时之作，感伤时事，寄托遥深，"以简洁扫繁缛，以雄浑代尖巧，第其品格，故当在诸家之上"（刘克庄《后村诗话》前集卷二）。

陈与义不仅长于作诗，并且也工于填词，但所作甚少，只存《无住词》十八首，不及其诗作的二十分之一。但是它在宋词中却也有一定的地位。《四库全书总目提要》说陈与义《无住词》“吐言天拔，……殆于首首可传，不能以篇帙之少而废之”，肯定了它的价值。

陈与义词可贵之处何在呢？后世论者异口同声地指出陈词的特长即是绝似苏东坡。南宋黄昇《中兴以来绝妙词选》卷一说：“陈去非……有《无住词》一卷，词虽不多，语意超绝，识者谓其可摩坡仙之垒也。”后来杨慎《词品》也说陈词：“语意超绝，笔力排奡，识者谓其可摩坡仙之垒，非溢美云。”陈廷焯《白雨斋词话》卷一说陈词如《临江仙》，“笔意超旷，逼近大苏”。

陈与义填词是否有意要学苏东坡呢？不见得。词体的发展，在内涵、风格、意境方面，与诗体是有区别的。自《花间》、南唐以来，形成一种传统；有其特长，也有其局限。欧阳修兼工诗词，但是他的词作仍是继承南唐的风气，与其诗作异趣，苏东坡“以诗为词”，开始将作诗之法运化于词中，这是一个创举。当时评价不一。誉之者谓：“东坡先生非心醉于音律者，偶尔作歌，指出向上一路，新天下耳目。”（王灼《碧鸡漫志》卷二）非议者说：“子瞻以诗作词，如教坊雷大使之舞，虽极天下之工，要非本色。”（陈师道《后山诗话》）按，以诗为词，可以增拓内涵，变化风格，有革新的一面，不过，应当有一定的限度，如果流宕忘返，则变为长短句之诗，“语意拙直，不自缘饰”（元好问语，见《新轩乐府引》），便失去词之特质了。苏门四学士中，秦观最善于填词，但是秦观的词并没有走苏东坡的道路，而仍然遵循《花间》、南唐词的传统，又受柳永词的影响而加以发展，其中消息，值得细参。北宋末年著名词人贺铸、周邦彦的作品，也无东坡词的影响。晚近论者，或谓北宋末年以来，出现了一个“以苏轼为首的豪放派”，这是毫无事实根据的（参看吴世昌《有关苏轼词的若干问题》，载《文学遗产》1983 年第 2 期）。

那么，陈与义的词为何很像苏东坡呢？这就需要考察一下陈与义填词的情况。陈与义少以诗名，以后专精为之，平生所作六百余首，而填词只是余事，是晚年奉祠退居时才伫兴写作的。据胡穉《简斋先生年谱》，陈与义于宋高宗绍兴五年乙卯（1135）六月以病告，除显谟阁直学士，提举江州太平观，寓湖州青墩镇寿圣院塔下；次年绍兴六年丙辰（1136）六月，被召为中书舍人。绍兴八年戊午（1138）五月，复知湖州，以疾得请提举临安府洞霄宫，还青墩镇僧舍。这年十一月即逝世。《无住词》十八首，大都是在居青墩镇僧舍时所作（偶或亦有追记之作）。如《虞美人》（扁舟三日秋塘路）题序云：“乙卯岁，自琐闱以病得请，奉祠，卜居青墩镇，立秋后三日行，……”《玉楼春》（山人本合居岩岭）题序云：“青墩僧舍作。”《南柯子》（矫矫千年鹤）题云：“塔院僧阁。”（本集卷三十《得张正字书》诗“岁暮塔孤立，风生鸦乱飞”句下胡注：“时先生居青墩镇寿圣寺塔下。”）《浣溪沙》（送了栖鸦复暮钟）题序云：“七月十二日晚卧小阁。”《临江仙》（忆昔午桥桥上饮）题序云：“夜登小阁，忆洛中旧游。”盖均是居“青墩僧舍”时所作，而所谓“小阁”，即在僧舍中。青墩僧舍有“无住庵”，陈与义居此，故遂以“无住”

为词集之名。

据以上的叙述，可以知道，陈与义晚年奉祠退居僧舍时，情绪悠闲，于是以长短句自遣，写了《无住词》十八首。他以前既非一向专业作词，所以不很留心当时词坛风气，也未受其影响。譬如，自从柳永、周邦彦以来，慢词盛行，而陈与义独没有作过一首慢词；词至北宋末年，趋重雕饰，周邦彦即是以“富艳精工”见称，贺铸亦复如是，而陈与义的词独是疏快自然，不假雕饰。可见陈与义填词是独往独来，自行其是，他自然也不会有意去摹仿东坡，不过，他既然有高妙的诗才与深厚的素养，一旦也是“以诗为词”，所以很自然地就与东坡相近了。

下边，让我们先看陈与义一首最著名的词。

临江仙

夜登小阁，忆洛中旧游。

忆昔午桥桥上饮，坐中多是豪英。长沟流月去无声。杏花疏影里，吹笛到天明。　　二十余年如一梦，此身虽在堪惊。闲登小阁看新晴。古今多少事，渔唱起三更。

据上文所论述，此词应是陈与义绍兴五年或六年退居青墩镇僧舍时之作，年四十六或四十七岁。陈与义是洛阳人，他追忆二十余年前的洛中旧游，那时是徽宗政和年间，天下承平无事，可以有游赏之乐。其后金兵南下，北宋灭亡，陈与义流离奔走，艰苦备尝，而南宋朝廷在播迁之余，仅能自立，回忆二十余年的往事，百感交集，沉郁悲凉。但是他作词时，并不直写事实，而是用空灵的笔法，以唱叹出之（这是作词的要诀）。上半阕是追忆洛中旧游。“杏花疏影里，吹笛到天明”两句，的确是造语“奇丽”

（胡仔评语，见《苕溪渔隐丛话》后集三十四）。一种良辰美景、赏心乐事，宛然出现于心目中。但是这并非当前实境，而是二十余年前渺如云烟的往事在回忆中的再现。刘熙载说得好，“陈去非……《临江仙》：‘杏花疏影里，吹笛到天明’，此因仰承‘忆昔’，俯注‘一梦’，故此二句不觉豪酣，转成怅悒，所谓好在句外者也”（《艺概》卷四）。下半阕起句“二十余年如一梦，此身虽在堪惊”，一下子说到当前，两句中包含了南、北宋之间无限的国事沧桑、知交零落之感，内容极充实，而用笔极空灵。“闲登小阁”三句，不再承接上文之意，进一步发抒悲叹，而是宕开去写，想到盛衰兴亡，古今同慨，于是看新晴，听渔唱，将沉挚的悲感化为旷达，这一点也与东坡相似。这首词通体疏快明亮，浑成自然，如水到渠成，不见矜心作意之迹。张炎称此词“真是自然而然”（《词源》卷下）。然“自然”并不等于粗率浅露，这就要求作者有更高的文学素养。彭孙遹说得好：“词以自然为宗，但自然不从追琢中来，亦率易无味。如所云绚烂之极，仍归平淡。……若《无住词》之‘杏花疏影里，吹笛到天明’，自然而然者也。”（《金粟词话》）元好问也对陈与义这首词给予高度评价。其所作《自题乐府引》（按，此文《遗山文集》中无之，见于《彊村丛书》中据明弘治壬子高丽刊本之《遗山乐府》）说：“世所传乐府多矣，如山谷渔父词，……陈去非怀旧云：‘忆昔午桥桥下（按，此字《无住词》作“上”）饮，……渔唱起三更。’又云：‘高咏《楚辞》酬午日，……今夕到湘中。’如此等类，诗家谓之言外句，含咀之久，不传之妙，隐然眉睫间，惟具眼者乃能赏之。”

陈与义另外的佳词，如：

临江仙

高咏《楚辞》酬午日，天涯节序匆匆。榴花不似舞裙红。无人知此意，歌罢满帘风。　　万事一身伤老矣，戎葵凝笑墙东。酒杯深浅去年同。试浇桥下水，今夕到湘中。

渔家傲

福建道中

今日山头云欲举。青蛟素凤移时舞。行到石桥闻细雨。听还住。风吹却过溪西去。　　我欲寻诗宽久旅。桃花落尽春无所。渺渺篮舆穿翠楚。悠然处。高林忽送黄鹂语。

这些词都有以诗为词的特点。所以王灼论宋人词时也说，陈去非"佳处亦如其诗"（《碧鸡漫志》卷二）。

以诗为词，也是宋词发展中的一种途径。如果运用恰当，即是说，将作诗的方法运用到填词中去，而又能保持词的情韵意味，那么，这些作品，虽然缺少许多词作中的那种隐约幽微、烟雨迷离之致，然而疏快明畅，也自有其可取之处。苏东坡在这方面的尝试是很有效的，其他诗人也是这样做的，陈与义就是一个。

此外，我们还可以举出北宋末另一位作者，就是张舜民。张舜民擅长作诗，但很少填词，他的词作仅存四首，可见他是不经常作词的。但是他的《卖花声·题岳阳楼》词，的确是千古传诵的佳作。

其词如下：

木叶下君山。空水漫漫。十分斟酒敛芳颜。不是渭城西去客，休唱《阳关》。　醉袖抚危栏。天淡云闲。何人此路得生还。回首夕阳红尽处，应是长安。

张舜民因事贬监郴州（今湖南郴县）（今已撤销郴县建立郴州市苏仙区。——编者注）酒税，此词盖南迁过洞庭时所作。在此以前不久，舜民曾从征西夏，故有“不是渭城西去客”之语，非泛泛用典（采用郑骞说，见所编《词选》）。这也是以作诗之法为词，豪宕疏快，也很自然地与东坡相似，但是他也并非有意要学苏的。

1983 年 11 月写定

（原载《四川大学学报》1984 年第 1 期）

论岳飞词

将军佳作世争传，三十功名路八千。
一种壮怀能蕴藉，请君细读《小重山》。

岳飞是抗金名将，民族英雄，用兵如神，屡挫强敌，志在收复故土、痛饮黄龙。不幸为卖国投降的昏君（赵构）、奸相（秦桧）诬陷冤死；虽壮志未酬，而其卫国杀敌的精忠亮节可与日月争光，受到中国人民千秋俎豆、万世景仰。岳飞出身农家，少时好学，喜读《春秋左传》、孙吴兵法，自弱冠应募从军以至拥旄建节，二十年中，倥偬戎马之间，但是他“好贤礼士，览经史，雅歌投壶，恂恂如书生”（《宋史》本传）。他能文章，兼工诗词，所作虽不多，而都是直抒胸臆，卓有生气。

岳飞的词作传世者仅有三首，其《满江红》词最为世所传诵，词云：

怒发冲冠，凭阑处、潇潇雨歇。抬望眼、仰天长啸，壮怀激烈。三十功名尘与土，八千里路云和月。莫等闲、白了少年头，空悲切。　　靖康耻，犹未雪。臣子恨，何时灭。驾长车踏破，贺兰山缺。壮志饥餐胡虏肉，笑谈渴饮匈奴血。待从头、收拾旧山河，朝天阙。

近来学者有人提出疑问，认为此词并非出自岳飞之手，而是明人拟作；也有人进行驳辩，认为此词确是岳飞的作品。我同意后一种说法。这首词中所表达的壮怀伟志与岳飞《五岳祠盟记》中所说的“北逾沙漠，喋血虏廷，尽屠夷种；迎二圣归京阙，取故地上版图，朝廷无虞，主上奠枕”是一致的。这首词的艺术风格，可以用词中“壮怀激烈”一句来概括。岳飞另一首《满江红·登黄鹤楼有感》词亦可与上一首互相印证。原词如下：

遥望中原，荒烟外、许多城郭。想当年、花遮柳护，凤楼龙阁。万岁山前珠翠绕，蓬壶殿里笙歌作。到而今、铁骑（读去声）满京畿，风尘恶。　　兵安在，膏锋锷。民安在，填沟壑。叹江山如故，千村寥落。何日请缨提锐旅，一鞭直渡清河洛。却归来、再续汉阳游，骑黄鹤。

这首《满江红》词不如“怒发冲冠”那首词的传诵人口（据唐圭璋编《全宋词》按语，这首《满江红》词是“岳武穆墨迹”，见近人徐用仪所编《五千年来中华民族爱国魂》一书卷端，原系照片，有谢昇孙、宋克、文徵明诸跋。），但也是“壮怀激烈”，千载下读之犹凛凛有生气。南宋人词中表达抗金卫国的壮怀者甚多，也有许多名篇佳什，不过，这些词的作者中，真正胸藏韬略，能提兵杀敌，建立战功，而有实践经验者，最先只有岳飞，其后则是辛弃疾，所以他们二人这类词作的质量就与众不同了。

岳飞又有一首《小重山》词：

> 昨夜寒蛩不住鸣。惊回千里梦，已三更。起来独自绕阶行。人悄悄，帘外月胧明。　白首为功名。旧山松竹老，阻归程。欲将心事付瑶琴（《历代诗余》卷一百十七引陈郁《藏一话腴》引岳飞此词，作“欲将心事付瑶筝”。）。知音少，弦断有谁听。

也许有人认为这首词情调低沉，并不“壮怀激烈”，不如《满江红》词。实际上，这种看法是肤浅的，是不能深解词人的用心与作词的艺术方法的。这首词同样是“壮怀”的表现，不过是因为壮志难酬，胸中抑塞，于是以沉郁蕴藉的艺术手法来表达就是了。这也正是词体的特长，也就是张惠言所谓“道贤人君子幽约怨悱不能自言之情，低徊要眇，以喻其致”者。岳飞抗金卫国的志业，不但受到赵构、秦桧的忌恨迫害，而同时其他的人，如大臣张浚，诸将张俊、杨沂中、刘光世等，亦进行阻挠，故岳飞有曲高和寡、知音难遇之叹。《小重山》词就是抒写这种心情的。此词上半阕写出忧深思远之情，与阮籍《咏怀》诗第一首“夜中不能寐，起坐弹鸣琴”意境相近。下半阕“白首”三句，表面看来，似乎有些消极情绪，但实际上正是壮志难酬的孤愤。“欲将”三句，用比兴含蕴的笔法点出“知音”难遇的一种凄怆情怀，与辛弃疾《菩萨蛮·题江西造口壁》词末二句“江晚正愁予，山深闻鹧鸪”相似。

近些年来，有人评论古典诗词，以情绪的高昂与低沉区分高下，这实在是一种皮相之论。评论事物，应当对具体问题作具体分析，而不可以仅从表面作一刀切。情调高昂的作品固然好，但是粗犷叫嚣绝不能算是高昂，而情调低沉的作品也不见得就是消极。岳飞的《满江红》与《小重山》词所要表达的都是他抗金杀敌收复中原的雄怀壮志，不过因为作词的时间与心境不同，因此在作法上遂不免有所差异，实际上是异曲同工，又焉可以用情调的高昂与低沉区分其高下呢？况且作词与作散文的方法不同。作词常要用比兴浑融、含蓄蕴藉的方法以表达作者的幽情远旨，使读者吟诵体会，余味无穷，不能像散文那样地明显直说（其实，艺术性高的散文也常是含蓄而有弦外之音的）。譬如文天祥崇高坚贞的民族气节是大家所公认的，他的作品，如《过零丁洋》《正气歌》诸诗所表达的忠愤壮烈之情，也是举世所熟诵的。但是文天祥有一首《满江红·和王夫人〈满江红〉韵，以庶几后山〈妾薄命〉之意》词（见《文山先生集》卷十四《指南后录》卷一上），此词下半阕云：

> 曲池合，高台灭。人间事，何堪说。向南阳阡上，满襟清血。世态便如翻覆雨，妾身元是分明月。笑乐昌、一段好风流，菱花缺。

这首词中“世态”二句，是用委婉蕴藉的辞句表达坚贞刚毅的节操，这又是一种方法，也是填词中常用的方法，欣赏词作时应当懂得这一点，婉约的词亦可以寓托壮怀也。

1983年3月写定

（原载《四川大学学报》1983年第2期）

附　记

近数十年中，对于岳飞《满江红》词展开真伪的争论。争论的焦点即在词中“驾长车踏破，贺兰山缺”之句。有的论者认为贺兰山是实指，此山位于今宁夏境内，是当时西夏所属，岳飞与金兵作战，其词中不应提到贺兰山；因此认为，伪作此词者盖是明朝王越及其幕僚，因为王越曾在贺兰山与鞑靼人战争获胜也。亦有论者认为岳飞词中的贺兰山乃是泛指，是用比兴之法，不可拘看，不能因此怀疑《满江红》词非岳飞作。

最近《文学遗产》1985年第3期刊载王克、孙本祥、李文辉所撰《从“贺兰山”看〈满江红〉词的真伪》一文，以丰富的资料、精密的考证，提出了新的见解。文章中说，争论双方都一致肯定岳词中的“贺兰山”在今宁夏境内，而不知今河北磁县境内尚有一个“贺兰山”，岳词中的“贺兰山”正是指此山。磁县之贺兰山因北宋贺兰真人隐居而得名，盖在宋真宗景德年间，早于岳飞诞生约一百年。磁县贺兰山当南北官道要冲，为兵家必争之地，所以在北宋末、南宋初成为宋、金交兵的战场。宗泽曾驻守磁州，即以贺兰山为防线，击退金兵。岳飞从戎之初，在宣和四年（1122）至靖康元年（1126），曾六次经过贺兰山。建炎元年（1127），岳飞驻军磁州岳城镇时，曾多次在贺兰山操练军队。岳飞转战江淮时，与贺兰山义军密切联系。因此，贺兰山一带是岳飞预计与金兵决战的要地。正是在这种情况下，岳飞作《满江红》词，抒发抗金杀敌的壮志，陈述自己的战略设想，“驾长车踏破，贺兰山缺”这一警句便脱口而出，这是非常合乎情理的，而且除了岳飞以外，旁人也无有与贺兰山关系密切而了解其在宋、金交战中的重要地位的。所以《满江红》词确是岳飞所作，不容怀疑。

我认为，这篇文章论证详核，其结论是可信的。《满江红》（怒发冲冠）词是岳飞所作，又得到进一步的证实。

1985年11月缪钺记

论张元幹词

激昂忠愤歌《金缕》，争诵《芦川》压卷词。

婀娜清刚相济美，不妨花月忆心期。

张元幹字仲宗，是南宋初著名词人，有《芦川词》。他的两首《贺新郎·送胡邦衡赴新州》与《寄李伯纪丞相》最为出名。《芦川词》即以此二词压卷。以下分论之。

贺新郎　送胡邦衡赴新州

梦绕神州路。怅秋风、连营画角，故宫离黍。底事昆仑倾砥柱。九地黄流乱注。聚万落、千村狐兔。天意从来高难问，况人情、老易悲难诉。更南浦，送君去。　凉生岸柳催残暑。耿斜河、疏星淡月，断云微度。万里江山知何处。回首对床夜语。雁不到、书成谁与。目尽青天怀今古，肯儿曹、恩怨相尔汝。举大白，听《金缕》。（此据汲古阁《宋六十名家词》本，辞义较胜。）

这首词是高宗绍兴十二年（1142）张元幹在福州作的。胡邦衡即是胡铨。绍兴八年，秦桧居相位，遣王伦使金议和，欲屈辱投降，朝野群情愤激。胡铨时为枢密院编修官，上疏痛斥和议之失策，乞斩秦桧、孙近（参知政事，附和秦桧者）、王伦三人头，并谓："臣有赴东海而死耳，宁能处小朝廷求活耶？"疏奏，秦桧大怒，言于高宗，诏除名，编管昭州；后来，秦桧迫于公论，将胡铨改为签书威武军判官。宋威武军在福州，所以胡铨就来到福州。绍兴十一年，岳飞被害，韩世忠解除兵权，投降派的气焰更盛。次年，秦桧又授意谏官弹劾胡铨"饰非横议"，诏除名，编管新州（广东新兴）。张元幹这时住在福州，作此词送胡铨。

张元幹是一向主张抗金反对和议的，所以非常同情胡铨。胡铨贬居福州时，他们二人因政见相合，大概时常往还，交谊亲密。这次胡铨又受到投降派权臣秦桧进一步的迫害，贬官岭南，张元幹非常愤激，所以作此词相送。上半阕先叙写中原沦陷，声情激壮。"天意"二句融化杜甫诗句"天意高难问，人情老易悲"，以"天高难问"讽刺南宋朝廷忍辱求和是倒行逆施，不可理解；而"人情老易悲难诉"，则是对于胡铨之忠而得罪的无限同情与愤慨。但不直点本事，而用凌空含蓄之笔，这正是填词的妙法，比起直说来，更为深沉有力。下边紧接着说"更南浦，送君去"，点出送行。至于为何送胡铨远行，也不必明说。下半阕先写秋夜送行的凄凉情景以及预想到的远别之后，音问难通。"目尽"二句又提笔发议，说两人都有劲节大志，虽在临歧之际，而眼望青天，心怀今古，岂肯像儿女之临别沾巾呢？情绪悲壮而旷达。末二句以饮酒听歌作结。这首词确实作得非常精彩。《四库提要》说它："慷慨悲凉，数百年后，尚想其抑塞磊落之气。"

张元幹另一首《贺新郎·寄李伯纪丞相》词，大概作于绍兴九年（1139）。李纲字伯纪，福建邵武人，他做宰相时，坚持抗战，这时罢官家居。绍兴八年，高宗与金议和，拟向金称臣，李纲上书反对。张元幹同情李纲，作此词相寄。此词的下半阕云：

> 十年一梦扬州路。倚高寒、愁生故国，气吞骄虏。要斩楼兰三尺剑，遗恨琵琶旧语。谩暗涩、铜华尘土。唤取谪仙平章看，过苕溪、尚许垂纶否。风浩荡，欲飞举。

词中表示了对李纲的同情以及自己抗金杀敌的壮志，也是非常激昂悲壮。《芦川词》即以这两首《贺新郎》压卷，“盖有深意”（《四库提要》评语）。

此外，张元幹还有不少忧国伤时的壮词，如《石州慢·己酉秋吴兴舟中作》下半阕云：“心折。长庚光怒，群盗纵横，逆胡猖獗。欲挽天河，一洗中原膏血。两宫何处，塞垣只隔长江，唾壶空击悲歌缺。万里想龙沙，泣孤臣吴越。”（己酉是高宗建炎三年，这一年金兵南侵，国势危急。）又如《水调歌头·追和》下半阕云：“梦中原，挥老泪，遍南州。元龙湖海豪气，百尺卧高楼。短发霜黏两鬓，清夜盆倾一雨，喜听瓦鸣沟。犹有壮心在，付与百川流。”总之，张元幹是南宋初年的一位爱国志士，他坚持抗战，反对投降，愤恨苟且偷安的朝廷君臣，同情孤忠亮节而受到打击的李纲、胡铨等忠义之士，发为词作，表示支持，明知有危险而不顾（他因作词送胡铨而受到除名的处分）。他的词作，慷慨悲凉，是辛稼轩以前爱国壮词的杰出作者。

张元幹《芦川词》中，除去以上所举出的这些壮词之外，还有另一种作品，如《石州慢》：

寒水依痕，春意渐回，沙际烟阔。溪梅晴照生香，冷蕊数枝争发。天涯旧恨，试看几许消魂，长亭门外山重叠。不尽眼中青，怕黄昏时节。　情切。画楼深闭，想见东风，暗消肌雪。辜负枕前云雨，尊前花月。心期切处，更有多少凄凉，殷勤留与归时说。到得再相逢，恰经年离别。

这是一首怀念旧日情侣之作。又如《兰陵王》（绮霞散）第二段云："闲愁费消遣。想蛾绿轻晕，鸾鉴新怨。单衣欲试寒犹浅。羞衾凤空展，塞鸿难托，谁问潜宽旧带眼。念人似天远。"又如另一首《兰陵王》（卷珠箔）第二段云："寂寞。念行乐。甚粉淡衣襟，音断弦索。琼枝璧月春如昨。怅别后华表，那回双鹤。相思除是，向醉里、暂忘却。"也是同样的内容。这一类词，秾丽缠绵，情韵凄美，与上文所举《贺新郎》《水调歌头》诸篇之豪壮激昂者风格迥异。毛晋《芦川词跋》说："人称其长于悲愤，及读《花庵》《草堂》所选，又极妩秀之致，真堪与《片玉》《白石》并垂不朽。"《四库提要》也同意毛晋之说，称为"知言"。这是一个客观存在的事实。词人的思想感情本是丰富的，复杂的，他有忧国伤时的壮怀，可以发为豪放之作；同时他也有绮靡悱恻的柔情，可以写成婉约之篇。如果是一位有高才的词人，他可以同时将这两类作品都写得很好。毛晋看到这一点，是实事求是的，但是晚近论词者有人对此提出异议。胡云翼《宋词选》在评论张元幹词时曾引毛晋《芦川词跋》之言，认为："这说得不确切。尽管张元幹的词有其婉秀的一面，决不能拉进周邦彦、姜夔一派里去。"（第 166 页）我觉得这一意见倒是"不确切"的。毛晋之说只是说明张元幹词的风格具有异量之美，并没有要把他

“拉进”周、姜这一派中去的意思。《宋词选》的编选者大概心中先有一种很深的成见、一个僵化的公式，就是尊豪放而贬婉约，认为，苏、辛词才是可贵的，而周、姜词则是不可取的，一提到“《片玉》《白石》”，即有鄙视之意，所以才发出这种偏颇之论。其实，评赏文学，应当是“圆照之象，务先博观”。如果“执一隅之解，拟万端之变”，则将是“东向而望，不见西墙”。千年之前，刘勰早已指出这个道理（《文心雕龙·知音》），这是值得我们深思的。

1984年6月写定

（原载《四川大学学报》1985年第1期）

论张孝祥词

清旷豪雄两擅场，苏辛之际此津梁。
酒酣万象为宾客，肯向尘寰较短长。

中原遗老望霓旌，极目长淮恨未平。
激励重臣能罢席，乐歌一曲振天声。

张孝祥是南宋初年著名的文学家，他虽然只活了三十八岁（1132—1169），但是所作的古文、诗、词，都有英姿奇气。他的全集名《于湖居士文集》，其中长短句的词将近二百首，单行本称《于湖词》，在宋词的发展中占有重要地位。张孝祥词的特点是什么呢？宛敏灏先生说："于湖词之风格，在苏、辛之间，盖兼有东坡之清旷与稼轩之雄豪，前者以其才气相似，后者则受时代影响。"（见所著《张于湖评传》第七章《词论》，1949 年贵阳文通书局版）这个论断是很中肯的。

苏东坡作词，开创了豪放的风格（这在全部苏词中仅占一小部分），一新天下耳目，但在当时并未发生多大影响。秦观是当时杰出的词人，也是苏门四学士之一，与苏东坡交谊密切，但是秦观填词仍然是继承《花间》、南唐之遗风，兼受柳永的影响，而并未走东坡的道路。在北宋末年的词坛上，周邦彦仍以富艳精工之作被推为大宗。南宋初年陈与义的《无住词》，论者谓其"可摩坡仙之垒"，然而他是余事填词，所作甚少，也并非有意要学东坡。我在《论陈与义词》中已有所论述，兹不复赘。直到张孝祥出，才是第一个有意学苏东坡词而又卓有成就的人。

苏东坡天才卓越，襟怀超旷，他从事文艺创作，"每事俱不十分用力，古文、书、画皆尔，词亦尔"（周济语，见《介存斋论词杂著》）。所以苏东坡的文学作品，都是才华发越，自然挥洒，与"闭门觅句陈无己"（黄庭坚诗句）等诗人之惨淡经营者不同。因此，如果无有与东坡相近的天才、襟抱，而想勉强学步，是难以成功的。

张孝祥恰好有与苏东坡相近的天才、襟抱，所以他的作品也就很容易与苏相近，而张孝祥本人也是有意要学苏东坡的。关于这一点，张孝祥的门下士谢尧仁所作《张于湖先生集序》中说得很清楚。此序开头即说"文章有以天才胜，有以人力胜"，而张孝祥的文章"如大海之起涛澜，泰山之腾云气，……是亦以天才胜者也"。又说："先生气吞百代，而中犹未慊，盖尚有凌轹坡仙之意。"下边叙述张孝祥帅长沙时曾将自己的《水车》诗问谢尧仁："此诗可及何人？"谢尧仁直言说，此诗虽很像东坡，然相去却尚有一二分之劣尔。文中最后又说："是时先生诗文与东坡相先后者已十之六七，而乐府之作，虽但得于一时燕笑咳唾之顷，而先生之胸次笔力皆在焉。今人皆以为胜东坡，但先生当时意尚未能自肯。”这一篇序，对于了解张孝祥文学创作的特点，是很重要的资料。它说明张孝祥天才极高，在文学创作上有意要直追苏东坡，但只能得其十之六七。至于乐府词作，虽是“得于一时燕笑咳唾之顷，而先生之胸次笔力皆在焉”，当时人“皆以为胜东坡”。

我们再证以其他文献资料，可见谢尧仁序中之言确是实录。陆世良是张孝祥的晚辈，与孝祥熟识，他所作《宣城张氏信谱传》中说，张孝祥“文章俊逸，顷刻千言，出人意表”。张孝祥的从弟张孝伯所撰《于湖集序》说：“每见于诗、于文、于四六，未尝属稿，和铅舒纸，一笔写就，心手相得，势若风雨。……良由天才超绝，得之游戏，意若不欲专以文字为事业者。”汤衡所撰张孝祥《紫微雅词序》说张孝祥：“平昔为词，未尝著稿，笔酣兴健，顷刻即成，无一字无来处，如‘歌头’‘凯歌’诸曲，骏发蹈厉，寓以诗人句法者也。”（黄昇《中兴以来绝妙词选》卷二“张安国”条下引）叶绍翁《四朝闻见录》乙集“张于湖”条说：“（张孝祥）尝慕东坡，每作诗文，必问门人曰：‘比东坡何如？’门人以过东坡称之。虽失太过，然亦天下奇男子也。”

下边，我们先看张孝祥的一首最著名的《念奴娇·过洞庭》词：

洞庭青草，近中秋、更无一点风色。玉鉴琼田三万顷，著我扁舟一叶。素月分辉，明河共影，表里俱澄澈。悠然心会，妙处难与君说。　　应念岭海经年，孤光自照，肝胆皆冰雪。短发萧骚襟袖冷，稳泛沧浪空阔。尽吸西江，细斟北斗，万象为宾客。扣舷独笑，不知今夕何夕。

张孝祥于孝宗乾道元年（1165）为广南西路经略安抚使（治所在桂林），次年六月，罢官北归（据宛敏灏《张于湖评传》第五章《年谱》）。据其所作《书怀》诗（《于湖集》卷五）自述本年行踪，是“七夕在衡阳，九日在蕲州”，则过洞庭湖，正是近中秋之时。此词盖是时所作，因新从广南西路罢任归，故有“应念岭海经年”之语也。

词中上半阕叙写在中秋前夕泛舟洞庭，月色湖光，辉映澄澈，于是“悠然心会，妙处难与君说”，与陶渊明诗“此中有真意，欲辨已忘言”之意相似，但是其所寄寓之感慨则又有所不同。陶渊明是超旷的玄思，而张孝祥则是政治的感愤。南宋孝宗初年，在对金和与战的问题上，朝廷议论纷纭。宰相中汤思退主和，张浚主战。张孝祥登第，出汤思退之门，思退也颇提拔他；张浚志在恢复，孝祥赞同，张浚也推荐他。张孝祥在孝宗召对时，痛陈国家委靡之弊，并且说：“靖康以来，惟和、战两言，遗无穷祸，要先立自治之策以应之。”又陈二相当同心协力，以副陛下恢复之志。于是论者遂谓孝祥出入二相之门，两持其说（陆世良《宣城张氏信谱传》）。孝祥词中这两句，可能是慨叹他顾全大局的苦衷不为世人所理解。

下半阕换头三句，是发抒感愤。张孝祥的政治见解既不为世人所理解，而又牵涉于汤思退与张浚两人的矛盾之间，所以仕途也是坎坷不平的。孝宗隆兴二年（1164），他以张浚之荐入对，除中书舍人，迁直学士院，兼都督府参赞军事，任建康留守，不久即被劾落职。乾道元年（1165），复集英殿修撰，知静江府、广南西路经略安抚使，“治有声绩”，但是次年又被劾罢官。张孝祥对此是不免有所愤慨的，所以说：“应念岭海经年，孤光自照，肝胆皆冰雪。”但是张孝祥是能够排遣的，在月夜泛舟洞庭时，“尽吸西江，细斟北斗，万象为宾客”，胸怀开朗，将自己融合于广阔的宇宙之中，小小的仕途间的升沉得失，又何必介意呢？这种襟怀也是与东坡相似的。

魏了翁跋此词真迹说：“张于湖有英姿奇气，著之湖湘间，未为不遇，洞庭所赋，在集中最为杰特。方其吸江斟斗、宾客万象时，讵知世间有紫微青琐哉？”（《鹤山大全集》卷六十）王闿运称赞此词说：“飘飘有凌云之气，觉东坡《水调》，犹有尘心。”（《湘绮楼词选》）这些都是中肯之论。至于陈应行《于湖雅词序》说张孝祥：“托物寄情，弄翰戏墨，融取乐府之遗意，铸为毫端之妙词，……读之泠然洒然，真非烟火食人语。予虽不及识荆，然其潇洒出尘之姿，自在如神之笔，迈往凌云之气，犹可想见也。”则是就张孝祥超旷之词而想见其为人者。

此外，张孝祥所作超旷之词有《水调歌头·泛湘江》《水调歌头·金山观月》《水龙吟·望九华山作》《西江月·问讯湖边春色》《菩萨蛮·夜坐清心阁》《菩萨蛮·舣舟采石》等。其中佳句，如：“买得扁舟归去，此事天公付我，六月下沧浪。蝉蜕尘埃外，蝶梦水云乡。”又如：“回首三山何处，闻道群仙笑我，要我欲俱还。挥手从此去，翳凤更骖鸾。”又如：“夜航人不渡。白鹭双飞去。待得月华生。携筇独自行。”都是有凌云之气的。

张孝祥是主张抗击金兵，恢复中原的。当时有人认为他出入于主和派汤思退及主战派张浚之门而“两持其说”，这实在是一种误解。他的《于湖词》中有不少发抒壮怀、悲愤激昂的作品，下开辛稼轩。这类词中最脍炙人口的一首即是《六州歌头》：

长淮望断，关塞莽然平。征尘暗，霜风劲，悄边声。黯销凝。追想当年事，殆天数，非人力，洙泗上，弦歌地，亦膻腥。隔水毡乡，落日牛羊下，区脱纵横。看名王宵猎，骑火一川明。笳鼓悲鸣。遣人惊。　念腰间箭，匣中剑，空埃蠹，竟何成。时易失，心徒壮，岁将零。渺神京。干羽方怀远，静烽燧，且休兵。冠盖使，纷驰骛，若为情。闻道中原遗老，常南望、翠葆霓旌。使行人到比，忠愤气填膺。有泪如倾。

这首词大概是张孝祥在隆兴二年为建康留守时所作。宋孝宗即位之初，有志恢复，隆兴元年，用张浚之议，出兵攻金，初虽获胜，其后大败于符离。于是朝廷之中和议又起。八月，遣卢仲贤赴金议和，继复遣王之望。主战派张浚等虽抗疏反对，然宰相汤思退力主和议，孝宗犹豫不决，而趋向于和。张孝祥对此盖极为愤慨，故作此词。词中上半阕伤中原沦陷，胡骑纵横；下半阕说自己虽有恢复之壮志，而岁月蹉跎，朝廷软弱，屡遣使议和，使中原遗民失望，忠愤之士，当此际惟有痛哭而已。这首词的情感极为悲壮激昂，而词中许多三字句连接而下，亦增加了紧锣密鼓的激烈声情。《历代诗余》卷一百十七引《朝野遗记》说，张孝祥“在建康留守席上作《六州歌头》，张魏公（按，即是张浚）读之，罢席而入”。可见其感人之深。刘熙载亦说：“张孝祥安国于建康留守席上赋《六州歌头》，致感重臣罢席。然则词之兴、观、群、怨，岂下于诗哉！”（《艺概》卷四）这首词确实表现了南宋人民抗战杀敌、恢复中原的“心声”。

当宋高宗绍兴三十一年（1161），金主完颜亮大举南侵，连攻淮南诸州，进据扬州，欲从采石矶渡江，吞并宋朝，虞允文率师败金兵于采石，阻其南渡。这一战役，关系到南宋的安危存亡。张孝祥听到这一胜利消息之后，非常兴奋，作《水调歌头·和庞佑父》以志喜。这首词上半阕叙写闻采石大捷后的兴奋心情：“湖海平生豪气，关塞如今风景，剪烛看吴钩。剩喜燃犀处，骇浪与天浮。”下半阕则宕开去说，借用周瑜在赤壁击败曹操、谢玄在肥水打退苻坚的英勇战迹以比况虞允文而加以称赞，篇末归结到自己恢复中原之壮志。其词是：

忆当年，周与谢，富春秋。小乔初嫁，香囊未解，勋业故优游。赤壁矶头落照，肥水桥边衰草，渺渺唤人愁。我欲乘风去，击楫誓中流。

全词笔势顿宕，韵味深永，忽而说今，忽而说古，又都联系到自己，在忠愤激壮之中表现出风流倜傥的气概，这是张孝祥词的特长。词体是有其特质的，即使是作壮词，也需要能保持词的韵味与意境，率直粗犷，不足取也。

孝宗乾道四年（1168），张孝祥为荆南湖北路安抚使（治所荆州，今湖北江陵），“内修外攘，百废俱兴，虽羽檄旁午，民得休息，筑寸金堤以免水患，置万盈仓以储槽运”（《宣城张氏信谱传》），这时他作了一首《浣溪沙·荆州约马举先登城楼观塞》：

霜日明霄水蘸空。鸣鞘声里绣旗红。澹烟衰草有无中。

万里中原烽火北，一尊浊酒戍楼东。酒阑挥泪向悲风。

张孝祥在这首小令中发抒其登荆州城楼，北望中原，临风洒泪的豪情壮志。在《浣溪沙》调中，亦是大声镗鞳之作。

总之，张孝祥在南宋初期词坛中，所作兼有清旷与豪雄两种长处，上承东坡，下开稼轩，在词的发展史中有相当重要的地位。

1983年11月写定

（原载《四川大学学报》1984年第1期）

论姜夔词

一

江西诗法出新裁，清劲填词别派开。
幽韵冷香风格异，湘皋月坠见红梅。

情辞声律能相济，“骚雅”“清空”自一途。
若觅浑成深厚境，令人回首望欧苏。

姜夔字尧章，号白石道人，是南宋词的大家，与辛稼轩风格殊异而平分词坛，南宋中叶以后之词人，大抵分别受到辛、姜两家之影响。宋、元之际著名词人张炎著《词源》一书，特尊姜白石，称其“清空”“骚雅”。清初朱彝尊编选《词综》，谓：“词至南宋，始极其工，……姜尧章氏最为杰出。”（《词综·发凡》）又谓：“词莫善于姜夔，宗之者张辑、卢祖皋、史达祖、吴文英、蒋捷、王沂孙、张炎、周密、陈允平，……皆具夔之一体。”（《曝书亭集》卷四十《黑蝶斋诗余序》）由于此种倡导，遂开以姜、张为主之浙西词派，其影响甚为深远。

姜白石词，自南宋末历明、清迄于近、现代，评论者甚多。1944年，我曾撰写《姜白石之文学批评及其作品》一文（先发表于《思想与时代》月刊，后收入我所著论集《诗词散论》中，1948年开明书店出版，1982年上海古籍出版社重印。），对于姜白石词的特点有所评述。迄今四十年，我仍然保持此文中之许多意见。兹根据旧作，稍加补充，先写此篇，对姜白石词作一个总的综述，然后再论其他方面。

姜白石兼工诗词，而且著有《白石道人诗说》，甚有卓见，所以必须合而论之，才能看出白石才情造诣的全面。

姜白石作诗最初是学江西派的，取法黄庭坚，步趋惟谨，“一语噤不敢吐”，很用苦心，后来“始大悟学即病，顾不若无所学之为得”（《白石道人诗集自序》）。于是从黄诗中摆脱出来，自辟蹊径，而归本于自然。他曾说：“作者求与古人合，不若求与古人异；求与古人异，不若不求与古人合而不能不合，不求与古人异而不能不异。”（《诗集自序》二）这就到了自然而然的境地。白石称赞杨万里的诗说：“箭在的中非尔力，风行水上自成文。”（《白石道人诗集》卷下《送朝天续集归诚斋，时在金陵》）实际上，这也是白石自己所蕲向者。

姜白石作诗，体悟到自然的妙境，并非轻易得到，乃是用苦功而济以深思之效。所以他论诗极重精思。其所著《诗说》中说：“诗之不工，只是不精思耳。不思而作，虽多亦奚为？”他又说：“诗有四种高妙：一曰理高妙；二曰意高妙；三曰想高妙；四曰自然高妙。碍而实通，曰理高妙。出于意外，曰意高妙。写出幽微，如清潭见底，曰想高妙。非奇非怪，剥落文采，知其妙而不知其所以妙，曰自然高妙。”此四种高妙，前三种言立意之贵新奇、超远、深邃，皆由苦思得来，至于“自然高妙”则由奇返常，用思而不见痕迹，到炉火纯青的境界了。姜白石论作诗之法，如所谓“学有余而约以用之，意有余而约以尽之，乍叙事而间以理言”。又谓“难说处一语而尽，易说处莫便放过，僻事实用，熟事虚用，说理要简切，说事要圆活，说景要微妙”等等，都是要避熟求新，这也是需要精思的。至于思有窒碍，白石认为，这乃是“涵养未至，当益以学”。以学养思，精思入神，真积力久，即能与自然相合，所以又说：“沉着痛快，天也。自然与学到，其为天一也。”白石论诗之见解，大概也是受到江西诗派的启发。黄庭坚、陈师道作诗，都贵立新意，用活法，而由精思悟入。

姜白石作诗不多，在南宋不能成为大家，然亦有其独特的造诣，所以当时名诗人如萧德藻、杨万里、范成大等，都推重他。白石的诗，气格清奇，得力江西；意境隽澹，本于襟抱；韵致深美，发乎才情。陈郁称赞姜白石的诗是“奇声逸响，率多天然，自成一家，不随近体”（《藏一话腴》卷下）。清王士禛也说：“宋姜夔尧章《白石集》，……盖能参活句者。白石词家大宗，其于诗亦能深造自得。”因此，他又说：“余于宋南渡后诗，自陆放翁之外，最喜姜夔尧章。”（《香祖笔记》卷五、卷九）这些话都能指出姜诗的特点。姜白石自述其作诗之心得乃是由苦思而进入浑成，其《送项平甫倅池阳》诗曰：“我如切切秋虫语，自诡平生用心苦。神凝或与元气接，屡举似君君亦许。”

姜白石在文学上最大的成就不在于诗而在于词。他的诗仅是名家，而词则是大家。在北宋时，作词能开拓新局面而发生影响者，当推柳永、苏轼、周邦彦，而在南宋，则是辛稼轩与姜白石。

姜白石在词中开拓之功，即在于他能以江西派的诗法运用于词中，遂创造出一种清劲、拗折、隽澹、峭拔的境界，为前此词中所未有者。黄庭坚作诗，戛戛独造，瘦劲深隽，别具风味，苏东坡譬之于“食江瑶柱”，刘熙载谓其诗如“潦水尽而寒潭清”。但南宋人词中尚少此种境界。姜白石少时学黄诗，用力勤劬，深得其妙，因为不愿依附江西派的门墙，故作诗另走新路，避免陈陈相因。但是，他运用黄庭坚的诗法于填词之中，却能独创新境。沈义父评姜词说：“姜白石清劲知音，亦未免有生硬处。”（《乐府指迷》）此语虽简而极中肯綮。江西诗派之长在“清劲”，而其短处在“生硬”。姜白石用江西诗法作词，故长处短处亦相同。所谓“清”者，即洗尽铅华，屏弃肥醲；所谓“劲”者，即用笔瘦折，气格紧健。黄庭坚、陈师道之诗如此，姜白石之词亦如此。举例如下：

为春瘦。何堪更绕西湖，尽是垂柳。自看烟外岫。记得与君，湖上携手。君归未久。早乱落、香红千亩。一叶凌波缥缈，过三十六离宫，遣游人回首。（《角招》）

渐吹尽、枝头香絮。是处人家，绿深门户。远浦萦回，暮帆零乱向何许。阅人多矣，谁得似、长亭树。树若有情时，不会得、青青如此。（《长亭怨慢》）

迤逦剡中山，重相见、依依故人情味。似怨不来游，拥愁鬟十二。一丘聊复尔。也孤负、幼舆高致。水葓晚，漠

漠摇烟，奈未成归计。(《徵招》)

人间离别易多时。见梅枝。忽相思。几度小窗，幽梦手同携。今夜梦中无觅处，漫裴回。寒侵被，尚未知。(《江梅引》)

雁怯重云不肯啼。画船愁过石塘西。打头风浪恶禁持。

春浦渐生迎棹绿，小梅应长亚门枝。一年灯火要人归。(《浣溪沙》)

这些词都是清空如话，一气旋折，辞句隽澹，笔力遒健，细玩味之，与黄、陈诗有笙磬同音之妙。这在当时是一种新风格，与传统的仅贵婉媚柔厚者有所不同。如果用传统的标准来衡量，则确实是“亦未免有生硬处”。然而这种生硬，正是白石词特殊造诣之所在。

唐、宋词都是要唱的，所以必须注重音律。但是当时词人不一定都是精通音律者。李清照曾说：“至晏元献、欧阳永叔、苏子瞻，学际天人，作为小歌词，直如酌蠡水于大海，然皆句读不葺之诗尔。又往往不协音律者，何耶？”（见《苕溪渔隐丛话》后集卷三十二所引）宋代词人中精通音律者，前有周邦彦，后有姜白石。姜白石能自度曲，他对于音律斟酌研讨之细，在其所作《满江红》《徵招》《凄凉犯》《湘月》诸词序中，可以考见。他的歌曲中有十七调，自注工尺旁谱，为后世研究宋词歌法的重要资料。姜白石所以谨守音律，是要借音律的谐美以衬托词中的情辞（现在宋词歌法虽已失传，但是我们吟诵姜词时，仍然可以感到其声情相得之妙。），而并不要拘守音律以妨害情辞。白石自述作词之法说：“予颇喜自制曲，初率意为长短句，然后协以律。”

(《长亭怨慢》小序)可见白石是以律就词，而非尽以词就律，调和二者之间，使各得其所。所以他的词作，音律极协，而又不损伤情辞之美。张炎论作词音律与情思的关系时说：“音律所当参究，词章宜先精思，俟语句妥溜，然后正之音谱，二者须兼，则可造极玄之域。”(《词源·杂论》)张炎这种见解，认为作词应以“精思”为主，然后以“音谱”配合之，而不可以音律妨害情思，可能即是承继姜白石的主张。近来有的论者认为：“由于姜派词人精通音乐，偏重词的格律，词的思想内容往往受到一定程度、甚至很大程度的忽视和阉割。”(胡云翼《宋词选前言》)这是不能深解姜词的一种偏颇之见。

姜白石深通音律，作词精美，与周邦彦相近，故论者或以白石上拟周邦彦。然周词华艳，姜词隽澹，周词丰腴，姜词瘦劲，周词如春圃繁英，姜词如秋林疏叶。姜词清峻劲折，格澹神寒，为周词所无。黄昇说，白石“词极精妙，不减清真乐府，其间高处有美成所不能及”(《中兴以来绝妙词选》卷六)，大概就指的是这一点。

姜白石一生未尝仕宦，性情孤高，襟期洒落，“似晋宋间人”(陈郁《藏一话腴》)，所以他在花中最喜欢梅花与荷花，屡见于词，大概这两种花最能象征他的为人。白石咏梅之词有《小重山令》《玉梅令》《夜行船》《一尊红》《清波引》《暗香》《疏影》诸阕；咏荷花的有《念奴娇》《惜红衣》诸阕；其余诸词中偶尔提到梅与荷的还有。《小重山令·赋潭州红梅》云：

人绕湘皋月坠时。斜横花树小、浸愁漪。一春幽事有谁知。东风冷、香远茜裙归。

《清波引》咏梅云：

冷云迷浦。倩谁唤、玉妃起舞。岁华如许。野梅弄眉妩。屐齿印苍藓，渐为寻花来去。自随秋雁南来，望江国、渺何处。

《念奴娇》咏荷云：

三十六陂人未到，水佩风裳无数。翠叶吹凉，玉容销酒，更洒菰蒲雨。嫣然摇动，冷香飞上诗句。

又云：

日暮。青盖亭亭，情人不见，争忍凌波去。只恐舞衣寒易落，愁入西风南浦。高柳垂阴，老鱼吹浪，留我花间住。

这些词都不是从实际上描写梅花与荷花的形态，乃是从空际摄取其神理，并将自己的感受融合进去。换句话说，白石词中所写的梅与荷，并非常人所见的梅与荷，乃是白石于梅与荷中摄取其特性，而又以自己的个性融透于其中，说他是写梅与荷固然可以，说他是借梅与荷以写自己的襟怀亦无不可，所以意境深远，不同于泛泛咏物之作。姜白石所以独借梅与荷以发抒而不借旁的花，则是由于荷花出淤泥而不染，其品最清；梅花凌冰雪而独开，其格最劲，与自己的性情相合。而白石之词格清劲，也可以说就是他人格的体现。刘熙载说："姜白石词幽韵冷香，令人挹之不尽，拟诸形容，在乐则琴，在花则梅也。"（《艺概》卷四）也指出姜白石词的风格类似梅花。

姜白石论诗主张"精思"，他作词也是"精思"而成，用心虽苦，而以此为乐。他的《庆宫春》小序说："……朴翁以衾自缠，犹相与行吟，因赋此阕，盖过旬涂稿乃定。朴翁咎予无益，然意所耽，不能自已也。”作《庆宫春》词如此，作其他词大约也有类似情况。所以姜白石平生作词仅存八十余首，几乎每首都可读，很少率意的败笔。当然，也有人指出：“白石号为宗工，然亦有俗滥处，不可不知。”（周济《宋四家词选》）又有人说：“姜白石《石湖仙》一阕，自是高境，而‘玉友金蕉，玉人金缕’八字纤俗，固不能为白石讳。”（陈廷焯《白雨斋词话》卷五）但是这些疵病在整个白石词作中所占比例很小。总之，白石对于作词，确是精思独运的。所以黄晦闻（节）先生《寒夜读白石道人集题后》云“每从闲处深思得，讵向人前强学来”（《蒹葭楼诗》），很能说出姜白石创作的苦心孤诣。

姜白石作词，虽然开创新途，影响后世，有其独特的造诣，但亦有不足之处。刘熙载评江西派诗时说：“杜诗雄健而兼虚浑，宋西江名家学杜，几于瘦劲通神，然于水深林茂之气象则远矣。”（《艺概》卷二）姜白石词亦有类似情况。五代北宋词中，如柳永《八声甘州》（对潇潇暮雨洒江天）、苏轼《水调歌头》（明月几时有）、《八声甘州》（有情风万里卷潮来）之超浑自然、兴象高妙；又如冯延巳、晏殊、欧阳修诸令词之含蕴丰融，烟水迷离，能兴发读者，使其从中参悟宇宙人生之哲理。这些境界，在《白石道人歌曲》中是难以遇到的。所以王国维说：“古今词人格调之高无如白石，惜不于意境上用力，故觉无言外之味、弦外之响，终不能与于第一流之作者也。”（《人间词话》）所论虽似稍刻，然亦自有见地。所谓“无言外之味、弦外之响”者，即是说，姜词中缺少北宋词人佳作中的意蕴丰融、精光四射，能兴发读者的远想遐思而从多方面有所领悟也。

二

窥江胡马伤离黍，金鼓长淮寓壮心。

若比稼轩豪宕作，笙箫钟鼓不同音。

南宋偏安半壁，强敌侵凌，当时人士，愤慨国难，主张抗击金兵，恢复中原，于是发为壮怀激烈之词作，如辛稼轩一派词人之所为，这是应当充分肯定的。姜白石为南宋词中大家，但是在其八十余首《歌曲》中，这类词作不多，而且多是含蓄的慨叹，不是高亢激烈的正面抒写。对于这种现象，应当如何理解呢？古今人有不同看法。宋翔凤《乐府余论》说："词家之有姜石帚，犹诗家之有杜少陵，继往开来，文中关键。其流落江湖，不忘君国，皆借托比兴于长短句寄之。如《齐天乐》，伤二帝北狩也；《扬州慢》，惜无意恢复也；《暗香》《疏影》，恨偏安也。盖意愈切则辞愈微，屈、宋之心，谁能见之，乃长短句中复有白石道人也。"陈廷焯《白雨斋词话》说："南渡以后，国势日非，白石目击心伤，多于词中寄慨，不独《暗香》《疏影》二章发二帝之幽愤，伤在位之无人也。特感慨全在虚处，无迹可寻，人自不察耳。感慨时事，发为诗歌，便已力据上游，特不宜说破，只可用比兴体。即比兴中亦须含蓄不露，斯为沉郁，斯为忠厚。"王昶也说："姜、张诸人（引者按，指姜白石、张炎），……托物比兴，因时伤事，即酒席游戏，无不有《黍离》周道之感，与诗异趣同其工。"（《春融堂集》卷四十一《姚茝汀词雅序》）邓廷桢《双砚斋词话》："其时临安半壁，相率恬熙，白石来往江淮，缘情触绪，百端交集，托意哀丝，故舞席歌场，时有击碎唾壶之意。”以上是清人的评论。但是晚近论词者的看法则不同，认为：“关怀国家命运的作品，在姜词中也占一席地。……可惜这种正视现实的思想感情在他的词中常是‘昙花一现’，很少组织成为贯彻全篇的完整作品。”（《宋词选》第339页）或认为姜白石“回避现实斗争”。不过，“姜夔的某些词，还多少反映了当时的民族矛盾”（《唐宋词选》第377页、前言第17页）。对于古今人这两种很不相同的看法，我们试作一点解释。

姜白石是有忧国哀时之情的，不过，他终生布衣，未尝仕宦从政，更不能将兵杀敌。他既不能说出像岳飞那种“待从头、收拾旧山河，朝天阙”（《满江红》）的豪言壮语，也没有像辛稼轩那种“壮岁旌旗拥万夫”、呈献“万字平戎策”的雄才大略。又因为他作词的艺术手法是深婉蕴藉，所以感伤国事之作，常是用比兴衬托之法，“意切词微”，“感慨全在虚处，无迹可寻”，需要深明词法者细心体会，而不可以肤浅之见，皮相求之。下面试举两首词作说明。

先看他在孝宗淳熙三年（1176）所作《扬州慢》词：

> 淮左名都，竹西佳处，解鞍少驻初程。过春风十里，尽荠麦青青。自胡马、窥江去后，废池乔木，犹厌言兵。渐黄昏、清角吹寒，都在空城。　　杜郎俊赏，算而今、重到须惊。纵豆蔻词工，青楼梦好，难赋深情。二十四桥仍在，波心荡、冷月无声。念桥边红药，年年知为谁生。

宋高宗绍兴二十一年（1161），金主完颜亮大举渡淮南侵，滁、庐、和、扬诸州均被攻陷，惨遭兵燹之祸。姜白石于十六年后来到扬州，看到战乱后的荒凉情况，愤强敌之侵凌，伤国势之微弱，感愤赋此，极为凄怆。当时名诗人萧千岩（德藻）“以为有《黍离》之悲”。后人亦都推崇为是姜词的佳作。陈廷焯《白雨斋词话》卷二说：“‘犹厌言兵’四字，包括无限伤乱语，他人累千百言，亦无此韵味。”特别称赞其含蓄深沉的艺术手法。但是晚近论者亦有提出贬议的，说：“在姜词中这本是一首反映现实比较深刻动人的作品，正由于包括得太含浑，如‘犹厌言兵’究竟是‘厌言’什么样的‘兵’，说得不够明确。又如‘青楼梦好’‘难赋深情’，都很容易使读者误解为追求过去的绮梦。”（《宋词选》第343页）我认为，这种说法是不对的。姜词中明明说：“自胡马、窥江去后，废池乔木，犹厌言兵。”从上下文义体会，所“厌言”之“兵”当然指的是“胡马窥江”之兵，亦即是金主南侵之兵。怎么能说姜白石“说得不够明确”呢？如果必须写出“犹厌金兵”才算“明确”，这就未免太笨拙了。不但姜白石决不会这样作，任何善于作词的人也不至于写出这种句子的。至于此首下半阕，是借用杜牧“扬州梦”的事迹及其诗句以作衬托，更加深摹写了上半阕所慨叹的荒凉，这也是作词的一种艺术手法，显得更加沉郁。正如俞平伯先生所阐释的：“‘杜郎俊赏’以下是想像譬况，未必自比。想扬州旧日如此繁华，现在变成这等的荒凉，假如牧之果真重来，不知当如何吃惊，纵有春风词笔也写不出深情来，大意不过如此。”（《唐宋词选释》第218页）至于词中融化杜牧诗句，也是为的使形象鲜明，增加文采。俞平伯先生说：“虽多用侧艳字面，系杜牧原诗，且未必以之自况。”（《唐宋词选释》第219页）以上所引俞先生的解释，是深明填词三昧者之言。如果有人“误解为追求过去的绮梦”，那确实是“误解”。或者说：“后段竟把在扬州有过许多风流往事的杜牧和他的艳诗对照着来写，原来‘《黍离》之悲’的严肃意义便大为冲淡了。”(《宋词选》第340页）这也是不了解词人的用心及作词方法的外行话。

下面再看姜白石的另一首感伤国事的词：

翠楼吟

淳熙丙午冬，武昌安远楼成，与刘去非诸友落之，度曲见志。(下略)

月冷龙沙，尘清虎落，今年汉酺初赐。新翻胡部曲，听毡幕元戎歌吹。层楼高峙。看槛曲萦红，檐牙飞翠。人姝丽。粉香吹下，夜寒风细。　此地。宜有词仙，拥素云黄鹤，与君游戏。玉梯凝望久，叹芳草、萋萋千里。天涯情味。仗酒祓清愁，花消英气。西山外，晚来还卷，一帘秋霁。

这是淳熙十三年（1186）姜白石离汉阳往湖州经武昌时所作。陈廷焯《白雨斋词话》卷二谓此词后半阕“一纵一操，笔如游龙，意味深厚，白石最高之作。此词应有所刺，特不敢穿凿求之”。陈氏说“此词应有所刺”，所讽刺的是什么呢？俞平伯先生解释得好，他说：“其时北敌方强，奈何空言‘安远’。虽铺叙描摹得十分壮丽繁华，而上下嬉恬、宴安鸩毒的光景便寄在言外。像这样的写法，放宽一步便逼紧一步，正不必粗犷‘骂题’，而自己的本怀已和盘托出了。”(《唐宋词选释》第221页）南宋孝宗时，君臣苟且偷安，不敢抗金，则所谓“安远”实是自欺欺人之谈。姜白石此词，用微妙的手法讽刺当时的上下嬉恬、宴安鸩毒。“此地。宜有词仙”数语，盼望能出济世之才，而人才难得，空付浩叹（用周济《宋四家词选》评语意)。“天涯情味。仗酒祓清愁，花消英气”数语是说，在无聊中，只好用花与酒消除英气与清愁。貌似消沉，内含愤激。结处“西山外，晚来还卷，一帘秋霁”，俞平伯谓：“结写晚晴，又一振起，……若与辛弃疾《摸鱼儿》‘斜阳正在，烟柳断肠处’参看，其光景情怀正相类似。”(《唐宋词选释》第221—222页)

总之，姜白石这首词，感慨深而用笔婉，意愈切而辞愈微，“不犯正位，切忌死语”，是真能将江西派诗法运用于词中者。诚如俞平伯氏所谓，“正不必粗犷‘骂题’，而自己的本怀已和盘托出了”。但是晚近有些论词者，对于“粗犷骂题”之作倍加推崇，而对于意切辞微、蕴藉沉郁之词，则漠然视之，甚至加以非议，其鉴赏能力，不是很有问题吗？

姜白石忧国哀时之词，大都是用含蓄比兴之法。除去上文所举《扬州慢》《翠楼吟》两首之外，如《八归》词“最可惜、一片江山，总付与啼鴂”，叹山河之破碎，即陈亮《水龙吟》“恨芳菲世界，游人未赏，都付与莺和燕”之意也。《惜红衣》“维舟试望，故国眇天北”，伤怀中原沦陷，即辛稼轩《菩萨蛮》“西北是长安，可怜无数山”之意也。而《疏影》“昭君不惯胡沙远，但暗忆江南江北”，伤徽、钦二帝被掳北去，葬身胡尘，前人多已指出。

直到白石晚年，与辛稼轩往还唱和，受其影响而词风一变。白石与稼轩相识，在宁宗嘉泰三年(1203)。是年六月，稼轩从家居起知绍兴府兼浙东安抚使，白石方居杭州(据夏承焘《姜白石词编年笺校·行实考》)。白石有《汉宫春》二首，一首题为《次韵稼轩》，另一首题为《次韵稼轩蓬莱阁》，盖皆是年所作。两词豪健、疏宕、明快，如“知公爱山入剡，若南寻李白，问讯何如。年年雁飞波上，愁亦关予。临皋领客，向月边、携酒携鲈。今但借、秋风一榻，公歌我亦能书”。这种风格与白石以前诸词不同，盖有意效稼轩体者。白石《自述》谓：“稼轩辛公深服其长短句。”（《齐东野语》引）可见辛稼轩也很欣赏白石的词。嘉泰四年（1204），辛稼轩建议伐金，旋即差知镇江府，预为恢复之图，稼轩作《永遇乐》（千古江山）词，以寄其豪情壮志。白石亦作《永遇乐·次稼轩北固楼词韵》云：

> 云隔迷楼，苔封很石，人向何处。数骑秋烟，一篙寒汐，千古空来去。使君心在，苍崖绿嶂，苦被北门留住。有尊中酒差可饮，大旗尽绣熊虎。　　前身诸葛，来游此地，数语便酬三顾。楼外冥冥，江皋隐隐，认得征西路。中原生聚，神京耆老，南望长淮金鼓。问当时、依依种柳，至今在否？

此词气格豪壮，词中以诸葛亮、桓温比拟稼轩，都是能抗击北方强敌者。“中原生聚，神京耆老，南望长淮金鼓”数句，鼓励稼轩恢复中原，不负遗民之渴望，与张孝祥《六州歌头》词“闻道中原遗老，常南望、翠葆霓旌”句同其沉痛悲愤。这是白石晚年在稼轩影响下所作的壮词，在《白石道人歌曲》中是仅见的。

总之，同为忧国哀时之作，稼轩词如钟鼓镗鞳之响，白石词如箫笛怨抑之音，二者是不同的，读词者须分别观之。谭献《复堂词话》云：“白石、稼轩，同音笙磬，但清脆与镗鞳异响，此事自关性分。”可谓知言。

1984 年 2 月写定

（原载《四川大学学报》1984 年第 4 期）

论史达祖词

警迈清新咏物词，柳昏花暝见精思。
穷愁晚节趋遒健，江水苍苍又一时。

建瓴一举收鳌极，犹有平戎报国心。
陪节北行问遗老，风沙乔木动悲吟。

史达祖字邦卿，汴（今河南开封）人，是南宋中期著名词人，著有《梅溪词》。他与张镃、姜夔同时，年辈稍后，张、姜二人都为《梅溪词》作过序。张镃序中称赞史达祖的词说："盖生之作，辞情俱到，织绡泉底，去尘眼中，妥帖轻圆，特其余事，至于夺苕艳于春景，起悲音于商素，有瑰奇警迈、清新闲婉之长，而无訑荡污淫之失，端可以分镳清真，平睨方回，而纷纷三变行辈，几不足比数。"姜夔的序全文失传，《中兴以来绝妙词选》曾征引数句。此书卷七中说："史邦卿，名达祖，号梅溪，有词百余首，张功父、姜尧章为序。尧章称其词：'奇秀清逸，有李长吉之韵，盖能融情景于一家，会句意于两得。'” 可见张、姜二人对《梅溪词》都很推重，评价颇高。所以后人往往将史达祖与姜白石相提并论。彭孙遹说：“南宋白石、竹屋诸公，当以梅溪为第一。”(《金粟词话》) 固然褒奖太过；王士禛所谓：“南渡后，梅溪、白石、竹屋、梦窗诸家，极妍尽态，反有秦、李所未到者。”(《花草蒙拾》) 倒是有见地之论。

史达祖这样一位著名词人，他的生平事迹却很湮晦，不但正史无传，即便是南宋后期的杂史笔记中记载他的事迹者也很少，只有叶绍翁《四朝闻见录》与周济《浩然斋雅谈》记载史为韩侂胄堂吏，韩败，史因而得罪之事。《四朝闻见录》戊集《侂胄、师旦、周筠等本末》条说：“师旦既逐，韩（按，指韩侂胄）为平章，事无决，专倚省吏史邦卿，奉行文字，拟帖撰旨，俱出其手，权炙缙绅，侍从简札至用申呈。时有李其姓者，尝与史游，于史几间大书云：‘危哉邦卿，侍从申呈。’未几致黥云。”《浩然斋雅谈》卷上也说：“史达祖邦卿，开禧堂吏也。当平原（按，指韩侂胄，韩曾封平原郡王）用事时，尽握三省权，一时士大夫无廉耻者皆趋其门，呼为梅溪先生。韩败，达祖亦贬死。”《四朝闻见录》戊集《臣寮雷孝友上言》条又说：“臣闻……苏师旦既逐之后，堂吏史达祖、耿柽、董如璧三名随即用事，言无不行，公受贿赂，共为奸利。伏乞睿断，将三名送大理寺根究。”可见史达祖曾为韩侂胄堂吏，受到信任，不免弄权；韩被杀后，史亦受黥刑而被贬谪。后人认为，这是史达祖为人的一个污点。

平心论之，韩侂胄执政时，虽然专横跋扈，但毕竟与秦桧、贾似道等卖国投降者不同。他晚年主张北伐抗金，收复失地，因谋划粗疏，招致失败，而其志可谅。不过，韩侂胄因为排斥宰相赵汝愚，而当时以朱熹为首的道学家多是拥护赵汝愚的，韩于是称道学为“伪学”，兴伪学之禁，打击朱熹等人。理宗以后，道学盛行，于是对韩更深加贬议。至于史达祖呢？他大概出身低微，未能考取进士（他的《满江红·书怀》词说“好领青衫，全不向、诗书中得”），不能进入仕途，于是投靠韩侂胄为掾吏。韩侂胄是粗人，需要有一个能够帮他起草文书之士，大概因为赏识史达祖的才能而予以重用，史达祖也不免借以弄权，遂致“士大夫无廉耻者皆趋其门”。韩败，史遂以牵连得罪，这也是不足怪的。不过，史达祖之为人也并非全无足取，他也曾伤痛南宋的偏安，有卫国抗金的想法，表现于词作中（关于这一点，下文要提到）。

后人称赞史达祖词者，往往举其咏物之作。《梅溪词》中咏物之作有十余首之多，而以《双双燕·咏燕》与《绮罗香·咏春雨》最为出名。我们先看他的《双双燕》词：

过春社了，度帘幕中间，去年尘冷。差池欲住，试入旧巢相并。还相雕梁藻井。又软语、商量不定。飘然快拂花梢，翠尾分开红影。　芳径。芹泥雨润。爱贴地争飞，竞夸轻俊。红楼归晚，看足柳昏花暝。应自栖香正稳。便忘了、天涯芳信。愁损翠黛双蛾，日日画栏独凭。

此词上片描写双燕在春天共同筑巢、飞翔；下片继续写双燕向远处飞翔。“红楼归晚，看足柳昏花暝”两句，不但写形，而且能传神，故黄昇说：“姜尧章极称其‘柳昏花暝’之句。”（《中兴以来绝妙词选》卷七）“应自栖香正稳”以下数句，借古人所说双燕传书的故事，写燕子因栖香而忘记传书，致劳受书人愁损盼望，把意思推开一层，融入闺情，更有余韵。这首词刻画双燕，确实做到穷形尽相，有瑰奇警迈之长，不愧为咏物词之上品。至于求更深的托喻，则是无有的。有的论者认为，“红楼归晚”四句，有弦外之音，盖史达祖对韩侂胄所作所为的昏暝之事均已看足，有所感觉，故发为慨叹（刘永济《唐五代两宋词简释》)。虽可备一说，但总不免有些穿凿太深。

下边再看史达祖另一首《绮罗香·咏春雨》词：

做冷欺花，将烟困柳，千里偷催春暮。尽日冥迷，愁里欲飞还住。惊粉重、蝶宿西园，喜泥润、燕归南浦。最妨它、佳约风流，钿车不到杜陵路。　　沉沉江上望极，还被春潮晚急，难寻官渡。隐约遥峰，和泪谢娘眉妩。临断岸、新绿生时，是落红、带愁流处。记当日、门掩梨花，剪灯深夜语。

此词上片描写春雨，以及蝶、燕与人在春雨中之感受，用笔极为细腻；下片推开，从辽阔处写雨景，兼及望远怀人之感，有缠绵婉转之致。“临断岸”二句最为姜白石所称赏（《中兴以来绝妙词选》卷七)。此二句有新陈代谢，时光推移，美好事物不能长留之哲理意味（刘逸生《宋词小札》提出此意)。

总观上文所引，史达祖作咏物词时，有正面描写，有侧面衬托，既刻画形象，也摄取神情，且往往结合人的情思，增加更深远的意趣。张炎《词源》卷下说，史邦卿《东风第一枝》咏雪、《双双燕》咏燕，姜白石《齐天乐》咏蟋蟀，“皆全章精粹，所咏了然在目，且不留滞于物”。最重要的是“不留滞于物”这一点。

作咏物词如果只停留在刻画所咏的对象上，尽管细致，也不过等于高等谜语而已，不能成为好词。

咏物词，北宋已有作者，至南宋而大盛。苏东坡《水龙吟》咏杨花词，虽无托喻，而空灵跌宕，不即不离，真所谓“不留滞于物”者。至于《卜算子》（缺月挂疏桐）下片之咏孤鸿，《贺新郎》（乳燕飞华屋）下片之咏石榴花，均是别有寄托。周邦彦《花犯》（粉墙低），咏梅花而“纡徐反覆，道尽三年间事，圆美流转如弹丸”（黄昇评语，见《唐宋诸贤绝妙词选》）。南宋时史达祖之前辈词人如姜白石、张镃都作咏物词，二人同作《齐天乐》咏蟋蟀词，刻画工细。姜白石《念奴娇》（闹红一舸）是借咏荷花而追忆旧游，至于《暗香》《疏影》之咏梅，更是寄托遥深，耐人寻绎。白石其他咏梅、咏荷之词还很多，大概都是借物咏怀。南宋末年，张炎、王沂孙都善于作咏物词，而王沂孙于亡国后所作诸咏物词，如《天香》之咏龙涎香、《眉妩》之咏新月、《水龙吟》之咏落叶、《齐天乐》之咏蝉等，都是有意识地借以寄托其故国之痛、身世之感。总之，凡是好的咏物词必须是咏物而不留滞于物，“不可不似，尤忌刻意求似，取形不如取神，用事不若用意”（《词苑丛谈》卷一引邹祗谟语）。史达祖的咏物词，刻画精工，取形而又取神，并能不留滞于物，有实有虚，虽不一定有所托喻，而亦不失其为佳作也。

史达祖词，除去众所称赞的咏物词之外，还有其他方面的作品值得重视。

《梅溪词》中有几首词，叙写他随使臣出使金国之事，论词者尚很少注意。这几首词是：

《龙吟曲·陪节欲行，留别社友》

《鹧鸪天·卫县道中有怀其人》

《齐天乐·中秋宿真定驿》

《惜黄花·九月七日定兴道中》

按，史达祖的政治活动，应当在他为韩侂胄省吏之时。韩侂胄于宁宗庆元元年（1195）执政，开禧三年（1207）十一月被杀，首尾共十三年。史达祖陪节使金，大约在这十三年之中。考《宋史·宁宗纪》，自庆元元年至开禧元年，每年六月，均遣使“贺金主生辰”（只有开禧二年因对金用兵暂停）。史达祖“陪节”北行，大概在这期间。至于是在哪一年，跟随哪一个使臣呢？《四库提要》谓史达祖陪节北行当是“在李壁使金之时（按，在开禧元年），侂胄遣之随行觇国”。这是史达祖政治生活中的一件大事。假定史达祖于六月中自南宋京都临安出发，经卫县（今河南浚县西南），中秋宿于真定驿（今河北正定县），时间、路线都是符合情理的。

他的《龙吟曲·陪节欲行，留别社友》词，是他初发临安时所作，词中说：“道人越布单衣，兴高爱学苏门啸。……壮怀无挠。楚江南，每为神州未复，栏干静，慵登眺。”又说：“今日征夫在道。敢辞劳、风沙短帽。休吟稷穗，休寻乔木，独怜遗老。”可见他也曾是有“壮怀”，因为“神州未复”而懒于登高远望，而这次北行，更会增加故国之思而同情沦陷于金朝统治区的遗老。其余三首词都是写远客思乡之情，其中《齐天乐·中秋宿真定驿》云：“殊方路永。更分破秋光，尽成悲境。有客踌躇，古庭空自吊孤影。”又云：“忧心耿耿。对风鹊残枝，露蛩荒井。斟酌姮娥，九秋宫殿冷。”殊为激楚苍凉。所谓“风鹊残枝，露蛩荒井”，以及“九秋宫殿冷”诸句，隐喻追念北宋的《黍离》之悲。

更有一首值得注意的，就是《满江红·九月二十一日出京怀古》，其词云：

> 缓辔西风，叹三宿、迟迟行客。桑梓外、锄耰渐入，柳坊花陌。双关远腾龙凤影，九门空锁鸳鸾翼。更无人、擪笛傍宫墙，苔花碧。　天相汉，民怀国。天厌虏，臣离德。趁建瓴一举，并收鳌极。老子岂无经世术，诗人不预平戎策。办一襟、风月看升平，吟春色。

这首词大概是史达祖得罪被贬出京时所作。上片写恋阙之情。下片言民心怀宋厌金，应趁机恢复，“趁建瓴一举，并收鳌极”，而自己虽有经世之术，但是现在得罪外贬，已经“不预平戎策”了，言外深致慨叹。由此推测，韩侂胄主张北伐，史达祖是否也曾献过“平戎策”呢？邓廷桢《双砚斋词话》说：“史邦卿为中书省堂吏，事侂胄久。嘉泰间，侂胄亟持恢复之议，邦卿习闻其说，往往托之于词。”这个推论是有道理的。

史达祖生卒年难以确考，现在姑且约略推测一下。张镃为史达祖《梅溪词》作序在“嘉泰岁辛酉”，即是嘉泰元年（1201），这时他年四十九岁。序中称史达祖为“汴人史生邦卿”，又说“余老矣，生须发未白”，可见他的岁数比史大得多。序文又记，史达祖“起谓余曰：‘某自冠时，闻约斋之号，今亦既有年矣。’”，则史此时较“冠时”已经“既有年矣”，也必将是二十多岁或已到三十岁左右。假定嘉泰元年（1201）史达祖是三十岁左右，则他的生年约当1170年，也就是孝宗乾道六年左右。他比张镃、姜白石都小十几岁。韩侂胄于开禧三年（1207）十一月被杀，史达祖牵连得罪，大约在三十五岁至四十岁之间，年岁并不老，还可以继续创作。所以《梅溪词》中有一部分是史达祖晚年作品。因为生活环境的剧变，他的晚期作品与以前大不相同。

很显然，下边这一首《满江红·书怀》便是史达祖被贬废后之作：

好领青衫，全不向、诗书中得。还也费、区区造物，许多心力。未暇买田清颍尾，尚须索米长安陌。有当时、黄卷满前头，多惭德。　　思往事，嗟儿剧。怜牛后，怀鸡肋。奈棱棱虎豹，九重关隔。三径就荒秋自好，一钱不直贫相逼。对黄花、常待不吟诗，诗成癖。

此词写穷愁潦倒情况，颇有自怨自艾之意（《浩然斋雅谈》卷中载史达祖《清明》诗二首，其一云："一百六朝花雨过，柳梢犹尔病春寒。晋官今日炊烟断，并著新晴看牡丹。"其二云："宫烛分烟眩晓霞，惊心知又度年华。榆羹杏粥谁能办，自采庭前荠菜花。"可与其《满江红·书怀》词参看。）。史达祖晚期词中还不乏佳作，如《秋霁》：

江水苍苍，望倦柳愁荷，共感秋色。废阁先凉，古帘空碧，雁程最嫌风力。故园信息。爱渠入眼南山碧。念上国。谁是、脍鲈江汉未归客。　　还又岁晚，瘦骨临风，夜闻秋声，吹动岑寂。露蛩悲、清灯冷屋，翻书愁上鬓毛白。年少俊游浑断得。但可怜处，无奈苒苒魂惊，采香南浦，剪梅烟驿。

这首词写被贬之后的失志悲秋之感，风格遒上，笔力劲健，与他前期作品之以清新闲婉见长者不同。《梅溪词》中还有一些作品，如《八归》《湘江静》等，从词中情思玩味，似乎都是晚期之作，如《八归》下片云："须信风流未老，凭持酒、慰此凄凉心目。一鞭南陌，几篙官渡，赖有歌眉舒绿。只匆匆眺远，早觉闲愁挂乔木。应难奈，故人天际，望彻淮山，相思无雁足。"用笔宕折。又如《满江红》（中秋夜潮）词下片云："光直下，蛟龙穴。声直上，蟾蜍窟。对望中天地，洞然如刷。激气已能驱粉黛，举杯便可吞吴越。待明朝、说似与儿曹，心应折。"虽不一定是晚期作品，但亦颇豪壮可喜。

总之，向来论《梅溪词》者，多是标举其咏物词的摹写精工之作，而对于其晚期词中之苍凉激楚者，注意较少；至于其词中所表现的平戎报国之怀，几乎更少有人提到。这样，对于理解史达祖之为人而评赏其词作，是不能全面的，吾故表而出之。

若论史达祖在宋词中之地位，他上承周邦彦，又受到同时的前辈词人姜白石的影响，应属于周、姜这一流派。关于这一点，前人多已指出。（戈载《七家词选》说："予尝谓梅溪乃清真之附庸。"陈廷焯《白雨斋词话》卷二说："梅溪全祖清真，高者几于具体而微。"至于以史达祖与姜白石连称者，更是很多的。）上文所引彭孙遹说："南宋白石、竹屋诸公，当以梅溪为第一。"未免揄扬太过，不切实际。陈廷焯认为"大约南宋词人（按，此专指婉约一派），自以白石、碧山为冠，梅溪次之"（《白雨斋词话》卷二），是比较公允之论。周济论梅溪词，谓其"用笔多涉尖巧"（《介存斋论词杂著》）。大概他只看到梅溪词的一个方面，没有注意到他晚期的作品。

史达祖因为曾做过权臣韩侂胄的堂吏，韩失败后，史亦牵连得罪，遂为后人所诟病，认为其词虽佳而其人无足称。陈廷焯《白雨斋词话》卷五说："独怪史梅溪之沉郁顿挫，温厚缠绵，似其人气节文章，可以并传不朽；而乃甘做权相堂吏，致与耿柽、董如璧辈并恶大理，身败名裂，其才虽佳，其人无足称矣。"（吴衡照《莲子居词话》亦有类似的议论）这段话最足以代表一般读者的看法。但是如果我们细读《梅溪词》，加以探索，便发现史达祖还是有一定的民族思想，在陪节使金北行时，慨叹中原沦陷，同情遗老，也曾献过平戎策，其为人也并非一无足取者。知人论世，贵能掌握全面，只取一节，是容易流于偏差的。

1984 年 3 月写定

（原载《四川大学学报》1984 年第 3 期）

论汪元量词

一

汪元量是宋末元初一位异军突起的词人。他的词作，直抒胸臆，感伤时事，其艺术手法与风格，能够不囿于当时词坛的风气而独树一帜。但是汪元量许多独具特色的词篇，多年来却没有受到论词者应有的重视。先从词的选本来看，选汪词者甚少。朱彝尊《词综》未选汪元量词，汪森增补《词综》，选汪词九首（在第三十二卷）；陈廷焯《词则》的《放歌集》与《别调集》中各选汪词一首；俞平伯《唐宋词选释》选汪词二首；张璋《历代词萃》选汪词二首；只此而已。此外，近人所编词选中，如朱彊村《宋词三百首》、龙榆生《唐宋名家词选》、梁令娴《艺蘅馆词选》、胡云翼《宋词选》、中国社科院文研所编选的《唐宋词选》以及台湾出版的郑骞《词选》诸书，均未选汪词。再从论词的词话来看，清代著名词论家如周济、刘熙载、陈廷焯、谭献、冯煦、况周颐、王国维等，在其所著词话中，都没有提到过汪元量。建国以来，直至1979年，也未见有撰专文论及汪元量词者（据华东师大中文系编辑《词学研究论文集》“附录”《1949—1979年词学研究论文索引》）。现在我们论述汪元量的词作，给他在词史上应有的地位，还是必要的。

汪元量诗词传世者，有汪的友人刘辰翁编选的《湖山类稿》以及清汪森本《湖山类稿》《湖山外稿》，鲍刻本《湖山类稿》《水云集》。近人孔凡礼同志辑校的《增订湖山类稿》，根据汪森本，博考有关诸书，辑录校订汪元量词，最为详备，又附录其所撰汪元量《研究资料汇辑》《事迹纪年》《著述略考》，搜采广博，考核精审，对于研究汪元量的为人及其诗词，提供了很大的方便。我撰此短文，即深受孔同志此书之助益。

汪森本《湖山类稿》《湖山外稿》共收词二十九首，孔凡礼又自《诗渊》等书新辑词二十三首，共五十二首。这是汪元量传世的全部词作。

汪元量的词作与宋元间史事以及他个人的身世密切相关，所以我们必须了解他一生的主要经历。关于汪元量平生事迹，文献资料记载甚少。孔凡礼《汪元量事迹纪年》一文，搜集考订，翔实可信。我即根据此文，略述如下。

汪元量字大有，号水云，钱塘（今杭州）人，生于宋理宗淳祐元年（1241）。在度宗时（1265—1274），汪元量给事宫禁，以善鼓琴侍奉谢太后、王昭仪（清惠）。恭帝赵㬎德祐二年（1276）春，元兵攻陷临安，虏恭帝、太皇太后谢氏、太后全氏以及诸宫妃北去，元量随行。元量在大都（今北京）时，曾多次慰问文天祥于囚所，作《妾薄命》，勉天祥以忠贞大节，又作《拘幽》以下十操，天祥倚歌而和之。天祥集杜诗句成《胡笳十八拍》，与元量共商略之，并为元量《行吟》一卷作跋。至元十九年十二月初九日，宋丞相文天祥就义，元量作《浮丘道人招魂歌》九首以挽之。其第九首云："有官有官位丞相，一代儒宗一敬让。家亡国破身飘荡，铁汉生擒今北向。忠肝义胆不可状，要与人间留好样。惜哉斯文天已丧，我作哀章泪悽怆。呜呼九歌兮歌始放，魂招不来默惆怅。"是年，元世祖遣送故宋主赵㬎等赴上都（在今内蒙古正蓝旗东闪电河北岸），至元二十一年（1284），复遣送至居延、天山（居延为古地名，在甘肃居延海附近；天山即祁连山，在甘肃走廊与青海交界处），汪元量、王昭仪均同行。至元二十二年（1285），元量随赵㬎回大都。此时元量盖接受翰林院某种官职。至元二十三年（1286），元世祖遣使代祀岳渎东海，元量被命为使者，行程一万余里。至元二十五年（1288），元量上书世祖，得以黄冠南归。别大都时，宋旧宫人及燕赵诸公子饯别赋诗。元量南归后，游历今江苏、浙江、江西、湖南、四川等地，会晤诸友。至元三十一年（1294），在杭州西湖畔丰乐桥外筑小楼五间，以为湖山隐处，时年五十四岁。其卒年不可确考，大约在仁宗延祐四年（1317）以后不久，七十七岁之后。

这里需要讨论一下汪元量到大都后曾接受元朝官职的问题。王国维《观堂集林》卷二十一《书宋旧宫人诗词湖山类稿水云集后》云："汪水云以宋室小臣，国亡北徙，侍三宫于燕邸，从幼主于龙荒，其时大臣如留梦炎辈，当为愧死。后世多以完人目之。然中间亦为元官，且供奉翰林，其诗具在，不必讳也。……水云在元颇为贵显，故得橐留官俸，衣带御香，即黄冠之请，亦非羁旅小臣所能。后世乃以宋遗民称之，与谢翱、方凤等同列，殊为失实。然水云本以琴师出入宫禁，乃倡优卜祝之流，与委质为臣者有别，其仕元亦别有用意，与方、谢诸贤迹异心同，有宋近臣，一人而已。”王氏指出，汪元量曾经仕元，但是他的身份是琴师，是“倡优卜祝之流”，并非正式的朝臣，其仕元亦别有用心，与方、谢诸贤可谓迹异心同。这个论点大体上是对的。孔凡礼同志在其所撰《汪元量事迹纪年》中，对于汪元量仕元之苦衷又做了进一步的阐发。孔文中说：“元量素以淡泊为怀，由于处于特殊之历史环境，特殊之地位，其任元职，有无穷之隐衷在。平情而论，元量以元官为掩护，有便于访慰文天祥于缧绁之中，有便于周旋宋太皇太后谢氏、皇太后全氏、幼主赵㬎、福王赵与芮之间，后者更为元量用心所在。……要之，元量所持之立场，乃爱国主义之具体表现。由于忠宋立场之坚定，故于谢后去世、少主西行、全后为尼之后，即黄冠南归，地老天荒，抱恨于无穷，萧然云水之间，以明心迹于天下。任元官问题，有关元量大节，故为辨之如此。”孔氏之论，更为切合情事。

二

汪元量平生作诗甚多，而作词则颇少。根据《增订湖山类稿》所辑录，存诗四百八十首，而词则只有五十二首。他的诗歌中，绝大多数都是反映宋末元初时期的历史现实的。正如刘辰翁《湖山类稿序》所说：“其诗自奉使出疆，三宫去国，凡都人忧悲恨叹无不有。及过河所历皇王帝伯之故都遗迹，凡可喜、可诧、可惊、可痛哭而流涕者，皆收拾于诗。”故当时人即以“诗史”称之（马廷鸾、周方、李钰诸人所撰《书汪水云诗后》）；王国维亦说："南宋帝后北狩后事，《宋史》不详，惟汪水云《湖山类稿》尚纪一二，足补史乘之阙。"（《书宋旧宫人诗词湖山类稿水云集后》）他的词作虽少，而在伤时感事方面与其诗歌有异曲同工之妙。

下边先选录汪元量自德祐二年春元兵攻陷临安前夕，以及他后来随宋帝、后等北行，"侍三宫于燕邸，从幼主于龙荒"，直到黄冠南归后，感伤时事的代表词作，略加诠释赏析，然后再总论其词的艺术特点并加以评价。

传言玉女

钱唐元夕

一片风流，今夕与谁同乐。月台花馆，慨尘埃漠漠。豪华荡尽，只有青山如洛。钱唐依旧，潮生潮落。　万点灯光，羞照舞钿歌箔。玉梅消瘦，恨东皇命薄。昭君泪流，手撚琵琶弦索。离愁聊寄，画楼哀角。

《增订湖山类稿》"编年"（以后简称"编年"）："词中慨叹'尘埃漠漠'，当为元兵入杭前夕。题所称'元夕'，当为德祐二年（公元1276）之元夕。"按，宋度宗咸淳十年（1274），元兵大举南下侵宋。次年，恭帝德祐元年（1275），元兵攻取黄、蕲以下沿江诸州，击败贾似道兵十余万于池州，进陷建康（今南京）、平江（今苏州），势如破竹，临安岌岌可危。所以在德祐二年元夕之时，汪元量预感到国家将亡，于是发出"豪华荡尽，只有青山如洛。钱唐依旧，潮生潮落"的哀叹。"青山如洛"，用唐许浑《金陵怀古》诗"英雄一去豪华尽，惟有青山似洛中"句意。言宋室将覆灭，临安亦将如六朝故都金陵，豪华荡尽，惟余青山耳。虽然是元夕佳节，但并无欢庆心情，而只是感到“万点灯光，羞照舞钿歌箔”，玉梅也消瘦了，弹琵琶的也流泪了（“昭君”借指弹琵琶之女子，也暗示将有北行出塞之灾难），一片凄凉气氛，只好“离愁聊寄，画楼哀角”而已。这首词写得的确是非常凄怨悲凉。正月十五元夕，本来是传统的赏灯佳节，但是在经过沧桑世变的人看来，却最容易触发抚今思昔的悲怆之情。李清照《永遇乐》（落日熔金）词，咏元夕，作于赵宋南渡之初；刘辰翁《永遇乐》（璧月初晴）词，咏元夕，作于南宋灭亡之后；而汪元量这首词则作于南宋将亡之际。这三首元夕词，都可以说是“不无危苦之词，惟以悲哀为主”（庾信《哀江南赋序》语）。很能感动人的。

水龙吟

淮河舟中夜闻宫人琴声

鼓鼙惊破霓裳，海棠亭北多风雨。歌阑酒罢，玉啼金泣，此行良苦。驼背模糊，马头匼匝，朝朝暮暮。自都门燕别，龙艘锦缆，空载得、春归去。　　目断东南半壁，怅长淮、已非吾土。受降城下，草如霜白，凄凉酸楚。粉阵红围，夜深人静，谁宾谁主。对渔灯一点，羁愁一搦，谱琴中语。

据“编年”：“《水龙吟》作于至元十三年（1276年，即是宋恭帝德祐二年）赴燕途中。”此词开头两句，借用白居易《长恨歌》“渔阳鼙鼓动地来，惊破霓裳羽衣曲”句意，以安禄山的叛军攻破长安比喻元兵之攻陷临安，笔势苍莽。以下是写北行途中惨状。“驼背”二句用杜甫《送蔡希曾还陇右》诗“马头金匼匝，驼背锦模糊”句意，写蒙古军容之盛，承上“此行良苦”来（采用俞平伯说，见其所编选的《唐宋词选释》)。“自都门燕别”数句，慨叹宋朝皇帝后妃被俘北去。换头处笔势宕开，悲叹江淮一带的沦陷。“受降城下”三句，俞平伯谓：“这里借用‘受降’字面，非北方之受降城。但淮上在南宋已是边塞，意固相通。”(《唐宋词选释》)“粉阵红围”以下数句写舟中夜闻宫人弹琴时之悲慨心情。这首词写得极为苍凉沉郁。

满江红

和王昭仪韵

天上人家，醉王母、蟠桃春色。被午夜、漏声催箭，晓光侵阙。花覆千官鸾阁外，香浮九鼎龙楼侧。恨黑风、吹雨湿霓裳，歌声歇。　　人去后，书应绝。肠断处，心难说。更那堪杜宇，满山啼血。事去空流东汴水，愁来不见西湖月。有谁知、海上泣婵娟，菱花缺。

按，宋宫妃王昭仪名清惠。元兵入临安，俘宋帝后北去，王昭仪亦随行，途经汴京夷山驿，赋《满江红》词（周密《浩然斋雅谈》卷下），以寄其身世之感与故国之思。此词传诵当时，文天祥与邓光荐均有和作。我以前所撰《灵谿词说·论文天祥词》一文（载《四川大学学报》1985年第3期）已阐论之，兹不复述。汪元量与王昭仪均为亡国之余，又同随宋帝后北行，其身世之感与故国之恸是相同的，所以见到王昭仪词之后，更容易引起感动，遂作此和词。词中“事去空流东汴水，愁来不见西湖月”二句，不但对偶工整，而且“东汴水”是王昭仪作词之地，“西湖月”则是怀念南宋故都的景物，既切合情事，同时也包含着一种由北宋灭亡直到南宋倾覆的联想的怆痛之情，可谓涵蕴深至。

人月圆

钱唐江上春潮急，风卷锦帆飞。不堪回首，离宫别馆，杨柳依依。　　蓟门听雨，燕台听雪，寒入宫衣。娇鬟慵理，香肌瘦损，红泪双垂。

“编年”：“‘蓟门’‘燕台’云云，此词当作于去上都以前，时在大都。”按，此词上片追忆当年临安陷落，帝后被俘北行时的去国之恨，下片则是叙写到大都后凄苦情况。

忆秦娥（选四首）

雪霏霏，蓟门冷落人行稀。人行稀，秦娥渐老，着破宫衣。　　强将纤指按金徽，未成曲调心先悲。心先悲，更无言语，玉箸双垂。

天沉沉，香罗拭泪行穷阴。行穷阴，左霜右雪，冷气难禁。　　几回相忆成孤斟，塞边鼙鼓愁人心。愁人心，北鱼南雁，望到而今。

水悠悠，长江望断无归舟。无归舟，欲携斗酒，怕上高楼。　　当年出塞拥貂裘，更听马上弹箜篌。弹箜篌，万般哀怨，一种离愁。

如何说，人生自古多离别。多离别，年年辜负，海棠时节。　　娇娇独坐成愁绝，胡笳吹落关山月。关山月，春来秋去，几回圆缺。

汪元量所作《忆秦娥》共七首，是一组词。“编年”说：“此《忆秦娥》组词七首云及‘行穷阴’，当指赴上都、内地事。词乃回忆口吻，作于自上都、内地归来后。”汪元量这几首词，追写他随从故宋主赵㬎赴上都与居延、天山一带时寒冷枯寂情况以及思念江南故国的心情。这几首词不用典故藻采，纯以白描出之，亦可谓能以寻常言语度入音律者。情景逼真，极能感人。

唐多令

吴江中秋

莎草被长洲，吴江拍岸流。忆故家、西北高楼。十载客窗憔悴损，搔短鬓，独悲秋。　人在塞边头，断鸿书寄不？记当年、一片闲愁。舞罢羽衣尘满面，谁伴我，广寒游。

“编年”：“吴江在今江苏南部，此词作于南归以后。”按，汪元量于至元十三年（1276）北迁，至元二十五年（1288）南归，居北方十年以上，故有“十载客窗憔悴损”之句。十年远别，又归江南，故国山河，不堪回首，故词中表现出一片凄怨的哀情。

忆王孙（选四）

汉家宫阙动高秋，人自伤心水自流，今日晴明独上楼。恨悠悠，白尽梨园弟子头。

鹧鸪飞上越王台，烧接黄云惨不开，有客新从赵地回。转堪哀，岩畔古碑空绿苔。

离宫别苑草萋萋，对此如何不泪垂，满槛山川漾落晖。昔人非，惟有年年秋雁飞。

五陵无树起秋风，千里黄云与断蓬，人物萧条市井空。思无穷，惟有青山似洛中。

汪元量所作《忆王孙》共九首，是一组词。“编年”谓：“《忆王孙》词九首，中有‘有客新从赵地回’之句，当作于南归之初。”汪元量于南宋覆灭十年之后，又回到江南，看到故宫荒苑，剩水残山，景物犹是，人事已非，他的心情应当是很沉痛的。所以写了这九首《忆王孙》词，以高屋建瓴的眼光，放笔为直干的手法，用简练的词句抒发其抚今慨昔、痛定思痛的哀思。词中借用唐人诗句，如“对此如何不泪垂”（白居易《长恨歌》）、“惟有年年秋雁飞”（李峤《汾阴行》）、“五陵无树起秋风”（杜牧《乐游原》）等等，亦能做到浑融无迹。

莺啼序

重过金陵

金陵故都最好，有朱楼迢递。嗟倦客、又此凭高，槛外已少佳致。更落尽梨花，飞尽杨花，春也成憔悴。问青山，三国英雄，六朝奇伟。　　麦甸葵丘，荒台败垒，鹿豕衔枯荠。正潮打孤城，寂寞斜阳影里。听楼头、哀笳怨角，未把酒、愁心先醉。渐夜深，月满秦淮，烟笼寒水。　　凄凄惨惨，冷冷清清，灯火渡头市。慨商女不知兴废，隔江犹唱《庭花》，余音亹亹。伤心千古，泪痕如洗。乌衣巷口青芜路，认依稀、王谢旧邻里。临春结绮。可怜红粉成灰，萧索白杨风起。　　因思畴昔，铁索千寻，谩沉江底。挥羽扇、障西尘，便好角巾私第。清谈到底成何事，回首新亭，风景今如此。楚囚对泣何时已，叹人间、今古真儿戏。东风岁岁还来，吹入钟山，几重苍翠。

“编年”：“元量丙子（1276）随三宫赴燕，未过金陵。词中有‘嗟倦客’之句，乃南归口吻。此词当作于南归后。”按，“编年”之说可信。元量此词是作于南归之后，故词中伤悼南宋之灭亡。词题所谓“重过金陵”者，大概在宋亡之前，元量曾到过金陵，而这次重来，已是国亡之后了。《莺啼序》为词中最长之调。万树谓：“词调最长者为此序，而最难订者亦为此序。”（《词律》卷二十）此调始见于吴文英词集，故后人论此调之韵律者多以吴文英词为准。万树《词律》即只收吴词。徐本立《词律拾遗》卷六补收汪元量此词，并指出其与吴词韵律不合者数处，谓是“另一体”。本文标点此词句逗，即据徐氏《词律拾遗》并参考俞平伯《唐宋词选释》。此词末句“几重苍翠”，“苍”字原缺，后人或补“苍”字，或补“黄”字。孔凡礼编《增订湖山类稿》，此字空缺，作□。《全宋词》补“苍”字，《唐宋词选释》同，今姑从之。

金陵是六朝故都，有许多历史遗迹，所以后人游金陵者，往往凭吊兴亡，引起悲慨。南宋初年，曾有人建议定都金陵，后来虽然选择临安为都城，但是金陵仍为江防重镇。汪元量于南宋覆灭十年之后，重过金陵，撰写此词，借慨叹六朝遗迹以伤感南宋之衰亡。“挥羽扇”至“叹人间、今古真儿戏”诸句，“言西氛虽恶，却不设防备”。“虽泛言今古，意以六朝喻南宋，谓南渡政局真如儿戏”（俞平伯注语）。用意尤为沉痛，陈廷焯评此词云：“大声疾呼，风号雨泣。”（《词则·放歌集》卷二）

吴文英《莺啼序》（残寒正欺病酒）词，是怀去妾与悲亡妓之作（采刘永济先生说，见其所著《微睇室说词》），情事错综，幽隐凄艳，其意绪不易寻绎。汪元量此词则是“平铺直叙，而借古伤今，意甚明白，语亦妥贴，此长调之近于赋体者”（俞平伯评语）。吴、汪词作法不同，但是却有一个共同之点，就是正如刘永济先生评吴文英《莺啼序》词所说：“作此调者，非有极丰富之情事，不易充实；非有极矫健之笔力，不能流转。”（《微睇室说词》）吴文英与汪元量二人的《莺啼序》词，都是有“极丰富之情事”与“极矫健之笔力”者，所以都堪称为上品。

暗香

西湖社友有千叶红梅，照水可爱。问之自来，乃旧内有此种。枝如柳梢，开花繁艳，兵后流落人间。对花泫然承脸而赋。

馆娃艳骨，见数枝雪里，争开时节。底事化工，著意阳和暗偷泄。偏把红膏染质，都点缀、枝头如血。最好是、院落黄昏，压栏照水清绝。　风韵，自迥别。谩记省故家，玉手曾折。翠条袅娜，犹学宫装舞残月。肠断江南倦客，歌未了、琼壶敲缺。更忍见、吹万点，满庭绛雪。

汪元量还有一首《疏影》词，题目是“西湖社友赋红梅，分韵得落字”。大概与《暗香》是同时之作。据孔凡礼《汪元量事迹纪年》，至元二十六年（1289），汪元量在杭州与友人结诗社，“《暗香》《疏影》皆属诗社中作品”。

《暗香》《疏影》都是姜夔自度曲，内容是咏梅花，措辞含蓄，托意幽隐。论者认为是慨叹南宋偏安及徽、钦二宗与诸后妃被俘北去，大体得之。汪元量此词则意思明显，题序中说明是咏宋故宫移植出来的红梅，当然是想借宫梅以伤悼亡宋。结处“肠断江南倦客，歌未了、琼壶敲缺。更忍见、吹万点，满庭绛雪”，说明自己见宫梅而感伤故国的悲慨情绪。南宋灭亡之后，许多词人借咏物以哀念故国，成为一时风气。《乐府补题》所辑录的王沂孙、周密、唐珏、张炎等十四人词，分咏龙涎香、白莲、莼、蝉、蟹诸物，论者谓是为杨琏真伽发掘会稽宋高宗等帝后陵墓而作。王沂孙的咏物词尤为杰出，但用意深隐，归趣难求，而汪元量感伤故国的咏物词则是比较明晓，与王沂孙不同。汪氏不是专业词人，词律有时稍疏。此词上片末句“压栏照水清绝”，是六字句，与姜词不合。姜词作“香冷入瑶席”，是五字句。不过，汪词结句“满庭绛雪”，四字句中兼备上、平、去、入四声，即所谓四声句，与姜词结句“几时见得”相合，还是严守词律的。

三

现在我们要对汪元量词做一个总评价。

汪元量少时以善鼓琴入侍南宋宫廷，作诗词不多。到度宗逝世，恭帝即位之后，元兵大举南侵，汪元量感觉到亡国之祸迫在旦夕，于是开始创作诗词以发抒其忧国之怀。不久，元兵攻陷临安，俘虏宋帝后北去，这是一个天翻地覆的巨变。元量随同北行，“侍三宫于燕邸，从幼主于龙荒”。历尽艰辛，看到南宋亡国后种种惨象，触目惊心，衷怀悲愤，于是写出大量诗词。因为汪元量本来有相当高的文学天才与较深厚的文学素养，加以充实的爱国深情，所以他的诗词遂不乏精彩之作，而能独树一帜，被誉为“诗史”。

专就汪元量的词而论，他是直抒胸臆，自然流露，无意于求工，也不受当时词坛之影响。南宋末年词坛，为姜夔、吴文英所笼罩。当时著名词人中，张炎以清空为主，是宗法姜夔的，周密以丽密见长，是仿效吴文英的，而王沂孙则是兼取姜、吴两家之长的。汪元量似乎与张、周、王诸词人均无来往，其词作也不受他们的影响。在《湖山类稿》及张、周、王诸家词集中，找不到汪元量与他们之间互相往还的痕迹；张炎《词源》中述及南宋末词人，周密《浩然斋雅谈》中记录了不少南宋末以及元初的词人之作，但是两书中均未提到过汪元量。按，周密生于宋理宗绍定五年（1232），张炎生于理宗淳祐八年（1248），王沂孙生年不可确考，大约与张炎相近。汪元量生于理宗淳祐元年（1241），小于周密九岁，大于张炎七岁（王沂孙可以类推）。当1276年元兵入临安时，周密四十五岁，汪元量三十六岁，张炎二十九岁，王沂孙年岁谅亦相近。但是在宋亡之前，汪元量与周、张、王诸人似乎未曾相识。及至元二十五年（1288），汪元量南归，游历江浙，至元三十一年（1294），定居于杭州西湖之畔。这时周、张、王诸人都还健在。周卒于1298年，张卒于1321年之后（吴则虞校辑《山中白云词》附"传记"），至于王沂孙，其卒年不能确考，后人推断，说法不同。据叶嘉莹教授考证，王沂孙卒年当在1306—1321年之间（见所著《王沂孙评传》，收入《中国历代著名文学家评传》续编二）。即使王沂孙卒于1306年，汪元量于至元二十五年南归后三年之中，王沂孙仍在世也。两浙一带，本是周、张、王诸人游居之地，但是汪元量南归之后，往还于此，仍不见与周、张、王诸人交游之迹。

汪元量的词，不多用典故及藻采，常用比兴而不流于隐晦，着笔疏淡而不失于枯寂。就上文所录《传言玉女》《水龙吟》《满江红》《莺啼序》诸词，可以看出其艺术特色。论其词的风格，与当时人刘辰翁的《须溪词》相近。况周颐曰："近人论词，或以须溪为别调，非知人之言也。须溪词多真率语，满心而发，不假追琢，有掉臂游行之乐。其词多用中锋，风格遒上，略与稼轩旗鼓相当。"(《餐樱庑词话》，转引自龙榆生《唐宋名家词选》）况氏对于刘辰翁词的评语，如果转用以评汪元量的词，也颇为恰当，盖两人词的风格甚相近也。汪元量约于至元二十七年（1290）访刘辰翁于庐陵（据孔凡礼《汪元量事迹纪年》)，两人一见如故，刘为汪之《湖山类稿》作序，情辞真挚，盖两人均抱遗民之痛，怀故国之思，而其作品亦如笙磬之同音也。

1987 年 11 月写定

（原载《四川大学学报》1988 年第 1 期）

论王清惠《满江红》词及其同时人的和作

南宋恭帝德祐二年（1276，即是元世祖至元十三年）春正月，元兵前锋至临安，宋帝奉表请降。三月，恭帝、太皇太后谢氏、皇太后全氏以及诸宫妃等，都被俘北去，王昭仪清惠亦在其中。当她路过汴京夷山驿时，赋《满江红》词，寄托其亡国之痛与身世之悲，哀怨凄凉，一时传诵。当时有高度民族气节之士人，如文天祥、邓光荐、汪元量等，均有和作。从这几首唱和词中，我们可以看出，南宋初亡之时，不同身份的人感叹亡国的悲痛心情，值得讨论一下。

周密《浩然斋雅谈》（卷下）载王清惠作《满江红》词事云：

宋谢太后北觐，有王夫人题一词于汴京夷山驿中云："太液芙蓉，浑不似、旧时颜色。曾记得、春风雨露，玉楼金阙。名播兰馨妃后里，晕潮莲脸君王侧。忽一声、鼙鼓揭天来，繁华歇。　龙虎散，风云灭。千古恨，凭谁说？对山河百二，泪盈襟血。客馆夜惊尘土梦，宫车晓碾关山月。问姮娥、于我肯从容，同圆缺。"（《文山先生集》卷十四及陶宗仪

《辍耕录》均载此词，字句微异）

所谓“王夫人”，即指王清惠，她曾受封为隆国夫人［孔凡礼《增订湖山类稿·汪元量事迹纪年》宋恭帝德祐二年：“《宋季三朝政要》卷五、元刘一清所撰《钱塘遗事》卷九引《祈请使行程记》，谓同时赴大都者尚有赵福王与芮、隆国夫人王昭仪。”可见王清惠曾受封为隆国夫人。但陈世崇《随隐漫录》（见本篇引王国维文中所引）又谓王清惠为会宁郡夫人。或者初封为会宁郡夫人，后又进封为隆国夫人欤？］。《宋史·后妃传》中无有王清惠的传，其生平事迹，文献资料记载很少。王国维《书宋旧宫人诗词湖山类稿水云集后》一文（载《观堂集林》卷二十一）曾论述之云：

周密《浩然斋雅谈》载南宋王夫人所作《满江红》词及文文山、邓中甫和作，其词人人能道之，独不详夫人为何如人。案世传《宋旧宫人诗词》一卷云，昭仪王清惠，字冲华。汪大有《水云集》及《湖山类稿》，多与昭仪酬唱之作。其人《宋史·后妃传》失载，惟《江万里传》云：“帝在讲筵，每问经史疑义及古人姓名，贾似道不能对。万里从旁代对。时王夫人颇知书，帝常语夫人以为笑。”则夫人乃度宗嫔御。陈世崇《随隐漫录》云：“会宁郡夫人昭仪王秋儿、顺安俞修容、新兴胡美人、资阳朱春儿、高安朱夏儿、南平朱端儿、东阳周冬儿（原注：中略），皆上所幸也。初在东宫，以春夏秋冬四夫人直书阁，为最亲；王能属文，为尤亲。虽鹤骨癯貌，但上即位后，批答画闻，式克钦承，皆出其手，然则王非以色事主，度皇亦悦德者也。”是夫人在度

> 宗朝已主批答，及少帝嗣位，谢后临朝，老病不能视事，夫人与闻国政，亦可想见。故入元之后，元人待遇有加。《水云集·湖州歌》云：“万里修途似梦中，天家赐予意无穷。昭仪别馆香云暖，手把诗书授国公。”礼遇之隆，亚于谢、全二后。厥后全太后为尼，昭仪亦为女道士，亦以其与宋室至亲故也。

根据上文所引王国维之文，可见王清惠以知书能文深得宋度宗的宠幸，“批答画闻，式克钦承，皆出其手”。度宗逝世，恭帝幼冲，谢后临朝，老病不能视事，王清惠可能与闻国政，则其对于宋室关系之深切，非一般嫔妃可比。据汪元量《湖山类稿》，宋恭帝赵㬎被俘北去之后，王清惠仍负教养之责，授以诗书；赵㬎被遣送至上都、居延，王清惠亦随行，及至全太后为尼，王清惠亦为女道士，可谓与宋室相终始者。王清惠卒年难以确考，大约于元世祖至元二十三年（1286）卒于大都。按，汪元量有《女道士王昭仪仙游词》，见孔凡礼辑校《增订湖山类稿》卷三，诗云：“吴国生如梦，幽州死未寒。金闺诗卷在，玉案道书闲。苦雾蒙丹旐，酸风射素棺。人间无葬地，海上有仙山。”孔氏“编年”谓：“据原书编次，此诗当作于至元二十四年。”孔氏推论，王昭仪大概卒于至元二十三年，故次年汪元量作诗挽之。（按，至元二十三年，汪元量奉命出祀五岳诸山，不在大都，故挽诗作于次年。）“此处以女道士相称，是王昭仪自内地回大都即为女道士。”（《汪元量事迹纪年》）孔氏之说可信。汪氏挽诗末二句尤为沉痛，因为当时全国已无一片宋朝国土，所以说，“此身无葬地，海上有仙山”。只好魂归海上仙山而已。

王清惠对于宋室的关系既然非常密切，一旦宋朝沦亡，自己亦由宫妃而降为俘虏，她心中自然非常伤痛，所以在北行途中经过北宋故都汴京附近之夷山驿时，发抒悲愤，写了这首《满江红》词。这首词开头“太液芙蓉，浑不似、旧时颜色”，隐喻宋朝的灭亡。汉武帝建章宫中有太液池，这里借指宋室皇家苑囿。不明说宋朝灭亡，而说宫廷苑囿的芙蓉已不似旧时颜色了，这是作词时惯用的比兴艺术手法。“曾记得”至“晕潮莲脸君王侧”数句，追忆亡国前自己在“玉楼金阙”的宫廷中得到度宗的宠幸，用些绚丽之辞，是词中设色之处。“忽一声”二句说到骤然间元兵降临，宋朝沦灭，用笔顿折，沉着有力。“鼙鼓”，暗用白居易《长恨歌》“渔阳鼙鼓动地来，惊破霓裳羽衣曲”句意。下片痛伤亡国，声情激越。“客馆夜惊尘土梦，宫车晓碾关山月”二句，描写北行途中凄苦情况，形象鲜明，是篇中警句。末二句说出自己今后的想法。国家破灭，沦落北地，只好希望与月中的姮娥一样，同其圆缺，清洁自守而已。因为表达得比较委婉含蓄，所以曾一度引起文天祥的误解，待下文详说。

王清惠传世的词作只此一首，但是从这一首词中也可以看出她的文学才华与素养，足以在宋代女词人中占一席地位。陈廷焯《词则·放歌集》卷二选录了这首词，并评论说：“凄凉怨慕，和者虽多，无出其右。”可谓推许备至。陈氏又云：“《东园友闻》谓此词或传昭仪以下张璚英所赋，然当时诸公和作，俱属昭仪，谅不误也。”

下边将论述文天祥、邓光荐、汪元量诸人和王清惠《满江红》的词作。

宋恭帝德祐二年（1276）春，元兵破临安后，文天祥间关泛海至福建，尊奉宋帝昰、帝昺，举义兵抗元，转战于闽、广、赣诸地。宋帝昺祥兴元年（1278）十二月，文天祥兵败被俘，次年（1279），遣赴大都，六月十二日至建康（今南京），拘禁于馆驿中；八月二十四日，天祥北行（《文山先生集》卷十九元刘岳申《文丞相传》，参看《文山先生集》卷十七《文山先生纪年录》）。文天祥拘留于建康时，读到传抄的王清惠《满江红》词，认为“惜末句少商量”（《文山先生集》卷十四《指南后录》卷一之下）。他的意思大概觉得“问姮娥、于我肯从容，同圆缺”这两句语气委婉，似有随遇而安之意，立场还不够坚决鲜明。其实，王清惠这两句词的意思是说，愿与姮娥一样，同其圆缺，清洁自守。后来王清惠到大都后，始终随侍宋故主赵㬎，及至全太后为尼，她自请为女道士，可见她还是有民族气节的。不过，文天祥举兵抗元，身经百战，战败被俘之后，仍不忘恢复，与元朝誓不两立，他在建康囚禁后北行时，作《酹江月》词别驿中友人，还说：“睨柱吞嬴，回旗走懿，千古冲冠发。”可见他的民族立场极为鲜明而坚定。因此他觉得，作词时在这些关键地方应当表现得更为坚决些。所以他作了一首和词，题序是：“和王夫人《满江红》韵，以庶几后山《妾薄命》之意。”其词云：

燕子楼中，又捱过、几番秋色。相思处、青年如梦，乘鸾仙阙。肌玉暗销衣带缓，泪珠斜透花钿侧。最无端、蕉影上窗纱，青灯歇。　　曲池合，高台灭。人间事，何堪说。向南阳阡上，满襟清血。世态便如翻覆雨，妾身元是分明月。笑乐昌、一段好风流，菱花缺。（《文山先生集·指南录》）

按，题序中“庶几后山《妾薄命》之意”，指的是这样一件事。陈后山（师道）受到曾南丰（巩）的特殊知赏，曾死后，陈后山作《妾薄命二首》，自注曰：“为曾南丰作。”第一首云：“主家十二楼，一身当三千。古来妾薄命，事主不尽年。起舞为君寿，相送南阳阡（按，“南阳阡”指墓地，见《汉书·原涉传》。）。忍着主衣裳，为人作春妍。有声当彻天，有泪当彻泉。死者恐无知，妾身长自怜。”第二首又有“死者如有知，杀身以相从”之语。陈后山此诗表现了对其师曾南丰的无限忠诚，誓不改从他师。文天祥此词，即是借用王夫人的口气，表示他自己对于故国的坚贞气节，所以说：“庶几后山《妾薄命》之意。”譬如“世态便如翻覆雨，妾身元是分明月”，就是这一信念的誓词。后来文天祥在大都被囚禁三年，不顾元朝统治者之威胁利诱、百般折磨，而始终坚贞不屈，最后尽节柴市，大义凛然，实现了他的庄严诺言。

文天祥又作了一首《满江红·代王夫人作》词（亦见《指南后录》卷一之下），其词云：

> 试问琵琶，胡沙外、怎生风色。最苦是，姚黄一朵，移根仙阙。王母欢阑琼宴罢，仙人泪满金盘侧。听行宫、半夜雨淋铃，声声歇。　　彩云散，香尘灭。铜驼恨，那堪说。想男儿慷慨，嚼穿龈血。回首昭阳离落日，伤心铜雀迎新月。算妾身、不愿似天家，金瓯缺。

这首词是“代王夫人作”，所以都是拟用王清惠的口吻发抒情思。末尾两句“算妾身、不愿似天家，金瓯缺”，正是文天祥认为王清惠应当表述的坚定鲜明的民族立场。

与文天祥同时拘留在建康的宋臣邓光荐也有和作。《指南后录》载其词，题序云："广斋谓柳和王昭仪《满江红》韵，惜未见之，为赋一阕。"（按，此题序，《全宋词》作"广斋谓柳山和王夫人《满江红》韵，惜未见之，为赋一阕"。并注云："题从《永乐大典》卷三千零零四人字韵补。"）其词云：

> 王母仙桃，亲曾醉、九重春色。谁信道、鹿衔花去，浪翻鳌阙。眉锁娇娥山宛转，髻梳堕马云欹侧。恨风沙、吹透汉宫衣，余香歇。　　霓裳散，庭花灭。斜阳燕，应难说。想春深铜雀，梦啼残血。空有琵琶传出塞，更无环佩鸣归月。又争知、有客夜悲歌，壶敲缺。

邓光荐名剡，庐陵人，也是抗元志士。宋帝昺祥兴时，官礼部侍郎。崖山兵溃，为元兵所获，与文天祥一起遣送至建康，拘留于天庆观，他们二人时常唱和。文天祥北行时所作《酹江月·驿中言别友人》这一名篇，即是给邓光荐的。邓光荐和王清惠的这首《满江红》词，也是痛伤南宋之灭亡，哀念王清惠被俘北去。词的风格是哀怨苍凉，而其艺术特点则是善于用典衬托，避免直说的浅露。"霓裳散，庭花灭"喻南宋灭亡。"霓裳羽衣舞"与"玉树后庭花"都是供帝王宫廷中（唐与陈）欣赏的歌舞，现在已经散、灭，就是国家灭亡了。"斜阳燕，应难说"是借用刘禹锡《乌衣巷》诗："朱雀桥边野草花，乌衣巷口夕阳斜。旧时王谢堂前燕，飞入寻常百姓家。"表示朝代更替的兴亡之慨。邓光荐这时正在建康，更容易联想及此。"空有琵琶传出塞，更无环佩鸣归月"二句是以王昭君比王清惠，言其出塞之后，难以如杜甫咏昭君诗所谓"环佩空归月夜魂"。结尾"又争知、有客夜悲歌，壶敲缺”，跌落到自己，用王敦打缺唾壶事，表示对于亡国的悲愤。（《世说新语·豪爽》：“王处仲每酒后，辄咏‘老骥伏枥，志在千里，烈士暮年，壮心不已’。以如意打唾壶，壶口尽缺。”）

上文所引述的文天祥、邓光荐和王清惠的《满江红》词，曾载于《文山先生集·指南后录》及《浩然斋雅谈》中，是众所周知的。此外，汪元量还作了一首和词，也是佳作，却很少有人注意。汪元量《湖山类稿》卷五有《满江红·和王昭仪韵》一首，词云：

> 天上人家，醉王母、蟠桃春色。被午夜、漏声催箭，晓光侵阙。花覆千官鸾阁外，香浮九鼎龙楼侧。恨西（一作黑）风、吹雨湿霓裳，歌声歇。　人去后，书应绝。肠断处，心难说。更那堪杜宇，满山啼血。事去空流东汴水，愁来不见西湖月。有谁知、海上泣婵娟，菱花缺。

汪元量字大有，号水云，钱塘人。他善鼓琴，宋度宗时，曾入宫禁，“以琴事谢后及王昭仪”（赵文《书汪水云诗后》），可见他与王清惠在南宋宫廷中早就是熟识的。元兵入临安，俘宋帝、后等北去，汪元量亦随行。王清惠途经汴京夷山驿作《满江红》词，汪元量当时即可能见到，也触发了他的亡国之痛，所以立即和了一首。这首词上片写南宋宫廷的荣华情况，即是自己与王昭仪在宋宫时所亲历者。“恨西风”两句忽然点出元兵破临安，南宋覆灭，用笔沉着。下片写亡国后凄惨情况及自己的伤痛心情。“事去空流东汴水，愁来不见西湖月”二句是全篇警策，不但对偶工整，而且托意深远。上句借汴水东流，去不复返，隐喻北宋之覆灭；下句借怀念西湖而伤感南宋之沦亡。将宋朝两度灭亡联系在一起，弥见沉痛。结句联系到王清惠，以“海上泣婵娟”比喻其孤苦的身世。后来到至元二十三年（1286），汪元量奉命南岳降香，途经汴京，又作了《夷山醉歌》二首，其中有句云：“麦青青，黍离离，万年枝上鸦乱啼。二龙北狩不复返，六龙南飞无还期。”又云：“东南地陷妖氛黑，双凤高飞海南陌。吴山落日天沉沉，母子同行向天北。”又是因为路过夷山驿而引起了他对于北宋、南宋两度覆灭的沉哀隐痛。

汪元量与王清惠随从宋帝㬎、谢后、全后等到了大都以后，仍然随侍故主赵㬎，曾跟随他到上都、居延等地，汪元量与王清惠时有唱和之作。王国维称道汪元量忠于宋室，“侍三宫于燕邸，从幼主于龙荒”（《书宋旧宫人诗词湖山类稿水云集后》）。其实王清惠也是如此。王清惠自居延归大都后，即为女道士，至元二十三年（1286）卒，距元兵破临安已十年矣。次年，汪元量作《女道士王昭仪仙游词》以挽之，上文已引。实践证明，王清惠是始终保持民族气节的。她的词中“问姮娥、于我肯从容，同圆缺”二句，虽曾因措辞委婉而引起文天祥一时的误解，但后世观之，可以心知其意矣。

1988年3月写定

（原载《四川大学学报》1989年第3期）

论张炎词

江湖流落旧王孙，卅载华堂一梦存。
剩水残山凭吊尽，万花吹泪掩闲门。

夜渡黄河记壮游，玉关踏雪脆貂裘。
南人词有幽并气，未许人间第二流。

美成以下论妍媸，两卷《词源》见卓思。
骚雅清空尊白石，无妨转益更多师。

凄怆缠绵是所长，田荒玉老语堪伤。
中仙去后无词笔，此意人间费较量。

张炎是宋末、元初的著名词人，在词史上有重要地位，对后世亦很有影响。论述张炎词需要注意下面几个问题：

一、张炎著《词源》二卷、《山中白云词》八卷，约三百首，在词的理论与创作方面均有贡献，而他的创作就是他的理论的实践，所以论述张炎时必须兼顾这两个方面，否则将不能完整。

二、张炎生当宋末、元初的数十年中，他的《词源》成于晚年，其中历评两宋诸词人之长短得失，而提出自己的主张，其词作亦是转益多师。亲从张炎受业之陆行直云："周清真之典丽，姜白石之骚雅，史梅溪之句法，吴梦窗之字面，取四家之所长，去四家之所短，此翁（按，指张炎，张炎号乐笑翁）之要诀。"（《词旨》）所以论述张炎词时，必须在纵的方面结合两宋三百年词的发展流变。

三、张炎在继承其先人张镃、张枢的家学之外，又得力于其师杨缵，并与当时著名词人吴文英、王沂孙、周密等往还，获得切磋琢磨之益，所以论述张炎时又必须在横的方面涉及当时词坛诸家。

四、自元初至清，对于张炎词之评价褒贬悬殊。誉之者或谓其词"意度超玄，律吕协洽，……方之古人，当与白石老仙相鼓吹"（元仇远《玉田词题辞》）。或谓"南宋词人，姜白石外，惟张玉田……脱尽蹊径，自成一家"（清楼敬思语，《词林纪事》卷十六引）。贬之者则谓其"积谷作米，把缆放船，无开阔手段"（周济《介存斋论词杂著》）。甚至或斥之曰"乡愿""玉老田荒"（王国维《人间词话》）、"枯槁""肤浅"（《人间词话删稿》）。评论比较折中者，如陈廷焯《白雨斋词话》卷二谓："张玉田词如并剪哀梨，爽豁心目，……惟精警处多，沉厚处少，自是雅音，尚非白石之匹。"（关于诸家对张炎词的评论，下文还将详细引述，此处只略言之。）论述张炎词时，对于这些褒贬悬殊的各种评价，如何明辨是非，作出公允的判断，也是一件必不可少的工作。

张炎（1248—1322？）字叔夏，号玉田，又号乐笑翁。祖籍秦州成纪（今甘肃天水市），六世祖张俊，为南宋大将，封清河郡王，遂居杭州，富贵煊赫，盛极一时；曾祖张镃（功甫），工诗词，善画，家有园亭之胜，结识当时名流，与姜夔交谊尤笃，著有《南湖集》《玉照堂词》；父亲张枢（斗南），晓音律，善填词，有《寄闲集》，旁缀音谱（已失传）。张炎生长在这样一个累世富贵而又有高度文化修养的官宦家庭，从小就受到熏陶。宋恭帝德祐二年（1276）三月，元军入临安，掳帝后等北去，这时张炎二十九岁，其家亦遭籍没。宋帝昺祥兴二年（1279，即元世祖至元十六年）二月，元将张弘范攻陷崖山（今广东新会县南），南宋覆灭，这时张炎三十二岁。

宋朝灭亡，家产籍没，张炎由贵公子而变成破家亡国之人，于是隐居浙东西之间者十年。至元二十七年（1290）九月，张炎以缮写泥金字藏经之役被召赴大都（今北京），似有试探求进之意，但当时政治情况复杂，未能得官。次年（1291），复归江南，这时张炎四十四岁。此后，他漫游吴越各地，历时二十余年。仁宗延祐二年（1315），张炎六十八岁，归隐西湖之滨，直到死去，年约七十五岁。张炎在宋亡之后，虽然曾经一度被召赴大都写经，似乎没有像郑思肖、谢翱、刘辰翁诸人那样坚守遗民的峻节，但是在大都一年，未受元朝官职，南归之后，浪游江湖三十年，过着贫困的生活，甚至于在四明设肆卖卜。遗民郑思肖、邓牧均为张炎《山中白云词》题辞作序，亦可见其气味之相投。其词集中百分之九十是宋亡后之作，充满故国之思与身世之感。

张炎《词源》两卷是于晚年成书的［张炎《词源》卷下的序

言谓“生平好为词章，用功四十年”。《词源》有钱良祐跋，作于丁巳岁，乃元仁宗延祐四年（1317），时张炎七十岁]，也可以说是他研究词学的“晚年定论”。此书上卷论词的音律，下卷论词的作法兼评论以前诸家的短长。其中，下卷的序言，兹节录于下：

> 美成负一代词名，所作之词，浑厚和雅，善于融化诗句，而于音谱且间有未谐，可见其难矣。作词者多效其体制，失之软媚而无所取。此惟美成为然，不能学也。所可仿效之词，岂一美成而已！旧有刊本《六十家词》，可歌可诵者，指不多屈。中间如秦少游、高竹屋、姜白石、史邦卿、吴梦窗，此数家格调不侔，句法挺异，俱能特立清新之意，删削靡曼之词，自成一家，各名于世。作词者能取诸人之所长，去诸人之所短，精加玩味，象而为之，岂不能与美成辈争雄长哉！

要想阐释这段话，必须对于三百多年宋词的流变作一鸟瞰。在北宋初期，晏殊、欧阳修两家之词虽然都有深远之致，但是大体上还是继承西蜀、南唐之遗风。此后对于宋词有开拓之功者数人，就是柳永、苏轼、周邦彦、辛弃疾、姜夔。其中柳、周、姜三人属于婉约派，而苏、辛则属于豪放派。在宋代大多数词人看来，婉约派是正宗，而豪放派则是别调，张炎也是这种见解。所以他论词从周邦彦谈起，因为周词是婉约派大宗，对南宋影响很大，姜夔、史达祖、高观国、吴文英都是周的继承者。张炎称赞周词“浑厚和雅”，而又讥其“失之软媚”，认为作词不应专取法于周，而应该跳出来，秦、高、姜、史、吴诸家亦各有特长，如能取诸家之所长而去其所短，自创新格，则可“与美成辈争雄长”。这是张炎论词的标准，也是他创作的实践。

张炎论词主张“清空”，认为“词要清空，不要质实，清空则古雅峭拔，质实则凝涩晦昧”，因此盛称姜夔词“如野云孤飞，去留无迹”，“不惟清空，又且骚雅”，而贬责吴文英词“如七宝楼台，眩人眼目，碎拆下来，不成片段”（均见《词源》卷下“清空”节）。后人往往据此认为张炎论词独尊姜夔而低估吴文英，而其论吴词之语亦常被引用，视为定论。这种看法实际上是片面的。张炎在比较清空与质实时虽有贬低吴文英之语，但这只是论其一端而已，其实张炎作词亦有受吴词沾溉者。据陈邦炎先生考证，吴文英卒于度宗咸淳八年（1272）到恭帝德祐二年（1276）之间（《梦窗生卒年管见》，载《文学遗产》1983年第1期），与张炎时代是相及的。《山中白云词》中有《甘州·饯梦窗西归》词，大概是张炎二十余岁时所作，可见他们是有往还的，词中有“烟波远，笔床茶灶，何处逢君”之句。张炎《声声慢·题梦窗遗笔》词有“回首曲终人远，黯清魂忍看，朵朵芳云”之句，可见他对梦窗词还是很称赞的。张炎《西子妆慢》题序云：“吴梦窗自制此曲，余喜其声调妍雅，久欲述之而未能。甲午春寓罗江，与罗景良野游江上，绿阴芳草，景况离离，因填此解。惜旧谱零落，不能倚声而歌也。”可见他也曾想仿效吴词。张炎这首词中，如“杨花点点是春心，替风前、万花吹泪。残山剩水。有谁识、朝来清气。自沉吟，甚流光轻掷，繁华如此”，其沉挚处很近似吴梦窗。陈廷焯评此词亦云：“景物苍茫，出以雄秀之笔，固自不减梦窗。”（《词则·大雅集》卷四）张炎《词源》中亦不乏称赞梦窗词的辞句，如谓吴梦窗《登灵岩》《闰重九》诸作"平易中有句法"("句法"节);又谓吴梦窗"善于炼字面"("字面"节);又谓,作令曲,"吴梦窗亦有妙处"。可见张炎对吴词亦多肯定之处,而且作词时兼取梦窗之长,仅据《词源》卷下"清空"节中数语看问题,未免是一隅之解。

张炎《词源》论词虽以婉约为宗,但是他对于被称为豪放派开山者的苏轼却是称赞备至。如谓东坡中秋《水调歌头》、夏夜《洞仙歌》诸词"皆清空中有意趣,无笔力者未易到"("意趣"节);又谓东坡《永遇乐》词用张建封事,"用事不为事所使"("用事"节);又谓"东坡次章质夫杨花《水龙吟》韵,机锋相摩,起句便合让东坡出一头地,后片愈出愈奇,真是压倒今古"("杂论"节)。不过,张炎欣赏苏词,取其"清丽舒徐,高出人表"("杂论"节),亦即是苏词中清旷超逸、深美酝藉之作,而其激昂排宕如"大江东去"之类,殆非张炎之所喜也。

《词源》中对于苏词虽甚多好评,但对于另一位被目为豪放派词人的辛弃疾,则不免忽视。张炎对古人名作举例时,仅提到辛的《祝英台近》"景中带情,而有骚雅"("赋情"节),这是辛词中深婉酝藉之作,是合乎张炎的口味的。在"杂论"节中,张炎说:"辛稼轩、刘改之作豪气词,非雅词也,于文章余暇,戏弄笔墨为长短句之诗耳。"这大概是因为看到刘过等学辛稼轩而流于粗犷叫嚣,及至南宋末年,又变本加厉,如仇远所讥:"陋邦腐儒,穷乡村叟,每以词为易事,酒边兴豪,即引纸挥笔,动以东坡、稼轩、龙洲自况。"(《玉田词题辞》)张炎因末流之弊而遂轻视稼轩,实未为公允之论。辛弃疾词表面上虽以豪放见称,而其内涵丰富,情思深挚,温婉悲凉,各极其至,虽变化万端,而终不失词之本色，论其造诣，“豪放”二字不足以尽之。其在宋词中之地位可比唐诗中之杜甫（我与叶嘉莹教授论词，同持此见）。惜乎张炎之见不足以及此。

张炎《词源·杂论》中以周邦彦与姜夔比较，说：“美成词只当看他浑成处，于软媚中有气魄，采唐诗融化如自己者，乃其所长，惜乎意趣却不高远，致乏（此二字，据夏承焘先生说，从许氏娱园本）出奇之语。以白石骚雅句法润色之，真天机云锦也。”这段话意味着什么呢？大概周词虽然风格浑成，言情体物，穷极工巧，但是缺乏深远的意趣以兴发读者的遐思，如姜夔的《暗香》《疏影》以及《翠楼吟》之“此地。宜有词仙，拥素云黄鹤，与君游戏。玉梯凝望久，叹芳草、萋萋千里”，《八归》之“最可惜、一片江山，总付与啼鴂”等等。至于提到姜词的“骚雅”，则正是因为据张炎看来，词中写男女恋慕之情不宜过于浅露直率，柳永固无论矣，周词中亦有“为情所役”而“失其雅正之音”者，如“为伊泪落”，如“最苦梦魂，今宵不到伊行”，如“天便教人，霎时得见何妨”，如“又恐伊寻消问息，瘦损容光”，如“许多烦恼，只为当时，一饷留情”等等，“所谓淳厚日变成浇风也”（《词源·杂论》）。按，姜夔写男女恋情之词，不用浅露的直说，而是或用柳、梅寄兴，借以烘托，如《琵琶仙》《醉吟商小品》《长亭怨慢》《小重山令》《江梅引》诸词；或出以雅澹酝藉之笔，如“恨入四弦人欲老，梦凭千驿意难通。当时何似莫匆匆”（《浣溪沙》），又如“夜长争得薄情知，春初早被相思染”（《踏莎行》），又如“问后约、空指蔷薇，算如此溪山，甚时重至”（《解连环》）等等（参看夏承焘先生《姜白石词编年笺注》）。

这大概也是张炎所谓“骚雅”的一种表现。

以上约略阐释张炎《词源》中论词的主张以及他据此标准对以前诸词人的评论，从而可以进一步了解其词作。

现在让我们先欣赏张炎几首上乘的作品。

高阳台

西湖春感

接叶巢莺，平波卷絮，断桥斜日归船。能几番游，看花又是明年。东风且伴蔷薇住，到蔷薇、春已堪怜。更凄然。万绿西泠，一抹荒烟。　　当年燕子知何处，但苔深韦曲，草暗斜川。见说新愁，如今也到鸥边。无心再续笙歌梦，掩重门、浅醉闲眠。莫开帘。怕见飞花，怕听啼鹃。

这首词的撰写年代，张惠言认为是临安沦陷前一年，即是宋恭帝德祐元年（1275），张炎二十八岁时所作（吴则虞校辑《山中白云词》所引）；近来论词者则认为是作于临安沦陷后帝昰、帝昺之时（1277—1279）。就词意推寻，前说似乎较妥。为什么这样说呢？因为词中虽透露了国家亡危之感，但是张炎还能游览西湖，“断桥斜日归船”，还能很从容地“掩重门、浅醉闲眠”，不像是临安沦陷后的情况。据史载，宋恭帝德祐二年三月，元兵入临安，“以独松关守将张濡尝杀奉使廉希贤，斩之，籍其家”（《元史》卷九《世祖纪》）。按，张濡即是张炎的祖父。张炎遭受了这种沉重的国难家祸之后，还能有心情从容游西湖么？宋度宗咸淳十年（1274）六月，元兵大举侵宋，自襄阳分道东下，攻陷汉阳、鄂州。次年，恭帝德祐元年（1275）正月，宋黄、蕲以下沿江诸州军多望风降元；二月，贾似道督师十余万抗元军于池州，大败，溃不成军；三月，元军攻陷建康，平江、滁州、广德皆降于元。这就是德祐元年春天的形势。元兵南下，势如破竹，临安岌岌可危，张炎《高阳台》词就是在这时作的。他在游湖时，心情当然是非常凄楚的。“能几番游，看花又是明年。”明年能不能再看花呢？“东风且伴蔷薇住”三句，借以托喻，希望残春留住，即是说临安可以幸保，然而转念一想，即便如此，而这种局面就像花开到蔷薇，也是“春已堪怜”了。意极沉痛，而语极深婉。下边接着说：“更凄然。万绿西泠，一抹荒烟。”春还是要去的，那就更可悲了。下片仍是借慨时事。据《续资治通鉴》卷一百八十一《宋纪》记载，恭帝德祐元年三月，元兵既迫，临安戒严，同知枢密院事曾渊子、签书枢密院事文及翁、左司谏潘文卿以及朝官季可、许自、王霖龙、陈坚、何梦桂、曾希贤等数十人皆遁，朝中为之萧然。词中“当年燕子知何处”句殆即慨叹此事。因此，临安西湖一片荒凉，只有“苔深”“草暗”而已。鸥本是闲适的水鸟，但是“见说新愁，如今也到鸥边”，加倍写法，弥见沉痛。最后写自己无可奈何的悲怆心情。陈廷焯评此词云：“凄凉幽怨，郁之至，厚之至，与碧山如出一手。”（《白雨斋词话》卷二）按，此词凄凉幽怨则有之，而“郁”与“厚”尚嫌不足。虽是内心真情之流露，无有安排做作之迹，但词意衔接转折，一句挨一句说下去，无有腾天潜渊的跌宕之笔与沉着之力，这正是张炎词的弱点，也是他不如王碧山之处，下文还要讨论。

元世祖至元二十七年庚寅（1290），张炎四十三岁。这年秋九月，他北行赴大都，途中夜渡黄河，作《壶中天》词：

扬舲万里，笑当年底事，中分南北。须信平生无梦到，却向而今游历。老柳官河，斜阳古道，风定波犹直。野人惊问，泛槎何处狂客。　　迎面落叶萧萧，水流沙共远，都无行迹。衰草凄迷秋更绿，惟有闲鸥独立。浪挟天浮，山邀云去，银浦横空碧。扣舷歌断，海蟾飞上孤白。

这首词在《山中白云词》中是独具特色的。张炎这时大概受了北方山河雄伟气势的启发，所作的词，一变其平日“清远酝藉、凄怆缠绵”（刘熙载评语）之风格而为雄浑豪壮。陈廷焯评此词云：“奇情壮采，如太原公子裼裘而来，结句跟前景，写得奇警。”（《词则·大雅集》卷四）另外，张炎还有一首《凄凉犯·北游道中寄怀》词，也是这时所作。词的上片云：“萧疏野柳，嘶寒马、芦花深见游猎。山势北来，甚时曾到，醉魂飞越。酸风自咽。拥吟鼻、征衣暗裂。正凄迷、天涯羁旅，不似灞桥雪。”下片结句云：“且行行、平沙万里尽是月。”词笔豪健，写出北方苍莽的气象。

元世祖至元二十八年辛卯（1291），张炎自大都还至杭州。次年（1292），追忆北游情事，又作了一首《甘州》词，题序云：“庚寅岁（按，四印斋本作‘辛卯岁’，应从之），沈尧道同余北归，各处杭、越。逾岁，尧道来问寂寞，语笑数日，又复别去。赋此曲，并寄赵学舟。”词云：

记玉关、踏雪事清游。寒气脆貂裘。傍枯林古道，长河饮马，此意悠悠。短梦依然江表，老泪洒西州。一字无题处，落叶都愁。　　载取白云归去，问谁留楚佩，弄影中洲。折芦花赠远，零落一身秋。向寻常、野桥流水，待招来、不是旧沙鸥。空怀感、有斜阳处，却怕登楼。

这首词起数句是追忆当年北游时的豪情胜概，苍莽雄浑。“短梦依然江表”二句，突然折到现在，笔力劲健。“一字无题处，落叶都愁”，蕴含着无限家国之痛，为传诵的警句。俞陛云评“短梦”以下四句“能用重笔、力透纸背，为《白云词》中所罕”（《玉田词选释》）。下片换头三句言沈尧道别去。“折芦花”以下数句自写亡国遗民凄寂之怀，极为悲怆。陈廷焯评此词云：“苍凉悲壮，盛唐人悲歌之诗不是过也。‘折芦花’十字警绝。”（《词则·大雅集》卷四）

南宋词人大抵足迹不过淮水，没有见到过黄河、太行、燕山等北方山川的雄伟气象，故词中也少有与此相称的风格、境界。元好问生长云朔，其词有苍莽雄壮之气；张炎本是南人，而这次北游，受山川启发，故写出了上文所引《壶中天》《甘州》诸词，能有幽、并之气，而且通体浑成，并无安排之迹，可谓神来之笔，应是《山中白云词》中的珍品。

张炎在漫游吴、越数十年中，凭吊山川，感怆家国，朋友往还，互相赠答，这类词占《山中白云词》的绝大部分，其风格大体都是“清远酝藉，凄怆缠绵”。兹举一首为例：

月下笛

孤游万竹山中，闲门落叶，愁思黯然，因动《黍离》之感。时寓甬东积翠山舍。

万里孤云，清游渐远，故人何处。寒窗梦里，犹记经行旧时路。连昌约略无多柳，第一是、难听夜雨。谩惊回凄悄，相看烛影，拥衾谁语。　张绪。归何暮。半零落依依，断桥鸥鹭。天涯倦旅。此时心事良苦。只愁重洒西州泪，问杜曲、人家在否。恐翠袖，正天寒，犹依梅花那树。

按，大德二年（1298），张炎游甬东（据吴则虞校辑《山中白云词》附《传记》。甬东即今宁波），此词盖是时所作。这首写"《黍离》之感"的词，比起上文所引《高阳台·西湖春感》一词更为沉痛苍挚。因为《高阳台》词是临安将沦陷时所作，张炎只是对亡国之痛的预感，到大德二年，张炎游甬东时，已经五十一岁，经过二十年国破家亡的流落生涯，对于沧桑之痛的体会就深刻多了，所以能写出这首感人很深的词。

有的论者说："张炎的《月下笛》，题序说是动了'《黍离》之感'，可是词里抒发的却是个人身世之感、凄凉哀怨之情，只是字里行间隐约地含有故国之思。"（胡云翼《宋词选前言》）言外之意似乎认为张炎这类词写《黍离》之悲不够明显。按，古代词人填词时，其艺术手法是灵活多变的，写《黍离》之悲可以明写，也可以隐喻。明写者如张元幹《贺新郎》（梦绕神州路）、《石州慢》（雨急云飞）、张孝祥《六州歌头》（长淮望断）；隐喻者可以借咏物以寄托，如王沂孙的咏物诸词，也可以写自己身世之感而暗喻宗社之恸，如张炎这首词，其中说到"连昌约略无多柳"，及"只愁重洒西州泪，问杜曲、人家在否"，都是伤痛南宋之沦亡。善读词者正贵在能于此处探索词人之用心，而不可以皮相之见求之也。

张炎这类词作还有很多，譬如《甘州·和袁静春入杭韵》云："总休问、西湖南浦，渐春来、烟水接天流。清游好，醉招黄鹤，一啸清秋。"《台城路·送周方山游吴》云："荒台只今在否，登临休望远，都是愁处。暗草埋沙，明波洗月，谁念天涯羁旅。”《长亭怨·旧居有感》云：“恨西风、不庇寒蝉，便扫尽、一林残叶。”等等皆是。

下边我们讨论张炎的咏物词。

南宋末年，词人咏物之风甚盛，并有结社作词以咏物者，如《乐府补题》所录诸作。张炎是重视咏物词的，其所著《词源》中有《咏物》一节，说：“诗难于咏物，词为尤难。”下边列举史邦卿《东风第一枝》咏春雪、《绮罗香》咏春雨、《双双燕》咏燕，以及姜白石《暗香》《疏影》咏梅、《齐天乐》咏促织，而称之曰：“此皆全章精粹，所咏了然在目，且不留滞于物。”可见他对于作咏物词的甘苦是很有体会的。张炎词集中有咏物词数首，而以《南浦》咏春水、《解连环》咏孤雁两首为最出名，当时有“张春水”“张孤雁”之称。下边我们看他的《南浦》咏春水词（《山中白云词》以此首压卷）：

波暖绿粼粼，燕飞来、好是苏堤才晓。鱼没浪痕圆，流红去、翻笑东风难扫。荒桥断浦，柳阴撑出扁舟小。回首池塘青欲遍，绝似梦中芳草。　　和云流出空山，甚年年、净洗花香不了。新绿乍生时，孤村路、犹忆那回曾到。余情渺渺。茂林觞咏如今悄。前度刘郎归去后，溪上碧桃多少。

这首词从各个方面描写春水。上片先写春水浮花，继写春水移舟，又用池塘春水作陪，渲染青碧之色。下片“和云”句写春水来源，接着慨叹水流花放，年复一年。“新绿”以下以感旧作结，情景交融（据俞陛云《玉田词选释》）。这首词描写春水，细致工巧，可以说也做到了“所咏了然在目”。但是仔细玩诵，终觉得它是正如周济所指责的“逐韵凑成，毫无脉络”（《宋四家词选目录序论》)，缺乏深远之致、感发之功。

下边我们选录王沂孙一首咏物词《摸鱼儿·莼》与张炎咏物词对比一下：

玉帘寒、翠痕微断，浮空轻影零碎。碧芽也抱春洲怨，双卷小缄芳字。还又似。系罗带相思，几点青钿缀。吴中旧事。怅酪乳争奇，鲈鱼谩好，谁与共秋醉。　　江湖兴，昨夜西风又起。年年轻误归计。如今不怕归无准，却怕故人千里。何况是。正落日垂虹，怎赋登临意。沧浪梦里。纵一舸重游，孤怀暗老，余恨渺烟水。

王沂孙这首词上片描绘莼菜，也很工细，但是下片却离开莼菜，暗用晋张翰因秋风起而思莼鲈以避世乱之故事，借以寄慨自己的家国身世之感，既融合无迹，而又凌空跳宕，感怆深至，使人读起来觉得心魂震荡，有感发兴起之功。陈廷焯所谓“郁之至、厚之至”者，王沂孙此类作品始足以当之。张炎之作虽描绘工巧，然用意与用笔都不能向深远方面发展，此其所以蒙“积谷作米，把缆放船”(《介存斋论词杂著》)之讥也。

张炎与王沂孙交情很好，他对于王沂孙是很佩服的。王沂孙卒后，张炎作了一首《琐窗寒》词，题序云：“王碧山又号中仙，越人也。能文工词，琢语峭拔，有白石意度(别本作‘其诗清峭，其词闲雅，有姜白石意趣’)，今绝响矣。余悼之玉笥山，所谓长歌之哀，过于痛哭。”词中云：“自中仙去后，词笺赋笔，便无清致。”又云：“那知人、弹折素弦，黄金铸出相思泪。”大有钟子期卒后俞伯牙绝弦不复鼓琴之恸，可见张炎对于王沂孙赏契之深。

最后，我们要对张炎词作一个总评价。

自宋、元之际到清朝末年，对于张炎词的评价高下悬殊。与张炎同时诸文人对张炎词大抵是称赞的。或谓其“意度超玄，律吕协洽，方之古人，当与白石老仙相鼓吹”（仇远《玉田词题辞》），或谓其“诗有姜尧章深婉之风，词有周清真雅丽之思”（舒岳祥《赠玉田序》）。这些评论，其中含有朋友的情谊，虽大体说出张炎词的优点，但并不深刻。清初朱彝尊选辑《词综》，其《发凡》中谓：“世人言词，必称北宋。然词至南宋始极其工，至宋季而始极其变，姜尧章氏最为杰出。”朱氏既推崇南宋，又独尊姜夔，而张炎词，自元末、宋初以来即被认为是“当与白石老仙相鼓吹”者，当然也要受到尊崇。朱彝尊《解佩令·自题词集》亦云“不师秦七，不师黄九，倚新声、玉田差近”，表示其蕲向所在。自朱氏倡导之后，“数十年来，浙西填词者，家白石而户玉田”（《静志居词话》），衍为浙西词派。此后，张炎词声价顿高，极获好评。楼敬思说：“南宋词人，姜白石外，惟张玉田能以翻笔、侧笔取胜，其章法、句法俱超，清虚骚雅，可谓脱尽蹊径，自成一家。迄今读集中诸词，一气卷舒，不可方物，信乎其为‘山中白云’也。”（《词林纪事》卷十六引）可为此派评论之代表，对于张炎词推崇备至。

清朝中叶，常州派词论家周济开始对张炎词提出有褒有贬的批评。他说：“玉田，近人所最尊奉。才情诣力，亦不后诸人，终觉积谷作米，把缆放船，无开阔手段。然其清绝处，自不易到。”又说：“叔夏所以不及前人处，只在字句上著功夫，不肯换意。若其用意佳者，即字字珠辉玉映，不可指摘。近人喜学玉田，亦为修饰字句易，换意难。”（《介存斋论词杂著》）又说：

“玉田才本不高，专恃磨砻雕琢，装头作脚，处处妥当，后人翕然宗之。……笔以行意也，不行须换笔，换笔不行，便须换意。玉田惟换笔，不换意。”（《宋四家词选目录序论》）清末王国维更进一步贬低张炎。他说：“玉田之词，余得取其词中一语以评之，曰‘玉老田荒’。”又说：“苏、辛，词中之狂，白石犹不失为狷。若梦窗、梅溪、玉田、草窗、中（按，当作西）麓辈，面目不同，同归于乡愿而已。”（《人间词话》）又谓玉田词“枯槁”“肤浅”（《人间词话删稿》），甚至斥之为“乞人”（《人间词话·附录》），可谓贬斥已极。

亦有为持平之论者。如《四库提要》评《山中白云词》云：“所作往往苍凉激楚，即景抒情，备写其身世盛衰之感，非徒以剪红刻翠为工。至其研究声律，尤得神解，以之接武姜夔，居然后劲，宋、元之间，亦可谓江东独秀矣。”刘熙载说：“张玉田词清远蕴藉，凄怆缠绵，大段瓣香白石，亦未尝不转益多师，即《探芳讯》之次韵草窗，《琐窗寒》之悼碧山，《西子妆》之效梦窗可见。”（《艺概》卷四）陈廷焯说：“张玉田词如并剪哀梨，爽豁心目，故诵之者多，至谓可与白石老仙相鼓吹（原注：仇仁近语），惟精警处多，沉厚处少，自是雅音，尚非白石之匹。”又说：“玉田词感伤时事，与碧山同一机轴，只是沉厚不及碧山。”（《白雨斋词话》卷二）

考查了前人对于张炎词这些高下悬殊的评论，我们如何对张炎词做一个总评价呢？

张炎生当宋、元之际，在词的理论与创作两方面，既承继家学，又有师友助益，他一生尽力于词，撰《词源》两卷，精研词的音律、作法，并评论诸家得失，甚多胜解（当然亦偶有偏见），又作《山中白云词》约三百首，创作实践之功也很深。他不愧为两宋三百年词家之殿军。但是，尽管如此，而后世论者，褒贬悬殊，张炎终不能成为宋词中第一流作者，其故何在呢？这正是我们所要深入探索的一个重要问题。

要想说明这个问题，需要先考查一下宋词三百年发展的情况。北宋初期诸重要词人，如晏殊、欧阳修等，大抵承继唐、五代遗风，所作都是小令，对音律要求不严，许多句子的平仄配合与律诗格律相同或相近，又因为篇幅短，用凝缩笔法，故通体浑成，无故意安排之迹，亦不很注意琢炼辞句，所以浑涵自然，纯任天机，易于感发读者。自柳永出，大作慢词，用铺叙之法抒写情事，篇幅加长，于是不得不作层次安排。周邦彦继承柳永而加以发展，音律更趋于精密（周本人即是精通乐律、能制新调者），言情体物，穷极工巧，叙写情事，深微曲折，人巧胜而天机渐减矣。一切文学艺术，其初起时多是浑朴自然，以后逐渐变为工巧琢炼，这也是事物发展的必然趋势。工巧琢炼标志着艺术性的提高，是有好处的，但是流宕忘返，则又有文胜于质之弊。能在二者之间调和得当，很不容易。例如作慢词，既有层次安排，而又浑融无迹，如柳永《八声甘州》（对潇潇暮雨洒江天）、苏轼《水调歌头》（明月几时有）、《八声甘州》（有情风万里卷潮来）诸作，都是格高千古的神来之笔，是很不易企及的。周邦彦生于北宋末期，上承前修，下开南宋，为宋词转折之一大关键。南宋词人，除辛稼轩一派之外，莫不受其影响。举其著者，则有姜夔、史达祖、吴文英等，而且当时人认为这是主流。张炎《词源》中即承认了这一事实，说“美成负一代词名，……作词者多效其体制”。但是，他又认为周词“意趣却不高远”，不应为他所局限，于是他推尊姜夔。姜词比周词是有所发展的，他的峭劲的笔致、疏冷的风格、既能凌空又能沉着的特点，如《扬州慢》《翠楼吟》《永遇乐》等等，却是周词所无者。但是姜词亦未能真正做到“意趣高远”，兴发读者的远慕遐思。北宋的晏殊、欧阳修、苏轼，南宋的辛弃疾诸家之词，足当“意趣高远”之选，可惜张炎又见不及此。

张炎就是在这一种指导思想之下进行词的创作的，眼光不免有所局限；同时，张炎尽管在填词的艺术方面有精湛的体会与训练，但是一位大词人，除去掌握艺术技巧之外，还需要有高才、真情、伟抱、卓识，这是真本领，张炎在这方面也是有所不足的。因此，当机缘凑合、才情坌涌时，他也能写出很精彩的作品，如上文所举有关北游的《壶中天》《甘州》诸篇，即便在他漫游吴越期间，亦偶因兴会飙举而写出奇警之作，如《迈陂塘》下片云：“休重省。莫问山中秦晋。桃源今度难认。林间却是长生路，一笑原非捷径。深更静。待散发吹箫，鹤背天风冷。凭高露饮。正碧落尘空，光摇半壁，月在万松顶。”陈廷焯评此词云：“飘飘有凌云之志，‘振衣千仞冈’，无此超远。”（《词则·大雅集》卷四）但是，以上所举的这类词作，在《山中白云词》中不过是偶一遇之。张炎绝大部分词作，大抵都是布局完密，辞句清疏，时出警句，且酝藉有情韵，读起来确如“并剪哀梨，爽豁心目”，可以引起人的爱好。但是仔细揣摩，总觉得不够高超深远，味道不足，不能启发读者的远慕遐思。还有，张炎词中承接转折处，多是一句挨一句说，痕迹太露，不能多用跳宕之笔，潜气内转，亦是一病。苏辙《栾城三集》卷八《诗病五事》条云："老杜陷贼时有诗曰：'少陵野老吞声哭，……'予爱其词气如百金战马，注坡蓦涧，如履平地，得诗人之遗法。如白乐天诗（按，指《长恨歌》），词甚工，然拙于记事，寸步不遗，犹恐失之，此所以望老杜之藩垣而不及也。"张炎的词也正是有"寸步不遗，犹恐失之"之弊。周济批评张炎词"积谷作米，把缆放船，无开阔手段"，正是指出其短处之所在。王国维论词，尊北宋而贬南宋，重天机感发而轻人巧安排，于北宋推崇欧、秦，于南宋独取稼轩，因此就更贬低张炎了。

周济说，张炎作词，"只在字句上著功夫"，确实不错。陆行直《词旨》举出"乐笑翁奇对"凡二十三则，如"断碧分山，空帘剩月"（《琐窗寒》悼王碧山）；"款竹门深，移花槛小"（《一萼红》周草窗新居）；"浅草犹霜，融泥未燕"（《庆清朝》韩亦颜隐居）等。又举出"乐笑翁警句"凡十三则，如"写不成书，只寄得相思一点"（《解连环·孤雁》）；"茂树石床同坐久，又却被、清风留住"（《真珠帘·近雅轩即事》）；"几日不来，一片苍云未扫"（《扫花游·赋高疏寮东墅园》）等等。吴衡照《莲子居词话》又补摘张炎词警句若干条。从这些"奇对"与"警句"，确实能看出张炎词艺的功夫，但是一首词的高下，主要的还不完全取决于此。陈廷焯说："玉田警句极多，不可枚举，然不及碧山处正在此。盖碧山几于浑化，并无警奇可喜之句令人悦目，所以为高，所以为大。"（《词则·大雅集》卷四）陈氏之说是很有见地的。即就炼句而论，张炎虽极用心，但仍偶有败笔。况周颐曾指出："宋人词亦有疵病，断不可学。……张玉田《水龙吟·寄袁竹初》云：'待相逢、说与相思，想亦在、相思里。'尤空滑粗率。"（《蕙风词话》卷二）此外，如《渡江云·山阴久客》云："常疑即见桃花面，甚近来、翻笑无书。书纵远，如何梦也都无。"亦未免空滑。又《清平乐》（候蛩凄断）词，乃赠陆行直家妓卿卿之作，下片"可怜瘦损兰成，多情应为卿卿"（见《珊瑚网》），吐属亦浅俗。别本作"暗教愁损兰成，可怜夜夜关情"。吐属较大方，殆后来所改也。

有一种情况，还需要提出讨论一下。许多初学填词的人往往喜读张炎的词，这大概是因为张词意思既不深隐难懂，辞句又清疏爽洁，布局匀净，脉络清楚，容易学步，有阶可登（我十几岁初学填词时，也喜读张炎词，大概也是这个缘故）。对于这个问题，戈载有一段话，很值得玩味。他说："盖世之词家，动曰能学玉田，此易视乎玉田而云然者，不知玉田易学而实难学。玉田以空灵为主，但学其空灵而笔不转深，则其意浅，非入于滑，即入于粗矣。玉田以婉丽为宗，但学其婉丽而句不炼精，则其音卑，非近于弱，即近于靡矣。"（《宋七家词选》卷七）可见学张炎词也并不容易，往往遗其所长而得其所短。上文曾引清朱彝尊自题词集说："不师秦七，不师黄九，倚新声、玉田差近。"这可能是一时兴到之言，其实朱彝尊词，风格意境颇多变化，其所师法者并不局限于玉田一家。吴衡照《莲子居词话》卷二云："竹垞自云：'倚新声、玉田差近。'其实，玉田词疏，竹垞谨严，玉田词淡，竹垞精致，殊不相类。窃谓小长芦（按，朱彝尊晚年自号小长芦钓鱼师）撮有南宋人之胜，而其圆转浏亮，应得力于乐笑翁耳。”这个分析是很有见地的。

1985 年 7 月写定

（原载《四川大学学报》1986 年第 1 期）

论金初词人吴激

吴激与蔡松年是金初词人的冠冕，对于金源一代词风影响甚大。元好问《中州集》卷一“蔡丞相松年”条下说：“百年以来，乐府推伯坚与吴彦高，号吴蔡体。”（按，蔡松年字伯坚，吴激字彦高）1982年，我曾撰写《论吴彦高词》一篇短文，发表于《四川大学学报》1982年第4期中。此文仅就吴激《人月圆》词善于运化古人诗句一点立论，未能涉及吴词的全貌，即便对于《人月圆》词，亦阐释未尽。按，吴激以宋臣使金被留，晚年仕金，客居北方，以善于长短句开金代词风，也是词史上值得重视的一位人物。但是建国以来，似尚少见有撰专文论述吴词者，所以我扩充前作，再撰此文。我与叶嘉莹教授合撰之《灵谿词说》（此书于1987年由上海古籍出版社印行），于1986年结集时，因为书中内容专论唐宋词人，故未收入拙撰《论吴彦高词》短文。现在我又与叶先生合撰《灵谿词说》续集，内容则继续论唐宋词，并下逮金元明清词，故此篇重论吴词之文亦可作为《词说》续集之一篇也。

关于吴激生平，文献记载者不多。《金史》卷一百二十五《文艺上》有传，甚简略，仅一百余字。兹节录要事如下：

吴激字彦高，建州（今福建建瓯）人。父栻，……激，米芾之婿也。工诗能文，字画俊逸，得芾笔意。尤精乐府，造语清婉，哀而不伤。将宋命至金，以知名，留不遣，命为翰林待制。皇统二年（1142），出知深州（今河北深州），到官三日，卒。……有《东山集》十卷，行于世。

元好问《中州集》卷一“吴学士激”条，亦记述吴激生平，并摘录其诗中警句，亦论及其词。兹节录之：

（吴）激字彦高，宋宰臣栻之子，王履道外孙，而米芾元章婿也。工诗能文，字画得其妇翁笔意。将命帅府，以知名留之。仕为翰林待制。出知深州，到官三日而卒。有《东山集》十卷，并乐府，行于世。东山，其自号也。《出散关诗》云：“春风蜀栈青山尽，晓日秦川绿树平。”《意甫索水墨以诗寄之》云：“烟拂云梢留淡白，云蒸山腹出深青。”《三衢夜泊》云：“山侵平野高低树，不接晴空上下星。”（以下所引诗句，略去）此类甚多。乐府“夜寒茅店不成眠”“南朝千古伤心事”“谁挽银河”等篇，自当为国朝第一手；而世俗独取《春从天上来》，谓不用他韵，《风流子》属对之工，岂真识之论哉！

元好问所举吴激的数篇词作，均见于《中州集·中州乐府》，下文将要讨论。

吴激使金被留，究在何时，难以确考。按，宋徽宗宣和四年（1122），金兵大举攻辽，辽主奔西京，宋金使节开始往来。

吴激使金被留，应在此年之后，钦宗靖康二年（1127）金人灭宋之前，亦即是公元1122—1127年之间的数年之中。吴激卒于金熙宗皇统二年，即公元1142年，那么，他流落北方，出仕金朝，应在十五年以上了。

吴激所著《东山集》十卷，已失传。南宋末，陈振孙所著的《直斋书录解题》卷二十一著录"《吴彦高词》一卷"。同时，黄昇所编《中兴以来绝妙词选》卷二也选录吴激词二首。可见吴激的词曾流传于南宋境内。今日所存吴激词，除去元好问《中州集·中州乐府》所录五首之外，赵万里又从《吴礼部诗话》及《永乐大典》共辑录了五首，总共十首，为《东山乐府》辑本。唐圭璋编纂《全金元词》，即据赵氏辑本录入。

现在让我们来评赏吴激的词。首先看一看他的脍炙人口的《人月圆》词：

> 南朝千古伤心事，犹唱《后庭花》。旧时王谢，堂前燕子，飞向谁家？　恍然一梦，仙肌胜雪，宫髻堆鸦。江州司马，青衫泪湿，同是天涯！（本文所录吴激词，均据《四部丛刊》影元刊本《中州集·中州乐府》）

关于这首词写作时的环境，南宋、金人书中均有记之者，兹分别录之。洪迈《容斋题跋》云："先公（按，指洪皓）在燕山，赴北人张总侍御家集，出侍儿佐酒，中有一人，意状摧抑可怜。叩其故，乃宣和殿小宫姬也。坐客翰林直学士吴激赋长短句纪之，闻者挥涕。"（转引自《词林纪事》卷二十）元好问《中州集·中州乐府》选录此词后附记云："彦高北迁后，为故宫人赋此。时宇文叔通亦赋《念奴娇》，先成而颇近鄙俚，乃见彦高此作，茫然自失。是后人有求乐府者，叔通即批云：‘吴郎近以乐府名天下，可往求之。’”刘祁《归潜志》卷八云：“先翰林（按，指其父刘从益）尝谈，国初宇文太学叔通主文盟，时吴深州彦高视宇文为后进，宇文止呼为‘小吴’。因会，饮酒间，有一妇人，宋宗室子，流落，诸公感叹，皆作乐章一阕。宇文作《念奴娇》，有‘宗室家姬，陈王幼女，曾嫁钦慈族。干戈浩荡，事随天地翻覆’之语。次及彦高，作《人月圆》词云（词文从略，与《中州乐府》字句小异）。宇文阅之，大惊。自是人乞词，辄曰：‘当诣彦高也。’彦高词集，篇数虽不多，皆精孅（按，此字与‘美’同）尽善，虽多用前人诗句，其剪裁缀辑，皆若天成，真奇作也。先人尝云：‘诗不宜用前人语，若夫乐章，则剪截古人语亦无害，但要能使用尔。如彦高《人月圆》，半是古人句，其思致含蓄甚远，不露圭角，不尤胜于宇文自作者哉！’”

根据以上所引数条资料，我们可以知道，吴激这首《人月圆》词，是在张总侍御家饮宴时所作的。张侍御命其侍儿唱歌侑酒，而这位侍儿乃是宋宗室女被俘至北方流落为张氏奴婢者，所以宇文叔通、吴激都感叹为之作词。宇文叔通名虚中，宋资政殿大学士，建炎二年（1128），以奉使见留，仕金为翰林学士承旨，与吴激身世相似。至于这位侍儿是什么身份呢？宇文词中说她是“宗室家姬，陈王幼女，曾嫁钦慈族”。按，“钦慈”是宋神宗陈皇后的谥法。陈皇后原是神宗的嫔妃，神宗卒后不久，她亦死去。因为她是徽宗的生母，所以徽宗即位后，追册为皇太后，谥钦慈（《宋史》卷二百四十三《后妃传》）。这位流落北方的赵宋陈王之女，曾嫁给陈皇太后的族人，陈家是当时显赫的外戚。但是，这些宗室外戚，在宋钦宗靖康二年金兵灭宋之后，都遭殃了。当时自徽宗、钦宗以下，皇帝妻孥、宗室、贵戚、诸色目教坊等，数以千计的男女被俘北去。中华书局1988年版《靖康稗史笺证》之七金人可恭所撰《宋俘记》曾详记其数目，合计约二万人。同书之三《开封府状》记载宋朝曾经答应犒金军的金银，数目庞大，现金不足，则以帝姬（徽宗改公主之号为帝姬）、宗姬（诸王之女）、族姬、宗妇等准金献纳。宗姬一人准金五百锭。当时被献纳者有“宗姬五十二人，近支宗姬一百九十五人”。这位“宗室家姬，陈王幼女”，可能即在其中，是以五百锭金被卖的。她们被俘至北方后，其命运当然非常悲惨，这位“宗室家姬”流落为张侍御家侍儿是毫不足怪的。因此，当她在宴会中唱歌侑酒时，心情自然很悲痛，所以“意状摧抑可怜”，引起坐客的诧异。宇文叔通与吴激都是宋臣使金被留者，他们与这位侍儿身份不同而境遇相似，有“同是天涯沦落人”之感，所以都填词志慨。

吴激这首《人月圆》词，以空灵蕴藉之笔，发苍凉激楚之情，运用古人诗中成句，浑然天成，不露圭角，确是一首杰作。开头二句：“南朝千古伤心事，犹唱《后庭花》。”从国家兴亡的大处落笔，借南朝的陈后主暗讽宋徽宗，意极沉痛。陈后主不理国政，饮宴后宫，演唱《玉树后庭花》诸曲，荒淫作乐，以至于亡国。杜牧《泊秦淮》诗“商女不知亡国恨，隔江犹唱《后庭花》”曾加以慨叹。现在宋徽宗也是以荒淫失国，当时显贵的宗姬沦为家妓，唱歌侑酒，这岂不是同南朝一样的“千古伤心事”吗？国家颠覆，臣民遭殃，所以接着说：“旧时王谢，堂前燕子，飞向谁家。”运化刘禹锡《乌衣巷》诗“旧时王谢堂前燕，飞入寻常百姓家”句意，暗喻这位宗姬贵人现在沦为侍儿。换头处，“恍然一梦，仙姿胜雪，宫髻堆鸦”三句，是说如今在张侍御家宴中与这位宗姬相遇，真是如同“恍然一梦”。所谓“梦”者，包括意想不到的沧桑之变，言外是说，如果不是国家灭亡，不会有这样的一次遇合。(《中兴以来绝妙词选》作“恍然在遇”，不及“恍然一梦”意思好。)“宫髻”(《中兴以来绝妙词选》作“宫鬓”）暗喻此侍儿出身之高贵。末尾三句：“江州司马，青衫泪湿，同是天涯！”联系到作者自己，发出悲慨。运化白居易《琵琶行》诗句意。元和十年，白居易被贬为江州司马。次年秋，送客浔阳江头，闻邻船中有弹琵琶者，移船相近，邀之相见。问其人，乃长安娼女，年老色衰，嫁为商人妇。遂命酒使弹数曲。娼女自叹身世，白居易亦深受感动，遂作此诗赠之。诗中说：“同是天涯沦落人，相逢何必曾相识。”又说：“座中泣下谁最多，江州司马青衫湿。”吴激觉得，自己与这位侍儿虽然身份不同，但都是亡国之人，所谓“同是天涯沦落人”者，故用白诗寄慨，甚为切合。吴激这首《人月圆》词，不过十一句，四十八个字，其中九句都是四字句，但是他写出了四层意思，运化古人诗句，潜气内转，浑然天成，而通篇寄托了“同是天涯沦落人”的亡国悲慨，感人至深，无怪乎当时“闻者挥涕了”（见上引《容斋题跋》)。后人对此词颇有称赞者。黄昇《中兴以来绝妙词选》卷二选录吴激此词及《春从天上来》，评云：“右二曲皆精妙凄惋，惜无人拈出。今录入选，必有能知其味者。”陈廷焯《词则·大雅集》卷四选录此词，评云：“感激动宕，不落小家数。”至于同时宇文叔通所作《念奴娇》词，全文不传，《归潜志》记载其中数句："宗室家姬，陈王幼女，曾嫁钦慈族。干戈浩荡，事随天地翻覆。"虽然叙写真切，但据事直书，毫无余味，为填词之大忌，所以元好问说它"颇近鄙俚"，刘从益也认为，宇文之作不如吴词"含蓄甚远，不露圭角"，而宇文叔通见到吴激的词，也"茫然自失"。不过，从此以后，有求他作词者，他说："吴郎近以乐府名天下，可往求之。"表现了钦佩之意，还是很有雅量的。

下边，我们再看吴激的另一首词，与《人月圆》词内容情思相近者。

春从天上来

海角飘零。叹汉苑秦宫，坠露飞萤。梦里天上，金屋银屏。歌吹竞举青冥。问当时遗谱，有绝艺、鼓瑟湘灵。促哀弹，似林莺沥沥，山溜泠泠。　梨园太平乐府，醉几度春风，鬓变星星。舞破中原，尘飞沧海，风雪万里龙庭。写胡笳幽怨，人憔悴、不似丹青。酒微醒。对一窗凉月，灯火青荧。

《中兴以来绝妙词选》卷二录此词，有题云："会宁府遇老姬，善鼓瑟，自言梨园旧籍。"按，会宁府为金之都城，即是上京，故址在今黑龙江省阿城市南之白城。吴激是在会宁一次宴会上与这位流落北方的宋梨园老姬相遇的。据《靖康稗史笺证》之七《宋俘记》所载，金灭宋时，俘虏北去的诸种人中有"教坊三千余人"。这位梨园旧籍的老姬大概即在其中。唐初设教坊，为管理乐工之官署。唐玄宗始建梨园，亦隶教坊。梨园弟子即是梨园中之乐工。宋代仍设教坊，见《宋史·乐志》。这位老姬大概原是宋朝教坊之乐工，被俘北来，以善鼓瑟为金朝贵族所选用而迁至会宁者。吴激与这位老姬相遇，也像在张侍御家与那位宋室宗姬相遇一样，有“同是天涯沦落人”之感，故赋此词。

这首词第一句“海角飘零”，是综合吴激自己与老姬在一起而说的。两人都是亡国之余，现在飘零到东北海角来了，言外有无限感慨，笼罩全篇。这种起法，即是刘熙载所谓，词之起句之妙，“笔未到而气已吞”也（《艺概》卷四）。下边“汉苑秦宫，坠露飞萤”，是慨叹北宋之灭亡。“汉苑秦宫”，借喻北宋之宫殿苑囿，现在都是“坠露飞萤”，一片荒芜了。这一开头三句就非常声情悲怆。“梦里天上，金屋银屏。歌吹（读去声）竞举青冥”三句是回想。当北宋未亡时，梨园乐工在宫苑的“金屋银屏”之中。歌舞献技，何等欢乐，而今追忆起来，真是如同“梦里天上”了。“问当时遗谱”以下数句是说，这位老姬既是“梨园旧籍”，她还记得当时鼓瑟的遗谱，而她鼓瑟的声调仍是非常美妙，如林莺之鸣，山溜之流。用“哀弹”二字，隐喻鼓瑟者心绪之悲伤。下片换头处，提起笔来，再作慨叹。当时的“梨园太平乐府”，经过“几度春风”，已经是“鬓变星星”，人都老了。（《中兴以来绝妙词选》作“鬓发”。按，“鬓变星星”是说，原来的黑色头发现在都变白了，意思曲折，较好。）下边“舞破中原，尘飞沧海，风雪万里龙庭”，这三句是一篇中的警策。因听梨园老姬之鼓瑟，而想到宋徽宗之荒淫亡国，情绪极为悲愤。“舞破中原”句用杜牧《过华清宫绝句三首》中之第二首“霓裳一曲千峰上，舞破中原始下来”句意。杜牧是讽刺唐玄宗耽于歌舞，荒殆朝政，以致安禄山之乱，而宋徽宗亦因耽于歌舞逸乐而招致金兵入侵，中原沦陷，所以也说是“舞破中原”。此句，《中兴以来绝妙词选》作“舞彻中原”。我认为，“破”字义较胜，因为是用杜牧诗句，而吴激作词是喜欢并善于运化古人诗句的。“尘飞沧海”句用葛洪《神仙传》所记，麻姑对方平说曾见东海三为桑田之事，方平曰：“圣人皆言，海中复扬尘也。”此句以沧海扬尘暗喻北宋灭亡，是一种天翻地覆的巨变。“风雪万里龙庭”句跌落到自己与梨园老姬现在的境遇。他们二人都是以亡国之余沦落到风雪严寒的金都城会宁府。“龙庭”是匈奴单于王庭之称号，此处借指金都会宁。“写胡笳幽怨，人憔悴、不似丹青。”这句意思含蓄，仿佛是说，梨园老姬之鼓瑟，含思凄婉，似乎写出流落塞外之幽怨，而显出憔悴之色。可能是暗用杜甫《咏怀古迹》中咏昭君一首中“画图省识春风面”及“千载琵琶作胡语，分明怨恨曲中论”诸句之意。结尾“酒微醒。对一窗凉月，灯火青荧”，写出听鼓瑟后，酒醒人散，凄凉落寞的心情。

这首词的内涵虽与《人月圆》词相似，但是《人月圆》是小令，故用提炼凝缩的笔法，而这首词是慢词，所以必须展开铺叙。这首词，金元时尚传唱不衰。黄昇《中兴以来绝妙词选》卷二选录此词，跋云：“三山郑中卿从张贵谟使虏日，闻有歌之者。”王士禛《居易录》：“高丽宰相李藏用从其主入朝于元，翰林学士王鹗邀宴于第，歌人唱吴彦高《人月圆》《春从天上来》二曲。藏用微吟其词，抗坠中音节，鹗起执其手，叹为海东贤人。”（转引自张宗橚《词林纪事》卷二十）

下边再看吴激的《风流子》词：

书剑忆游梁。当时事，底处不堪伤？念兰楫嫩漪，向吴南浦，杏花微雨，窥宋东墙。凤城外，燕随青步障，丝惹紫游缰。曲水古今，禁烟前后，暮云楼阁，春草池塘。

回首断人肠，年芳但如雾，镜发成霜。独有蚁尊陶写，蝶梦悠扬。听出塞琵琶，风沙淅沥，寄书鸿雁，烟月微茫。不似海门潮信，能到浔阳。（《中州乐府》录此词，“兰楫嫩漪”上脱“念”字，“回首断人肠”句“人”字误作“回”。今据唐圭璋《全金元词》补改。）

这首词也是吴激流落北方后之作。上片追忆少年时在汴京游赏的欢乐，下片慨叹晚年居北方的凄凉情况。两相对照，益增凄怆。久羁异域，时念故乡，寄书下达，反不如潮信犹能到达浔阳，这是加倍写法。

以上我们评赏的三首好词，都是吴激北渡后之作，吴激的身世及文学创作过程与庾信颇有相似之处。庾信少时，仕宦于梁朝，其作品以绮丽见长；及出使西魏，梁朝覆灭，他留仕北朝，不能南归，时怀乡关之思与亡国之痛，其作品遂变为激楚苍凉，风骨遒上。杜甫所谓“庾信平生最萧瑟，暮年诗赋动江关”者也。吴激亦是如此，以宋臣使金被留，北宋旋即覆灭，他遂留仕金朝达十五年以上，其心情是很沉郁悲痛的。他的《满庭芳》（射虎将军）词云：“应怜我，家山万里，老作北朝臣。”这几句词最能说出他的悲凉的身世与心境。因此发为长短句，遂生异彩。

晚清词论家陈廷焯对吴激词作了很高的评价。他说：“金代词人，自以吴彦高为冠，能于感慨中饶伊郁，不独组织之工也。同时尚吴蔡体，然伯坚非彦高匹。”（《白雨斋词话》卷三）按，吴蔡齐名，而陈氏认为吴在蔡之上，其故何在呢？我想，可能是这样的。蔡松年（1107—1159）的身世与吴激不同。据《金史》卷一百二十五“文艺”上《蔡松年传》：“父靖，宋宣和末守燕山，松年从父来管勾机宜文字。宗望军至白河，郭药师败，靖以燕山府降。元帅府辟松年为令史。”蔡松年生于公元1107年，在宣和末年随其父降金时，不过十八九岁。他没有在宋朝任过官职，仕金以后，不断升迁，至右丞相。所以他没有吴激那种流落之感与故国之思，因此他的词虽然艺术性也相当好，但是缺乏吴激那种悲怆苍凉之致。这或者是他的词不如吴激的缘故。

1989年7月写定

（原载《四川大学学报》1989年第4期）

论元好问词

一、引言

词的发展至两宋而极盛。当靖康之难，女真灭宋，赵氏南渡，女真族统治中原，建立金朝，与南宋相对峙者一百余年。在这一时期中，南宋继承北宋苏轼、周邦彦之词风而更有所发展，形成了以辛弃疾、姜夔为代表的两大派别；那么，北方金朝的词坛情况如何呢？是否也出现过可与辛、姜抗衡的大词人呢？本文通过讨论元好问词，将要解答这一问题，因为元好问是金代词坛的殿军与巨擘。

女真族入主中原之后，勇于接受汉化，当金世宗、章宗大定、明昌之时，政治安定，文风蔚起。宣宗南渡，虽国势衰微，而文风益盛，人才辈出。刘祁《归潜志》（卷八）说："南渡以来，世人多为古学，以著文作诗相高。"元好问就是生活在这样一个时期之中。

元好问（1190—1257）字裕之，号遗山，金秀容县（今山西忻州市）人。年十四，从郝天挺学，不事举业，淹贯经传百家。

宣宗贞祐中，蒙古南侵，陷中都（今北京），好问避兵南下，寓居福昌县（今河南宜阳县西六十里）。兴定五年，举进士及第，时年三十二岁。历任内乡令、南阳令、尚书省掾、左司都事、行尚书省左司员外郎。金亡不仕。好问兼长诗、词、古文，晚年往来于今山东、河南、河北、山西、北京市境内，声望显著，蔚为一代宗师。他搜采金源文献，以修史自任，筑野史亭，撰《壬辰杂编》，元代修金史，多本其书（《壬辰杂编》已佚）。

在三十年代初期，我读元好问著作，知人论世，曾翻阅翁方纲、凌廷堪、施国祁、李光庭四家《元遗山年谱》，比勘其长短得失，甄采善言，辨正失误，又加以补充阐释，撰写《元遗山年谱汇纂》两卷，刊载于南京钟山书局1935年出版之《国风》期刊第七卷专号中。在年谱“序例”中，我曾写了一段话，对元好问做过总评价。

> 金自大定、明昌以还，文风蔚起，遂于末造笃生遗山，卓为一代宗匠。其诗嗣响子美，方轨放翁，古文浑雅，乐府疏快，国亡以文献自任，所著《壬辰杂编》虽失传，而元人纂修《金史》，多本其书，故独称雅正。诗文史学，萃于一身，非第元明之后无与颉颃，两汉以来，固不数数也。

今天我仍然基本上保留这个意见。

二、元好问的词论

当金朝初期，词坛重要作家都是宋人留仕于金者，如吴激（彦高）、蔡松年（伯坚）。他们二人对金词有相当大的影响。元好问说：“百年以来，乐府推伯坚与吴彦高，号吴蔡体。”（《中州集》卷一）后来金朝词风虽不如南宋之盛，但也产生了不少作家。据元好问《中州集·中州乐府》所录，吴、蔡之后，有三十四人，而金末之段克己、成己兄弟尚不与焉。这些词家虽亦各有所长，但是论到造诣之高，自应首推元好问。

金朝词风与南宋不同。关于宋、金词风之比较，况周颐有一段扼要的论断。他说："南宋佳词能浑，至金源佳词近刚方。宋词深致能入骨，如清真、梦窗是；金词清劲能树骨，如萧闲（指蔡松年）、遯庵（指段克己）是。南人得江山之秀，北人以冰霜为清。南或失之绮靡，近于雕文刻镂之技；北或失之荒率，无解深裘大马之讥。"（《蕙风词话》卷三）元好问词的独特造诣，也与整个金代词风有关。

为了全面评论元好问的词，我想先研究一下元好问论词的意见，借以看出他在词的创作实践中与其所持理论的关系；然后再择要选录自金元之际以至于清代词论家对元好问词评价的意见，作为参考。

元好问论诗的意见很多，除去著名的《论诗三十首》七言绝句之外，还有许多散见于其所作的诗文之中，至于论词的意见则很少，重要的有下列诸篇。

遗山《自题乐府引》：

世所传乐府多矣，如山谷《渔父词》……陈去非《怀旧》云……如此等类，诗家谓之言外句，含咀之久，不传之妙，隐然眉睫间，惟具眼者乃能赏之。古有之人，莫不饮食，鲜能知味。譬之羸牸老羝，千煮百炼，椒桂之香，逆于人鼻，然一吮之后，败絮满口，或厌而吐之矣。必若金头大鹅，盐养之再宿，使一老奚知火候者烹之，肤黄肪白，愈嚼而味愈出，乃可言其隽永耳。岁甲午，予所录《遗山新乐府》成，客有谓予者云："子故言宋人诗大概不及唐，而乐府歌词过之。此论殊然。乐府以来，东坡为第一，以后便到辛稼轩。此论亦然。东坡、稼轩即不论，且问遗山得意时自视秦、晁、贺、晏诸人为何如？"予大笑，拊客背云："那知许事，且啖蛤蜊。"客亦笑而去。十月五日，太原元好问裕之题。

按，此篇不见于《遗山文集》，《彊村丛书》据明弘治高丽本刊印之《遗山乐府》有之。甲午为金哀宗天兴三年（1234）。按，上一年天兴二年癸巳春，崔立以汴京降蒙古，元好问于四月廿九日出京，羁管聊城（今山东聊城），这篇《自题乐府引》即是在聊城所作，时元好问四十五岁。吴庠谓，此引作于甲午十月，然《遗山乐府》所收词，有甲午以后之作，殆后人编入者。编成仍冠以自题引言，于是乐府与引言不相蒙矣。（见所著《遗山乐府编年小笺》）

《遗山文集》卷卅六《东坡乐府集选引》：

绛人孙安常（原误作"尝"）注坡词，参以汝南文伯起《小雪堂诗话》，删去他人所作"无愁可解"之类五十六首，其所是正亦无虑数十百处，坡词遂为完本，不可谓无功。然尚有可论者。……就中"野店鸡号"一篇，极害义理，不知谁所作，世人误为东坡。……安常不能辨，复收之集中，如"当时共客长安，似二陆初来俱妙（今本《东坡乐府》作'少'）年。有胸中万卷，笔头千字（今本《东坡乐府》此二句互倒），致君尧舜，此事（原误作‘书’）何难。用舍由时、行藏在我、袖手何妨闲处看”之句。其鄙俚浅近、叫呼炫鬻，殆市驵之雄，醉饱而后发之，虽鲁直家婢仆且羞道，而谓东坡作者，误矣。……丙申九月朔，书于阳平寓居之东斋，元某引。（本篇中所引元好问之文，均据《四部丛刊》影印明弘治本《遗山先生文集》，并且据张穆刻本《遗山集》校正误字，原误字注在括弧内。）

按，丙申为蒙古太宗八年（1236），时元好问四十七岁。

《遗山文集》卷卅六《新轩乐府引》：

唐歌词多宫体，又皆极力为之。自东坡一出，情性之外，不知有文字，真有“一洗万古凡马空”气象，虽时作宫体，亦岂可以宫体概之。人有言，乐府本不难作，从东坡放笔后便难作。此殆以工拙论，非知坡者。所以然者，《诗》三百所载小夫贱妇幽忧无聊赖之语，特（原误作“时”）猝为外物感触，满心而发，肆口而成者尔，其初果欲被管弦（原误作“纹”），谐金石，经圣人手以与六经并传乎？小夫贱妇且然，而谓东坡翰墨游戏乃求与前人角胜负，误矣。自今观之，东坡圣处，非有意于文字之为工，不得不然之为工也。坡以来，山谷、晁无咎、陈去非、辛幼安诸公，俱以歌词取称，吟咏情性，留连光景，清壮顿挫，能起人妙思，亦有语意拙直，不自缘饰，因病成妍者，皆自坡发之。……岁在甲寅，十月望日，河东元某题。

按，甲寅为蒙古宪宗四年（1254），元好问六十五岁。

综观以上所引三段之文，可以看出元好问论词的要旨。他论词非常推尊苏轼与辛弃疾，曾说：“乐府以来，东坡为第一，以后便到辛稼轩。”而对于苏词尤多论及，曾说：“唐歌词多宫体，又皆极力为之。自东坡一出，情性之外，不知有文字，真有‘一洗万古凡马空’气象，虽时作宫体，亦岂可以宫体概之。”这里所谓“唐歌词多宫体”，即是指温庭筠、韩偓、韦庄诸人歌咏儿女柔情的绮罗香泽之词，苏轼能摆脱这个传统而有创新之功，是值得称道的；同时，苏轼也“时作宫体”，即是说，他的词中也有缘情绮靡之作，不过，“岂可以宫体概之”。这个看法颇能掌握全面。元好问又进一步指出苏词之所以超卓之故，在于自然。他说：“东坡圣处，非有意于文字之为工，不得不然之为工也。”本来苏轼论文即极重自然，他曾说：“夫昔之为文者，非能为之为工，乃不能不为之为工也。……故轼与弟辙为文至多，而未尝敢有作文之意。”（中华书局1986年版《苏轼文集》卷十《南行前集叙》）又自评其文说：“吾文如万斛泉源，不择地皆可出，……常行于所当行，常止于不可不止。”（《苏轼文集》卷六十六《自评文》）他作词当然也是如此。苏轼因为有高才、真情、旷怀、卓识，满心而发，肆口而成，自然能写出很好的词，他并未尝矜心作意想与世人争胜，所以元好问又说：“而谓东坡翰墨游戏，乃求与前人角胜负，误矣。”（与元好问同时交好之王若虚，论苏词也有类似的意见，见《滹南诗话》卷中。）元好问这些话都能真切地说出苏轼作词的态度及其妙处。元好问虽然推崇苏词的创新与自然之妙，但是他又很注重词的特质，因此，他对于苏轼的个别词作，失于粗率，不合词的特质者，也提出批评。元好问认为，作词要有“言外句，含咀之久，不传之妙，隐然眉睫间”，仿佛品尝菜肴，要“愈嚼而味愈出，乃可言其隽永耳”。换句话说，就是要能含蓄酝藉，幽约深美。苏词中大部分佳作，当然是能达到这个标准的，但是也有个别词作，失于粗浅率直者，元好问也指出而加以贬议。譬如他在《东坡乐府集选引》中所提出的“野店鸡号”一篇，即是一例。所谓“野店鸡号”一篇，是指苏轼《沁园春·赴密州，早行，马上寄子由》一首。此首起二句是“孤馆灯青，野店鸡号”。此词下片纵笔直书，毫无含蓄，似散文，不像词，所以招致元好问的非议，谓其“鄙俚浅近、叫呼炫鬻，殆市驵之雄，醉饱而后发之”。因而怀疑这首词非苏轼所作。元好问的怀疑虽然不确（这首词确是苏轼所作），不过，可以看出，元好问论词是反对“鄙俚浅近、叫呼炫鬻”，虽对苏词亦不稍假借。就苏词而论，作为一个大家，偶有率易质直之作，亦无伤大体，但是近来有些论者却专门欣赏苏词中这类率易质直的作品，则是既不了解苏词的真正妙处，也不懂得词的特质，这种偏颇之见是应当矫正的。刘熙载《艺概》卷四云：“词以不犯本位为高。东坡《满庭芳》：‘老去君恩未报，空回首弹铗悲歌。’语诚慷慨，然不若《水调歌头》‘我欲乘风归去，又恐琼楼玉宇，高处不胜寒’，尤觉空灵蕴藉。”刘熙载所举之例，亦可看出苏词中存在两种艺术手法，而苏词妙处则在后种所谓“空灵蕴藉”者也。

至于元好问在《自题乐府引》中自评其词，则是学东坡、稼轩者。当客问其“自视秦、晁、贺、晏诸人为何如”时，元氏大笑，拊客背云：“那知许事，且啖蛤蜊。”做了一个幽默的回答。按，元好问所引“那知许事”二语，乃南齐沈昭略之言，见《南史·王融传》。传云：“（融）诣王僧祐，因遇沈昭略，未相识，昭略屡顾盼，谓主人曰：‘是何年少？’融殊不平，谓曰：‘仆出于扶桑，入于阳谷，照耀天下，谁云不知，而卿此问？’昭略云：‘不知许事，且食蛤蜊。’”沈昭略之语表示对王融夷然不屑之意。元好问引用此二语亦表示对于秦观、晁补之、晏幾道、贺铸诸人之词有不屑之意也。

三、历代词论家对元好问词的评议

下面，我们将选录自金元至清末历代几位有代表性的论者对元好问词的评语而进行讨论。

当元好问卒后五年之蒙古世祖中统三年壬戌（1262），严忠杰刊刻《元遗山集》，即所谓“中统本”者（此书已佚）。当时文人徐世隆作序，论及元词，谓：“遗山……乐府则清雄顿挫、闲婉浏亮，体制最备，又能用俗为雅，变故作新，得前辈不传之妙，东坡、稼轩而下不论也。”

元好问卒后三十年，即元世祖至元二十四年丁亥（1287），王博文作《天籁集序》（按，《天籁集》乃白朴之词集），论及元好问词云：“乐府始于汉，著于唐，盛于宋，大概以情致为主。秦、晁、贺、晏虽得其体，然哇淫靡曼之声胜，东坡、稼轩矫之以雄词英气，天下之趋向始明。近时元遗山每游戏于此，掇古诗之精英，备诸家之体制，而以林下风度消融其膏粉之气。白枢判寓斋序云‘裕之法度最备’，诚为确论。宜其独步当代，光前人而冠来者也。……至元丁亥春二月上休日，……王博文子勉序。”（见四印斋本《天籁集》）按，序文中所谓“白枢判寓斋”，指白朴之父白华，仕金为枢密院判官，与元好问交谊至厚，据序文，白华似曾为遗山词作序，此文已失传，仅存王序所引的“裕之法度最备”一句了。

宋元之际，张炎《词源》卷下“杂论”云：“辛稼轩、刘改之作豪气词，非雅词也，于文章余暇戏弄笔墨，为长短句之诗耳。元遗山极称稼轩词，及观遗山词，深于用事，精于炼句，有风流蕴藉处，不减周、秦。如‘双莲’‘雁丘’等作，妙在模写情态，立意高远，初无稼轩豪迈之气，岂遗山欲表而出之，故云尔。”按，元好问卒时（1257），张炎才十岁，其年辈甚晚。张炎撰《词源》成书，在其晚年，约当元仁宗延祐四年（1317），距元好问之殁已六十年矣。

清人论元好问词者，兹举三家之说。刘熙载《艺概》卷四：“金元遗山诗兼杜、韩、苏、黄之胜，俨有集大成之意。以词而论，疏快之中，自饶深婉，亦可谓集两宋之大成者也。”陈廷焯《白雨斋词话》卷三：“金词于彦高外，不得不推遗山。遗山词刻意争奇求胜，亦有可观。然纵横超逸，既不能为苏、辛；骚雅清虚，复不能为姜、史。于此道可谓别调，非正声也。”

况周颐《蕙风词话》卷三：“元遗山以丝竹中年，遭遇国变，……卒以抗节不仕，憔悴南冠二十余稔。神州陆沉之痛，铜驼荆棘之伤，往往寄托于词。《鹧鸪天》三十七阕，泰半晚年手笔。其《赋隆德故宫》及《宫体》八首，《薄命妾辞》诸作，蕃艳其外，醇至其内，极往复低徊、掩抑零乱之致，而其苦衷之万不得已，大都流露于不自知。此等词，宋名家如辛稼轩固尝有之，而犹不能若是其多也。遗山之词，亦浑雅，亦博大，有骨干，有气象，以比坡公，得其厚矣，而雄不逮焉者，豪而后能雄，遗山所处不能豪，尤不忍豪。牟端明《金缕曲》云：‘扑面胡尘浑未扫，强欢讴，还肯轩昂否？’知此，可以论遗山矣。设遗山虽坎坷，犹得与坡公同，则其词之所造，容或尚不止此。……晚岁鼎镬余生，栖迟零落，兴会何能飙举。知人论世，以谓遗山即金之坡公，何遽有愧色耶？”

综观以上诸家对于元好问词的评论，因为论者视角不同，好尚殊异，故褒贬参差。宋人填词，本有婉约与豪放两种不同的倾向（其间并无绝对的鸿沟），而以婉约为主。金源词风则趋向豪放，如上文所引况周颐之说。元好问生长云朔，才性清刚，又受时代风气影响，故填词走豪放一路，与苏、辛为近；不过，他又反对粗率，故仍能相当地保持深婉之美。因此，后人论他的词，因着重点不同而发生歧异。徐世隆、王博文都是北方人。徐世隆推崇元词“清雄顿挫，闲婉浏亮，……东坡、稼轩而下不论也”。王博文也特别推重东坡、稼轩之“雄词英气”，能端正词之倾向，而认为元好问能继承苏、辛，“以林下风度消融其膏粉之气”。这些意见都是很自然而容易理解的。至于张炎则不同了。张炎论词，远承周邦彦，而近推姜（夔）、史（达祖），不满意辛稼轩，认为辛词是豪气词，非雅词。所以他特别欣赏元好问词中“深于用事，精于练句，有风流蕴藉处，不减周、秦”的长处，也就是元词中之以深婉取胜者。张炎论词所蕲向者是周（邦彦）、秦（观）而不是苏、辛，他标举元词佳作，如“双莲”“雁丘”等（按，指元好问少作的两首《摸鱼儿》词，下文将要讨论），认为“妙在模写情态，立意高远，初无稼轩豪迈之气”。值得注意的是，元好问是自命为学苏、辛的，金元时北方论者亦是以此相许的，而张炎却认为元词妙处即在“初无稼轩豪迈之气”，并且认为，元词与辛词本非同路，而“元遗山极称稼轩词”，乃是权宜之计，故意“欲表而出之”的缘故。这是很值得玩味的。总之，我们可以看出，张炎之论，强调元词深婉的一面而无视其豪放的一面，代表了南宋婉约派词人的观点。可见因为论者视野不同，好尚殊异，对于同一作家的作品，往往做出不同的评价，这在中国文学批评史中本是常见的现象。至于清人论元好问词，褒贬亦不同。刘熙载谓元词“疏快之中，自饶深婉”，指出元词两个方面的长处，其言虽简，而看法还是全面的。陈廷焯则对元词估价颇低，很值得注意。陈廷焯是晚清重要词论家，著《白雨斋词话》，评论诸家词，多独到之见，洞微之言，能深晓作者的精诣深旨，为什么独不满意于元好问呢？因为陈廷焯论词贵“沉郁”，他说：“作词之法，首贵沉郁，沉则不浮，郁则不薄。”又说：“所谓沉郁者，意在笔先，神余言外，……而发之又必若隐若见，欲露不露，反复缠绵，终不许一语道破。”（《白雨斋词话》卷一）他推崇苏、辛词之超逸纵横，姜、史词之骚雅清虚，两派虽然风格不同，而都能沉郁，即是有“意在笔先，神余言外，……反复缠绵，终不许一语道破”之妙。而元好问词的长处是疏快，短处则是有时明显说出，缺乏不即不离、幽约凄迷之致，这是不符合陈廷焯论词的标准的，所以他对元词有贬语。再看，况周颐又为什么与陈廷焯不同，而对元好问词评价甚高呢？陈廷焯论元词，多从艺术方面着眼，而况周颐则注意元好问的身世，探索其胸中的沉悲隐痛，所谓“神州陆沉之痛，铜驼荆棘之伤，往往寄托于词”者，因此，他指出元好问的《鹧鸪天》三十七阕中之“宫体”“薄命妾”诸作，是“蕃艳其外，醇至其内，极往复低徊、掩抑零乱之致”，达到了词中很高的境界。陈廷焯可能忽略了元词在这一方面的成就。同时，况周颐又以元好问与苏东坡相比，认为元词“浑雅，博大，有骨干，有气象”，得苏词之厚而雄不逮焉，是因为两人身世、心境的不同而造成的。况氏之论，有精到之处。但是他认为“遗山即金之坡公”，未免揄扬稍过。遗山词的造诣，较东坡终逊一筹，此意俟下文详论之。

四、元好问词赏析

现在我们要分析讨论元好问的词作。

先看他两首出名的少作，即是所谓“雁丘辞”与“双蕖怨”的两首《摸鱼儿》词。兹录于下：

摸鱼儿

乙丑岁赴试并州，道逢捕雁者云：“今旦获一雁，杀之矣。其脱网者悲鸣不能去，竟自投于地而死。”予因买得之，葬之汾水之上，累石为识，号曰“雁丘”。同行者多为赋诗，予亦有雁丘辞。旧作无宫商，今改定之。

恨人间、情是何物，直教生死相许。天南地北双飞客，老翅几回寒暑。欢乐趣，离别苦，是中更有痴儿女。君应有语。渺万里层云，千山暮景，只影为谁去？　横汾路，寂寞当年箫鼓，荒台依旧平楚。招魂楚些何嗟及，山鬼自啼风雨。天也妒，未信与、莺儿燕子俱黄土。千秋万古。为留待骚人，狂歌痛饮，来访雁丘处。（本文所引元好问词，均据《彊村丛书》本《遗山乐府》）

摸鱼儿

泰和中，大名民家小儿女，有以私情不如意赴水死者，官为踪迹之，无见也。其后踏藕者得二尸水中，衣服仍可验，其事乃白。是岁，此陂荷花开无不并蒂者。沁水梁国用时为录事判官，为李用章内翰言如此。此曲以乐府《双蕖怨》命篇。"咀五色之灵芝，香生九窍；咽三清之瑞露，春动七情。"韩偓《香奁集》中自叙语。

问莲根，有丝多少，莲心知为谁苦？双花脉脉娇相向，只是旧家儿女。天已许，甚不教、白头生死鸳鸯浦。夕阳无语。算谢客烟中，湘妃江上，未是断肠处。　香奁梦，好在灵芝瑞露，人间俯仰今古。海枯烂情缘在，幽恨不埋黄土。相思树，流年度，无端又被西风误。兰舟少住。怕载酒重来，红衣半落，狼藉卧风雨。

现在要说明这两首词撰作的年代，同时，也想借此机会，先交代一下本文论述元词时编年的依据。上文已经提到，我在三十年代初期，曾撰写《元遗山年谱汇纂》，对于元好问的诗、文、词，都作了编年考订。1935年，我又据《彊村丛书》本《遗山乐府》（根据明弘治高丽本所刻的），撰写《遗山乐府编年小笺》，考释较《元遗山年谱汇纂》为详，刊载于1936年《词学季刊》第3卷第2、3号中。最近又读到1982年香港中华书局出版的吴庠先生所撰之《遗山乐府编年小笺》。吴著考订的编年词较拙著为多，然其论证亦有可商榷者。本文凡涉及元词撰写年代时，即根据拙著，并兼采吴著，非必要时，不复一一详加说明。

据第一首《摸鱼儿》词题序，元好问自谓，"乙丑岁，赴试并州"，获知双雁故事，作"雁丘辞"，又云："旧所作无宫商，今改定之。"乙丑为金章宗泰和五年（1205），元好问十六岁，惟序中既云："旧所作无宫商，今改定之。"则此词非元氏十六时原作，而改定究在何年亦不可考，故我旧作《遗山乐府编年小笺》，未将此词定为元好问十六岁时之作（吴庠将此词定为元好问十六岁所作，不甚妥），不过，改定的时间较原作似亦不会相距过远。第二首《摸鱼儿》词，据吴庠《遗山乐府编年小笺》说：李用章"乙亥自泽州避兵南迁至福昌，丙子遗山亦自忻州避兵南渡，寓居福昌县之三乡镇，故得与用章相识，闻其述泰和中往事，而有此《双蕖怨》之作"。按，吴氏之说可信。丙子是金宣宗贞祐四年（1216），元好问二十七岁。所以这两首词都是元好问的少作。

这两首词都是歌颂真纯坚贞之爱情，而对于社会上摧残爱情的横暴势力提出愤慨的控诉。大雁是鸟类中最忠于爱情者，雌雄配偶，双宿双飞，与人无忤，而捕雁者竟射杀其一，另一脱网者悲鸣投地而死，此岂非极为惨痛可悲之事！元好问买双雁葬于汾水之上，名曰"雁丘"，赋此词以寄其悲悯与愤慨。开头两句横空而来，说明爱情"生死相许"之坚贞可贵，隐含着对孤雁殉情之悯叹。然后叙述双雁，又联想到人间也常是如此，所以说："欢乐趣，离别苦，是中更有痴儿女。"用笔空灵不滞。"君应有语"以下数句，是说孤雁无依，只好自尽了。换头处宕开，以怀古取远势。因为双雁是葬在汾水之上，于是联想到当年汉武帝泛舟汾河时所作的《秋风辞》。《秋风辞》说："泛楼船兮济汾河，横中流兮扬素波，箫鼓鸣兮发棹歌。"汉武帝的时代久已消逝，一片荒凉，所以说："横汾路，寂寞当年箫鼓，荒台依旧平楚。"元好问用汉武帝《秋风辞》，不仅是由汾水的联想而怀古，还因为《秋风辞》中有"草木黄落兮雁南归"之句，可以暗中与雁相关。这种运用典故的不即不离、含蕴丰融之法，是古代诗人词人的长技。张炎评元好问词“深于用事”，诚非虚语。“招魂”二句运化《楚辞·招魂》及《九歌·山鬼》，衬托出悲怆之情与阴森之气。下面诸句是说，双雁埋在此处，将不与莺燕俱成黄土，而是可以留待骚人千秋凭吊。这是对双雁坚贞爱情的歌颂。陈廷焯评此词下片云：“怨风为我从天来。”（《词则·别调集》卷三）

如果说，“雁丘辞”是对大雁爱情的歌颂及其不幸命运的悲慨，而“双蕖怨”则是对人间儿女同样情况的歌颂与悲慨。题序中说：“大名民家小儿女，有以私情不如意赴水死者。”所谓“不如意”，大概是封建礼教下顽固父母的压迫，致使这对真诚相爱的儿女投水自尽。卫道之士也许以为这是“无耻”“轻生”，但元好问却对他们表示深厚的同情，而相信“此陂荷花开无不并蒂”的神话般的传说，遂赋此词。词中利用这对情人死后化为并蒂莲的传说，所以即以莲起兴，既能切题，而又增加了艺术形象之美。开头用诘问的口气说，莲根有丝多少，莲心是为谁苦？暗示情人间真挚的感情与悲惨的命运。“双花”二句点出，并蒂莲即是殉情儿女这精魂所化。下面用空灵澹宕之笔，反复哀叹。“海枯石烂情缘在，幽恨不埋黄土。”尤为沉痛。结尾“兰舟”以下数句亦有悠然不尽之意。这首词较“雁丘辞”更为哀怨缠绵，韵味浓郁。从这两首词作中可以看出元好问少时即已才华发越。张炎特别欣赏这两首词，认为：“如‘双莲’‘雁丘’等作，妙在模写情态，立意高远。”所谓“立意高远”者，就是说，不沾滞于模写情态，而又能在用意用笔上常常宕开去，取远势远神。

附带提一下，元好问这两首词中格律有不合处。郑骞《续词选》（台湾中华文化出版事业委员会1955年版）选录元好问《摸鱼儿》"雁丘辞"一首，指出，"离别苦"三字应作一逗，属下，不应独立。如稼轩云"见说到、天涯芳草无归路"，是为正格，宋人名作皆然。遗山以此三字与上"双乐趣"对偶，成为独立之句，且加一韵，韵脚、句法错乱，殊不美听。按，郑氏之说甚是。元好问《摸鱼儿》"双蕖怨"词中"相思树，流年度，无端又被西风误"之句，犯有同样错误。因"流年度"三字亦应作一逗，属下，不应独立，如稼轩词，"君不见、玉环飞燕皆尘土"，方为正格也。

元好问生活在金末元初的一个动乱时代。金宣宗贞祐二年（1214），避蒙古之南侵，由中都（今北京市）迁至汴京（今河南开封市）。次年，蒙古攻陷中都。贞祐四年（1216），元好问自故乡避兵渡河，时年二十七岁。当时金朝危弱，而朝廷君臣庸沓，不能振作，元好问卑官末秩，忧时有心而报国无门。哀宗天兴元年（1232），蒙古兵围攻汴京，元好问时为左司都事，困于围城中。次年（1233），金崔立以汴京城降于蒙古，元好问时年四十四岁，北渡，羁管聊城（今山东聊城市）、冠氏（今山东冠县）。蒙古太宗十年（1238），元好问携家还太原（今山西太原市）。其后"周流乎齐鲁燕赵晋魏之间"（徐世隆《遗山集序》）。宪宗七年（1257），卒，年六十八。元好问生活在这样一个沧桑多变的时期，金亡以前的忧国哀时之愤慨，金亡以后的黍离麦秀之沉悲，发为歌咏，苍凉沉挚，成为《遗山乐府》精华之所在。赵翼论元好问诗云："盖生长云朔，其天禀本多豪健英杰之气，又值金源亡国，以宗社丘墟之感，发为慷慨悲歌，有不求而自工者，此固地为之也，时为之也。”（《瓯北诗话》卷八）这一段话，也可借用来评元好问的词。

在金亡之前，元好问或凭吊古代英雄之战迹，或称赞卫国干城的名将，以寄其壮怀。如《水调歌头·汜水故城登眺》云：

牛羊散平楚，落日汉家营。龙挐虎掷何处，野蔓罥荒城。遥想朱旗回指，万里风云奔走，惨澹五年兵。天地入鞭箠，毛发懔威灵。　　一千年，成皋路，几人经。长河浩浩东注，不尽古今情。谁谓麻池小竖，偶解东门长啸，取次论韩彭！慷慨一尊酒，胸次若为平。

这首词作于金宣宗兴定元年（1217），元好问二十八岁。汜水即是汉成皋（今河南荥阳汜水镇），刘邦、项羽争天下时，常在此激战。这首词怀古兴慨，追念古代英雄，笔势纵横跳宕，是元好问之所长。最可注意者是“谁谓”三句。这三句是用石勒的故事。石勒少时，常与邻居李阳争麻池；十余岁行贩洛阳，倚啸上东门，王衍见而异之；石勒晚年曾说：“若逢高皇，当北面而事之，与韩、彭竞鞭而争先耳。”俱见《晋书·石勒载记》。元好问作词凭吊楚汉战处，怎么会提到石勒呢？可能是这样联想的。昔阮籍登广武，观楚汉战处，叹曰：“时无英雄，遂使竖子成名。”所谓“竖子”，后人或认为是指刘、项。元好问曾提出疑问，其《楚汉战处》诗云：“成名竖子知谁谓，拟唤狂生与细论。”（《遗山集》卷八）他大概体会到，阮籍所谓“竖子”，并非指刘、项，可能是讥讽司马懿父子不能像刘、项那样以兵戈打天下而是用阴谋诡计篡取君位，所以不是英雄而只能是“竖子”。恰好石勒也曾说过，“大丈夫行事，当礌礌落落，……终不能如曹孟德、司马仲达父子，欺他孤儿寡妇，狐媚以取天下也”。所以元好问联想到石勒，慨叹说，谁想到一个麻池小竖，居然能在洛阳上东门长啸，而又衡量古代英雄自比于韩、彭呢？这样放怀今古，联想丰富，能使词增加远势。

又如《水龙吟·从商帅国器猎于南阳，同仲泽、鼎玉赋此》词云：

> 少年射虎名豪，等闲赤羽千夫膳。金铃锦领，平原千骑，星流电转。路断飞潜，雾随腾沸，长围高卷。看川空谷静，旌旗动色，得意似，平生战。　城月迢迢鼓角，夜如何、军中高宴。江淮草木，中原狐兔，先声自远。盖世韩彭，可能只办，寻常鹰犬。问元戎早晚，鸣鞭径去，解天山箭。

这首词作于哀宗正大三年（1226），元好问三十七岁。南阳在今河南南阳市。“商帅国器”指完颜斜烈，汉名鼎，字国器，“以善战知名，……镇商州（治所在今陕西商县），威望甚重”（《金史》本传）。元好问这首词是想勉励完颜斜烈不要只是在狩猎中表现兵威，而应当去抗击入侵之蒙古兵。词中先称赞狩猎兵势之盛是“江淮草木，中原狐兔，先声自远”。然后又委婉地说：“盖世韩彭，可能只办，寻常鹰犬。”以像韩信、彭越那样盖世英勇的名将，怎么可以只驾驭鹰犬，从事狩猎呢？所以又用诘问的口气勉励完颜斜烈说：“问元戎早晚，鸣鞭径去，解天山箭。”希望他能像唐薛仁贵征九姓突厥时“三箭定天山”那样去击退蒙古兵。同时，王仲泽（渥）所赋之词也有“万里天河，会须一洗，中原兵马”之句，与元好问词用意相似。元好问这首词，豪壮激昂，表现了幽并之气，其借观狩猎而鼓励将帅抗敌报国之壮怀，与杜甫作《冬狩行》勉励章彝出兵击退当时侵占长安之吐蕃，用意相似。

元好问又有一首《江城子》词：

> 醉来长袖舞鸡鸣。短歌行，壮心惊。西北神州，依旧一新亭。三十六峰长剑在，星斗气，郁峥嵘。　古来豪侠数幽并。鬓星星，竟何成？他日封侯，编简为谁青？一掬钓鱼坛上泪，风浩浩，雨冥冥。（原注：钓坛，见《严光传》。）

这首词作于何年，不可考，大概总是金亡以前之作。“西北神州，依旧一新亭。”表示了对金朝南渡的悲慨，如东晋南渡初之洒新亭之泪。下片写仍有乘时立功之壮心，而恐未能如愿。

金哀宗天兴元年壬辰（1232），蒙古兵围攻汴京，哀宗出奔。次年癸巳（1233），金守城将崔立以城降于蒙古，蒙古兵进入汴京。这时金之灭亡已成定局，元好问多年来忧惧之事变终于到来了，他自己也以金朝官员成为亡国的俘虏，等待发遣，心中当然非常哀痛，于是作了一首极为凄凉绝望的挽歌——《木兰花慢》词：

> 拥都门冠盖，瑶圃秀，转春晖。怅华屋生存，丘山零落，事往人非。追随，旧家谁在，但千年辽鹤去还归。系马凤凰楼柱，倚弓玉女窗扉。　江头花落乱莺飞，南望重依依。渺天际归舟，云间汀树，水绕山围。相期更当何处，算古来相接眼中稀。寄与兰成新赋，也应为我沾衣。

吴庠《遗山乐府编年小笺》在此词下说：“此癸巳汴京破后作，故后结用庾兰成《哀江南赋》，前结‘系马’‘倚弓’二句，即用赋中语。”又引《遗山集·壬辰十二月车驾东狩后即事》诗“去去江南庾开府，凤凰楼畔莫回头”句为证。按，吴氏之说是可信的。元好问于是年四月二十九日出京（《遗山集》卷八），此词中“春晖”“花落乱莺飞”等语都是写春景的，大概是出京前所作。这首词的艺术手法很高妙，并不明显地直说国亡，而是用比兴酝藉之法、腾挪跳宕之笔，不即不离，时隐时显，以寄托其悼念亡国之沉哀深痛。开头三句是说，汴京表面上依旧繁华，而“怅华屋”三句忽然一转，借用曹植《箜篌引》“生存华屋处，零落归山丘”诗句，以人之死喻国之亡。下文“辽鹤去还归”，是用《搜神后记》所载的神话故事，丁令威学道千年，化鹤归来，慨叹故乡“城郭如故人民非”。词中借此隐喻金亡之后，如有遗民重来汴京，将会有辽鹤归来之感。“系马”二句是借用庾信《哀江南赋》“倚弓于玉女窗扉，系马于凤凰楼柱”句意。庾赋此二句是指侯景攻陷建康后，其兵士蹂躏梁朝宫廷的情况，元词则借以比喻蒙古兵士进入汴京后对于金朝宫廷之蹂躏。下片宕开，借伤春惜春以喻亡国之痛，笔势更为空灵。刘熙载说：“空中荡漾，最是词家妙诀。上意本可接入下意，却偏不入，而于其间传神写照，乃愈使下意栩栩欲动。”（《艺概》卷四）元好问此词正是运用这种艺术手法。“江头”以下数句写远眺春景以寄托其缥缈幽怨之情。“相期更当何处”二句，则是慨叹国亡之后难以复兴，就像人间离别之后难以相期重遇。结尾处才用“兰成新赋”的字面点出亡国的悲哀。元好问的词以疏快见长，有时失于质直显露，而这首词则是浑融深酝，哀怨苍凉，颇有纳兰性德论词时所向往的“烟水迷离之致”，读起来使人有凄惘之感，如闻呜咽之音，可谓是词中的《哀江南赋》。

金亡以后的二十余年中，元好问经常在词作中发抒其故国之思。如金亡后之次年乙未（1235）所作《南乡子》（幽意曲中传）云：“坐上有人持酒听，凄然，梦里梁园又一年。”又如戊戌年（1238）所作《水龙吟》（旧家八月池台）云：“一枕开元，梦恍犹记，华清天上。对昆明火冷，蓬莱水浅，新亭泪，空相向。”蒙古乃马真后称制之癸卯年（1243），元好问于八月中至燕京。燕京即是金朝的中都，这是他生平第一次来到中都。他看到旧都，感伤故国，作了《朝中措》《南乡子》两首词，甚为苍凉沉挚。《朝中措》词云：“芦沟河上度旃车，行路看宫娃。古殿吴时花草，奚琴塞外风沙。　　天荒地老，池台何处，罗绮谁家？梦里数行灯火，皇州依旧繁华。”《南乡子·九日同燕中诸名胜登琼华故基》词云：“楼观郁嵯峨，琼岛烟光太液波。真见铜驼荆棘里，摩挲，前度青衫泪更多。　　胜日小婆娑，欲赋《芜城》奈老何。千古废兴同一梦，从他，且放云山入浩歌。”（此词《彊村丛书》本《遗山乐府》中无之，选自张穆刻本《遗山集》）这两首词都是用澹宕之笔写沉郁之思。《朝中措》词中“天荒地老”三句，慨叹金朝已经灭亡，“池台”“罗绮”都不知去向何处。“梦里”二句尤为沉痛，皇州繁华依旧，而朝代已经更换了。《南乡子》词是登琼华岛故基所作。按，琼华岛是金世宗所营建的。大定十九年（1179），在中都城外东北方兴建太宁宫（后改名寿宁、寿安、万宁），环湖而建，苑囿中有琼华岛等。元好问看到金朝皇家苑囿已经易主，不禁兴“铜驼荆棘”之悲，而洒青衫之泪，又因劫后之中都而联想到鲍照赋中之《芜城》，均极为沉痛。《遗山集》卷九有《出都》诗二首，亦是此时所作，其第二首即是登琼华岛之作，诗云：“历历兴亡败局棋，登临疑梦复疑非。

断霞落日天无尽，老树遗台秋更悲。沧海忽惊龙穴露，广寒犹想凤笙归。从教划尽琼华了，留在西山尽泪垂。”（原注：万宁宫有琼华岛，绝顶广寒殿，近为黄冠辈所撤。）诗中悲慨故国之情可与此词相印证。

元好问又有用《鹧鸪天》调所作的“宫体八首”“薄命妾辞三首”，作于何年不可考，总归都是金亡后之作。这些词用美人香草之辞以寄托麦秀黍离之感，是元词的上品，也就是况周颐所称赞的“蕃艳其外，醇至其内，极往复低徊、掩抑零乱之致”者。兹录“薄命妾辞三首”于下：

复幕重帘十二楼，而今尘土是西州。香云已失金钿翠，小景犹残画扇秋。　天也老，水空流，春山供得几多愁？桃花一簇开无主，尽著风吹雨打休。

颜色如花画不成，命如叶薄可怜生。浮萍自合无根蒂，杨柳谁教管送迎。　云聚散，月亏盈，海枯石烂古今情。鸳鸯只影江南岸，肠断枯荷夜雨声。

一日春光一日深，眼看芳树绿成阴。娉婷卢女娇无奈，流落秋娘瘦不禁。　霜塞阔，海烟沉，燕鸿何地更相寻？早教会得琴心了，醉尽长门买赋金。

词中写一女子身世的变化，由荣华而零落，由欢聚而离散，如花落水流，春光不返，纵有海枯石烂之真情，无奈鸳鸯只影之孤独，象征金朝灭亡之后，自己天涯沦落，如浮萍无根，杨柳飘荡，海烟霜塞，何地相寻，寄托了追怀故国的无限深悲，极为缠绵幽怨。南宋灭亡之后，词人痛伤故国，多托意于咏物之作，如王沂孙等，而元好问则托意于美人香草之辞，艺术手法虽不同，而均为词中的上品。

元好问词中亦有超旷闲适之作。自从魏晋以来，玄学兴起，虽以老庄思想为主，而又融合儒家，因此对于士大夫处世的态度提出一个新标准，即是所谓“夫圣人虽在庙堂之上，然其心无异于山林之中”（《庄子·逍遥游》郭象注语）。这就是说，士大夫当是既居廊庙之位而怀山林之思，用世之志与出世之怀相结合。这个理想标准，经常为后世士大夫所向往。李商隐自述志愿说：“永忆江湖归白发，欲回天地入扁舟。”（《登安定城楼》）就是典型的例证。元好问当然也未能例外，在金亡以前，他虽然从事仕宦，但也常在词中表现出世之怀。兹举两首为例。正大四年（1227），元好问为内乡（今河南内乡）令，次年，丁内艰，罢官，此后闲居县东南白鹿原者约两年余。在这期间，元好问曾作了几首闲适之词，如《水调歌头·长寿新斋》词云：

> 苍烟百年木，春雨一溪花。移居白鹿东崦，家具满樵车。旧有黄牛十角，分得山田一曲，凉薄了生涯。一笑顾儿女，今日是山家。　簿书丛，铃夜掣，鼓晨挝。人生一枕春梦，辛苦趁蜂衙。竹里蓝田山下，草阁百花潭上，千古占烟霞。更看商于路，别有故侯瓜。

“长寿新斋”是元好问卸任内乡令后所营建的新居。《遗山集》卷一《新斋赋序》：“予既罢内乡，出居县东南白鹿原，结茅菊水之上，……乃名所居为新斋。”同卷《行斋赋序》：“戊子冬十月，长寿新居成。”词中描写乡居的清静闲适生活，摆脱了在官时簿书之苦。“竹里”二句以王维的蓝田辋川庄与杜甫的成都草堂自况。又如《临江仙·内乡北山》词云：

夏馆秋林山水窟，家家林影湖光。三年间为一官忙。簿书愁里过，笋蕨梦中香。　父老书来招我隐，临流已盖茅堂。白头兄弟共论量。山田寻二顷，他日作桐乡。

夏馆秋林山在内乡北，山水佳胜（《清一统志》）。元好问于正大三年官镇平令，四年、五年为内乡令，首尾共三年，故云“三年间为一官忙”。“簿书愁里过，笋蕨梦中香”两句，造语精练。

综观以上两词，写罢官乡居时的安闲清适之趣，而辞语明快疏朗，是元好问之所长。不过，元好问这时的心情是否即是完全消极的呢？不见得。陈廷焯评《临江仙·内乡北山》词云：“多少感慨，溢于言外，遗山一片热肠，郁郁勃勃，岂真慕隐士哉！”（《词则·放歌集》卷三）这几句话很能说出元好问内心深处的情思。

元好问词的风格虽然以清刚豪健为主，但亦能为婉媚纤丽之作。如《清平乐》云：“离肠宛转，瘦觉妆痕浅。飞去飞来双语燕，消息知郎近远。　楼前小雨珊珊，海棠帘幕轻寒。杜宇一声归去，树头无数青山。”陈廷焯评云：“婉约近五代人手笔。”（《词则·大雅集》卷四）又如《满江红》云：“一枕余酲，厌厌共、相思无力。人语定、小窗风雨，暮寒岑寂。绣被留欢香未减，锦书封泪红犹湿。问寸肠、能著几多愁，朝还夕。　春草远，春江碧。云暗淡，花狼藉。更柳绵闲扬，柳丝谁织。入梦终疑《神女赋》，写情除有文星笔。恨伯劳、东去燕西归，空相忆。”按，“文星笔”一词费解。朱彊村校记云：“凌、张诸本

‘星’作‘通’。”按，“文通”指江淹，用江淹梦人授五色笔故事，义似较胜。白朴《天籁集》上《满江红》（过了重阳）词有句云：“想象曾来《神女赋》，伤心似失文通笔。”白朴自少小时因世乱与其父相失，由元好问抚养教诲以至于成人，关系甚为密切，他一定熟习元氏的著作，白词中这两句显然即是从元词脱化而出，这也足以证明元词是作“文通笔”的。（按，杨无咎《南乡子》词：“直教笔底有文星，欲状此时情味若为成。”如果元好问是运用杨无咎词句，则“文星笔”亦可通。）陈廷焯评此词云：“凄丽芊雅，叔原遗响。”（《词则·闲情集》卷二）元好问这些词能得晏叔原（幾道）之长，这一点，当时人已有指出者，如王中立《题裕之乐府后》诗云：“常恨小山无后身，元郎乐府更清新。红裙婢子那能晓，送与凌烟阁上人。”（《中州集》卷九）认为元好问可为“小山后身”。这是元好问词的又一个方面。至于上文所举《鹧鸪天》词中的“薄命妾辞”三首，虽然凄婉缠绵，乃是借美人香草之辞以发抒伤悼故国之感，风格沉郁，寄托深微，又与一般抒写柔情之作不可同日语矣。

五、结论

现在我们要对元好问词做一个总评价。

元好问是金朝第一位大诗人，他作诗，才华横溢，功力精勤，据郝经所撰《遗山先生墓铭》，谓其诗共“千五百余篇”（清华氏刻本《元遗山集》，于郝《铭》“千五百余篇”之“千”字上误加“五”字，赵翼《瓯北诗话》遂误信元诗真有此数，而有更求全集之语。施国祁《元遗山诗笺注》“例言”中已指出其误。），虽略有散佚，而今所存者仍有一千三百余首（施国祁《元遗山诗笺注》“例言”）。至于词作，以明弘治高丽三卷本及鲍渌钦、张石洲、张调甫等抄校、刊印之五卷本合计之，只有三百零五首（吴庠《遗山乐府编年小笺》）。可见元好问是诗人而以余力填词者。

元好问的诗作，造诣甚高，早有定评。金元间人徐世隆说：“遗山诗祖李、杜，律切精深，而有豪放迈往之气。”（中统本《遗山集序》）郝经谓元好问诗“上薄风雅，中规李、杜，粹然一出于正，直配苏、黄氏”（《遗山墓铭》）。清姚鼐说：“遗山才力微逊前人，而才与情称，气兼壮逸，兴会所诣，殊觉苍凉而至。”（《昭昧詹言续录》卷二引）赵翼说：“元遗山才不甚大，书卷亦不甚多，较之苏、陆，自有大小之别。然正惟才不大，书不多，而专以精思锐笔，清炼而出，故其廉悍沉挚处，转胜于苏、陆。”（《瓯北诗话》卷八“元遗山诗”）所以后人以元好问的诗与宋代人苏轼、黄庭坚、陆游诸人并称为宋金四大家，地位甚高。但是他的词作能不能与苏、辛抗衡呢？下面将作进一步研讨。

就上文第四节所举例论述的元好问的代表词作看来，他的词内容是充实的，都有真情实感（元氏论诗，向来主张“情性之外，不知有文字”。见《遗山集》中《杨叔能小亨集引》《陶然集序》），而且伤时感事之作颇能反映现实。他的词笔豪健明快，无有晦涩雕琢之弊，风格也是多样化的，虽以豪放为主，但亦有闲适之篇，婉丽之作。这一切都是元好问词的特点，是应当充分肯定的。但是我们如果用词体的特质来评量元词，在反复吟诵之余，总觉得有点味道不足。原因何在呢？

因为词这一种韵文体裁，虽然与诗相近，但又不尽相同。由于词是一种合乐歌辞，需要按各种词调填写，字句长短参差，音律繁复变化，篇幅也有一定的限制（通常用的许多词调，字数大致在数十字至一百余字之间），而在起源与发展过程中，又受到了历史条件环境的影响，于是词体遂形成了一种特殊的本质。李清照曾说，词“别是一家”（《苕溪渔隐丛话》后集卷三十三）。王国维更明确地指出词的特质与诗不同，他说：“词之为体，要眇宜修。能言诗之所不能言，而不能尽言诗之所能言；诗之境阔，词之言长。”（《人间词话》）我昔年撰《论词》一文，也曾指出诗与词之区别说：“诗显而词婉，诗有时质言而词更多比兴，诗尚能敷畅而词尤贵酝藉。”（见拙著《诗词散论》）清人论词亦多指出词之特质者。纳兰性德说，词应当有“烟水迷离之致”（《渌水亭杂识》）。张惠言说：“词者……以道贤人君子幽约怨悱不能自言之情，低徊要眇，以喻其致。”（《词选序》）周济形容词之佳境，如“天光云影，摇荡绿波，抚玩无斁，追寻已远”（《介存斋论词杂著》）。陈廷焯论词特重沉郁，他说：“所谓沉郁者，意在笔先，神余言外，……若隐若见，欲露不露，反复缠绵，终不许一语道破。”又说：“诗词一理，然亦有不尽同者。诗之高境，亦在沉郁，……即不尽沉郁，如五七言大篇，畅所欲言者，亦别有可观。若词则舍沉郁之外，更无以为词。盖篇幅狭小，倘一直说去，不留余地，虽极工巧之致，读者终笑其浅矣。”（《白雨斋词话》卷一）熟玩以上诸家之说，可以参悟词之特质。如果简要地归纳一下，可以用“深美闳约”这四个字。这四个字本是张惠言对温庭筠词的评语，王国维则认为，“此四字惟冯正中足以当之”。我认为，这四个字可以概括词的特质，如阐述其内涵，能通于上引诸家之说。

一般论者多是采用明代张之说，认为宋词可分为婉约与豪放两大派，这只是就大体倾向而论。但是无论哪一派，其中佳作都是能表现出词的特质的。也就是能合乎“深美闳约”的标准的。豪放派词人以苏轼、辛弃疾为代表，这也是元好问所蕲向而效法的。但是苏、辛词的佳处并非只是所谓“豪放”而已。先就苏轼言之。前人论苏词高处者，或谓其“清丽舒徐，高出人表”（张炎语，见《词源》）；或谓其“韶秀”（周济语，见《介存斋论词杂著》）；或谓其“如春花散空，不著迹象，使柳枝歌之，正如天风海涛之曲，中多幽咽怨断之音，此其上乘也”（夏敬观语，见龙榆生《唐宋名家词选》引《映庵手批东坡词》）。这些评语，虽各就一端而论，然亦可以看出苏词的风格是丰富多彩的，绝不只是“豪放”二字所能概括。苏词的代表作，如《水调歌头》（明月几时有）、《八声甘州》（有情风万里卷潮来）、《贺新郎》（乳燕飞华屋）、《卜算子》（缺月挂疏桐）、《水龙吟》（似花还似非花）等等，都足以证明上述的论断。冯煦为朱孝臧所注《东坡乐府》作序说：“词有二派，曰刚曰柔。……东坡刚亦不吐；柔亦不茹；缠绵芳悱，树秦、柳之前旃；空灵动荡，导姜、吴之大辂。唯其所之，皆为绝诣。”这几句话是对苏词风格中肯的评价。至于辛弃疾词，“敛雄心，抗高调，变温婉，成悲凉”（周济语，见《宋四家词选目录序论》）。他在词作中，能将愤慨时事、抗敌报国的激昂豪健之情纳入曲折幽微空灵酝藉的词境之中，通过折光，造成异彩。（拙著《诗词散论》中《论辛稼轩词》一文即阐发此义，可以参看。）其代表作品，如《摸鱼儿》（更能消几番风雨）、《菩萨蛮》（郁孤台下清江水）、《水龙吟》（楚天千里清秋）（举头西北浮云）、《汉宫春》（春已归来）、《水调歌头》（落日塞尘起）、《贺新郎》（把酒长亭说）等等皆是。所以辛词的风格也是刚柔相济，仪态万方，不仅是“豪放”二字所能概括的。（前人论词，有特别提出辛词婉丽之长者，如宋范开《稼轩词序》说：“其间固有清而丽，婉而妩媚，此又坡词之所无，而公词之所独也。”刘克庄《辛稼轩集序》也说：“公所作，……其秾纤绵密者，亦不在小晏、秦郎之下。”清谢章铤《赌棋山庄词话》也指出，辛词“缠绵悱恻，造语俊于苏”。）

现在再来看元好问的词。元好问自命为学苏、辛的，他的词能做到疏快豪健。但是仔细玩味起来，上文所提到的苏、辛词的高处，元词尚有所不及。譬如他的《水调歌头·赋三门津》词：

> 黄河九天上，人鬼瞰重关。长风怒卷高浪，飞洒日光寒。峻似吕梁千仞，壮似钱唐八月，直下洗尘寰。万象入横溃，依旧一峰闲。　　仰危巢，双鹄过，杳难攀。人间此险何用，万古秘神奸。不用燃犀下照，未必佽飞强射，有力障狂澜。唤取骑鲸客，挝鼓过银山。

这首词，初读起来，亦颇豪健可喜，但是仔细玩味，总觉得多是贴题直说，过于显豁，缺乏余味远韵。况周颐评此词云：“何尝不崎崛排奡，坡公之所不可及者，尤能于此等处不露筋骨耳。”（《蕙风词话》卷三）正因为“不露筋骨”，才能够浑融酝藉，耐人寻味，这是苏词所以胜过元词之处。又如元好问《洞仙歌》（黄尘鬓发）词有句云：“升平十二策，丞相封侯，说与高人应笑倒。”陈廷焯认为这“两句粗”(《词则·放歌集》卷三)。总之，元好问的豪放词缺乏苏、辛词中那种腾天潜渊之功，清旷沉郁之致，因此回味不够深醇隽永。

对于宋人的婉约词，从元好问《自题乐府引》中轻视“秦、晁、贺、晏诸人”的语气看来，他在这方面未甚用力，所以周邦彦、姜夔等纯粹词人的词风对于元好问无甚影响。当然，元好问也有一部分词作，如上文所论及的《木兰花慢》(拥都门冠盖)、《鹧鸪天》“薄命妾辞三章”“宫体八首”等，借美人香草之辞，发抒故国沉沦之慨，正如况周颐所谓“蓄艳其外，醇至其内”者，确实能够做到深美闳约，具有词体的特美，可见元好问在机缘凑合时也能作出这类词，不过，在他的整个词集中，这类词却为数甚少，不是主流。元好问论词也还是能注重词的特质的。他在《自题乐府引》中特别重视所谓“言外句，含咀之久，不传之妙，隐然眉睫间，惟具眼者乃能赏之”。又以菜肴作比喻，要求“愈嚼而味愈出，乃可言其隽永耳”。但是他在填词的实践中，未能完全体现他在理论上的认识，于是疏快豪健有余，而浑化酝藉不足。陈廷焯评元好问词:“纵横超逸既不能为苏、辛，骚雅清虚复不能为姜、史，于此道可称别调，非正声也。”正是指出元词的这一不足之处。郑骞认为，“陈评最确，刘氏集大成之说，推崇太过”(《续词选》)。也是从这个角度看的。

元好问是大诗人，他是以诗之余力为词者。叶嘉莹教授在《灵谿词说·论陆游词》一文中，曾将宋代以诗之余力为词的三位作者——欧阳修、苏轼、陆游，做过比较。叶教授说:“欧公之词，乃是既具有诗人之襟抱，同时也具有词人之眼光，而且也是以词人之笔法为词的；至于苏公，则是既具有诗人之襟抱，也具有词人之眼光，而且是兼以词人之笔法与诗人之笔法为词的；至于陆游，则是具有诗人之襟抱，但却未具词人之眼光，因而乃是全以诗人笔法为词的。”（《四川大学学报》1985 年第 4 期）如果按照这个标准来衡量，元好问的情况是较为复杂而微妙的。他是既具有诗人之襟抱，也相当地具有词人的眼光，但是在填词的创作实践方面，运用诗人笔法者多，而运用词人笔法者少。所以，就以诗之余力为词者而论，元好问应当是在苏轼之下，陆游之上。

总之，就金朝一代的词坛而论，元好问是第一人，而置于两宋词坛中，较苏轼、辛弃疾仍稍逊一筹。这是我撰写本文已毕，对元好问词得出的总评价。

1987 年 8 月写于四川大学历史系

（原载《纪念陈寅恪先生诞辰百年学术论文集》，北京大学出版社出版）

论张惠言《水调歌头》五首及其相关诸问题

清代乾嘉时期，文教昌盛，人才辈出，如繁星丽天，争光竞彩，若能在当时学林文苑中争得一席地位，垂名后世，确非易事。张惠言以四十二岁之短促年龄，而在经学、文学方面都能达到第一流之造诣，这是值得特书的。本文只拟论述张惠言五首《水调歌头》词，但是需要把这几首词放在他平生整个人品学诣中去考察，才能够阐释深透。

张惠言字皋文，江苏武进（今常州市）人。他生于乾隆二十六年（1761）。四岁丧父，家境贫寒，赖其母吴氏勤苦抚养成人。乾隆五十一年（1786）考中举人，嘉庆四年（1799）考中进士，官翰林编修。嘉庆七年（1802）卒，年四十二岁。

张惠言的学术造诣是多方面的。他治经精通虞氏《易》、郑氏《礼》，著《周易虞氏易》《虞氏消息》《仪礼图》诸书；在古文方面，他取法韩、欧，与同乡友人恽敬齐名，建立阳湖古文派（恽敬是阳湖县人，阳湖与武进是清常州府治附郭的两个县）以别于桐城派，著《茗柯文编》；在词方面，他编选

《词选》二卷，并撰《词选序》，推尊词体。上继《风》《骚》，区正变，崇比兴，发挥“意内言外”的寄托之意，创常州词派理论以别于浙派，在创作方面著有《茗柯词》。此外，他还善于作辞赋，工于写篆书。虞氏《易》学绍千古之坠绪，阳湖派古文、常州派词论都是能独树一帜者。所以张惠言的学术贡献是堪称卓绝的。

我们现在要评论张惠言的名作《水调歌头》五首，应当先研究一下他的文学创作道路。据张惠言自述，他经历的文学创作道路是曲折的。《茗柯文》三编《文稿自序》云：

> 余少学为时文，穷日夜力，屏他务，为之十余年，乃往往知其利病。其后好《文选》辞赋，为之又如为时文者三四年。余友王悔生见余《黄山赋》而善之，劝余为古文，语余以所受于其师刘海峰者。为之一二年，稍稍得规矩。

《茗柯文》二编卷下《送钱鲁斯序》：

> 余年十六七岁时，方治科举业，间以其暇学鲁斯为书，书不工；又学鲁斯为诗，诗又不工。然鲁斯尝诲之。越十余年，余学为古辞赋。乾隆戊申，自歙州归，过鲁斯而示之。鲁斯大喜，顾而谓余：“吾尝受古文法于桐城刘海峰先生，顾未暇以为，子倘为之乎？”余愧谢未能。已而余游京师，思鲁斯言，乃尽屏置曩时所习诗赋若书不为，而为古文，三年，乃稍稍得之。

据董士锡所编《茗柯文》目录，“三编”诸文撰写年代是“自己未改庶常至辛酉散馆止”，则《文稿自序》当作于嘉庆四年已未之后，而《送钱鲁斯序》盖作于嘉庆三年［《送钱鲁斯序》的撰写年月，本文中无有明确记载。查来新夏著《近三百年人物年谱知见录》，后人无有为张惠言撰年谱者，当然也没有人给他的文章进行过编年。兹只有从本文内容考察其撰写年月。文中说："乾隆戊申，自歙州归，过鲁斯而示之。"又说："而余留京师六年，归更太孺人之忧，复游浙中，转入歙，而鲁斯客湖南北，久乃归，参差不见者十三年。今年夏，余自歙来杭州，留数月。"按，"乾隆戊申"是乾隆五十三年（1788），时张惠言二十八岁。下数十三年应当是嘉庆六年（1801）。张惠言于嘉庆四年考中进士，即留京任编修，不可能于嘉庆六年夏"自歙来杭州"。张惠言于嘉庆元年至歙县金家教读，四年在京应试，则所谓"今年夏，余自歙来杭州"者，很可能是嘉庆三年（1798），盖准备赴京应次年的会试也。张惠言于乾隆五十三年（1788）与钱鲁斯会晤，至嘉庆三年（1798）重晤，相距只有十年，即便将乾隆五十三年计算在内，也只有十二年。故文中所谓"参差不见者十三年矣"，可能是一时计算有误，故此文应是嘉庆三年所作。］。两文撰写时期均在张惠言逝世前三四年中，文中自述学诗不成，作辞赋为古文都有成就，但独未提到自己在作词方面的造诣。《茗柯文编》中诸文常论古文，亦论诗，但除《词选序》一篇之外，从未有论及词者。这是一个很值得思考的问题。据我的推测，张惠言大概认为，据当时文坛标准看来，古文、骈文、辞赋、古今体诗等，都很正宗，而词乃是"小道"；同时，张惠言之重视词，为时较晚，其编选《词选》并作序，发挥其论词的独特意见，在嘉庆二年，即是他逝世前五年，他也未必意料到以后会发生深远影响。金应珪《词选后序》说："先生以所托既末，知音盖希。"这可能是张惠言当时真实的心情。所以他自叙文学创作历程时，对于词独避而不谈。

张惠言之弟张琦于道光十年（1830）所作《重刻词选序》中叙述了张惠言编选《词选》的情况："嘉庆二年，余与先兄皋文先生同馆歙金氏，金氏诸生好填词，先兄以为词虽小道，失其传且数百年，自宋之亡而正声绝，元之末而规矩隳，窔窔不辟，门户卒迷，乃与余校录唐宋词四十四家，凡一百十六首，为二卷，以示金生。金生刊之。"按，文中所谓"同馆歙金氏"，指的是住在金榜家中，《茗柯文》四编《祭金先生文》："丙辰之春，再谒几席。……割宅以居，推食以食。"即指此事，"丙辰"即是嘉庆元年。所谓"金氏诸生"，即是金榜家中之诸子弟，其中包括金应珪、金应城（字子彦）、金式玉（字朗甫）等。金应珪曾为《词选》作《后序》，称张惠言、张琦为"吾师"。又据郑善长《词选》"附录"《序》："金子彦、朗甫者，学于张子，为词有师法。"可见金应珪等三人都是张惠言的弟子。大概张惠言在金家教书时，因为金氏子弟多喜填词，于是张惠言遂选辑《词选》，示以途径，并在《序》中发抒其论词的见解："传曰：'意内而言外谓之词。'其缘情造端，兴于微言以相感动，极命风谣里巷男女哀乐，以道贤人君子幽约怨悱不能自言之情，低徊要眇，以喻其致。盖《诗》之比兴，变《风》之义，《骚》人之歌，则近之矣。"这段话奠定了常州词派的理论基础。当嘉庆初年，张惠言以举人身份教读于皖南山区的歙县金氏家中，与金氏少年子弟讨论词学，独标宗旨，辑录《词选》二卷，在当时鲜为世人所知，数年后，张惠言即逝世。乃后来经惠言之甥董士锡及其乡人周济（周济是荆溪人，荆溪即今宜兴县，在清代属常州府）之发扬引申，树立常州词派理论，并指导创作，遂夺浙派之席而影响深远。张琦之子张曜孙曰："自先世父、先子《词选》出，常州词格为之一变，故嘉庆以后与雍乾间判若两途也。"（谢章铤《赌棋山庄词话》续编三引）此固首创者张惠言之所不及料，亦可见真正有价值之学说，其发端虽微，而其后终能发扬光大以见重于世人也。

张惠言自十余岁时开始，学诗，作辞赋，作古文，他的兴趣是多方面的。他对于词可能亦曾研读欣赏，不过，他的友人中极少专工于词者，故无从得切磋启发之效。直至嘉庆元年他到歙县金氏家中教书，金氏诸子弟多好填词者，借机触发，于是张惠言才将其平日所蕴蓄的对词的独特看法，辑录《词选》，并作《序》以发抒之，同时亦从事于词的创作。今存《茗柯词》四十六首，就内容观之，其中绝大部分是嘉庆元年居歙之后至嘉庆七年逝世以前的数年中之所作。可见在张惠言一生文学创作的生涯中，从事词的创作较晚，只有临卒前数年的时间，而在词的理论方面，亦未能天假之年使他做更多的发挥。此实文学史上深可惋惜之事也。

即便是这仅存的四十六首《茗柯词》，在清代词史中已可以占有相当高的地位，而其中五首《水调歌头》尤为杰出。谭献评云："胸襟学问，酝酿喷薄而出，赋手文心，开倚声家未有之境。"（《箧中词》三）陈廷焯曰："皋文《水调歌头》五章，既沉郁，又疏快，最是高境。陈、朱虽工词，究竟到此地步否？不得以非专门名家少之。”（《白雨斋词话》卷四）的确，张惠言这五首词，在情思上，体现了他的人品、学问、襟怀抱负；在作法上，以辞赋恢宏之笔法，融入楚《骚》幽美之情韵，在清代词坛中，可谓异军突起者，足以上轶朱（彝尊）、陈（维崧），下视项（鸿祚）、蒋（春霖）也。

下面，我们先将这五首词抄录下来，然后加以评赏。

水调歌头

春日赋示杨生子掞

东风无一事，妆出万重花。闲来阅遍花影，惟有月钩斜。我有江南铁笛，要倚一枝香雪，吹彻玉城霞。清影渺难即，飞絮满天涯。　　飘然去，吾与汝，泛云槎。东皇一笑相语，芳意落谁家。难道春花开落，又是春风来去，便了却韶华？花外春来路，芳草不曾遮。

百年复几许，慷慨一何多。子当为我击筑，我为子高歌。招手海边鸥鸟，看我胸中云梦，蒂芥近如何。楚越等闲耳，肝胆有风波。　　生平事，天付与，且婆娑。几人尘外相视，一笑醉颜酡。看到浮云过了，又恐堂堂岁月，一掷去如梭。劝子且秉烛，为驻好春过。

珠帘卷春晓，蝴蝶忽飞来。游丝飞絮无绪，乱点碧云钗。肠断江南春思，粘着天涯残梦，剩有首重回。银蒜且深押，疏影任徘徊。　　罗帷卷，明月入，似人开。一尊属月起舞，流影入谁怀？迎得一钩月到，送得三更月去，莺燕不相猜。但莫凭栏久，重露湿苍苔。

今日非昨日，明日复何如。揭来真悔何事，不读十年书。为问东风吹老，几度枫江兰径，千里转平芜。寂寞斜阳外，渺渺正愁予。　千古意，君知否，只斯须。名山料理身后，也算古人愚。一夜庭前绿遍，三月雨中红透，天地入吾庐。容易众芳歇，莫听子规呼。

长镵白木柄，劚破一庭寒。三枝两枝生绿，位置小窗前。要使花颜四面，和著草心千朵，向我十分妍。何必兰与菊，生意总欣然。　晓来风，夜来雨，晚来烟。是他酿就春色，又断送流年。便欲诛茅江上，只怕空林衰草，憔悴不堪怜。歌罢且更酌，与子绕花间。

词题中所谓“杨生子掞”，是张惠言的学生，其生平事迹，文献记载甚少。《茗柯文外编》卷上有一篇《赠杨子掞序》，题下注“代”字，大概是代人所作。所代者不知是谁，从文中语气看，他也是张惠言一个弟子。文中说：“某曩在京师，与子掞共学于张先生，张先生数言子掞可与适道。”可见杨子掞是张惠言门中的高足。《茗柯文补编》卷上《跋邓石如八分书后》中提到杨子掞喜学八分书。《茗柯词》中还有《水龙吟·荷花为子掞赋》词，大约与《水调歌头》五首词都是嘉庆初年张惠言居歙时所作。杨子掞当时可能随张惠言在歙县也。

第一首“东风无一事”篇，写自己春夜赏花的豪情逸兴。开头两句说，东风已经妆点出繁花万种（“妆”字生动），在夜晚斜月临天、花影在地的环境中，自己傍花吹笛，逸兴飙举，写出一片清美的景象。下片驰骋想象，写自己与杨生在云中泛槎（暗用传说中张骞泛槎天河之故事）与春神东皇相遇对语，提出一个有哲理意味的疑问："难道春花开落，又是春风来去，便了却韶华？"这的确是一个不易解答的问题，也是千百年来诗人惜春伤春的同感，末两句又转出乐观情绪。芳草遮不住春来路，春还是要来的。

第二首"百年复几许"篇承继上一首惜春之意。既然春光难留，那么怎么办呢？只有及时游赏，继昼以夜而已。这似乎是祖述古乐府《西门行》"生年不满百，常怀千岁忧。昼短苦夜长，何不秉烛游"之意，但是词中却含有郁勃之气与激宕之情。

上片运化了许多典故，兹先逐条注出，以便于下文阐释。（一）曹操《短歌行》："对酒当歌，人生几何？譬如朝露，去日苦多。慨当以慷，忧思难忘。"（二）《史记·刺客·荆轲传》："荆轲嗜酒，日与狗屠及高渐离饮于燕市。酒酣以往，高渐离击筑，荆轲和而歌于市中，相乐也。已而相泣，旁若无人者。"（三）司马相如《子虚赋》："且齐东陼巨海，……吞若云梦者八九，其于胸中，曾不蒂芥。"（《史记·司马相如传》。"蒂"同"蔕"。张揖曰："刺鲠也。"）（四）《庄子·德充符》："自其异者视之，肝胆楚越也。"（此二句意思是说，如果从差异的观点来看，虽然"肝胆"紧密联系之物也如同"楚越"两地相距之远。）（五）《列子·黄帝》："海上之人有好沤鸟者（沤鸟，即是鸥鸟），每旦之海上，从沤鸟游，沤鸟之至者百住（据后人校勘，当作'数'）而不止。"

上片开头两句暗用曹操《短歌行》句意，下边两句又暗用荆轲、高渐离故事，都表现出激昂不平之气。“招手”三句说，招引海鸥，看我的胸襟是何等地广阔，能够吞云梦者八九而曾不蒂芥。“楚越”二句用《庄子·德充符》语，说楚与越相距甚远，是不相干的等闲之事，而肝胆一体之物反倒“有风波”，慨叹世事变化难测。整个上片写出自己胸怀的激愤，能运化许多典故而不觉累赘，由于笔力健举跳宕之故。下片说，世事浮云，岁月如梭，只好放怀赏春，及时行乐而已。此乃是由激愤而转为旷达，并非真的看破一切也。

第三首“珠帘卷春晓”，写一日之中早晨与夜晚的赏春情况。这首词的风格又与前两首不同，兴象华妙，情韵绵邈，想象丰富，笔致空灵，极富感染力量。“珠帘”、“碧云钗”、“银蒜”（帘押也，以银为之，形似蒜条，故名）、“罗帷”等都是美好的器物，而“蝴蝶”“莺燕”则是美好的虫鸟，这样在篇中参差错落地织成一幅清美的图像。通首都是从空际着笔。上片写在春晓时见到蝴蝶飞舞，引起“江南春思”（“思”读去声）、“天涯残梦”。下片着重写月。“一尊属月起舞，流影入谁怀？迎得一钩月到，送得三更月去，莺燕不相猜。”此诸句尤为空灵旷逸，与苏东坡《水调歌头》（明月几时有）意境相近，亦可谓“神来之笔”。陈廷焯评此词云：“热肠郁思，全是风骚变相。”又云：“此种起结，看似不甚费力，实乃高绝精绝。”（《词则·大雅集》卷六）

第四首“今日非昨日”，这首词意思曲折，用笔回环往复。上片开头说，日月代谢，悔不十年读书，下边数句点化《楚辞》辞句，写春光流逝，具有骚心。“枫江兰径”运化《招魂》：“皋兰被径兮斯路渐，湛湛江水兮上有枫，目极千里兮伤春心。”“渺渺正愁予”句运化《九歌·湘夫人》：“帝子降兮北渚，目眇眇兮愁予。”（据台湾版郑骞编《续词选》注：“眇眇，好貌，盖形容目者；右词云渺渺，微远貌，乃形容平芜落照者。”）下片意思一转说，如果放眼开怀，千古也不过斯须之间，即便如司马迁著《史记》成为藏之名山的不朽之业，也未免愚了。当春天时，“一夜庭前绿遍，三月雨中红透，天地入吾庐”。吾庐虽小，也充满了天地间的生意，岂不可以悠然自得？这几句词与陶渊明《读山海经》诗中“孟夏草木长，绕屋树扶疏。众鸟欣有托，吾亦爱吾庐”诸句有意境相通之处。结尾两句用《离骚》“恐鹈鴂之先鸣兮，使百草为之不芳”句意，又绕回到惜春之情。陈廷焯评此词云：“忽言情，忽写景，若断若连，似接似不接，沉郁顿挫，至斯已极。”又云：“无处不咽住，咽则郁，郁则厚矣。”（《词则·大雅集》卷六）

第五首“长镵白木柄”。上片说，在庭院中，用白木柄的长镵（杜甫《同谷七歌》：“长镵长镵白木柄，我生托子以为命。”）劚地（挖地）种些普通花草，位置于窗前，生意盎然，也可以悦目赏心，又何必一定要珍贵的兰与菊呢？表现了知足之意，也就是像陶渊明诗所谓“即事多所欣”的情趣。下片仍是写春光难驻，风雨和烟，“酿就春色，又断送流年”。即便诛茅江上，也不能长驻春光，不久将会见到“空林衰草”，故只好与杨生在花间饮酒自遣而已。陈廷焯评此词云：“一片神行，兼老坡、幼安之长。”（《词则·大雅集》卷六）

据上文的考释，张惠言作这五首《水调歌头》的时间是在嘉庆初年。嘉庆元年，他即已经三十六岁，考中举人，尚未考中进士，也未做官，仍以教读为生。他已经有深厚的学术修养与广泛的阅世经历。他看到乾隆四十年以后由于和珅擅权，导致政治腐败，贪官横行，于是怀有如何使朝廷登进贤才、澄清吏治的志愿（见《茗柯文编》中《与左仲甫书》《送左仲甫序》《上阮中丞书》《吏难》诸文），但是也无从施展。他胸中蕴藏着许多感慨，所以当春天到来观赏景物之时，就借机发抒，写成这五首《水调歌头》。这也正像他自己在《词选序》中所说的"缘情造端，兴于微言以相感动"者也。

当春天到来，一方面繁花盛开，夜月朗照，蝴蝶飞舞，燕语莺歌，引起人游赏的乐趣；而另一方面，晓风夜雨，子规悲啼，花落草生，流年断送，又引起人怅惋的哀愁。这种赏春惜春的感受与情思，是二千余年古人诗词中经常表现的。张惠言这五首《水调歌头》词之所以杰出，就在于他不仅是表达其赏春惜春之情，而是通过这些透露出其百感交集的复杂而深沉的情思，遂增加了词的深度与广度。词中有慷慨悲歌的激昂之情，也有萧闲澹泊的夷旷之趣；有悔不十年读书以著述自见的努力之志，又有因为想到千古斯须而轻视名山事业之心。作者的心情是矛盾而复杂的。词中发抒哲理而借助于幽美的形象，故无有理障；利用《水调歌头》这个词牌特具的豪宕声调，笔势喷薄。但又能沉咽顿挫，故无一泻无余之弊；用赋笔而免于板重，取《骚》意以增加情韵。在章法上，这五首词若断若续，有岭断云连之妙。总之，这五首词达到了"深美闳约"的浑涵之高境，也做到了张惠言自己论词时所说的"以道贤人君子幽约怨悱不能自言之情"。（按，所谓“贤人君子幽约怨悱不能自言之情”，应当指的是自屈原、贾谊以来贤士大夫经常怀抱的忧国伤时的深心远虑而又不便于明言者。晚近论者或谓，张惠言所谓“幽约怨悱不能自言之情”仅是指“感士不遇”与“忠君之忧”。这样理解古代的“贤人君子”，未免狭隘。）它不但是《茗柯词》中的压卷之作，也是清代三百年词坛中的奇葩，诚如谭献所谓“开倚声家未有之境”也。

张惠言善于辞赋，所以能用赋笔入词。他研治虞氏《易》，注重以象说《易》(《茗柯文二编》卷上《丁小疋郑氏易注后定序》:“《易》者，象也。《易》而无象，是失其所以为《易》。”)，故联想丰富，论词也注重比兴寄托，自己作词也善于运用兴象。不过，张惠言以比兴寄托之法阐释古人词，有时不免过于沾滞，穿凿附会，以至于为后人所讥；但是他自己作词时，却能以灵活之笔暗寓寄托，在不即不离之间，不像他论词时那样沾滞。这五首《水调歌头》词即是一例。

清代文人有能文而不能诗者，如方苞，盖文与诗异趣，而作者才性各有所近之故。张惠言能为古文，又工于填词，但学诗不成。他曾说：“又学鲁斯为诗，诗又不工。”(《送钱鲁斯序》）又说：“余学诗久之无所得，遂绝意不复为。”(《杨云珊览辉阁诗序》）又说：“余性不好诗。”(《陆以甯诗序》）诗与词是相近的，张惠言既然性情不近诗，不好诗，学诗又不成，那么他为何又善于填词呢？这确是一个很值得研究的问题。以张惠言作文填词之才，如果勉强作几首诗，当然也还是可以看得过去的。当时文人以诗互相唱和的风气虽然相当盛，但是他因为非其所长，故不勉强为之，从这里也可以看出古人治学为文的严谨态度。

张惠言之为人，据恽敬所撰《张皋文墓志铭》(《大云山房文集》卷四）说："皋文清羸，须眉作青绀色，面有风棱，而性特和易，与人交，无贤不肖皆乐之，至义之所在，必达而后已。"又说："皋文……尝曰：'文章末也，为人非表里纯白，岂足为第一流哉！'"恽敬是张惠言最相知的友人之一，从他的这些记述中，可以看出张惠言的人品，他主张为人应当"表里纯白"，尤其是可贵的。《墓志》又记载，张惠言乡会试都出于朱珪之门，朱珪很重视张惠言。朱珪在朝中居高位，但是张惠言"未尝求私见，以所能自异"，并且在与朱珪讨论政治问题时，张惠言常是"断断以善相诤，不敢隐"。这些都足以说明张惠言为人之耿介。所以他的《水调歌头》五首词品之高，与他的人品是密切相关联的。

以上我论述张惠言《水调歌头》五首及其相关诸问题，从张惠言所处时代的历史背景，他的学养、经历、文学创作的道路，以及作这五首词的时间、环境等种种方面来考察探索其词中所蕴含的深心幽旨；然后又从其词中的深心幽旨更进一步印证、了解张惠言之为人。这种由作者到作品又由作品到作者的反复推究的方法，是否能探得"常州词派立意深隽处"（谭献语，见《复堂词话》）呢？我只是姑妄试之。

1988 年 9 月写定

（原载《四川大学学报》1989 年第 1 期）

常州派词论家“以无厚入有间”说诠释

蒋敦复《芬陀利室词话》卷二：“壬子秋，雨翁（按，指汤贻汾，字雨生）与余论词，至‘有厚入无间’，辄敛手推服曰：‘昔者吾友董晋卿每云：词以无厚入有间。此南宋及金元人妙处。吾子所言，乃唐五代北宋人不传之秘。惜晋卿久亡，不克握麈一堂，互证所得也。’”同书卷三又说：“今余论词之旨较前又异。……余所云‘有厚入无间’者，南宋自稼轩、梦窗外，石帚间能之，碧山时有此境，其他即无能为役矣。”

根据以上所引两段之文，我们知道，蒋敦复与汤雨生论词时，汤雨生说，董晋卿曾提出“以无厚入有间”之语评论词艺，而蒋敦复又提出“以有厚入无间”来论词。汤雨生认为，董说指南宋及金元人妙处，而蒋说则是唐五代北宋人不传之秘。但是蒋敦复在另一处又说，他自己提出的“有厚入无间”，南宋只有辛稼轩、吴梦窗能臻此境，姜白石间或能之，王碧山亦时有此境，其他即无能为役矣。

这两段论词的话，过于简约，而且有点玄妙，很不易理解。不过，借用《庄子·养生主》篇叙写庖丁解牛技术之妙的“以无厚入有间”之语，移以论词，还是很有哲理意味的，值得研究。

同时，谭献在其所著《词辨》中，评周邦彦《浪淘沙慢》（晓阴重）词“翠尊未竭。凭断去、留取西楼残月”，曾说：“‘翠尊’三句，所谓以无厚入有间也。‘断’字‘残’字，皆不轻下。”这里也是用“以无厚入有间”论词，可以一并考虑。

现在先解释一下“以无厚入有间”这句话是什么意思。《庄子·养生主》篇叙写庖丁为文惠君解牛，技术精妙，文惠君称赞他。庖丁解释说，“方今之时，臣以神遇而不以目视，官知止而神欲行。依乎天理，批大郤，导大窾，因其固然，技经肯綮之未尝，而况大軱乎？……彼节者有间，而刀刃者无厚，以无厚入有间，恢恢乎其于游刃必有余地矣，是以十九年而刀刃若新发于硎。”庖丁的意思是说，他解牛时，能见到牛体自然的空隙，依照牛体自然的腠理，在空隙处（大郤、大窾）下刀，因其固然，对于牛体的经络及骨肉相结之处都没有触及，何况是大骨（大軱）呢？（按，“技经肯綮之未尝”句，据俞樾的解释，“技”是“枝”字之误，枝谓枝脉，经谓经脉，枝经，犹言经络也。按，俞说可信。至于“肯”，是著骨肉；“綮”，结处也。据李桢说，“尝”当训试。《说文》：“试，用也。”言于经络肯綮之处，未以刀刃尝试之。以上解说，采自郭庆藩《庄子集释》。）牛的骨节是有间隙的。而刀刃锋锐，薄而不厚，以无厚之刀刃入有间之牛体，所以游刃恢恢，宽绰有余。

根据以上解释，则“以无厚入有间”者，指的是庖丁解牛时能够按照牛体自然的腠理下刀，以薄的刀刃落在牛体空隙之处，所以恢恢乎游刃有余。那么，作词时怎样才能算是“以无厚入有间”呢?

据蒋敦复《芬陀利室词话》转述汤雨生之言，首先提出“以无厚入有间”论词者是董晋卿。按，董晋卿名士锡，江苏武进人，是张惠言的外甥，著有《齐物论斋集》。他受其舅张惠言的影响，也善于填词。沈曾植对于董词评价甚高，他说：“《齐物论斋集》为皋文正嫡。皋文疏节阔调，犹有曲子律缚不住者。在晋卿则应徽按柱，敛气循声，兴象风神，悉举《骚》《雅》古怀纳诸令慢。标碧山为词家四宗之一，此宗超诣，晋卿为无上之乘矣。玉田所谓‘清空骚雅’者，亦至晋卿而后尽其能事。其与白石不同者，白石有名句可标，晋卿无名句可标，其孤峭在此，不便摹拟亦在此。仲修备识渊源，对之一辞莫赞，毗陵词人亦更无能嗣响者，可谓门庭峻绝。”(《菌阁琐谈》)董晋卿词的造诣既然很高，他的词论当然亦不乏卓见。但是他未曾撰写词话之类的专著，只有论词的片言只语由朋友转述。周济在《介存斋论词杂著》中曾引董晋卿论少游词之言，只有两句：“晋卿曰：‘少游正以平易近人，故用力者终不能到。’”至于董氏论词的“以无厚入有间”之语，亦见于周济论词著作中，周济《宋四家词选目录序论》云：

> 夫词，非寄托不入，专寄托不出。一物一事，引而伸之，触类多通，驱心若游丝之罥飞英，含毫如郢斤之斫蝇翼，以无厚入有间，既习已，意感偶生，假类毕达，阅载千百，謦欬弗违，斯入矣。

周济在这里论作词“非寄托不入”之时，写词人在创作时之用心与经验，亦用“以无厚入有间”一语，可见他与董晋卿两人论词之相合。但是用“以无厚入有间”论作词之法，究竟是董晋卿先提出来的，还是周济先提出来的，抑或是他们二人在讨论中公认的，我们无从查考。因为周与董在词学研究上的关系是很密切的，前人已有记载。蒋敦复《芬陀利室词话》卷一云：“先生（按，指周济）少年时，与张皋文、翰风兄弟同里相切劘，又与董晋卿各致力于词，启古人不传之秘。”徐珂《近词丛话》亦谓：“其以惠言之甥而传其学者，则武进董士锡也。荆溪周济友于士锡。”所以无妨认为，“以无厚入有间”论词之说，是董、周二人共同的见解。

我们如果仔细玩味上文所引周济的一段话，可以体会出来，他是在说，词人在创作过程中，通过其所叙写的情事而寄托其微意幽旨，“驱心若游丝之罥飞英，含毫如郢斤之斫蝇翼”。用思极为深细。其所叙写的情事可能是错综复杂的，在这些错综复杂的情事中，如何把他的微意幽旨衬托出来，这就需要有一种高妙的艺术，如同庖丁解牛奏刀之时，“以无厚入有间”，而游刃有余。这种做法，唐五代北宋初的词人是不大用的，因为当时词人的作品大都是无有寄托的，偶尔有寄托，亦在有意无意之间。南宋词人始多有意寄托之作，于是表现出“以无厚入有间”的艺术手法。上文所引《芬陀利室词话》记汤雨生之言：“昔者吾友董晋卿每云：‘词以无厚入有间’，此南宋及金元人妙处。”这是中肯之言。

我们试举姜夔《暗香》《疏影》两词为例，加以阐释。

辛亥之冬，余载雪诣石湖。止既月，授简索句，且征新声，作此两曲。石湖把玩不已，使工妓隶习之，音节谐婉，乃名之曰《暗香》《疏影》。

暗香

旧时月色。算几番照我，梅边吹笛。唤起玉人，不管清寒与攀摘。何逊而今渐老，都忘却、春风词笔。但怪得、竹外疏花，香冷入瑶席。　江国，正寂寂。叹寄与路遥，夜雪初积。翠尊易泣。红萼无言耿相忆。长记曾携手处，千树压、西湖寒碧。又片片、吹尽也，几时见得。

疏影

苔枝缀玉。有翠禽小小，枝上同宿。客里相逢，篱角黄昏，无言自倚修竹。昭君不惯胡沙远，但暗忆、江南江北。想佩环、月夜归来，化作此花幽独。　犹记深宫旧事，那人正睡里，飞近蛾绿。莫似春风，不管盈盈，早与安排金屋。还教一片随波去，又却怨、玉龙哀曲。等恁时、重觅幽香，已入小窗横幅。

按，辛亥是宋光宗绍熙二年（1191）。姜夔于是年冬载雪诣苏州访范成大（石湖是范成大之号），留住匝月，作了这两首咏梅词。这两首词中，有的辞句与梅花有关，又有的与梅花似乎无关，用笔极为灵警跳荡，用意也深隐幽曲，“寄意题外，包蕴无穷”（周济评语）。所以古今论者解说分歧。按，词中托意，张惠言、郑文焯、刘永济诸家之说得之。张惠言谓《疏影》词，“此章更以二帝之愤发之，故有‘昭君’句”（《词选》）。郑文焯谓，“此盖伤心二帝蒙尘，诸后妃相从北辕，沦落胡地，故以‘昭君’托喻，发言哀断”（郑校《白石道人歌曲》，转引自唐圭璋《宋词三百首笺注》）。两家之说虽中肯綮，但语焉不详。近人刘永济先生所著《微睇室说词》对于此二词有更详密的阐释。兹根据刘氏之说，对于这两首词综合说明如下。

《暗香》词开头五句是说以前赏梅的兴致与情趣。“何逊”二句是说自己而今年事已长，意兴萧索，借何逊自比（何逊有咏早梅诗）。“但怪得”三句点出又在饮酒赏梅，亦未免有情。换头处宕开。“江国，正寂寂”句隐喻南宋苟且偏安局面。“叹寄与”二句用陆凯寄范晔梅花事，隐喻徽、钦二宗被幽之地，故用“夜雪初积”点明北地。“翠尊”二句曰“泣”，曰“忆”，哀念之意甚明。歇拍数句，仍切梅作结，而言外有岁晚芳残之慨。《疏影》词一起即点题，用赵师雄于罗浮山梅花树下梦美人歌，醒见翠禽故事。“客里”三句又以梅衬出情怀岑寂，乃作者以梅花体现出自身的感慨。“无言”者，写寄慨之深，为时之久。所感者何？即下文“昭君”数句。刘先生举出宋徽宗在北所作《眼儿媚》词：“玉京曾忆旧繁华。万里帝王家。琼楼玉殿，朝喧弦管，暮列笙琶。花城人去今萧索，春梦绕胡沙。家山何在，忍听羌笛，吹彻梅花。”并认为姜词《疏影》即是运用徽宗此词。“昭君”则是借喻被俘北去的后妃。换头三句又从往昔之事设想，词语虽用宋寿阳公主醉卧含章殿，梅花落于额上之事，而词意却指昔日北宋宫中之耽乐废政。“莫似”三句言莫似“春风”之“不管盈盈”，应当“早与安排金屋”，莫使零落，隐喻对谋国者宜先事预防，始可免于危殆。“还教”二句言今梅花已零落而却“怨玉龙哀曲”，复有何益，仍切徽宗“忍听羌笛，吹彻梅花”词意。歇拍又以画中梅花另出一意作结，言外似说，国事已坏，尚念玉京旧日繁华，已如画里看花，徒存空影而已。

综观以上所引刘氏的说明，可见《暗香》《疏影》二词虽然是咏花，而又是“寄意题外，包蕴无穷”，极耐寻味者。词中借咏梅而寄托了对于北宋沦亡，徽、钦二宗及诸后妃被俘北去的伤痛情怀以及对于南宋苟且偏安局面的深忧远虑，也加入了自己的身世之感。词中辞句，时而切合梅花，时而离开。切合梅花者亦往往有弦外之音，离开梅花者则托意更为深远。真有手挥五弦，目送飞鸿之妙。我们可以设想，姜夔作此二首词时，将是如同周济所说的“驱心若游丝之罥飞英，含毫如郢斤之斫蝇翼”。他以梅花为线索，贯串了许多错综复杂的情事与感慨，其处理的艺术手法亦正如庖丁解牛那样，“依乎天理，批大郤，导大窾，因其固然”，而能做到“游刃有余”。所以常州派词论家董晋卿、周济诸人遂悟出，这正是《庄子》书中描写庖丁解牛时所说的“以无厚入有间”之妙法，因而借用此语评之。

宋人填词注重思索安排，大概自北宋末年周邦彦开始。周济说：“美成思力，独绝千古。”又说：“读得清真词多，觉他人所作，都不十分经意。”（《介存斋论词杂著》）周邦彦词中隐喻国事政治者甚少，而更多的则是发抒其身世升沉、离合悲欢之感。他的《花犯·咏梅》《兰陵王·柳》《六丑·蔷薇谢后作》诸名篇，都是在咏物时寄托了身世之感，也做到了不即不离、若远若近，在错综复杂的情事中运行自如。如果用“以无厚入有间”评论周邦彦这几首词，也还是可以的。

至于蒋敦复提出的“以有厚入无间”论词的意见，究竟如何理解，他自己在所著《词话》中既未详说，我们也未能找到其他旁证参考的资料，后人亦从来没有道及者。蒋氏在词的创作与理论方面的造诣均不甚高，其所谓“以有厚入无间”之说，是否标新立异，故弄玄虚，亦未可知，故只可存而不论矣。

1988 年 1 月写定

（原载《四川大学学报》1988 年第 2 期）

黄仲则逝世百五十年纪念

文艺之作，主于抒情。文中之情，贵真，贵深，贵博。情至于博，至矣尽矣，蔑以加矣。故伟大作家，率皆深入世间，阅历宏富，伤时忧世，悲天悯人。举凡国家治乱，世俗隆污，生民疾苦，边防安危，莫不动其心怀，形诸吟咏。所谓“诗人览一国之意以为己心”（孔颖达语，见《毛诗·关雎序》疏。），非徒发小己之哀乐。此杜子美所以卓为诗圣者也。然又有一种作者，富于才情，而疏于涉世，所歌咏者，不外家人亲故之间，身世寥落之苦，而灵心善感，一往情深，花下酒边，别有怀抱，其凄怆悱恻低徊掩抑之致，使百世读者为之荡气回肠不能自已。此虽弗克与杜子美比并，要亦自有其不可销歇之芳馨，秋菊春兰，无绝终古。若求之于近三百年中，如黄仲则之诗，纳兰容若、项莲生之词，斯其选矣。

黄仲则之诗，殆所谓具有“秋气”者。其天性及境遇，适足互为因果，相得益彰。洪稚存评其诗，如“咽露秋虫，舞风病鹤”（《北江诗话》），取譬极当。其集中之句如：

伤心略似萋萋草，霜霰将来尔未知。（《立秋后二日》）

君问十年事，凄然欲断魂。一无如我意，尽可对君言。(《遇伍三》)

病马依人同失路，寒蝉似我只吞声。(《旅夜》)

才报春来曾几日，忽惊花落又今年。半生每恨寻芳晚，万事都伤得气先。(《正月见桃花盛开且落矣》)

世事已如此，灯前霜鬓蓬。交存生死里，人老别离中。(《赠徐二》)

读之使人胸怀恻然，如有同其境遇者，真可以三复流涕。“早无能事谐流辈，只有伤心胜古人。”(《述怀示友人》)仲则固已自言之矣。仲则钟情既深，而才亦超绝，观其十余岁时所作之《题画》诗：

淙淙独鸣涧，矫矫孤生松。半夜未归鹤，一声何寺钟。此时弹绿绮，明月正中峰。仿佛逢僧处，春山第几重？(仲则《两当轩集》乃按年编次者，此诗在第一卷中，且在《观潮行》之前。《观潮行》乃在扬州作。据集中《年谱》，仲则十八岁冬游扬州，故可知此诗乃十八岁以前之作也。)

二十一岁时之《夜泊闻雁》诗：

独夜沙头泊，依人雁几行？匆匆玉关至，随我度衡阳。汝到衡阳落，关山我更长。凄然对江水，霜月不胜凉。(此诗在《两当轩集》第二卷中。据集中《年谱》，仲则于二十一岁游湖南，此诗盖是年作。)

即已高古浑成，一气旋折，殊有盛唐风味。可见其得天之独厚，故朱竹君目为“神仙中人”也。

吾尝论有清一代之诗，以量言则如蝗肚，而以质言则如蜂腰。盖乾隆之际，天子右文，海内无事，家研声病，人习博依，吟咏之风，遍于朝野。是故诗人如林，诗集充栋，较诸清初及清末，似蔚然称盛矣。然清初作者，如吴梅村之哀时伤事，不愧诗史；王渔洋之含情绵邈，树立宗风；清末作者，如郑子尹之横恣踔厉，黄公度之恢宏生创，求诸乾嘉，皆罕其匹。乾嘉诗人，以沈（确士）、袁（子才）为大宗。沈确士论诗主格律，局促辕下，不能自肆。从其说者，率工为应制之什，酬唱之篇，章法匀称，字句稳惬而已。袁子才恃其尖新之才，簧鼓天下，论诗则轻功力而主性灵，制行则蔑绳检而尚通悦，深合当世浮薄少年苟且率易之心，故海内翕然，群相推奉，得名之盛，一时无两。然身殁之后，声光熠焉。惟黄仲则有真性情，有真才气，复能远师太白，不囿时风，虽限于天年，未臻苍老，然在当时已如嘉禾秀出，颖竖群伦。“乾隆六十年间，论诗者推为第一。”（包慎伯语，见《齐民四术》。）非溢美之誉矣。

仲则之性情身世，亦略有可论者。仲则以孤童奋起，黾勉成学，负米四方，不遑宁处，而科第止于茂才，仕宦仅至县丞，困居都下，无以为生。毕秋帆巡抚三秦，招之西游，抱病出京，卒于途次，年仅三十有五。［仲则卒于乾隆四十八年（1783）癸卯四月二十五日。］长吉呕心，竟以早亡，东野求官，止于一尉，人能宏道，无如命何，此后人怅望千秋所为洒泪者矣。然仲则早著美名，壮交群彦，一时贤者，争慕与游。虽以汪容甫之高傲，而赠诗六章，情辞悱恻，钦慕备至，足见其才气发越，可以倾倒天下豪俊。假使稍肯屈己以附权贵，不患无为之推挽以取富贵者。而仲则孤云野鹤，独往独来，虽履朱门，如游蓬户。以朱竹君之宏德雅量，谦挹下士，而仲则居其幕中，与同事者议偶不合，买舟竟行，翌日追之，已不及矣。其标格之清峻如此。然平生笃于风义，倦念师友，少时受知于邵荀慈，其后邵殁，仲则自谓“公卒，益无有知之者”(《诗集自序》)，几于瓣香南丰之感。其后思慕之念，时见乎辞，其《检邵先生遗札》诗云：“死别生离各泫然，吞声恻恻已经年。帆开南浦春刚去，舟到西泠月正圆。当日祖筵如梦里，即今展翰又天边。伤心一树梅花发，更有谁移植墓田？”其《过邵先生墓》诗云：“弟子下车惟有恸，先生高卧竟何言。”又曰：“只鸡久负平生约，一剑空怀国士恩。”又曰：“后死亦知终未免，愿分抔土作比邻。”直欲相从于地下矣。洪稚存与仲则文字相交，患难相助，终始不渝。仲则病笃时，遗书稚存，稚存送归其丧，且经纪其家。其挽仲则联云：“噩耗到三更，老母寡妻惟我托；炎天走千里，素车白马送君归。”稚存固高义可风，要亦仲则平生相与之诚有以感之也。盖凡诗人皆具敦厚之性情，清峻之风骨，不为翕翕之热，不为市道之交；然若遇知己师友，道义相契，则风雨急而不辍其音，霜雪零而不渝其色，解带写诚，生死如一。故方仲则生时，抑塞困厄，不谐流俗，人皆议其孤僻，惟二五知己能深知其人而爱敬护持之；及百世之下，后人读其遗书，感其风义，又往往爱慕歆羡恨不与之同时。古之诗人，率多如是，固不独仲则为然，而仲则适足为一绝佳之例证也。

忆余弱冠之岁，负笈京庠，最嗜黄仲则诗，置诸几案，心慕手追。十载以还，好尚数变，《两当轩集》，久废吟讽。今岁适值仲则逝世百五十周年纪念之期，慨文运之零落，悼生才之实难，因综括其生平而为之论述如此。

（原载《大公报》1933年10月16日《文学副刊》第302期）

读郑珍《巢经巢诗》

——谈五七言诗体的运用问题

近一年中，全国展开新诗发展道路问题的讨论。关于诗的形式，有些同志认为新民歌中多用五七言体，可见五七言是二千年来中国诗歌的民族传统形式，是广大人民所爱好的，以后新诗的形式，也应以五七言为主；又有些同志认为五七言有相当大的局限性，因为今日词汇多是双字，许多新名词甚至于是四个字的，而五七言收尾是用单字，描写新事物，表达新情思，将很不方便。我现在不打算全面讨论这个问题，只想提供一点参考意见。

我国古典诗人对于五七言诗体的运用，并不是一成不变的，也是随时代而变化发展的。譬如韩愈、孟郊诗中有许多句法，即所谓“横空盘硬语”者，是六朝诗中所未有的。宋人诗的句法，更多变化，更多散文化。五七言诗的形式是有局限性的，不但在今日如此，即便对于古人来说，用五七言诗抒情达意，总不如散文来得方便，毫无拘束。但是诗是要求有一定的形式的，并且要具有韵律，谐调音节，精炼语言，不能同散文一样。自来杰出的诗人，都能因难见巧，虽然用五七言的形式，但是尽量打破局限，推陈出新，将繁复变化的语言镕炼于五字或七字句中，从这里正可以看出诗人的天才与功力。

远的不说，清代后期诗人郑珍在运用五七言诗体方面就颇有新的贡献，值得我们注意。我想在这篇短文中作一点简单的论述。

郑珍（1806—1864），字子尹，贵州遵义人。道光十七年（1837）中举人，数次会试，不第，只在本省做过几任教官。他承继乾嘉以来的学风，研治经学、小学，造诣很深，著述颇多。又精熟于乡邦文献，所修《遵义府志》很有名。他又工诗文，善书画，在文学艺术方面也卓有成就。

郑珍的《巢经巢诗》，就其内容的思想感情而论，有应当肯定的，也有应当批判、否定的。郑珍虽然也是地主阶级士大夫，但是因为他家境比较贫寒，生平只中过举人，做过教官，比较接近下层，了解民生疾苦，所以他的诗中对于当时政治的腐败、官吏的贪暴，有所揭发谴责，同时也描写了人民的疾苦而寄予同情。又颇注重农耕与养蚕等生产事业，并且极善于描写贵州的山水。这些都是应当肯定的。但是郑珍终究是地主阶级的士大夫，要维持封建统治，所以他对于咸丰年间石达开率领太平起义军路过贵州时所进行的革命战争以及贵州各少数民族的起义，都采取敌视态度，加以诅咒，这些思想又是应当批判、否定的。不过，在郑珍全部诗中，还是具有进步性的诗占的比重大，应当是主要的。就艺术性而论，郑珍的诗也有其独特的造诣。他学习了韩愈、孟郊的盘曲瘦劲，白居易的平淡自然，苏轼的机趣洋溢，加以浑融创造，成为他自己的风格。

本文不准备全面评论郑珍的诗，只是就他诗中运用五七言形式的创造能力与精炼语言的艺术谈一谈。

郑珍的诗不大用典故与辞采，多是白描，有时候大量地用口语白话，但是都经过提炼镕铸，使人读起来，感觉清峭遒劲，生动有力。下边举《遵义山蚕至黎平歌赠子何》一诗为例：

大利天开亦因人，胡六秀才名长新。作文不动主司听，作事乃与君相亲。当年读我《樗茧谱》，心知足法黎平民。自恨家无樗树林，又乏财力先椎轮。逢人即讲利且易，金帛满山那苦贫？事既少见多所怪，谱复棘口难俗论。疑者自疑笑者笑，生也不顾逾津津。黑洞宋氏亦深计，种橡于今及三世。有钱能致遵义蚕，无术能行谱中事。胡生大喜得凭借，牵合遵人负种至。八千蛾走一千里，上巳和风与清霁。胡生媵种宋氏迓，男妇争观奔且踬。入林下担发荆筐，茶树杉林皆失气。羊鸣豕哭哄一村，五牝作犒牡供祭。蚕师善祷纷拄地，宛窳西陵鉴诚挚。使尔茧如瓮与盎，使尔蚕无斑与缢。使尔遵人无疠疫，教使黎人似遵义。胡生此时六国苏，手执牛耳纵指呼。十年谈纸一朝见，不信此中天意无。昨日归来夜过语，快听使我张髯须。货恶弃地不必己，衣食在人何异吾。男儿不食四海俎，桐乡岂无朱啬夫。昔我与妇论蚕事，本期博利弥黔区。黎播相望几江水，岂料生能行我书。书行我到两无意，事会天定非人图。看生此举必获愿，已说蚕花香四敷。不须快拟栾公社，谱到他年当狗刍。

遵义生长一种野蚕，吃樗树的叶子，所结的茧可以抽丝供纺织之用。郑珍很重视这种野生的樗蚕，曾作《樗茧谱》，叙述培养樗蚕的方法，希望人们注意，加以利用。黎平胡长新读了《樗茧谱》，热心推广介绍，使黎平人饲养㭎蚕。道光二十五年，郑珍做古州训导，会见胡长新，谈起此事，所以作这首诗赠送他。郑珍留心生产事业，想利用野生的㭎蚕，发展纺织，提高贵州人民生活水平，所谓“货恶弃地不必己，衣食在人何异吾”，“昔我与妇论蚕事，本期博利弥黔区”，表达了一定的进步思想。这首诗的作法，夹叙、夹写、夹议，描述情事，曲折尽致。为了表达的方便，诗中用了许多散文的句法，打破了一般七言诗句的格式，如“胡六秀才名长新”，又如“自恨家无㭎树林，又乏财力先椎轮”，又如“事既少见多所怪”，又如“八千蛾走一千里”，又如“使尔遵人无疠疫，教使黎人似遵义”等等。这种句子如果多了，将会使读者感觉枯燥，似乎是押韵之文，而不像诗了。郑珍又想法加以调剂，譬如“八千蛾走一千里”，很像句散文，但是下边紧接一句“上巳和风与清霁”，意象清美，极有诗意，就调剂过来了。声调也有关系。这首诗中押平韵的句子许多是三平调（在七言古诗中，也有声调配合的种种规律，但是不同于律诗。譬如在押平韵的句子中，往往第四字用仄声，以下三个字都用平声，这种句子叫作“三平调”，可以参看赵执信《声调谱》。），音节扬起而响亮，便不同于散文。所以这首诗中尽管用了许多类似散文的句子，而我们通首读起来，觉得它的声调韵味仍是一首相当好的七言古诗。

下边再举郑珍一篇写贵州山水的诗。在西南各省中，蜀中山水自古以来有许多诗人描写过，所以很出名。贵州比较偏远，古代中原诗人到过那里的不多，而本省所出的诗人也不多，所以贵州山水清奇险峻的特点，没有能充分地在古典诗歌中反映出来。

郑珍在这方面的贡献是很大的，他几乎是第一个写贵州山水诗最多而又较好的人。凡是游历过贵州山水而又读过郑珍诗的人，都会感觉到他的诗刻画入微，也够得上是“诗中有画”。我们现在欣赏一下《自毛口宿花堌》这首诗：

盘江在枕下，伸脚欲踏河塘堠。晓闻花堌子规啼，暮踏花堌日已瘦。问君道近行何迟，道果非远我非迟，君试亲行当自知。此道如读昌黎之文少陵诗，眼著一句见一句，未来都匪夷所思。云木相连到忽断，初在眼前行转远。当年只求径路通，闷杀行人渠不管。忽思怒马驱中州，一目千里恣所游。安得便驰道挺挺，大柳行边饭葱饼，荒山惜此江湖影。

这首诗运思新颖。郑珍把在山水间行路时的新境叠出，比作读韩文杜诗时所感觉到的变化无方。通首纯用白描，宛如口语。“此道如读昌黎之文少陵诗，眼著一句见一句，未来都匪夷所思”，打破寻常七言诗的句法（一般七言诗的句法都是上四下三，而“未来都匪夷所思”句收尾用四个字，是很特别的，韩愈诗中偶有此种句法。），就像散文一样，但是细读起来，又是诗而不是散文。最末后，“荒山惜此江湖影”，用一个浑融凝练的单句煞住，很有力量。

郑珍善于提炼语言，往往寥寥几句，写景叙事，极为生动。随便举两个例子，写景的如：

绿荷扶夏出，嫩立如婴儿。春风欲舍去，尽日抱之吹。（《春尽日》）

这四句诗描写春末夏初，新荷出水，设喻新颖，句法清峭。“扶夏出”的“扶”字用得很好。叙事的如：

舍沙宿良乡，自此昼夜驰。四更清风店，街闭苦重饥。镫担来豆乳，授客长铜匙。柳根快数碗，味绝今尚思。(《愁苦又一岁赠郘亭》)

这是郑珍描写他在道光十八年会试不第与莫友芝一同回贵州，过了良乡，半夜里走到清风店吃豆浆的情形。一个挑灯担着担子卖豆浆的人来了，郑珍用“镫担来豆乳”五个字就写出来，非常简练峭拔。坐在柳树根旁愉快地吃了几碗豆浆，他用“柳根快数碗”五个字表达出来，“快”字的用法很好。

郑珍善于用日常口语凝练为诗句，尽量使句法多所变化，不受传统拘束，可以状难写之景，达难显之情。在他所作的五古与七古中，这种例子很多，就是在律诗中，虽然有声律的拘束，也表现了这一特点。譬如《柏容检诗稿见与》一首：

颇不思存稿，其如劳者歌！古人安可到，儿辈或从阿。闻昔有佳处，得之无意多。更为丁敬礼，一一看如何。

这首诗虽然也完全遵守了五律中调平仄用对偶的规矩，但是一气旋折，清空如话。又如《南阳道中》：

先车雨过尘方少，未夏村明望不遮。林脚天光如野水，麦头风焰度晴沙。春当上巳犹无燕，地近南都渐有花。昼睡十分今减半，为留双眼对芳华。

这首诗都是本色语，毫无藻饰，也不用典故，但是写景抒情，风神韵味很美，“林脚”二句，写出了春末夏初在黄河流域平原的景象，末二句情韵尤为深长。

举例到此为止。郑珍作诗，在学习古人而又独创新境这一点上，是很下过功夫的。他的《论诗示诸生，时代者将至》一诗中说：

> 我诚不能诗，而颇知诗意。言必是我言，字是古人字。……从来立言人，绝非随俗士。君看入品花，枝干必先异。又看蜂酿蜜，万蕊同一味。

可以看出他的主张与倾向。

（原载《光明日报》1960年3月13日“文学遗产”第304期）

王国维诗词述评

“海宁王静安先生为近世中国学术史上之奇才。学无专师，自辟户牖，生平治经史、古文字、古器物之学，兼及文学史、文学批评，均有深诣创获，而能开新风气，诗词骈散文亦无不精工。其心中如具灵光，各种学术，经此灵光所照，即生异彩。论其方面之广博，识解之莹彻，方法之谨密，文辞之精洁，一人而兼具数美，求诸近三百年，殆罕其匹。”以上这一段话，是四十年前我在浙江大学任教时所撰《王静安与叔本华》一文中对王静安之评语，并表示我对静安先生的钦佩。像王静安先生这样一位有渊博精深的学术造诣、享有国际盛誉的大学者，近三十年来，在国内声尘寂蔑，未能得到学术界应有的重视而发挥其影响，诚可叹息。最近华东师范大学史学研究所发起召开王国维先生学术讨论会，承蒙函示，极感兴奋。这实在是一件拨乱反正的学林盛事，我甚为赞同。来函征文，我因久患目疾，视力衰损，读书写字，均颇困难，愧不能参证群书，撰写文章，深入阐论静安先生之学术精诣，仅就平日读静安诗词的区区心得，联想所及，信笔疏记，一隅之解，一曲之见，不足以言文也。

王静安生平治学的道路是曲折的。他生于清光绪三年（1877），当光绪末年，他三十岁左右的十年之中，曾致力于西方哲学，尤其喜爱叔本华。他运用西方哲学与美学的观点，从事文学批评，除撰写短篇杂文之外，还著《红楼梦评论》（发表于清光绪三十年，1904）、《人间词话》（发表于清光绪三十四年、宣统元年，1908、1909），并研究戏曲，作《宋元戏曲史》（出版于1913年），同时，亦创作诗词。但是自从辛亥革命之后，王静安治学的方向发生了一个很大的转变。他潜心研治古文字、古器物、汉晋木简、敦煌文献、殷周史、蒙古史、西北地理等，即所谓考证之学，方面广博，识解精邃，运用新方法，开辟新途径，做出了卓越贡献，而文学批评，则弃置不为，诗词创作，也很少了。[关于王静安治学方向转变之原因，叶嘉莹所著《王国维及其文学批评》（香港中华书局1980年6月版）第一编第一章“从性格与时代论王国维治学途径之转变”，对此问题做了深刻周密的分析，可以参看。]

王静安创作诗词的时期既不长，作品亦不甚多，就《观堂集林》卷二四以及《观堂别集》《外集》所载者合计之，共得诗一百一十四首（早年所作的《咏史》绝句不在内）、词一百一十五首。所以王静安并非专业诗人。他虽然具有很高的诗才，但是他未尝以撰写诗词作为终身事业，他在《静安文集续编·自序》中说：“欲为诗人，则又苦感情寡而理智多。”可见他并未尝以诗人自居。因此，王静安并没有把他平生的襟怀抱负、所观所感，都写入诗词之中，如杜子美之于诗、辛稼轩之于词那样。这是我们在评论王静安诗词时先要说明的一点。

尽管如此，王静安的诗词，在晚清诗坛中还是有相当高的地位的，主要是由于它有两个特点：第一，王静安写诗词，能够不囿于当时的风气，而特立独行，自辟蹊径。第二，王静安诗词中多发抒哲理，而能融化于幽美的形象之中，清邃渊永，耐人寻味，这是自古以来诗人所不易做到的。以下将分别论之。

晚清诗人多喜宋诗，主要是学黄山谷、陈后山，亦兼及梅圣俞，而填词则崇尚吴梦窗，亦有少数新学之士受龚定庵的影响。王静安独能超出于此种风气之外。王静安论诗之语殊少概见，而论词者则甚多。他托名樊志厚所作的《人间词序》云：

> 夫自南宋以后，斯道之不振久矣。元、明及国初诸老非无警句也，然不免乎局促者，气困于雕琢也；嘉、道以后之词，非不谐美也，然无救于浅薄者，意竭于模拟也。君之于词，于五代喜李后主、冯正中，于北宋喜永叔、子瞻、少游、美成，于南宋，除稼轩、白石外，所嗜盖鲜矣。尤痛诋梦窗、玉田，谓梦窗砌字，玉田垒句，一雕琢，一敷衍，其病不同而同归于浅薄，六百年来，词之不振，实自此始。其持论如此。

王静安这一段话，纵观数百年词之流变而评论其长短得失，不因循，不依附，独具只眼，并且指出他所认为填词应遵循的道路，而他自己也确实是这样做的。至于王静安论诗，虽然没有发表过像论词这样鲜明具体的主张，但他也是走他自己的道路。

王静安作诗，并不专学哪些古人，而是兼采众长，魏、晋、唐、宋，都有所取法。他能作精丽工整的五言长律，如《隆裕皇太后挽歌辞九十韵》，亦能作悠扬婉转、清华流美的长庆体七言歌行，如《颐和园词》《蜀道难》，这些，显然是从唐人学来的，也受清人吴梅村的影响。他七言律诗中的深曲峭劲之致，则是得力于宋人；至于和巽斋老人沈曾植（字子培，号寐叟，一号乙庵）诸作，则又有意学沈曾植诗的高古僻奥之体，所谓“格制清远，非魏晋后人语”（沈曾植评语）。王静安不但有很高的诗才，而且在诗的艺术风格方面也有深厚的修养，所以能做到如此地步。不过，本文既不打算全面评述王静安的诗，所以对于这些，都不拟着重讨论。本文将专论他的哲理诗，因为这是王静安诗的特长。

王静安性情“忧郁”（《静安文集续编·自序》中语），而好为深沉之思，想探索人生之终极，曾拟在西方哲学中寻求答案，而独好叔本华之书。王静安《自序》中谓：“初读康德之《纯理批判》及《先天分析论》，几全不可解，更读叔本华《意志与表象之世界》，喜其思精而笔锐，前后读二过，再返而读康德之书，则非复前日之窒碍。”叔本华为19世纪前半叶德国著名哲学家，其学近承康德，远绍柏拉图，旁搜于印度佛说，遂自创为一家之言。叔氏认为，人生皆有生活之意志，因此即有欲望，有欲望则求得满足，而欲望永无满足之时，故人生遂与痛苦相终始，欲免痛苦，惟有否认生活之欲而寻求解脱。叔氏之说虽是一种偏宕之论，未能尽人生哲理之全，然思精笔锐，持之有故，使读其书者，尤其是像王静安这样禀性忧郁悲观的人，将会感到如大梦初醒，既在心情上有欣悦之契合，而在理智上亦遂笃信不疑，从而在诗篇中遂经常发抒此种信念。

王静安所作《蚕》诗云：

余家浙水滨，栽桑径百里。年年三四月，春蚕盈筐篚。蠕蠕食复息，蠢蠢眠又起。口腹虽累人，操作终自己。丝尽口卒瘏，织就鸳鸯被。一朝毛羽成，委之如敝屣。耑耑索其偶，如马遭鞭箠。呴濡视遗卵，怡然即泥滓。明年二三月，䗪䗪长孙子。茫茫千万载，辗转周复始。嗟汝竟何为，草草阅生死。岂伊悦此生，抑由天所畀？畀者固不仁，悦者长已矣。劝君歌少息，人生亦如此。

此诗用鲜明的形象描写蚕的一生受自然所赋予的生活之欲（即饮食生育之欲）的支配，劳悴终生，尽归幻灭，借以比喻人生亦有与此相似者。由此推论，人生既属徒劳，快乐尽归幻觉，则惟有抵抗生活之欲以求解脱，而解脱亦终不易得。王静安《端居》诗即是发抒此种思想，诗云：

我生三十载，役役苦不平。如何万物长，自作牺与牲？安得吾丧我，表里洞澄莹。纤云归大壑，皓月行太清。……何为方寸地，矛戟森纵横？闻道既未得，逐物又未能。衮衮百年内，持此欲何成。

既然是“万物长”的人，就不甘心像蚕一样受自然赋予的生活之欲的支配，而要寻求解脱，希望能做到“吾丧我”的境界，如“纤云”归壑、“皓月”行空。然此不过又是一种不能企及的幻想，于是在“方寸地”的心灵中就产生了激烈的矛盾，既不能求得解脱之道，而又不愿如同万物一般的甘为牺牲，“闻道既未得，逐物又未能”，则只有彷徨无所归宿而已。

这种“闻道既未得，逐物又未能”的矛盾、苦闷、怀疑的心情，在王静安的诗篇中经常表现，如：

嗟汝矜智巧，坐此还自屠。一日战百虑，兹事与生俱。膏明兰自烧，古语良非虚。

（《偶成》第一首）

人生一大梦，未审觉何时。相逢梦中人，谁为析余疑。

（《来日》第二首）

有时也曾想象如“至人”那样能战胜人生之欲而求得解脱，进入“泥洹”（涅槃）境界，但是这又不是自己所能实践的，《偶成》诗第二首即发抒这种情怀，所谓“泥洹”，终究也不过是一种无从达到的幻境。诗云：

大患固在我，他求宁非谩？所以古达人，独求心所安。……至人更卓绝，古井浩无澜。中夜搏嗜欲，甲裳朱且殷。凯歌唱明发，筋力亦云单。蝉蜕人间世，兀然入泥洹。此语闻自昔，践之良独难。厥途果奚从，吾欲问瞿昙。

这样，就只有慨叹“人间地狱真无间，死后泥洹枉自豪”（《平生》）了。于是就不免有时产生了极为悲观的情绪，如《书古书中故纸》诗云：

昨夜书中得故纸，今朝随意写新诗。长捐箧底终无恙，比入怀中便足奇。黯淡谁能知汝恨，沾涂亦自笑余痴。书成付与炉中火，了却人间是与非。

这是一种极端悲观厌世甚至打算自我毁灭的思想。王静安于1927年自沉于昆明湖，虽然有种种原因，但是他早年的悲观厌世情绪可能也是一个因素。

王静安禀性忧郁，又受到叔本华哲学的影响，所以他的人生观是不健康的。但是，王静安有“追求理想的执著精神”[叶嘉莹著《王国维及其文学批评》书中第一编第一章第一节“静安先生之性格”中分析静安性格有三种特点：一、知与情兼胜的禀赋；二、忧郁悲观的天性；三、追求理想的执著精神（原书第4—15页）。所论甚有见地。]，他以极其诚挚的态度，在诗篇中发抒其内心的深情，无支辞，无套语，而又具有高度的艺术风格，故仍有其特色与一定的感人之力量。现在再举出他这类诗篇的两首代表作：

欲觅吾心已自难，更从何处把心安？诗缘病辍弥无赖，忧与生来讵有端？起看月中霜万瓦，卧闻风里竹千竿。沧浪亭北君迁树，何限栖鸦噪暮寒。

（《欲觅》）

出门惘惘知奚适，白日昭昭未易昏。但解购书那计读，且消今日敢论旬？百年顿尽追怀里，一夜难为怨别人。我欲乘龙问羲叔，两般谁幻又谁真。

（《出门》）

这两首七律诗，怅惘凄迷，深情绵邈，颇似李义山《锦瑟》《无题》等诗作，但是有显著不同的两点：第一，静安的诗屏弃了义山诗的秾华繁彩，而出之清疏淡雅，明白如话，曲折尽意。第二，义山之诗，或发抒身世之感，或对某一特定的人或事有所追怀眷念，而静安诗中则是对整个人生哲理之领悟与探索，在思想深度上胜过义山，而其用笔之一气旋折，婉曲跌宕，似又得力于宋人。

王静安悲观思想之所以形成，一方面固然由于他禀性忧郁，又受叔本华哲学的影响，而另一方面也有社会环境的因素。王静安生于清末民国初年的大变动时期，他少时关心世事，想使积弱的国家民族得到振兴，但是由于他政治思想保守，既不能充分认识当时革新的力量与历史发展的趋势，而看到清末的腐朽政治又极为厌恶，感到绝望，于是遂彷徨歧途，厌世悲观。

以上简略论述了王静安的哲理诗，现在再就哲理诗这一问题从文学史的角度做一些考查，以畅吾说。

诗以抒情为主，写景亦要与情相结合，至于以诗说理，则是很不容易做好的。因为论述哲理是要用思辨的分析，亦即是所谓“逻辑思维”，而作诗则是要用形象的描写，亦即是所谓“形象思维”，二者之间有相当大的区别。如何能够将深奥的哲理运化于幽美的形象之中，浑融无间，恰到好处，这对诗人来说，自古以来，就是一个难题。

魏晋以来，玄学盛行，讲说老、庄，成为风气。西晋末年，作者即好以玄理入诗，其结果是“理过其辞，淡乎寡味”。东晋孙绰、许询喜作玄言诗，亦是“平典似《道德论》”（所引评语皆见锺嵘《诗品·序》。按，《道德论》是魏何晏所撰论述老子哲理之文。）。他们这些哲理诗的创作都是不成功的。

到晋、宋之际，陶渊明、谢灵运都曾以哲理入诗，但是造诣不同。谢灵运以作山水诗出名，描写景物，精深华妙，同时，他又常以楚《骚》的情韵与老、庄的哲理融入山水诗中。在运化楚《骚》情韵方面，他是成功的。譬如他的《石门新营所住，四面高山，回溪石濑，茂林修竹》诗云：

跻险筑幽居，披云卧石门。苔滑谁能步，葛弱岂可扪？袅袅秋风过，萋萋春草繁。美人游不还，佳期何由敦？芳尘凝瑶席，清醑满金尊。洞庭空波澜，桂枝徒攀翻。

自“袅袅秋风过”以下八句，写自己在石门幽居中的怀人之情，运用《楚辞》的词汇与意境，遂有一种芳馨幽邈之致。方东树云：“‘美人游不还’一段，幽忧怨慕凄凉之意，全得屈子余韵。吾尝以商榷前藻之意况之，且为低徊，况乎怀旷远之遐思者哉！”（《昭昧詹言》卷五）可见谢灵运在这方面是做得好的，因为山水清美之景与《楚辞》馨逸之韵很容易融合。至于以老庄的哲理运用于诗中，就不那么简单了。谢灵运在这方面有做得成功的，但是也有失败的。譬如《从斤竹涧越岭溪行》诗中在叙写了缘溪越岭途中情况及所见景物之后，即说：

想见山阿人，薜萝若在眼。握兰勤徒结，折麻心莫展。情用赏为美，事昧竟谁辨。观此遗物虑，一悟得所遣。

这八句是说，自己在游览山水美景时，不禁引起遐思，联想到《楚辞·九歌·山鬼》篇所写的“山阿人”，以寄托衷心的向往。然而向往终究是空的，故虽想见其人而无从投赠接近，只好收拾遐思，欣赏当前美景。独赏之情，常因事物蒙昧而不能明辨，若悟此理，则自适其性，达到“无不遣”的玄妙境界。前四句中的“山阿人”“薜萝”“折麻”，都是运用《楚辞·九歌》中的词汇，而最后一句则是用郭象《庄子》注：“既遣是非，又遣其所遣，遣之以至于无遣，然后无所不遣而是非去也。”将《楚辞》馨逸之情韵与庄子玄妙之哲理融合在一起，这首诗的作法是成功的。他由写山川景物引到怀人、赏景，遣物忘怀，是很自然的，无有牵强的痕迹。谢灵运诗中运化《庄子》哲理之处很多，方东树说："读《庄子》熟，则知康乐所发全是庄理。"（《昭昧詹言》卷五）方东树还举出许多例句，这里就不再引了。谢灵运在诗中谈哲理，胜过孙绰、许询。

不过，谢灵运作哲理诗，也有失败的例子。《登永嘉绿嶂山》在描写登山游览之后，云：

《蛊》上贵不事，《履》二美贞吉。幽人常坦步，高尚邈难匹。颐阿竟何端，寂寞寄抱一。恬如既已交，缮性自此出。（方东树说"恬如"应作"恬知"，见《昭昧詹言》卷五。）

这八句诗的意思是说，自己常徜徉于山水之间，故虽为太守，而能如幽人坦步，有"贞吉"之操，但企慕"高尚不事"，仍觉难及，而追求寂寞，寄怀于老子之"抱一"，则可以"知与恬交相养"，得到庄子所谓"缮性"之道。（缮，治也，缮性即是存生养性。）他引用了《周易》《老子》《庄子》诸书中的词汇、术语。（《周易·蛊卦》上九："不事王侯，高尚其事。"《履卦》九二："履道坦坦，幽人贞吉。"《老子》："圣人抱一以为天下式。"《庄子·缮性》："知与恬交相养，而和理出其性。"）这样，这八句诗就显得堆砌板重，与上半篇之描写山水者情味很不协调，好像是强加进去的一些哲理概念，与上边的诗句并未融合在一起，所以读起来就觉得"淡乎寡味"了。

再看陶渊明的哲理诗，是作得好的。众所熟知的《饮酒》诗中"结庐在人境"那一首，就是一个很好的例证。诗云：

结庐在人境，而无车马喧。问君何能尔，心远地自偏。采菊东篱下，悠然见南山。山气日夕佳，飞鸟相与还。此中有真意，欲辩已忘言。

末二句是用庄理。《庄子·齐物论》：“辩也者，有不辩也。……大辩不言。”《庄子·外物》：“言者所以在意也，得意而忘言。”陶渊明在“采菊东篱下，悠然见南山。山气日夕佳，飞鸟相与还”的幽静生活与旷远襟怀中，很自然地体验到庄子“得意而忘言”之理。这种哲理是由生活实践中自然领悟出来的，是与情韵清远的前四句诗融合在一起的，它既不是强加进去的，也不用《庄子》书中的哲学术语，而是情与理交融，恰到好处。此外，陶诗中用庄理的还很多，这里不再备举。

作哲理诗，其高下优劣的关键在何处呢？刘熙载有几句话说得好。他说：“朱子《感兴诗》二十篇，高峻寥旷，不在陈射洪下，盖惟有理趣而无理障，是以至为难得。”又说：“锺嵘《诗品》称孙绰、许询、桓、庾（指桓温、庾亮）诸公诗皆平典似《道德论》，此由乏理趣耳，夫岂尚理之过哉！”（《艺概》卷二）可见，作哲理诗，要有“理趣”而不要有“理障”。平铺直叙地说理是“理障”，孙、许的诗是如此；堆砌哲学中的术语也是“理障”，谢灵运《登永嘉绿嶂山》诗是如此。只有将哲理融化于情景之中，才算是有“理趣”，上文所举陶、谢的佳作就是这样的。

唐、宋以后诗人说理诗的优劣，也可以用此标准来衡量。众所熟知的朱子《观书有感》诗：“半亩方塘一鉴开，天光云影共徘徊。问渠那得清如许，为有源头活水来。”这首诗之所以好，就因为它用“方塘一鉴”“天光云影”“源头活水”这些清美的意象做衬托，说明人在进德修业时需要有新的生机这一道理。这首诗是做到有“理趣”而无“理障”的。

现在再来衡量一下王静安的哲理诗。就上文所举王氏诸诗看来，他既没有平铺直叙的陈述，也不堆砌哲学的术语词汇，他是通过描写物象（如《蚕》《书古书中故纸》）或发抒情怀（如《欲觅》《出门》），将哲理融会于诗中，“观物微，托兴深”（樊志厚《人间词序》：“若夫观物之微，托兴之深，则又君诗词之特色。”），做到有“理趣”而无“理障”，使读者感到情致沉绵，意味酝郁。王静安接受了古人作哲理诗的经验教训，取长弃短，他在这方面的创作是成功的。

以上是我读王静安先生诗的一点心得。

下边论述王静安的词。王静安在词方面是很下过一番功夫的。他不但创作了一百多首精美的词，而且撰写论词专著《人间词话》，另外还有不少论词之言散见于其他著述中。

《观堂外集》所载王静安托名樊志厚所写的《人间词序》两篇，最集中地表现了他论词的意见以及作词的祈向与甘苦。他用高屋建瓴的眼光对南宋以后元、明、清六百年中的词提出尖锐的批评，认为是“雕琢”“模拟”，“其病不同而同归于浅薄”。（此段原文，上文已征引，故不重录。）又提出“意境”一辞，做为文学的精髓，谓：“文学之事，其内足以摅己而外足以感人者，意与境二者而已。上焉者意与境浑，其次或以境胜，或以意胜，苟缺其一，不足以言文学。”又说：“文学之工不工，亦视其意境之有无与其深浅而已。”持此标准以衡量古今人之词，认为温、韦（指温庭筠、韦庄）所以不如正中（冯延巳），珠玉（晏殊）所以逊六一（欧阳修），小山（晏幾道）所以愧淮海（秦观），都是由于意境之不同。美成（周邦彦）以辞采擅长，然终不失为北宋人之词者，有意境也；南宋词人之有意境者，惟一稼轩（辛弃疾）。白石（姜夔）之词，气体雅健，至于意境，则去北宋人远甚，而梦窗（吴文英）、玉田（张炎），则更不足道。又谓："古今人词之以意胜者莫若欧阳公，以境胜者莫若秦少游，至意境两浑，则惟太白、后主、正中足以当之。"王静安作词的实践，是与他的理论相符合的。《人间词序》说："静安之为词，真能以意境胜……大抵意深于欧而境次于秦，至其合作，如甲稿《浣溪沙》之'天末同云'、《蝶恋花》之'昨夜梦中'、乙稿《蝶恋花》之'百尺朱楼'等阕，皆意境两忘，物我一体，高蹈于八荒之表而抗心于千秋之间，骎骎乎两汉之疆域广于三代，贞观之政治隆于武德矣。"

就上文所述，可见王静安论词之意见与作词之祈向都是深造自得，不同凡响。如果想进一步加以阐释评议，则需要略述词体兴起发展之概况及其所形成之特点。词是中晚唐新兴的一种文学体制，是配合燕乐可歌唱的曲辞，故最初名"曲子词"。经过五代、两宋三百余年之发展变化，词由应歌之作而变为言志之篇，其境阔而其体尊，然终有特长与局限。王静安谓："词之为体，要眇宜修。能言诗之所不能言，而不能尽言诗之所能言；诗之境阔，词之言长。"（《人间词话》）这几句话很能说出词之特质及其特殊功能。晚唐五代之词多作于酒筵歌席之间，所以"娱宾而遣兴"（陈世修《阳春集序》），所谓"不无清绝之辞，用助娇饶之态"（欧阳炯《花间集序》）。因此，当时词的内容多写男女闲情幽怨，其风格则是婉约馨逸，有一种女性美，也就是王静安所说的"要眇宜修"。（按，"要眇宜修"之语出于《楚辞·九歌·湘君》:“美要眇兮宜修。”王逸注:“要眇,好貌也;修,饰也。言二女之貌要眇而好,又尝修饰也。”)两宋以还,名家辈出,内容大增,风格多变,苏东坡、辛稼轩之贡献尤为卓越。这时,词可以咏史,可以吊古,可以发抒抗敌爱国之壮怀,可以描述农村人民之生活,风格亦变为豪放激壮。词似乎已由附庸之邦而蔚为大国。尽管如此,但在内涵上与作法上,词仍有其不同于诗之处。词是长短句,而且按词调的不同而有不同的韵律,较诗体灵活变化,并且音节谐美,音乐性强;又因为词的篇幅短,所以作词者多是用浑融蕴藉的艺术手法,言简意丰。因此,词最适合于“道贤人君子幽约怨悱不能自言之情,低徊要眇,以喻其致”(张惠言语,见《词选序》)。可以造成“天光云影,摇荡绿波,抚玩无斁,追寻已远”(周济语,见《介存斋论词杂著》)的境界,这是诗体所不易做到的。但是在内涵方面,则又有其局限性。因为词的篇幅短(小令只有数十字,通用的慢词诸调大抵都是百余字),且须遵守较严格的韵律,虽然东坡、稼轩以超卓的天才尽量开拓词的内容,做出榜样,但是仍不免有所局限。譬如杜甫的“三吏”“三别”,白居易的《秦中吟》《新乐府》诸诗,陈诉民生疾苦的内容,是无法用词体表达的;又如白居易《长恨歌》《琵琶行》等长篇叙事诗的内容,韩愈《荐士》《调张籍》诸作论诗的内容,也都是词体所无能为力的。这种例子还很多,所以王静安说词“能言诗之所不能言,而不能尽言诗之所能言;诗之境阔,词之言长”,就是这个道理。

还有,词体初兴时,形成了婉约的风格。强调这一标准而忽视后来的发展是不对的,但是作词终究不宜于浅露、直率、粗犷。苏东坡的豪放旷远，辛稼轩的悲壮激宕，是人所共推的，但是苏、辛词还是保存了词体深美闳约的特点，后世有识见的论者往往指出。周济说："人赏东坡粗豪，吾赏东坡韶秀。韶秀是东坡佳处，粗豪则病也。"（《介存斋论词杂著》）刘熙载说苏辛词："潇洒卓荦，悉出于温柔敦厚，世或以粗犷托苏、辛，固宜有视苏、辛为别调者哉！"（《艺概》卷四）夏敬观说："东坡词如春花散空，不著迹象，使柳枝歌之，正如天风海涛之曲，中多幽咽怨断之音，此其上乘也。若夫激昂排宕，不可一世之概，乃其第二乘也。"（《映庵手批东坡词》）这些话都是很有见地的。

王静安大概深切体会到这一切，所以他作词时，注意保持词体"要眇宜修"的特点，利用它以发抒其"幽约怨悱不能自言之情"，因此，他的词作，内涵并不广阔，不如苏、辛，但是在深情幽旨方面，也自有其独到之处。

王静安认为，每一种文学体裁，当其初兴起时，是清新自然、有朝气的，及"通行既久，染指遂多，自成习套"（《人间词话》。以后引王静安论词语，凡见于《人间词话》者，不再注），遂由盛而衰。因此，他推崇五代、北宋而贬抑南宋。他说："唐、五代、北宋之词，可谓生香真色。"而南宋词之所以衰，其主要毛病是"枯槁""切近的当，气格凡下""雕琢""敷衍""其病不同而同归于浅薄"。更为庸俗可厌者，即是将词作为"羔雁之具"（世俗应酬的礼品）。所以王静安之于词，"于五代喜李后主、冯正中，于北宋喜永叔、子瞻、少游、美成，于南宋，除稼轩、白石外，所嗜者鲜矣"（樊志厚《人间词序》）。他又认为，词之体制，小令最尊，长调次之；词最好是无题，因为"词中之意，不能以题尽之”；作词应当“不为美刺投赠之篇，不使隶事之句，不用粉饰之字”。

王静安的词作，就是他这些词论的实践。他“词之体裁与五代、北宋为近”，不过，所以相近者，在意境而并非模拟。（樊志厚《人间词序》）他的词多是小令（在一百十五首词中，只有十首长调），多是无题（在一百十五首词中，有题的只有十首）。他作词，很少用典，也不用粉饰之字，无雕琢之弊，只是模拟古人的痕迹有时也还不免。［蒋英豪著《王国维文学及其文学批评》（香港中文大学崇基学院华国学会 1974 年出版）第二章第三节“王静安词”，列举王静安词中模拟欧阳永叔、秦少游等人之例证以后，说：“《人间词》诚无雕琢之病，但在用词造句甚至谋篇各方面，都难免于模拟之讥。”］

下边，我们要论析王静安的词。先看看他自己认为“合作”的三首，即是樊志厚《人间词序》中所举出的：《浣溪沙》之“天末同云”，《蝶恋花》之“昨夜梦中”与《蝶恋花》之“百尺朱楼”。

天末同云黯四垂，失行孤雁逆风飞。江湖寥落尔安归。

陌上金丸看落羽，闺中素手试调醯。今宵欢宴胜平时。

（《浣溪沙》）

昨夜梦中多少恨，细马香车，两两行相近。对面似怜人瘦损，众中不惜搴帷问。　陌上轻雷听隐辚，梦里难从，觉后那堪讯。蜡泪窗前堆一寸，人间只有相思分。

（《蝶恋花》）

百尺朱楼临大道，楼外轻雷，不间昏和晓。独倚阑干人窈窕，闲中数尽行人小。　一霎车尘生树杪，陌上楼头，都向尘中老。薄晚西风吹雨到，明朝又是伤流潦。

（《蝶恋花》）

《浣溪沙》词是说，一个失行的孤雁在天空飞行时，被弹丸打落，做成佳肴，供人欢宴，借以象征人生不由自主的悲惨命运，托喻新颖，其构思及手法与《蚕》诗相似。《蝶恋花》（昨夜梦中）一首，则是写怀人之情。在一个夜梦中，曾经遇到并接近所怀念者的香车，怀着无限怜惜之情无所顾忌地在众人群中前去褰帷慰问，这时忽然被路上车声惊醒，而适才相遇的情景乃是无可追寻的梦幻，惟有伴随蜡泪惆怅相思而已。借此象征人生对于理想固执的追求，以及难以企及的失望。《蝶恋花》（百尺朱楼）一首，则是写朱楼临大道，道上车辆日夕往来，楼上之人凭栏远望，数尽行人。一霎之间，车尘生于树杪，无论是路上或是楼中之人都向尘中老去，到黄昏时，风吹雨落，明朝路上又将都是流潦了。此词之意是要说明，在人世中，无论是世俗中人或是自命为超世之人，当世变之来，均受其冲击而不能抵抗，而世变又是难以预测的。

此三首词，都是用鲜明的形象描写个别事物情景，而其含义的丰融又超出于个别事物情景之外，使读者能在其暗示中领悟人生哲理。言近而旨远，观物微而托兴深，其格制确与五代、北宋为近，“珠圆玉润，四照玲珑”（借用周济论词语），如活色真香，无有矜心作意。这就是王静安词的特点。

王静安词中所蕴含的哲理，就是他在叔本华学说影响下所形成的人生观。上文所评述的三首词是如此，下边再举一些例证。

王静安《浣溪沙》词云：

掩卷平生有百端，饱更忧患转冥顽，偶听啼鴂怨春残。

坐觉无何消白日，更缘随例弄丹铅。闲愁无分况清欢。

此词写人生与忧患俱来，在“饱更忧患”之后，无可奈何，心情怅惘，与上文所引《欲觅》《出门》两诗所写之情相似。《蝶恋花》（斗觉宵来）下半阕云：

何物尊前哀与乐？已坠前欢，无据他年约。几度烛花开又落，人间须信思量错。

写出人间万事变化无常，难以估计。王静安本是有理想的，虽理想难以实现而仍固执追求，但其结果往往还是一场梦幻。《点绛唇》词即是写此种感慨，词云：

屏却相思，近来知道都无益。不成抛掷，梦里终相觅。

醒后楼台，与梦俱明灭。西窗白，纷纷凉月，一院丁香雪。

《减字木兰花》亦是写理想幻灭之叹，其下半阕云：

蓦然深省，起踏中庭千个影。依旧人间，一梦钧天只惘然。

但是自己仍然坚持固有的理想与信念，在世事难期、真知者寡的情况下，惟有孤芳自惜而已。《虞美人》词下半阕云：

妾身但使分明在，肯把朱颜悔？从今不复梦承恩，且自簪花坐赏镜中人。

此即屈原《离骚》“制芰荷以为衣兮，集芙蓉以为裳；不吾知其亦已兮，苟余情其信芳”之意矣。

王静安词中蕴含哲理之作是相当多的，以上只是略举数例。

这些作品，都能将哲理融化于情景之中，读起来觉得写景鲜明，言情深婉，而很自然地能玩味出其中所含之意蕴。作者是在感发读者心情的情况下而启迪其理智上的领悟，起到美酒陶醉人的作用。王静安论词主张境界，他在《人间词话》中说："词以境界为上。有境界则自成高格，自有名句。"如何才算是有境界呢？《人间词话》中又说："故能写真景物、真感情者，谓之有境界；否则谓之无境界。"王静安的这些哲理词是能写真景物、真感情的，符合他所提出的有境界的标准。

以上简略论述王静安的哲理词。至于静安词中还有其他方面的长处，本文就不一一论述了。

词中透露哲理，本来是自古有之。譬如冯延巳《鹊踏枝》词："百草千花寒食路，香车系在谁家树？"晏殊《浣溪沙》词："无可奈何花落去，似曾相识燕归来。"欧阳修《玉楼春》词："人生自是有情痴，此恨不关风与月。"苏轼《水调歌头》词："不应有恨，何事长向别时圆。人有悲欢离合，月有阴晴圆缺，此事古难全。"辛弃疾《蝶恋花》词："春未来时先借问，晚恨开迟，早又飘零近。今岁花期消息定，只愁风雨无凭准。"例证很多。不过，古人这些词，并非有意要谈哲理，只是因为作者平日阅历世变，体验人生，胸中有所领悟，在作词时，于写景抒情中不自觉地流露出来，使词的内涵增加了深度。至于王静安，则是有意识地以词表达哲理，即是他接受叔本华学说经过自己体验而形成的一种人生哲学，因此，他对这类词作得相当多，这是他与古人不同之处。王静安自谓其词"意深于欧"，其故盖即在此。

最后，我征引叶嘉莹所撰《说静安词〈浣溪沙〉一首》文中的一段话作为论静安哲理词的总结。叶君谓：“静安先生颇涉猎于西洋哲学，虽无完整有系统之研究，然其天性中自有一片灵光，其思深，其感锐，故其所得均极真切深微，而其词作中即时时现此哲理之灵光也。”又谓：“以词言之，则有此高深之哲理概念者，对表达之工具多无此精美之素养；对表达之工具有些精美之素养者，又常乏此高深之哲理概念。此静安先生《自序》所以云，‘虽比之五代、北宋之大词人，余愧有所不如，然此等大词人亦未始无不及余之处’者也。”（见所著《王国维及其文学批评》，第460页）

以上是我对王静安诗词的论述，并非全面评价，只是抒写区区心得而已。世有爱读静安先生诗词者，愿承教焉。

（《王国维学术研究论集》第1辑，华东师范大学出版社1983年版）

我所收藏的马一浮先生诗词

一九三八年秋，我赴浙江大学中文系任教，时校址由杭州内迁于广西宜山。马一浮先生因日军侵占沪杭，由杭州避难西行，应浙江大学讲座之聘，亦同到宜山。至一九三九年春间，马先生始离宜山，赴四川乐山，主讲复性书院。在这半年多的时间内，我与马先生时常往还，问学请益。马先生精通宋儒理学与佛学，他讲学融合儒释，自成体系。他的为人，和蔼旷达，有魏晋风度，诗词书法，风格甚高。马先生赠我的诗词稿及出示的旧作，我都珍藏箧中，可惜在“文革”的十年浩劫中散失了。幸而在我的旧日“札记”中，曾将这些诗词誊录下来，所以手迹无存，而抄件仍在。今马先生久归道山，我每读其诗词，追忆五十年前在宜山往还请益之乐，光阴易迁，境缘无实，益增怆然怀旧之思。兹根据我旧日的“札记”，将马先生诗词录存下来，或可备艺林掌故焉。

一

一九三八年十二月十二日，马一浮先生惠临，出示诗词各一首，乃题吾所撰《杜牧之年谱》者，词调寄《浪淘沙》云：

醉语见天真。龙性难驯。笙歌粉黛恰相亲。底事一麾江海去，刻意伤春。　　易尽百年身。吹梦成尘。昭陵松柏久为薪。惆怅乐游原上句，分付何人。

前意未尽，更题一绝云：

诗人才调艳如云，一卷花前百和薰。处处池塘春草满，断肠何必杜司勋。

复附以诗话云：

“赤风荡中原，烈火无遗巢。一人计不用，万里空萧条。”王龙标诗也。“阶前一盏悲春酒，明日池塘是绿阴。”韩致尧诗也。王语怒而韩语哀，国可知矣。牧之才放而自叹无能，怨其不用也。故谓缘叶成荫不必定系本事，益令人低徊不置。吕紫薇“雪消池馆初春后，人倚阑干欲暮时”，谢茂秦爱之，余亦爱之。“物不可以终难，故受之以解。”斯近乎治世之音矣。诗人之志，与时偕行，不可强也。因题斯册，漫忆及此，质之彦威尊兄，以为何如。蠲叟并识。

二

一九三九年一月一日，访马一浮先生。先生出示旧作词两首：

声声慢

春日湖上漫兴

孤根离幻，翳眼观空，颓年倦对芳朝。一曲柔波，边愁不上兰桡。家山画图如绣，称笙歌、兵气能消。庭院静，看疏帘燕度，暗柳莺捎。　　终古山河见病，笑蓬莱仙药，久误王乔。云水无心，鱼龙未是天骄。花源避秦人远，又东风、吐绽园桃。烟树暝，倚霏微、何处玉箫。

长亭怨慢

包慎伯书白真真留仙亭题壁诗卷，为沈敬仲题

溯当日、江亭游侣。极目山川，风流何许。核服题桥，狂言惊坐，知谁数。红儿白纻。望不见、高丘女。莺语太叮咛，抵多少、秋声砧杵。　　眉妩。料夔蛇心事，尽托檐前鹦鹉。芳馨满袖，一例是、恼人情绪。惜春迟、杜若汀洲，凝梦远、兰苕翠羽。瘦损沈郎腰，仿佛簪花留取。

三

一九三九年一月二十九日，马一浮先生赠余五言长律二十韵，题为《宜州书怀奉答彦威惠诗赠别二十韵》，诗云：

飘泊同三界，流离惜此辰。藏身宁有地，求友可无邻。礼乐思存鲁，耕桑亦避秦。山川留邑聚，民物异陶甄。讲肆云初集，蛮陬俗未驯。炎风行海峤，飞雪向峨岷。贲育将何补，唐虞岂再淳。心源双树寂，归梦五湖春。世论犹河汉，玄言孰主宾。毗邪成杜口，函谷不逢人。稷下回车远，淹中发简新。千灯仍续焰，一性自相亲。宗旨门前水，生涯甑上尘。西江吞浩汗，南郭倚嶙峋。暮噪空仓雀，朝看透网鳞。息机将罢钓，执指枉迷津。硕果甘匏系，高文信席珍。辟雍终济济，阙里尚恂恂。兰芷薰常在，云雷象始屯。临崖劳致

语，衰白竟谁陈。

附 记

以上迻录我旧日的“札记”三则。抗战期间，马先生在乐山讲学时，曾木刻其诗集一册，集中收入赠我的五言长律。此木刻本诗集印数不多，流传未广，我有一本，亦已散失，解放之后，未见重印。马先生诗名久著，但是他平日作词甚少，知者亦稀，吉光片羽，弥足珍贵。我上文所录马先生数首诗词，可供将来辑录马先生遗著者取资焉。一九八七年九月，缪钺记于四川大学历史系。

（原载《文献》1988 年第 3 期）

《云巢诗存》序

新宁刘弘度先生永济以清德硕望高才博学久为海内外士林所宗仰，其生平撰著如《屈赋通笺》《文心雕龙校释》《诵帚庵词稿》，均已先后刊行问世矣。哲嗣茂舒又取先生在世时手写诗稿曰《云巢诗存》者，将付剞劂，驰书告余曰："先生与先君子交谊甚笃，相知亦深，诗稿弁言，愿奉乞焉。"余虽拙于文笔，而义不敢辞。

弘度先生，湘人也。洞庭之南，奥区千里，山川清峻，花树芬馨。灵均放逐，贾傅谪居，遗韵流风，沾溉千祀。弘度夙禀乡邦山水清奇之气，远挹前修屈贾忧国之怀，微旨深心，托于歌咏。平日喜为长短句，所作《诵帚庵词》，取法姜白石，深得其清劲峭折之美，自谓"生平不常作诗"，此《云巢诗存》一百五十余首，乃一九三九年违难乐山至解放后一九六一年之稿。抗战期中所作，愤强敌之侵陵，冀天声之重振，建国以后之作，颂新政之清明，寄展望于前景，既皆能于读者有感发兴起之功矣。至于叙天伦，慨身世，朋旧往还，山川游赏，其内涵之广狭虽殊，而均足以见诗人观察之锐敏与情思之深挚。弘度自序其《诵帚庵词》云：“词人抒情，其为术至广，技亦至巧，然而苟其情果真且深，其词果出肺腑之奥，又果具有民胞物与之怀，则虽一己通塞之言，游目骋怀之作，未尝不可以窥见其世之隆污，是在读者之善逆其志而已。”弘度论词之语，可以通于其所自作之诗，其诗皆出于肺腑之奥，可以因小见大，窥见当世之隆污，故亦望读者能善逆其志也。弘度为词，学姜白石，而其诗之风格则兼采众长。大抵伤时感事，沉郁坚苍，得力于杜少陵，而长篇古诗，硬语盘空，镌刻险峻，则韩昌黎之嗣响，至于绝句短篇之深婉酝藉，寄兴幽微者，又仿佛楚骚之遗韵焉，信乎贤者之不可测也。

余与弘度先生相识，由于吴雨僧（宓）、郭洽周（斌龢）两先生之介。雨僧、洽周受学于美国白璧德（Erving Ballitt）先生之门，深研古希腊哲人之学，拟采其精华，结合吾国传统文化，融汇贯通，创为新义，以育才淑世，而余与弘度均为声应气求之友焉。抗战军兴之次年，余在浙江大学任教，时校址内迁宜山，弘度自湘赴蜀，道出于此，留居讲学者约三月。当时外患日亟，中原沦陷，每相与论及国事，慷慨激昂，弘度谓，吾中华民族有数千年刚健特立之操，终将有以自振。一九五五年冬，余以事至武汉大学，与弘度谒屈子之祠，揽东湖之胜，中流泛棹，逸兴云飞。六十年代初期，弘度寄赠其所著《屈赋通笺》与《文心雕龙校释》，余赋诗报之曰：“西粤论文日，于今二十年。青松寒不落，绝业老能传。风骨标新解，礼堂定旧编。羡君勤讲授，体健似神仙。”又曰：“荡桨东湖去，曾瞻屈子祠。芳馨如可接，景行系人思。一卷探微旨，千秋释所疑。明灯三复罢，餍饫得忘饥。”讲习之益，游赏之欢，抚念前尘，宛如昨日。

弘度先生为人耿介宽厚，以学者而兼良师，在大学执教数十年，殷勤诲育，其著述精湛，流被遐迩，而及门弟子亲承音旨者无虑数千人，大多卓然能自树立，以其所学呈献于当世。乃一九六六年浩劫突临，天地翻覆，弘度先生竟横遭迫害而卒，其夫人亦以身殉，可谓人生之至哀矣。贤人君子，遭遇如斯，屈原贾生，千古同慨，余序弘度《云巢诗存》，不禁执笔泫然，悲叹弗能自已也。

1987 年 4 月，缪钺写于四川大学历史系

（原载《文献》1989 年第 1 期）

钱宝琮《骈枝集》序

挚友嘉兴钱琢如先生宝琮逝世十余年矣，追念昔游，时萦于怀。先生少时游学英国，习土木工程，归国后任教于各大学，以精研中国天文历算史驰誉当世，余慕其名而未获相识也。抗战军兴，浙江大学内迁宜山。一九三八年秋，余应聘任教，时先生亦授学于浙江大学数学系。余以友人郭洽周先生之介谒先生于寓庐。先生伉爽坦易，倾怀畅谈，并出所作诗相示。余读毕，曰："何其似赵瓯北耶？"先生大笑曰："子诚知我者。"盖瓯北喜以诗说理，先生所作与之相近也。此后时相过从，交谊日笃。余性孤介，不喜诡随，而先生亦耿直特立，论学方人，从不假借，意气投合，出于自然。一九四〇年春，浙江大学北迁遵义，先生随理学院居于湄潭，相隔百里，晤面遂稀。抗战胜利，余来成都，先生返归杭州，益相睽隔。五十年代中期，先生赴北京任中国科学院中国自然科学史研究室研究员。一九五六年夏，余赴京开会，寓居西郊。先生闻讯，远道来访，欢然道故，久之乃去；先生校点《算经十书》，亦嘱余写书名题签；其盛意均可感也。"文革"

浩劫，天地翻覆，士人多罹其灾，先生亦未能幸免。一九七二年春，患偏枯之疾；一九七四年一月，病逝苏州。余闻讣惊痛，潸然流涕者久之，盖为天下恸，为士林悲，非独哭其私也。

中国天文历算史为专门绝学，先生竭毕生之力，覃研深邃，论著精宏，如撰写《中国数学史话》《古算考源》，主编《中国数学史》，校点《算经十书》，并发表论文三十余篇，均足以信今传后矣。先生治学之余，亦喜吟咏，存稿百余首，名曰《骈枝集》。哲嗣钱煦及其夫周本淳两君谋付诸剞劂，以余与先生交谊笃厚，驰函乞序，余义不敢辞。

先生为自然科学史名家，以平日治学心得形诸吟咏，乃极自然之事。故《骈枝集》中有《草戴震算学天文著述毕系以二章》《牛顿天体力学赞》《旧历甲申正月朔纪历》《读殷翰质数之分布三首》《读考工记六首》《论二十八宿之来历脱稿后作》诸什，实能别开生面，为古今人诗集中极所罕见者。或谓诗以缘情绮靡为宗，今写入天文历算之学，岂不枯寂寡味乎？余谓是亦在于作者如何处理之而已。东晋孙绰、许询以玄言入诗，曾蒙“平典似《道德论》”之讥，然谢灵运为之，则无损诗意。今先生以五七言诗叙写精微奥衍之天文历算，殊见精思与功力，固不妨在骚坛中别树一帜，况其中不乏可以启迪新思者，非尽枯寂寡味也。兹举一事以明之。

戴东原以天算之学卓著清代。余尝与先生论及戴氏，谓其学问才力固称超绝，然治学态度实不无可议者。余举王静安先生所撰《聚珍本戴校水经注跋》为例，曰：“王氏指出，戴书不独厚诬《大典》本，抹杀诸家本，且有私改《大典》假托他本之迹。

'凡此等学问上可忌可耻之事，东原悉为之而不顾，则皆由气矜之一念误之。'" 先生曰："余董理戴东原算学天文著述，亦发现同类情况，曾撰《戴震算学天文著述考》以辨析之。" 因出示所系诗二首：

朴学奇材众所望，研经象数艺兼长。
西洋弧矢传疑旧，北极璇玑解异常。
引史类讹浮大白，读书未遍下雌黄。
亲家难得微波榭，肯为先生校刻忙。

纂要钩玄著作传，网罗算氏绍前贤。
割圜体仿荆川论，原象功犹《玉海》编。
筹策纵横添异训，纬经颠倒失真诠。
公书惟恐人能解，解得渠时亦枉然。

此二诗指出戴氏算学天文著作中之失误及其治学态度不忠实之处，而措语谐婉，饶有意趣，固不失风人之旨也。

《骈枝集》篇什虽寡，涵蕴甚丰。其中叙写研治天文历算心得之作，上文已论及矣。此外，有慨叹抗战时之国难民瘼者，有描绘随浙江大学内迁途中行旅艰阻及沿途山川景物者，有叙写抗战时期中教师生计困窘而仍能安贫自守者。先生之诗盖深有得于韩昌黎，善以遒劲盘折之笔作长篇古诗，能曲尽事情物态，如《建德行》《香港劫》《旅次桂林》《冠英阁下岩洞》《吃饭难》《场坝》等篇皆是。至于描写山水之诗，刻画险峻似郑子尹。如《水硐沟》诗一段云：

远山草色苍茫里，夭矫清冷挂玉虹。

前进十里忽不见，但闻沟水鸣淙淙。
水声转挟雷霆重，仰看银浪翻晴空。
三叠贯连足千尺，赴壑力撼左右峰。
岭脊有云随涧下，山根无雨常空蒙。
乍惊龙斗动魂魄，面壁相习披心胸。
胸怀抑塞不平气，付与奔湍一泻中。
余气磅礴澄潭底，回波激荡生寒风。

先生所作抒情写景之七言律诗，不仅情韵不匮，且往往含蕴哲理。如《暮春》：

万物荣枯委曜灵，繁英淖约任飘零。
桃根遗孽能伤李，柳絮随风竟化萍。
风信屡催啼鸟变，雨来顿失远山青。
四时代序君休恼，终古韶光不肯停。

又如《落花》：

飘零身世总前因，辜负东皇宠命新。
未必两情皆逝水，更无一语委香尘。
红霞散去成红雨，闰月由来不闰春。
杜牧重寻嗟已晚，请歌金缕惜斯辰。

此两诗，或观万物变易，而见大化运转不停之机，或叹良时易逝，而兴才士身世飘零之感，均足以发人深省。盖先生以科学家敏锐精密之思观生察物，自能洞微烛隐，引发玄机，与流连光景泛泛之作不同矣。

总之，《骈枝集》情思内涵及艺术风格均有独到之处，余所评介，粗引其端，读者可自得之。至于所述先生平生之介性清操、绝学精诣，则于知人论世或有补焉。昔欧阳永叔作《苏氏文集序》，谓苏子美之诗文如金玉然，其精气光怪能常自发见。余固不敢仰企欧公，然撰《骈枝集序》时，则确信琢如先生之诗，其精气光怪亦将长留天地间也。

1990 年 5 月，缪钺写于四川大学历史系

（原载《文献》1991 年第 1 期）

评叶麐《轻梦词》

今岁初夏，余以事赴故都，初识叶君石荪。孤馆明灯，煮茗谈艺，叶君尽出平日所作词六十余首相示。余回环讽诵，击节赞赏，叹为清新俊逸，得未曾有，劝其付印，公诸同好，叶君顾谦逊未遑。近读本刊第三百零六期，载叶君《轻梦词》十一首，深喜叶君不自珍秘，出饷国人，爰就读后所感，拉杂书出，以质之海内倚声之士。

余以为叶君词之特色约有三端：

（一）凡诗词皆贵有整个之意境，而不贵零碎之佳句。《古诗十九首》无句可摘，然每首皆有其特具之意境，故能“惊心动魄，一字千金”。曹植、阮籍、陶潜犹不以佳句为尚。宋、齐以降，诗道衰敝，谢灵运、谢朓、何逊、阴铿等始有佳句可指，为人传诵。然阴、何之作，往往有句无篇，气味浅薄。后之诗人，性耽佳句，于是有先得一二美句然后补凑成篇者（李贺锦囊故事可为显证），有殚精竭力于字句之琢炼者（如贾岛之“两句三年得，一吟双泪流”）。举轻失重，瑜不掩瑕，不可谓非诗道之一病也。今观叶君之词，每首中虽不必皆有极精彩之佳句，然实有特具之意境。一首之中，每字每句及其声音辞采，皆于表现此特殊之意境有相当之职责，故成为一整个的而有生气之作品，非若零碎填凑者之拆碎下来不成片段。此其特色一也。

（二）凡一首诗或词，其声音辞采皆于表现意境及情感有极重要之关系。故选色、配声二事，作者所不可忽。就中声音一端，尤重于采色，以其感人犹敏而收效尤巨也。吾国古之诗人，高言妙句，音韵天成。然皆暗与理合，匪由思至。至沈约始发其秘，详加研索。惟所致意者仅在句中诸字低昂轻重之相调和，而于韵脚无所论列。夫韵脚之音，或沉雄，或寥亮，或轻倩，或悽婉，苟与篇中之情感相合，则相得益彰，足增动人之力。西方诗人颇注意于此，如阿伦波（Edgar Allan Poe）作 *The Raven* 一诗，因全诗为悲哀之情绪，故选 door，floor，nevermore 等低而沉之音作韵脚。今观叶君之词，如《月中行》之“清光今夜泻丛林，随地漾清阴”。用“林”“阴”等轻倩幽清之音作韵脚，适与月夜丛林之幽美景象相合。又如《十二时》表现一种萧索之境界，故用“落”“索”“曲”“漠”等沉而促之音。又如《生查子》所用之韵如“近”“殉”，皆紧峭沉着，亦适与词中沉挚之情相合。此可知叶君下笔之前，必先经一番细心之选择，正如西方诗人之惨淡经营，而非偶然凑拍，暗与理合。此其特色二也。

（三）叶君留欧多年，精研西方文学，故往往能用西方事物入词，而不失中国诗词之风味（如《忆秦娥》之用圣母即其一例）。又往往能运化西洋诗之章法入词，而不失于诡异（如《浣溪沙》前半阕纪言，后半阕始述事，即其一例。吾尚见君有《玉楼春》词，三首蝉联合记一事，而第一首之前半阕与第三首之后半阕皆用相同之两句仅稍易一二字，即仿西洋诗中重句之法，弥以见其情绪回环荡漾之妙，余最爱之）。此其特色三也。

自海道大通，欧化东渐，世变之烈，振古未有。故吾国今日凡举政教、风习、学术、文艺皆在蜕故变新之中。即就诗歌一端而言，异日如何蜕变，国人持论不同，趋向各异。惟吾人始终主张“以新材料入旧格律”为创建新诗之正轨。所谓旧格律者，虽亦不妨稍有变通，惟须以不背艺术之美为原则。本此标准试验于诗者，以江津吴芳吉君（碧柳）造诣最佳，惜乎中道殂谢，未竟其业。本此标准试验于词而有成绩者，吾人闻见狭隘，所知尚鲜。今叶君所作，颇与此旨相合。叶君深于法国文学，法人文学在欧洲以精美著称，而词亦为吾国最深美之诗体，应用治法国文学之心得以作词，定可收他山攻错之益。而叶君于创作文艺又抱有极忠实之态度（夏间余与叶君论词时，劝其付印。叶君谓未尝专力治词，称情抒写，未敢自信，异日苟付印，尚须请词学专家加以校阅，恐与词律有疏舛处也。此可见其谨严慎密，忠于文艺，异乎世之畏难就易，苟且鲁莽，而复妄以创作自矜者矣）。精进不懈，日大以肆，将可于词中增加新生命而开创新途径，此则吾人所深望于叶君者。

（原载《大公报》1933 年 11 月 27 日第 11 版《文学副刊》第 308 期）

读《吴宓诗集》题辞

拜读大稿，至深钦佩。才气骏发，情意肫挚，嘉禾秀出，颖竖群伦，大雅之才，美矣茂矣。

尝讥弹今世作者，率有二弊，一曰浮泛，二曰虚伪。诗人借物触情，斯为比兴，贵乎罕譬而喻，非以敷曼无休。即使描摹景物，亦宜熔裁适当。若惟知规摹物类，刻画花鸟，累辞积句，穷牍连篇，使读者苦索冥搜，莫窥意旨。是曰费词。又或真宰不存，藻词满腹，写景则夕阳芳草，赋别则南浦春波，偶尔怀人，亦曰屋梁落月，寻常登望，辄云万里百年。十首以后，词意略同，不见性情，徒增烦厌。是曰滥藻。皆浮泛之弊也。选理骚心，食而不化，折兰赠佩，咏史游仙，纵使琢句精炼，如楮叶之乱真，亦恐本意无存，似鹦鹉之学语。是曰陈意。若夫因文造情，苟驰夸饰，甫忧敌患，即欲请缨，偶慨国乱，顿思揽辔，非宋玉之失志，亦摇落悲秋，如潘岳之热中，而泛咏皋壤，优伶登场，啼笑皆伪。是曰假象。皆虚伪之弊也。

综此二弊，雨僧兄皆无之。言志必真，选辞必切。廿前篇什，稍患粗疏，归国以还，弥臻跌宕。金陵有江山之助（《金陵集》中诸作，清华韵秀，殆得江南山水灵淑之气。），辽东多慷慨之怀（《辽东》诸诗，情意沉痛，音节凄清。），西征省亲，至情流露（《西征集》中，如《省父》《别父》及涉及诸亲友之诗，皆肫厚诚挚，感人心脾。），京国设帐，寄慨遥深（《京国集》中，感事言怀之作，均直抒胸臆，悲愤苍凉。）。后来居上，无俟赘辞。若求白璧微瑕，惟在未臻精炼。意不炼则驳而不纯（凡思绪初发，每苦杂乱，如有意即存，必致玉石相淆，若能采撷精华，约而取之，如擒贼擒王，余党自服。阮、陶之作，无甚长篇，而觉意味深厚，百读不厌，以其能剥肤存液也。兄集中长篇之五七古，皆有真情至理，惟因意欠锻炼，故诗少光彩。兄言："古今大诗人写入诗者，皆其一生经验最重要、最高贵之部分。"钺窃以为吾人作一首诗时，亦宜选当时情意最重要、最高贵之部分，而弃其余也。），辞不炼则质而不美（意佳矣，而词不炼，则质美形恶，为累非浅。古大家诗之白描者，看似真率自然，苟细细玩味之，觉其如精金粹玉，光彩腾跃，如陶诗"结庐在人境"四句，似极平常，而王介甫以为"奇绝不可及"，此中意味，正耐寻思。兄诗中之句，如"人间信有罡风劫，天上初成玉女宫"，觉用意婉转，韵味隽永。又如"少年儿女秋闺意，流转死生世上情。各有奇愁说不得，几曾佳节月能明"。亦觉跌宕有奇气，则因造语精炼也。若"此道今时无敌手，中华第一大诗人。私情公意俱圆满，技术天才并绝伦"。用意非不壮阔，惟造句粗率，则觉乏味。），虽一眚不掩大德，而淘金固贵汰沙，精益求精，艺事无尽。

呜呼，诗道精微，苦难辞逮，或形似相反，而实乃相成，或差若毫厘，则谬以千里。剖纤析密，识照贵圆，雕琢与自然舛午，而平淡出于绚烂；创造与模仿相违，而通变由于因袭。此相反而相成者也。白描不当，恐陷粗俗；典丽太过，弊在板重。格调高朗，易伤肤廓；思路深刻，每至晦涩。约敕自好，恐以边幅见病；卓荦偏人，又患奇诡异常。此差若毫厘，谬以千里者也。故白刃可蹈，中庸实难，略涉偏畸，过犹不及。贾岛三年成句，杜甫改罢长吟，岂无得而然哉，亦欲求恰到好处之境也。

迩来欧风东渐，诗道荡摇，旧贯不可尽仍，新体反滋歧路。熔冶中外，自铸伟词，苟非通才，孰肩此任。吾兄于远西歌辞，既已造堂哜胾，而于宗邦风雅，又复穷力研几，异日为百川障，扶大雅轮，撷莎（莎士比亚，Shakespeare）米（米尔顿，Milton）之精英，扬李杜之光焰，创为真正之新诗者，舍雨僧外，谁可当此。期之者深，则责之者重。广获而精导，寡作而湛思，辨几微之差，审相反之美，此钺所望诸雨僧者也。

昔曹子建好人讥弹，世推雅量，绵绵千载，乃得雨僧，故敢披胆沥肝，贡其愚见。无南威之美，而擅论淑媛；乏龙泉之利，而轻评断割。不量德力，知遗诮于达人；唐突西施，乞见恕于良友。[钺自学诗迄今虽已十载，然仅涉波流，实无深诣。欣赏古人，只能略辨体貌，而不能剖析精微。操觚有作，自恨凡庸，即渐有一二句稍可取者，亦适逢其机，于诗中甘苦利病未能尽悟，虽欲润色，心无权衡。此乃自知之实言，非㧑谦之虚语。盖钺无论治何学，皆犯无恒（见异思迁）不精（浅尝即止）之弊。固不独治诗为然也。屡欲改此弊，苦无人鞭策。近与梁君鹤铨每夜评杜诗，辨析微密，比较异同，虽为时非久，觉稍能得益。如能持之以恒，或可窥诗学门径。今则殊觉茫昧。既蒙兄远道寄诗，若泛泛赞扬，殊负厚意，故敢本其管见，详细述之，譬如吾兄问道于盲，而盲者惟有擿埴索途以相告耳。其当与否，固须兄自审择之也。]

民国十六年十月溧阳缪钺拜识

（原载《吴宓诗集》，中华书局 1935 年版）

《迦陵论诗丛稿》题记

一

加拿大不列颠哥伦比亚大学亚洲学系叶嘉莹教授，于一九七九年、一九八一年两次应聘归祖国讲学，先后在南开大学、北京大学、北京师范大学诸校讲授中国古典诗词。一九八二年春夏间，又来四川大学讲唐宋词，与余论学谈艺，时相过从。叶君裒集其已发布之论诗诸文共十四篇，都为一集，名曰《迦陵论诗丛稿》，将刊行问世，告余曰："嘉莹平日著书，未尝乞人作序，念先生相知之深，属望之切，请赐弁言，以资永念。"余辱承赏契，义不敢辞，惟《论诗丛稿》诸文，上下古今，评介非易，余今仅就籀读所得及平日亲聆于叶君者，撮述要旨，或亦君之所许乎？

叶君生长燕都，少承家学，卒业名庠，其后在国内外各大学讲授中国古典诗词者垂三十年，所著书已刊行者五种。博览今古，融贯中西，含英咀华，冥心孤往，以深沉之思，发新创之见，评论诗歌，独造精微，自成体系。叶君以为，人生天地之间，心物相接，感受频繁，真情激动于中，而言辞表达于外，又借助于辞采、意象以兴发读者，使其能得相同之感受，如饮醇醪，不觉自醉，是之谓诗。故诗之最重要之质素即在其兴发感动之作用。诗人之情，首贵真挚。其所感受之对象，大之国计民生，小之一人一事、一草一木，苟有真情，即成佳作，否则浮词假象而已。诗人之感受，最初虽或出于一人一事，及其发为诗歌，表达为幽美之意象，则将如和璧隋珠，精光四射，引起读者丰融之联想，驰骋无限之遐思，又不复局限于一人一事矣。此种联想又应具有“通古今而观之”之眼光，因此，评赏诗歌者之能事，即在其能以此“通古今而观之”之遐思远见启发读者，使之进入更深广之境界，而诗歌之生命遂亦由此得到生生不已之延续。此种灵心慧解，实为善读诗与善说诗者应具之条件。叶君论诗之要旨大抵如此。

叶君在古代诗人中所最推尊者，盖有三人焉，曰陶渊明，曰杜甫，曰李商隐。其言曰：

> 我以为，在中国所有的旧诗人中，如果以“人”与“诗”之质地的真淳莹澈而言，自当推陶渊明为第一位作者；如果以感情与功力之博大深厚足以集大成而言，自当推杜甫为第一位作者；而如果以感受之精微锐敏，心意之窈眇幽微，足以透出于现实之外而深入于某一属于心灵之梦幻的境界而言，自当推李义山为第一位作者。（《从比较现代的观点看几首中国旧诗》）

《迦陵论诗丛稿》中所收之文，其中论陶渊明诗者一篇，论杜甫诗者两篇，论李商隐诗者三篇，其余诸篇中亦常涉及此三家焉。

陶渊明之为人及诗作，古今人论者多矣。叶君撰《从“豪华落尽见真淳”论陶渊明之“任真”与“固穷”》一文，独提出“任真”与“固穷”两点为探索陶诗之锁钥，谓陶渊明在精神上“任真”自得，在生活上持守“固穷”，故终能摆脱人生中种种困惑与矛盾，而寻得托身不移之止泊。其仕隐出处，均本于质性自然，用世乃其本心，而归田则出于不得已，然不归田则不能保其质性之自然。陶渊明既非故求“隐逸”之高名，亦非故标“忠义”之节守，盖其天赋中具有一种极可贵之智慧，能在任何学说思想中汲取其性之所近者，化为一己情志之灵光，并不必将其归属于任何一家如儒家或道家也。惟其如此，故渊明之诗亦纯属称心而言，无意为之，不矜奇异，不求人知，惟自写其“胸中之妙”而已。

叶君此文，摆脱自来论陶诗者拘于迹象之纷纭众说，而独探陶渊明为人及其诗作之精微，并自述其心得曰：

> 研读陶渊明诗，我们可以体悟到，一个伟大的灵魂，如何从矛盾失望的寂寞悲苦中，以其自力更生，终于挣扎解脱出来而做到了转悲痛为欣愉，化矛盾为圆融的一段可贵的经历。……从而建立起他的“傍素波、干青云”的人品……写下了“豪华落尽见真淳”的不朽诗篇。

此则不仅欣赏诗作，又进而收兴发感动陶冶人品之功矣。

叶君于杜诗用力甚深，曾撰《杜甫秋兴八首集说》一书，搜集四十九种杜诗版本，为《秋兴八首》校订文字异同，又参稽三十五种杜诗注本，胪陈众说，加以按断，凡二十余万言。此书已刊行，而代序一篇则收入《迦陵论诗丛稿》。在代序中，论及杜甫七律之演进及其承先启后之成就，故即以此为标题焉。

叶君此文，分四阶段阐论杜甫七律体诗之继承、演进、突破与革新之种种历程，而结尾则标举《秋兴八首》在句法突破传统与意象超越现实之两点卓异成就，认为此乃中国诗歌欲求发展之一条新途径。即是“自平直地摹写现实到错综地表现意象；由诉诸理性之知解到唤起感情的触发”。但此种新趋势继承乏人，其能自意象化之境界悟入而深造自得者，仅有一李商隐。并谓，杜甫与李商隐之所以能进入此境界者，盖皆由于其感情之过人，而二人感情之性质又并不相同，杜甫则是以其博大溢出于事物之外，而李商隐则是以其深锐透入于事物之中；杜甫之情得之于生活体验者多，而李商隐之情则得之于心灵之锐感者多。

叶君复进而论之曰，自宋以至于清，学杜者虽甚多，但鲜能继承意象之途径而加以开拓者。晚清以降，世变日殷，诗歌亦有穷则思变之势，黄遵宪、王国维皆有新尝试。“五四”以后，白话新体诗兴，此本为时代之自然趋势，所可惜者，新诗在成长中，始则既有人自陷于不成熟的“白”，继则又有人自囿于不健全的“晦”，遂使新诗在其发展过程中受到不幸之挫折。杜甫七律体诗发展革新之往迹，尤其《秋兴八首》所表现之句法突破传统与意象超越现实之两点成就，“足为现代诗人作一参考之借镜”焉。

叶君虽对新诗不足之处提出建议，但在《几首咏花的诗和一些有关诗歌的话》一文中，又肯定新诗之成就而寄予期望，认为，在新诗之发展中，“其古今中外兼容并包的语汇和句法，对于表达现代人的一种精微新颖的情思，确有其较旧诗更占优势之处”。并谓此种新意境之出现，已为新诗显示光明之前途。

综观吾国诗歌之发展，自先秦至于明清，三千年中，新体代兴，时有变革，然每一种新体之成就，皆能于旧传统中汲取营养，其精神意脉亦有相通之处，夕秀虽振，不忘朝华。故今之新诗人宜多借鉴于古典诗歌，而研究古典诗歌者亦应关心新诗之成长。叶君尚论古人而着眼于当代，此亦其“通古今之变”之意图所体现者矣。

叶君《说杜甫赠李白诗一首》，其意不在于论杜甫诗，而是剖析此首小诗中杜甫对于李白了解、欣赏、赞叹之深刻真切，说明李白与杜甫不仅是千古并称之两大诗人，而又是生命与心灵相通之一双知己。于是进而探索诗人之用心，阐明人世间因相互知赏而酝酿成生命共鸣、光彩相照之高贵情谊，并寄托自己尚友千古之远慕遐思。此又叶君说诗之一特点矣。

李义山（商隐）诗，摛采瑰丽，托兴深微，千载以来，夙称难解。后世注家，殚精竭虑，谱其行年，钩稽史事，挂测某篇为某人某事而作，谈言微中，时有胜义，而牵强附会、窒碍难通者亦复不少。往往同一诗也，而聚讼纷纭，莫衷一是。叶君独谓，李义山之为人具有一种窈眇幽微之特异品质，其观生阅世，哀怨无端，发为诗歌，与其生平深相结合，读者应以灵思慧解探索之，而不可以沾沾于一人一事拘泥求之也。

《从义山嫦娥诗谈起》为叶君最早评说义山诗之文。《嫦娥》诗本为世人熟读之名篇，叶君独从“寂寞心”三字探寻诗人灵台之深蕴而创为新解。叶君认为，诗人对高远理想之追求及对丑恶现实之不满，此种心情不易为世人所解，故常有一种极深之寂寞感，《嫦娥》诗中所写者即此寂寞之情。至于前人所谓此诗乃义山自伤怀才不遇，或谓乃对入道而不耐孤寂者致诮，殆皆未免失之浅狭，违远义山之真意也。

义山之《燕台四首》，幽深艳冶，使读者目迷神眩。后世注家或以义山《柳枝诗序》与《燕台》诗比附立说，或又就《燕台》诗中有关之时、地与人作种种猜测，治丝益棼，徒增困惑。叶君自谓天生好奇，“越是难解的诗，我对之越有研究的兴趣”。于是冥思独运，艰苦探寻，谓此四诗有极真实深切之感受，而又有极复杂错综之象喻，既充满惆怅哀伤之思，而其周密精微又不同于偶然抒情之作。因此，欣赏此种作品，应承受其多种之可能，体会作者内在之窈眇心魂与外在精美艺术之结合。义山此四诗，表现其锐敏心灵对人世间无常与缺憾之深悲，故必须有类似之心灵始能感触而探索之。

义山《海上谣》亦是一篇隐晦难解之作。以前注家对此诗有三说焉：或以为言求仙之事；或以为叹李德裕之贬；或以为自伤一生之遇合得失。叶君谓，此三说者，均嫌拘执，未能从诗歌中之意象与感情基调以参悟诗人之用心与托喻。于是叶君对此诗作两层说明。先将诗中之意象与所写山水、所用神话相结合之后可能提示之象喻与感情基调作第一次说明；再以历史背景所能附合于诗歌上之含意作第二层说明。其感情基调则是在凄寒寂寞中对于平日所追求向往者终于落空而表示之悲慨。至于悲慨之所寄托，有多方面之可能，既悼武宗之崩，又伤李德裕之贬，复哀一己之失意，更致慨于宫廷宦竖之弄权，所蕴蓄者极为繁复幽微。

叶君复以《燕台》与《海上谣》两诗比较论之，谓《燕台》诗偏重于主观情绪之抒写，而《海上谣》则偏重于客观事物之描摹。两诗虽均属意象奇诡，引人遐想，但吾人进行研究时所取途径则应有所不同。对《燕台》诗，叶君全凭情绪之线索进行追溯，而未说明其所托喻者；对《海上谣》，则凭借外缘之资料，如桂林山水、神话故实、历史背景等以说明诗中之托意。

评说《燕台四首》与《海上谣》两文为叶君精心结撰之作，其所用以研讨之方法，可为此类难解之诗开辟一探索之新途径焉。

以上着重评介《论诗丛稿》中叶君论述其最所赏爱之陶渊明、杜甫、李商隐诸诗人之文，以见叶君评说古代个别诗人之精思卓识。此外，《论诗丛稿》中尚有数篇通论之作。如《一组易解而难懂的好诗》与《从比较现代的观点看几首中国旧诗》二篇，则是作者受西方现代文学论评之影响，拟用较新之观点分析欣赏中国旧诗之作。至于《几首咏花的诗》一文，则是作者对于诗歌中感发作用及形象与情意之关系之初步阐说，其后在《由〈人间词话〉谈到诗歌的欣赏》一文中，叶君于作者之感发与联想之外，又论及读者之感发与联想，遂使诗歌之感发作用有更完整之理论。至于《锺嵘〈诗品〉评诗之理论标准及其实践》一文，则是叶君于研讨锺嵘《诗品》时，更旁及于中国诗论中重要之批评术语，推溯中国诗论之源流，对诗歌中重视兴发感动之传统有更详细之介绍。至于叶君最近所撰写之《中国古典诗歌中形象与情意之关系例说》一文，则系作者拟对此一问题进行系统研究之专著，本书所收入者，乃此专著之首章也。此外，叶君在其《迦陵论词丛稿》（上海古籍出版社 1980 年印行）一书中所收录之《境界说与传统诗说之关系》一文，则亦曾就此问题深广研究，且曾与西方诗篇相比较。凡此诸文，皆有可以相互参证之处。此亦正余所谓叶君之诗论足以自成体系者也。

至于此书所收之首二篇《中国诗体之演进》及《谈古诗十九首之时代问题》两文，则原为叶君多年前在台湾讲学之教材，并非其专力精诣之作。然首篇之融繁入简，次篇之考证详明，皆足见作者之学识功力，且极便于教学参考，故亦颇有可取者焉。

总之，叶君《论诗丛稿》诸文，皆穷年研讨，深造自得，摆脱常谈，独抒己见之作。综其特点，约有四端：曰知人论世；曰以意逆志；曰纵观古今；曰融贯中西。

叶君论述古代诗人，先说明其历史背景、思想性格、为人行事以及撰述某诗篇之时、地及人事关系，然后因迹求心，进而探寻诗人之幽情深旨、远想遐思，遂能获鱼忘筌，探骊得珠。并就诗人性格、思想内容，剖析其艺术风格之所以形成，意境韵味之所以独异。此叶君论诗知人论世、以意逆志之特点也。

叶君又用“通古今之变”之观点评论中国诗歌，对于一位诗人、一种体裁、一个主题，常是穷源溯流，探寻其演变之迹，指出其革新之功，既可见古代诗歌生生不息之作用，又为今后新诗之创作指明借鉴之途径。此叶君论诗纵观古今之特点也。

叶君研治中西文学批评，较其同异，各有短长。中国古人论诗，极多精义，然习为象喻之言，简约之语；西方文评，长于思辨，擘肌分理，剖析明畅。中国诗评，宜于会意；西方文论，工于言传。故叶君论诗，汲取中国古人之精言巧譬，而用西方文评思辨之法，准确详尽以辨析之，明白晓畅以表达之，如抽茧剥蕉，如水银泻地，使读者豁然易解。对于古人诗论中神妙难晓之说，如严羽所谓“兴趣”，王士禛所谓“神韵”，王国维所谓“境界”，均能加以科学之解释，义界明确，清除模糊影响之弊，如拨云雾而见青天。此叶君论诗融贯中西之特点也。

余对《迦陵论诗丛稿》诸文之评介，崖略如此。

二

夫真知出于实践，评议古人诗词者，如不能自作，则无从谙悉其中甘苦，亦难以探索古人作品之深情远旨、精思妙诣。曹子建所谓“盖有南威之容乃可以论于淑媛，有龙泉之利乃可以议于断割”者也。叶君少负逸才，十余岁时，所作七言近体诗，凄婉有致，似韩致尧。其后更历世变，远涉瀛海，感怆既深，胸怀日阔，或伤时忧国，或写物抒情，寄理想之追求，标高寒之远境，或为五七言之古今体诗，或为长短句之慢词小令。称心而言，不假雕饰，要眇馨逸，情韵深邈。如《南溟》诗：

白云家在南溟水，水逝云飞负此心。
攀藕人归莲已落，载歌船去梦无寻。
难回银汉垂天远，空泣鲛珠向海沉。
香篆能销烛易尽，残灰冷泪怨何深。

又如《鹊踏枝》词：

玉宇琼楼云外影，也识高寒，偏爱高寒境。沧海月明霜露冷，姮娥自古原孤另。　谁遣焦桐烧未竟，斫作瑶琴，细把朱弦整。莫道无人能解听，恍闻天籁声相应。

皆其代表作也。至于《水龙吟》（秋日感怀）词：

满林霜叶红时，殊乡又值秋光晚。征鸿过尽，暮烟沉处，凭高怀远。半世天涯，死生离别，蓬飘梗断。念燕都台峤，悲欢旧梦，韶华逝，如驰电。　一水盈盈清浅，向人间做成银汉。阋墙兄弟，难缝尺布，古今同叹。血裔千年，亲朋两地，忍教分散？待恩仇泯没，同心共举，把长桥建。

则是以清壮矫健之笔，发抒企望祖国统一之豪情壮志，气骨坚苍，辞采瑰丽，又与前所标举之作不同。余谓君曰："自古女诗人之作，幽约婉秀，是其所长，而豪宕激壮，则殊少概见。今君独能发英气于灵襟，具异量之双美，可谓卓尔不群。"君虽谦逊未遑，而余窃以为知言也。君创作诗词，精诣如此，其能深悉古作者之用心，体验其甘苦，而在诗歌之情思与艺术两方面，皆阐发精微，惬心贵当，则固无足怪矣。

叶君虽远居瀛海鲸波之外，而深怀故国乔木之思，自一九七六年扫荡"四凶"，拨乱反正之后，君数次归来，省视亲旧，历览山川。一九七七年，旅游西安，曾赋诗云："天涯常感少陵诗，北斗京华有梦思。今日我来真自喜，还乡值此中兴时。"爱国之心，图强之念，溢于辞表。君尝谓，吾国诗教，源远流长，渐渍人心者至深且巨，而二千余年之诗作，亦世界文学宝贵遗产之一，如能阐论发扬，则可以培养学子爱国之心志与高尚之情操。近数年中，君受国内各大学之聘，讲授古典诗词，条分缕析，博引旁征，固足以培育学子欣赏之兴趣与能力，而尤可贵者，则在于其能阐发古代诗人之高情卓识，有助于青年品格之修养。君尝赋诗云："构厦多材岂待论？谁知散木有乡根。书生报国成何计，难忘诗骚李杜魂。"亦可以观其志矣。

余与叶君初未相识，一九八〇年，君所著《迦陵论词丛稿》在大陆刊行，余得而读之，深服其辨析精微，而论词推重王静安先生，尤与余有针芥之合。一九八一年四月，成都杜甫研究学会在草堂举行年会，君崇慕诗圣，应约来临，谭艺论心，数共晨夕。君自谓，少时即喜读余所著《诗词散论》，心仪已久，故初逢如旧识，相与评论诗词，上下古今，切磋往复，所见略同。君称谓㧑谦，虽非余所敢承，而高情卓识，实深契于衷怀。君归加拿大时，余赋诗赠别曰：

相逢倾盖许知音，谭艺清斋意万寻。
锦里草堂朝圣日，京华北斗望乡心。
词方漱玉多英气，志慕班昭托素襟。
一曲骊歌芳草远，凄凉天际又轻阴。

君归后寄诗相酬曰：

稼轩空仰渊明菊，子美徒尊宋玉师。
千古萧条悲异代，几人知赏得同时？
纵然漂泊今将老，但得瞻依总未迟。
为有风人仪范在，天涯此后足怀思。

此后书疏往返，诗词赠答，岁月流逝，知解益深，并相约合作，有所撰述。余寄君诗有“共勉尚须勤大业，相期终不负平生”之句，盖亦汪容甫《与刘端临书》所谓“念他山攻错之义，诚使学业行谊表见于后世，而人得知其相观而善之美”之意也。余与君约定合作之《灵谿词说》一书，已开始撰写，即此种意愿之体现焉。

今叶君之《迦陵论诗丛稿》将刊行问世，余为之撮述要旨，并记君诗词精诣、襟期抱负及相与论学相契之谊，以谂读者。君尝谓，读古人书应有以窥其用心而想见其为人；又谓，余论述古诗人，往往结合自己而融入焉。今君之此书，虽皆论古之作，思辨之文，而孤怀幽抱，隐寓其中，庶几风人之旨。义蕴所寄，有待推寻，余之题记，未能尽发，好学深思之读者当自得之。

1982年10月写于四川大学历史系

（原载《中国社会科学》1983年第2期）

施议对博士论文《词与音乐关系研究》的评审意见

肇兴于唐、经五代而盛极于两宋的长短句曲子词，是配合燕乐而歌唱的，它与音乐的关系非常密切。燕乐曲调的繁复变化及其抑扬抗坠的声音之美，有助于发抒歌词幽微曲折的情思而形成其丰富多彩的风格；同时，燕乐对歌词的制约以及二者之间的离合也影响到歌词的发展变化。对于这个问题，古今论词者虽亦经常涉及，但所论述者往往是局部的、片面的，还没有一部专著做全面深入的探索阐释。建国三十多年来，由于“左”的思潮的影响，论词者往往强调思想性而忽视艺术性，更不能正确理解词与音乐相辅相成的依赖关系，反而误认为音律是对词的束缚，只有破除音律，词才能得到健康的发展。偏见曲解，风行一时，在词学论坛上造成极大的混乱。施议对君所撰博士论文《词与音乐关系研究》，能对这些问题加以澄清，是一项很有意义的科研成果。

施君研治词学，多历年载，曾受教于夏承焘先生，后来又在吴世昌先生指导下攻读博士学位。吴先生教导青年治学，主张独立思考，选作难题，言前人之所未尝言、未敢言者。故施君承教撰写此书，作披荆斩棘、独辟蹊径的尝试。

综观全书，取材广博，组织完密，考虑周到，条理井然，从正面阐发者多是深造自得之言，而所批判辨析者亦能击中对方要害。

书中从歌辞合乐的角度考察唐宋词之演变，认为，唐五代时是以“应歌合舞”为歌词创作之目的。北宋时期，“乐曲以新声取胜，歌辞以近情悦人”（第83页，据施君书，中国社会科学出版社印本，以下仿此），歌词与音乐密切结合，互相制约。至南宋时，歌词逐渐摆脱音乐，或蜕变为独立的抒情诗体，或结合于民间“小曲”而下开元曲。因此，书中认为，“词与音乐相结合以至于相脱离，乃历史发展的自然趋势”（第308页）。这样论述唐宋词发展之线索，较之一般文学史，可谓别开生面。

此外，书中对于歌词与音乐关系的各种问题及其演变过程、长短得失，都进行了详细的阐述，既肯定了词与音乐互相结合，声词相济、相得益彰之成就，又指出，宋人在长期创作实验中，偶尔也出现某些偏差。实事求是，持论公允。

施君书中的论述，尤其值得称道者有数端：第一，强调词的特质与独立性，不同意晚近所谓的“诗词合流”之说。第二，对于词中“豪放”与“婉约”两种风格做出了正确的阐释，并对两派词人做出了公允的评价。第三，有力地驳斥了“音乐束缚论”与“声律无用论”，指出：“讲究声律，注重‘真美’，这是我国诗歌在长期发展演变的历程中所形成的优良传统”（第352页），而真正有才华的作家都是善于利用格律，“不曾以格律为累”（第359页）。最后，肯定了宋词的价值，认为长短句歌词是宋代文学的精华，是时代“心声”的体现，其成就在宋诗之上。因为歌词配合音乐，容易流传于社会中，有强大的生命力，而词人创作歌词时，真率自然，不必伪装作态，所以能够真实体现“时代的生活与情绪”。

昔年陈寅恪先生为冯友兰《中国哲学史》作审查报告时曾指出：“凡著中国古代哲学史者，其对于古人之学说，应具了解之同情，方可下笔。”又说：“所谓真了解者，必神游冥想，与立说之古人处于同一境界，而对于其持论所以不得不如是之苦心孤诣，表一种之同情，始能批评其学说之是非得失，而无隔阂肤廓之论。”陈先生这段通人之论，虽然是为治中国哲学史者而发，但亦可适用于治中国词史者。晚近有些论唐宋词者，所以发出不少曲解谬论，就是因为他们未能深入研究当时历史以及歌词发展的情况，未能对于诸词人之处境及其苦心孤诣有一种了解的同情，而只是简单地以今天之政治标准（其中有不少是“左”的思潮）去衡量古人，因此觉得唐宋词人除去苏、辛一派之外，几乎都无足取，而即便论述苏、辛两家词时，也多是粗疏肤廓之谈，缺乏深透正确的理解。这是很可悲可叹的。施君此书，矫正了这种弊端，对于唐宋合乐歌词发展的特点做出了符合历史实际的阐述，而对于诸词人，也能具有了解的同情，而公允评价其长短得失。这是难能可贵的。

为了百尺竿头更进一步，我愿提出一个建议：《北史·儒林传序》论及南北朝治经的学风时说：“南人约简，得其英华；北学深芜，穷其枝叶。”南北学风，各有短长。私意以为，如果能“穷其枝叶”而又不陷于繁芜，从约简中突出其“英华”，这岂不是更为完善的学术境界？若以此为标准来衡量，则施君此书在“穷其枝叶”上虽然下了很大功夫，而在“约简得其英华”方面似乎还有所不足。窃以为应当进一步修改者有两个方面：第一，将各章节中不必要的重复辞句酌量删节（鲁迅先生论作文时曾指出此点），使书中重要论点更为显豁醒目，正如刘勰《文心雕龙·镕裁》篇所说的：“裁则芜秽不生，镕则纲领昭畅。”第二，说明问题时，重要的论证要征引全文，次要的，节引精要语句即可，作为旁证的，可以只点明出处（如参考某些书某卷某篇）。这样，就可以节省笔墨，使读者感到悦目爽心。王静安、陈寅恪两位先生的著述中常用此法。

总之，施君此书，取材广博，系统周密，能发抒独得之见，而论证详明，具有说服力；针对当今词学论坛中的偏见误解，进行了有力的辨析批评，尤为有廓清之功。我建议，可以授予施议对君博士学位。

（原载《博士之家》，澳门中华诗词学会 1996 年版）

诠　诗

论诗之作，代有佳篇，或弥纶群言，或独阐只义，或标举新解，或综贯旧闻，或考镜源流，或辨章得失，虽中原有菽，采撷无穷，而晓示初学，贵取简易，此篇爰就所知，粗加诠次，间采通人之说，或贡一得之愚，引证立言，以示可信。陈义浅近，取其易晓。匪云著述之业，聊为讲授之资云尔。

既欲诠诗，先定义界。此文所释，含义较广，骚赋词曲，咸括其中，探源泛流，期无遗漏。（按，英文 poetry 一字，即兼戏曲而言，吾国之赋词曲等皆诗之支与流裔。盖赋者古诗之流，词为诗之余，曲又词之余。此恒识所晓，无烦详释者也。）

凡物之成，有形有质，诗亦物也，莫能外此。下文申述，据斯二纲。

诗之质有三，一曰深远之思，一曰温厚之情，一曰灵锐之感。夫诗者，言之精也，情之华也。在心为志，发言为诗，隐显同符，表里合契。故诗中之思，即诗人之思也，诗中之情，即诗人之情也。然凡鄙浅近之思不足贵，必期乎深远焉；虚矫偏激之情不足尚，必期乎温厚焉。又西人论文，率重想象，骋玄思于无极，挫万物于笔端，饰色增奇，文章司命，而欲想象丰融，要必慧心善感，故以灵锐之感殿焉。

一、深远之思。诗人高掌远蹠，玄览圆照，前言往行，供其鉴戒，物理人事，洞其精微，无庄生蓬心之讥，有《周易》知机之美。故能睹偏测全，居常虑变，由微知著，彰往察来。险未发而已慎其机，事未萌而先见其兆。流俗之士，目为狂痴，达识之人，赏其妙契。及其发为篇章，形诸文字，言在耳目之内，意寄八荒之表。厥旨渊放，归趣难求。拘于迹者不达其深心，溺于词者徒玩其华藻，夫夜眠夙兴，人之恒情，而卫臣独耿耿而不寐焉。（卫顷公之时，仁人不遇，小人在侧，故赋《柏舟》之诗曰："泛彼柏舟，亦泛其流。耿耿不寐，如有隐忧。"）百年大齐，莫或逾限，而屈原独悲来者吾不闻焉。（屈原《远游》："惟天地之无穷兮，哀人生之长勤。往者余弗及兮，来者吾不闻。"朱熹释之曰："夫神仙度世之说，无是理而不可期也审矣。屈子于此乃独眷眷而不忘者何哉？正以往者之不可及，来者之不得闻，而欲久生以俟之耳。然往者之不可及，则已未如之何矣。独来者之不得闻，则夫世之惠迪而未吉，从逆而未凶者，吾皆不得以须其反复熟烂。而睹夫天定胜人之所趣，是则安能使人不为没世无涯之悲恨。此屈子所以愿少须臾无死，而侥幸万一于神仙度世之不可期也。呜呼远矣，是岂易与俗人言哉。"）阮嗣宗夜中不寐，起弹鸣琴；谢玄晖目睹江流，悲心未已。一则伤时悯乱，感怆无端，一则忧谗畏讥，思逃罗罻。（阮籍志怀济世：身处乱朝，登广武而兴嗟，临穷途而痛哭，其抑郁难宣之情，皆于《咏怀诗》发之，其第一首曰："夜中不能寐，起坐弹鸣琴。薄帏鉴明月，清风吹我衿。孤鸿号外野，翔鸟鸣北林。徘徊将何见，忧思独伤心。"方东树所谓八十一首发端以忧思为脉也。谢朓为隋王子隆文学，在荆州特被赏爱，长史王秀之以朓年少相动，密以启闻，齐世祖勑朓可还都，朓道中为诗，以寄西府，起句即曰："大江流日夜，客心悲未央。"结四句曰："常恐鹰隼击，时菊委严霜。寄言罻罗者，寥廓已高翔。"）见嘉树之成蹊而慨荣悴不常。（阮籍《咏怀诗》云："嘉树下成蹊，东园桃与李。秋风吹飞藿，零落从此始。繁华有憔悴，堂上生荆杞。驱马舍之去，去上西山趾。一身不自保，何况恋妻子。凝霜被野草，岁暮亦云已。"方东树云："此以桃李比曹爽，言荣华不久，将为司马氏所灭。"陈沆曰："司马懿尽录魏王公，置于邺，嘉树零落，繁华憔悴，皆宗枝剪除之喻也。"）观夕露之沾衣而恐违其素愿。（陶潜《归园田居》第三首云："种豆南山下，草盛豆苗稀。晨兴理荒秽，带月荷锄归。道狭草木长，夕露沾我衣；衣沾不足惜，但使愿无违。"苏轼云："以夕露沾衣之故而违其素愿者多矣。"）西风凋树，独上高楼。（王国维云："'我瞻四方，蹙蹙靡所骋'，诗人之忧生也。'昨夜西风凋碧树，独上高楼，望尽天涯路'似之。""昨夜"三句，乃晏殊《蝶恋花》词中语。）海上月明，辄怀遥夜。（张九龄《望月怀远》曰："海上生明月，天涯共此时。情人怨遥夜，竟夕起相思。灭烛怜光满，披衣觉露滋。不堪盈手赠，还寝梦佳期。"昔人评为五律中之《离骚》。）此皆托远意于常情，寄深思于末物，恒人之所不及，诗人之所优为也。

二、温厚之情。葩经三百，义归无邪，尼父之旨，盖贵中正，哀乐不陷于伤淫，讽刺能归于敦厚。盖人之所贵者，情也；情之所贵者，得其正也。哀而至于伤，则毗于阴而有近死之心矣；乐而至于淫，则毗于阳而有荡佚之行矣。怨悱而怒，则将生听者之恶而不能悯其遇焉；讽刺而刻，则将增闻者之怒而不能鉴其情焉。惟能温柔、能敦厚，斯发之也挚，动人也深，情文相生，哀乐能入，其浸润如雨露之滋，其灵速如雷电之触，可为志气之符契，化感之本源。古之诗人，虽处境不同，所感各异，而情辞之发，咸合斯旨。楚王已放逐屈原矣，而原犹曰"君思我兮不得闲"，能为君谅而犹冀其思己也。（屈原《九歌·山鬼》篇有句云："君思我兮不得闲。"又云："君思我兮然疑作。"徐谦曰："忠爱之心，复为君恕，言君非我不思，徒以小人之疑谤，致无暇召我。"）曹丕已疏弃曹植矣，而植犹曰："行云有反期，君恩傥中还。"终不忍绝而犹冀其亲己也。（曹植思君自方弃妇，其《蒲生行·浮萍篇》云："行云有反期，君恩傥中还。"《种葛篇》云："弃置委天命，悠悠安可任。"《七哀诗》云："愿为西南风，长逝入君怀。君怀良不开，贱妾当何依。"诚可谓温柔敦厚、怨而不怒者矣。）石席不爽，惟望德音勿欺。（鲍照《绍古辞》第二首云："昔与君别时，蚕妾初献丝。何言年月驶，寒衣已捣治。绦绣多废乱，篇帛久尘缁。离心壮为剧，飞念如悬旗。石席我不爽，德音君勿欺。"）行路虽难，幸勿荷殳之患。（杜甫《寒峡》云："寒峡不可度，我实衣裳单。况当仲冬交，溯沿增波澜。野人寻烟语，行子傍水餐。此生免荷殳，未敢辞路难。"刘须溪曰："怨伤忠厚，得诗人之正。"）人纵负己，己不负人，居穷不怨，且能自慰，其敦厚为何如耶？且诗人敦厚之情，不但能藏诸已，感乎人而已。兼能推其情以化万物，蠢然冥然之物，自诗人视之，皆有温柔敦厚之情焉。读杜甫《除架》《废畦》二作，可以见矣。（杜甫《除架》云：“束薪已零落，瓠叶转萧疏。幸结白花了，宁辞青蔓除。”《废畦》云：“秋蔬拥霜露，岂敢惜凋残。”仇沧柱云：“唐人工于写景，杜诗善于摹意。‘宁辞青蔓除’，能代物揣分；‘岂敢惜凋残’，能代物安命。”）

三、灵锐之感。诗人触物生情，灵心善感，观流水而叹逝，睹落花而伤春，能见人所不能见，闻人所不能闻，哀乐无端，欣慨交集，西人谓威至威斯（Wordsworth）如风雨表，天时微末之变皆能觉之。[Wordsworth is sensitive as a barometer to every subtle change in the world about him。 语 出 *Long's English Literature*。（威至威斯今译为华兹华斯。——编者注）] 言其感之灵锐也。晏幾道自谓：“身外闲愁空满，眼中欢事常稀。”冯延巳亦曰：“莫道闲情抛弃久。每到春来，惆怅还依旧。”言其情之易动也。盖恒人之于物，仅观其形象而已，而诗人独略形象而察底蕴，且联想及人情事理之变焉。恒人之为心，非深切于己者不能动其哀乐，而诗人虽事不涉己亦生悲欢焉。欧阳泪眼，欲问落花。（欧阳修《蝶恋花》词：“泪眼问花花不语，乱红飞过秋千去。”）容若知心，期诸残月。（纳兰容若《临江仙》词：“如今憔悴异当时，飘零心事，残月落花知。”）灵均欲寄言浮云，恐其不将。（屈原《九章·思美人》：“愿寄言于浮云兮，遇丰隆而不将。因归鸟而致辞兮，羌迅高而难当。”）孝迈思诉情柳花，怕其轻薄。（黄孝迈《湘春夜月》词：“欲共柳花低诉，怕柳花轻薄，不解伤春。”）凡斯诸例，不遑枚举，寻绎歌咏，时辄遇之。

上述三者，是为诗质，神明所寄，橐钥所居，得之则生，弗得则死。灵锐之感，本之禀赋；深远之思，俟诸学识。至于温厚之情，则固为天生，亦赖涵养。本之禀赋者无论矣。人固有生而具温柔敦厚之情者，然其情真矣，未必能深；深矣，未必能广。屈原思君忧国，万折不回，虽知其患，终不忍舍，亦思远逝，仍恋旧乡，郁结纡轸，卒至自沉，是其情之深也。杜甫诗中不但思弟妹，惜妻孥，于君则一饭不忘，于友则千里相慕而已。且悯万民之震愆，伤禽鱼之失所，是其情之广也。欲情之深而且广，必多读古诗人之作，以古人浓挚之情引己之情，浸润激荡，日大以长，如雨露之润草木，肥甘之养肌理。至于有深远之思，则必识通今古，学贯天人，胸襟超旷，阅历深宏，所谓真本领也。大家、名家之分在此，如曹植、阮籍、陶潜、杜甫，莫不有深远之思。至如钱、刘、温、李等，其情未尝不温厚，其感未尝不灵锐，惟以德性学识不及数贤，存于中者不足，故发于外者不至，词采韵味，虽臻上乘，而兴观群怨，为效终微也。

述质已竟，进而论形。此所谓形，徒指其发表之方法而言。格调音律，略而不论焉。夫既曰深远之思，则必非浅词所能达也。既曰温厚之情，则必非质言所能尽也。既曰灵锐之感，则必非拙句所能宣也。是以诗人率皆精骛八极，神游万仞，钛心刿目，雕肾琢肝。杜甫之句，必欲惊人。（杜甫《江上值水》诗："为人性僻耽佳句，语不惊人死不休。"）李白之诗，可以泣鬼。（杜甫《寄李十二白二十韵》："昔年有狂客，号尔谪仙人。笔落惊风雨，诗成泣鬼神。"）虽曰"古人胜语，皆由直寻"（《诗品》中语），然而每得佳句，疑有神助。［谢灵运得"池塘生春草"

句，常云“此语有神助”（见《诗品》）。而杜甫亦云“诗成觉有神”，又云“诗应有神助”。］故其放言遣辞之方，达意抒情之术，挥霍纷纭，殊难为状，然总其要归，有四忌焉：曰质，曰直，曰拙，曰滞。由此四忌，斯生四尚：曰文，曰婉，曰灵，曰浑。故贵言近而旨远，则比兴生焉；贵委婉而含蓄，则蕴藉尚焉。或陈古以刺今，或引古以自喻；或寓情于景事，或托意于微物。或志含愤激，而寄主旨于反语；或化虚为实，而溢正意于旁歧。正言不足，每假衬托，写人写物，则直摹其神。叙事论古，则灵警含蓄。班姬怨悱，自方团扇。（班婕妤初得幸于成帝，后失宠，为《怨歌行》以自伤，曰：“新裂齐纨素，皎洁如霜雪。裁为合欢扇，团团似明月。出入君怀袖，动摇微风发。常恐秋节至，凉飙夺炎热。弃捐箧笥中，恩情中道绝。”）九龄介特，托意孤桐。（张九龄《杂诗》：“孤桐亦胡为，百尺傍无枝。疏阴不自覆，修干欲何施。高冈地复迥，弱植风屡吹。凡鸟已相噪，凤凰安得知。”盖自况之词也。）哀君子之放逐，而伤落花之乱飞。（欧阳修《蝶恋花》词：“庭院深深深几许。杨柳堆烟，帘幕无重数。玉勒雕鞍游冶处，楼高不见章台路。　雨横风狂三月暮。门掩黄昏，无计留春住。泪眼问花花不语。乱红飞过秋千去。”张惠言云：“‘庭院深深’，闺中既以邃远也。‘楼高不见’，哲王又不寤也。章台游冶，小人之径。‘雨横风狂’，政令暴急也。乱红飞去，斥逐者非一人而已。殆为韩范作乎。”）痛晋室之沦亡，乃叹桑根之不固。（陶潜《拟古》：“种桑长江边，三年望当采。枝条始欲茂，忽值山河改。柯叶自摧折，根株浮沧海。春蚕既无食，寒衣欲谁待。本不植高原，今日复何悔。”曾国藩云：“两晋立国，本无苞桑之固，干宝论之详矣。末二句似追咎谋国者之不臧。”）此比兴之法也。子美之逢龟年，百感交集，而括以四言。（杜甫《江南逢李龟年》：“岐王宅里寻常见，崔九堂前几度闻。正是江南好风景，落花时节又逢君。”沈确士云：“含意未申，有案无断。”黄白山云：“此诗与《剑器行》同意，今昔盛衰之感，言外黯然。”）牧之之赴吴兴，忠爱在怀，而托诸一望。（杜牧《将赴吴兴登乐游原》：“清时有味是无能，闲爱孤云静爱僧。欲罢一麾江海去，乐游原上望昭陵。”悲远谪、恋帝都之意溢于词表。）此含蓄之用也。屈原“上称帝喾，下道齐桓，中述汤武，以刺世事”（《史记·屈原列传》中语）。此陈古以刺今者也。（陈古刺今之例，《三百篇》尤多。如《王风》之《大车》刺周大夫不听男女之讼，《郑风》之《女曰鸡鸣》刺不说德，皆陈古义以讽。所谓言之者无罪，闻之者足以戒也。）延年贬谪，乃咏五君，虽称曩贤，无异自述。（《宋书》：颜延年领步兵，好酒疏诞，不能斟酌当时。刘湛言于彭城王义康，出为永嘉太守，延年甚怨愤，乃作《五君咏》以述竹林七贤，山涛、王戎以贵显被黜。咏嵇康曰：“鸾翮有时铩，龙性谁能驯。”咏阮籍曰：“物故不可论，途穷能无恸。”咏阮咸曰：“屡荐不入官，一麾乃出守。”咏刘伶曰：“韬精日沉饮，谁知非荒宴。”此四句盖自序也。）此引古以自喻者也。洞庭叶下，实写愁予，流水潺湲，乃思公子。（刘熙载《艺概》：“叙物以言情谓之赋，余谓《楚辞·九歌》最得此诀。如‘嫋嫋兮秋风，洞庭波兮木叶下’，正是写出‘目嫋嫋兮愁予’来；‘荒忽兮远望，观流水兮潺湲’，正是写出‘思公子兮未敢言’来，俱有‘目击道存，不可容声’之意。”）秋草寒林之句（刘长卿《过贾谊宅》："秋草独寻人去后，寒林空见日斜时。"虽写景而悲远谪、怀古贤，凄怆幽寂之情自见。），小桥独立之词（冯延巳《蝶恋花》词："池上青芜堤畔柳，为问新愁，何事年年有。独立小桥风满袖，平林新月人归后。"末二句写事写景而正是写新愁。），皆寓情于景事者也。杜鹃斜日，有鸡鸣风雨之情（王国维云："少游词最凄婉。至'可堪孤馆闭春寒，杜鹃声里斜阳暮'，变而为凄厉矣。"又云："'风雨如晦，鸡鸣不已'；'山峻高以蔽日兮，下幽晦以多雨，霰雪纷其无垠兮，云霏霏而承宇'；'树树皆秋色，山山尽落晖'；'可堪孤馆闭春寒，杜鹃声里斜阳暮'；气象皆相似。"）；菡萏香销，乃众芳芜秽之感（王国维云："南唐中主词'菡萏香销翠叶残，西风愁起绿波间'，大有众芳芜秽、美人迟暮之感。"）。此托意于微物者也。"今日良宴会"之作，本鄙富贵，反谓高言。（《古诗》："今日良宴会，欢乐难具陈。弹筝奋逸响，新声妙入神。令德唱高言，识曲听其真。齐心同所愿，含意俱未伸。人生寄一世，奄忽若飙尘。何不策高足，先据要路津。无为守穷贱，轗轲长苦辛。"方东树云："以求富贵为令德高言，愤谑已极，而意若庄，所以为妙，而布置章法更深曲不测，言此心众所同愿，但未明言耳。今借令德高言以申之，而所申乃如下所云云。令人失笑，而复感叹，转若有味乎其言也。"）"西北有高楼"之章，似赞弦歌，乃伤知己。（《古诗》："西北有高楼，上与浮云齐。交疏结绮窗，阿阁三重阶。上有弦歌声，音响一何悲。谁能为此曲，无乃杞梁妻。清商随风发，中曲正徘徊。一弹再三叹，慷慨有余哀。不惜歌者苦，但伤知音稀。愿为双鸿鹄，奋翅起高飞。"方东树云："此言知音难，而造境创言虚者实证之。可谓精深华妙，一起无端妙极。五六句叙歌声，七八硬指实之，以为色泽波澜，是为不测之妙，‘清商’四句顿挫，于实中又实之，更奇。‘不惜’二句乃是本意交代，而反似从上文生出溢意，其妙如此。”）此寄主旨于反语，溢正意于旁枝者也。蜡烛垂泪，则惜别之情可知。（杜牧《赠别》：“多情却是总无情，惟觉尊前笑不成。蜡烛有心还惜别，替人垂泪到天明。”）乔木厌兵，则争战之苦自见。（姜夔《扬州慢》词：“过春风十里，尽荠麦青青。自胡马、窥江去后，废池乔木，犹厌言兵。”）寄愁心与明月，以表相思之怀（李白《闻王昌龄左迁龙标尉遥有此寄》：“杨花落尽子规啼，闻道龙标过五溪。我寄愁心与明月，随君直到夜郎西。”）；照春庭之落花，自显孤寂之苦（张泌《寄人》诗：“别梦依依到谢家，小廊回合曲栏斜。多情只有春庭月，犹为离人照落花。”）。此衬托以见意者也。软语商量不定，能摄小燕之神。（史达祖《双双燕》词：“差池欲住，试入旧巢相并，还相雕梁藻井，又软语商量不定。”）微雨落花之时，自显佳人之美。（晏幾道《临江仙》词：“落花人独立，微雨燕双飞。”不言人之美，而其高秀之韵可挹。）此写物写人能直摹其神者也。少陵叙述情事，出以唱叹。（杜甫《哀江头》：“明眸皓齿今何在，血污游魂归不得。清渭东渐剑阁深，去住彼此无消息。”苏辙曰：“杜《哀江头》，余爱其词气若百金战马，注坡蓦涧，如履平地，得诗人之遗法。如白乐天诗，词甚工，然拙于记事，寸步不遗，犹恐失之。所以望老杜之藩篱而不及也。”）李杜褒贬古人，不下断语。（李商隐《咏贾生》：“宣室求贤访逐臣，贾生才调更无伦。可怜夜半虚前席，不问苍生问鬼神。”言外有惜文帝不能用贾生之意。杜牧《题桃花夫人庙》:“细腰宫里露桃新,脉脉无言几度春。至竟息亡缘底事,可怜金谷坠楼人。”以绿珠比息夫人,贬意自见。)此叙事论古,能灵警含蓄者也。略引名篇,粗明条例,三隅之反,期在达材。

论形质毕,更申余义。古之诂诗者有三训焉,一曰承也(《礼记·内则》:“诗负之。”郑注:“诗之言承也。”),二曰志也(《春秋说题辞》:“在事为诗,未发为谋,恬澹为心,思虑为志,诗之为言志也。”),三曰持也(《诗纬含神雾》:“诗者持也。”)。孔颖达释之曰:“作者承君政之善恶,述己志而作诗,为诗所以持人之行,使不失坠,故一名而三训也。”(见《诗谱序疏》)盖时政之美恶,可感人心之欢戚,而歌诗之雅郑,能观教化之良窳,故声音之道,每与政通,语出一己而情周万姓,感生私室而理洽众心,同时者可以观国焉,异代者可以论世焉,此所谓承也。人生有情,不能无感,感而思,思而积,积而满,满而作。诗者志之所之(《释名》:“诗之也,志之所之也。”),中土之恒语也;诗为浓情自然之流露(Poetry is the spontaneous overflow of powerful feelings,语见 Wordsworth 所著 *Preface to the Second Edition of Lyrical Ballads*。),西哲之名言也。立言殊方,其旨则一,诚中形外,理无或殊,故抒哀娱忧,莫善吟咏,古之人或美志不遂,或感愤在胸,或有蝉蜕秽浊之思,或怀悲天悯人之意,借词见志,奋藻散怀,千载之下,如或遇之,其形虽化,其心不死,故读《离骚》之篇,则灵均之忠爱可见;寻《箜篌》之引,则子建之忧生可知。(方东树评《箜篌引》曰:“子建盖有爱生之戚,常恐不保,而又不敢明言,故迷其词,所谓寄托非常,岂浅士寻章摘句所能索解耶。”）阮嗣宗志切痛伤，陶渊明襟期冲淡，李太白超然物表，杜子美饥溺为怀，皆世远莫觌其面，觇文辄见其心。此所谓志也。《诗大序》曰：“正得失，动天地，感鬼神，莫善于诗。”故诗有动物感人之力，化民淑世之功。《蓼莪》之作，孝子不能终篇。（《晋书·王裒传》：“读《诗》至‘哀哀父母，生我劬劳’，未尝不三复流涕，门人受业者并废《蓼莪》之篇。”）《怨歌》之行，荩臣闻而泣下。（曹植《怨歌行》，桓伊为谢安诵之，安为泣下。）上古之世，诗乐相将，辅教化，佐郅治，与礼并立，如车二轮。后世乐教沉沦，咏歌特盛，化感之用，独寄于诗。盖欲求世治，先进民德，理智感情，生人所具。而情感之邪正，尤关民俗之浇淳，礼法所以导其理智，诗歌所以化其感情。温柔敦厚之教，圣哲所钦；雅废国微之言，取证不远。此所谓持也。[此段之义，多采自刘永济君《中国文学史纲要·叙论》（见本志六十五期）。特此注明，不敢掠美。]

上陈三义，为诗之用。既有顺美匡恶、化民淑世之功，复为言志抒怀、传世行远之具，世有谓诗为空华无实、玩物丧志者，亦所谓蔽于一曲，暗于大体，东向而望、不见西墙者矣。

（原载《学衡》第69期，1929年5月）

论　词

论词之起源者，以张惠言之说最为简当。张氏《词选序》曰："词者，盖出于唐之诗人，采乐府之音，以制新律，因系其词，故名曰词。"盖唐代以诗入乐，诗句齐整，而乐谱参差，以词就谱，必加衬字，久之，感其不便，于是或出于乐工之请求，或由于诗人之自愿，依乐谱之音律，作为长短句之新词，以便歌唱，所谓"逐弦吹之音，为侧艳之词"（《旧唐书·温庭筠传》），而词体遂兴。

此种新体裁，时人称之为"曲子词"，后遂简称为"词"，其取名并无深意。《说文》："词，意内而言外也。"此自指语词之词，段玉裁所谓摹绘物状及发声助语之文字也。词体最初取名，与此无关。后人或以词体蕴藉，恰与"意内言外"之旨相通，遂附会其说。始于宋陆文圭《山中白云词序》，至张惠言而大畅其旨，于是意内言外之意，遂为论词者所宗，而中晚唐词人作词之时，固未曾有此念存于胸中也。（词始于中唐，世传李白诸词，乃后人伪托，近人辨之已明。）

中晚唐、五代及北宋初年之词，仅有小令，其句法尚多与诗相近。如《生查子》以两首押仄韵之五言绝句合成，《玉楼春》似两首押仄韵之七言绝句合成，《鹧鸪天》则如两首押平韵之七绝，仅下半阕第一句易七字句为两个三字句耳。此外，如《浪淘沙》《临江仙》《虞美人》《菩萨蛮》诸调，亦皆由五七言诗句增损凑合而成，每句中平仄之配合，亦多与律诗相同，尚无更精严之规律。及宋仁宗之世，慢词肇兴，其后周邦彦、万俟雅言、姜夔等，均精于音律，创制新调，于是词之句法始繁复变化，而句中四声之配合，阴阳之分，上去之辨，亦谨严密栗，有时故为拗折之声，以表激荡怨抑之情，遂益与律诗句调相违，迥异于初期之小令。其音律最严者，如《暗香》之结句“几时见得”（姜夔词），“两堤翠匝”（吴文英词），一句四字，兼备四声（上平去入），其中上去入三仄声字，皆不能互易，易之则不合律矣。词非但辨四声也，又当辨声之轻重清浊。张炎称其父作《惜花春》词，“琐窗深”句“深”字不协，改为“幽”字，又不协，再改为“明”字，歌之始协。此三字皆平声，胡为如是，盖五音有唇齿喉舌鼻，所以有轻清重浊之分（张炎《词源》）。此种精严之处，皆律诗所未有。词中押韵，亦不容疏忽。仄声调上去入三声均可选用，而有必须用入声韵者，《词林正韵》历举二十余调，考之宋人词，虽未尽合，然若姜夔之《暗香》《疏影》《琵琶仙》《凄凉犯》诸调，音响健捷激枭，所谓“以哑觱篥吹之”者，则断应用入声韵。其用上去韵者，自是通叶，而亦稍有差别。如《秋宵吟》《清商怨》宜单押上声；《翠楼吟》《菊花新》宜单押去声；复有一调中某句必须押上，必须押去者；有起韵结韵皆宜押上，皆宜押去者。古人谓“诗律伤严近寡恩”，实则诗律尚不甚严，词律严密之处，真如申韩之法，不容假借。词本诗之支与流裔，故一名诗余，然其后滋生发展，自具体貌，历时愈久，演变愈多，俨然附庸之邦，蔚为大国矣。

抑词之所以别于诗者，不仅在外形之句调韵律，而尤在内质之情味意境。外形，其粗者也；内质，其精者也。自其浅者言之，外形易辨，而内质难察。自其深者言之，内质为因，而外形为果。先因内质之不同，而后有外形之殊异。故欲明词与诗之别，及词体何以能出于诗而离诗独立，自拓境域，均不可不于其内质求之，格调音律，抑其末矣。人有情思，发诸楮墨，是为文章。然情思之精者，其深曲要眇，文章之格调词句不足以尽达之也，于是有诗焉。文显而诗隐，文直而诗婉，文质言而诗多比兴，文敷畅而诗贵蕴藉，因所载内容之精粗不同，而体裁各异也。诗能言文之所不能言，而不能尽言文之所能言，则又因体裁之不同，运用之限度有广狭也。诗之所言，固人生情思之精者矣，然精之中复有更细美幽约者焉，诗体又不足以达，或勉强达之，而不能曲尽其妙，于是不得不别创新体，词遂肇兴。兹所谓别创新体者，非必一二人有意为之，乃出于自然试验演变之结果。词之起源，上已言之，不过由于中唐诗人，就乐谱之曲折，略变整齐之诗句，作为新词，以祈便于歌唱而已。故白居易、刘禹锡诸人之词，其风味与诗无大异也。及夫厥端既开，作者渐众，因尝试之所得，觉此新体有各种殊异之调，而每调中句法参差，音节抗坠，较诗体为轻灵变化而有弹性，要眇之情，凄迷之境，诗中或不能尽，而此新体反适于表达。一二天才，专就其长点利用之，于是词之功能益显，而其体亦遂确立。譬如温庭筠、韦庄，均兼能诗词，温词如《更漏子》之凄迷蕃艳：

玉炉香，红蜡泪，偏照画堂秋思。眉翠薄，鬓云残，夜长衾枕寒。　梧桐树，三更雨，不道离情正苦。一叶叶，一声声，空阶滴到明。

韦词如《荷叶杯》之幽婉缠绵：

记得那年花下，深夜，初识谢娘时。水堂西面画帘垂，携手暗相期。　惆怅晓莺残月，相别，从此隔音尘。如今俱是异乡人，相见更无因。

其境界均非二人诗中所有。苟当时无此种体裁，则此种情思意境亦将无从尽量表达。用五七言诗表达最精美深微之情思，至李商隐已造极，过此则为诗之所不能摄，不得不逸为别体，亦如水之脱故流而成新道，乃自然之势。其造始也简，其将毕也钜，万事往往如斯，此固非中唐诗人略变五七言诗为长短句以便歌唱者之所及料矣。故自其疏阔者言之，词与诗为同类，而与文殊异；自其精细者言之，词与诗又不同。诗显而词隐，诗直而词婉，诗有时质言而词更多比兴，诗尚能敷畅而词尤贵蕴藉。王国维曰："词之为体，要眇宜修。能言诗之所不能言，而不能尽言诗之所能言；诗之境阔，词之言长。"（《人间词话》）此其大别矣。

词之所言，既为人生情思意境之尤细美者，故其表现之方法，如命篇、造境、选声、配色，亦必求精美细致，始能与其内容相称。今析而论之，词之特征，约有四端。

一曰其文小。诗词贵用比兴，以具体之法表现情思，故不得不铸景于天地山川，借资于鸟兽草木，而词中所用，尤必取其轻灵细巧者。是以言天象，则“微雨”“断云”，“疏星”“淡月”；言地理，则“远峰”“曲岸”，“烟渚”“渔汀”；言鸟兽，则“海燕”“流莺”，“凉蝉”“新雁”；言草木，则“残红”“飞絮”，“芳草”“垂杨”；言居室，则“藻井”“画堂”，“绮疏”“雕槛”；言器物，则“银缸”“金鸭”，“凤屏”“玉钟”；言衣饰，则“彩袖”“罗衣”，“瑶簪”“翠钿”；言情绪，则“闲愁”“芳思”，“俊赏”“幽怀”。即形况之辞，亦取精美细巧者。譬如亭榭，恒物也，而曰“风亭月榭”（柳永词），则有一种清美之境界矣；花柳，恒物也，而曰“柳昏花暝”（史达祖词），则有一种幽约之景象矣。此种铸辞炼句之法，非但在文中不宜，即在诗中多用之，犹嫌纤巧，而在词中则为出色当行，体各有所宜也。因此，词中言悲壮雄伟之情，亦取资于微物。姜夔过扬州，感金主亮南侵之祸，作《扬州慢》词曰：“自胡马、窥江去后，废池乔木，犹厌言兵。”又曰：“二十四桥仍在，波心荡、冷月无声。”“废池乔木”“波心”“冷月”，均微物也。姜夔痛南宋国势之日衰，曰：“最可惜、一片江山，总付与啼鴂。”（《八归》）“啼鴂”亦微物也。辛弃疾之作，最为豪放，其《摸鱼儿》词，痛伤国事，自慨身世，而其结句云：“休去倚危栏，斜阳正在，烟柳断肠处。”仍托意于“危栏”“烟柳”等微物，以发其激宕怨愤之情，盖不如此则与词体不合矣。今更举一例：

漠漠轻寒上小楼，晓阴无赖似穷秋。淡烟流水画屏幽。

自在飞花轻似梦，无边丝雨细如愁。宝帘闲挂小银钩。

（秦观《浣溪沙》）

此词情景交融，珠明玉润，为秦观精品。今观其所写之境，有

"小楼"，楼内有"画屏"，屏上所绘者为"淡烟流水"，又有"宝帘"，挂于"小银钩"之上，居室器物均精美细巧者矣。时则"晓阴无赖"，"轻寒漠漠"，阴曰"晓阴"，寒曰"轻寒"，复用"无赖""漠漠"等词形容之。楼外有"飞花"，有"丝雨"，飞花自在，而其轻似梦，丝雨无边，而其细如愁。取材运意，一句一字，均极幽细精美之能事。古人谓五言律诗四十字，譬如士大夫延客，着一个屠沽儿不得。余谓此词如名姝淑女，雅集园亭，非但不能着屠沽儿，即处士山人，间厕其中，犹嫌粗疏。惟其如此，故能达人生芬馨要眇不能自言之情。吾人读秦观此作，似置身于另一清超幽迥之境界，而有凄迷怅惘难以为怀之感。虽李商隐诗，意味亦无此灵隽。此则词之特殊功能。盖词取资微物，造成一种特殊之境，借以表达情思，言近旨远，以小喻大，使读者骤遇之如在耳目之前，久诵之而得隽永之趣也。

二曰其质轻。陈子龙论词曰："其为体也纤弱，明珠翠羽，犹嫌其重，何况龙鸾。"盖其文小，则其质轻，亦自然之势也。诗词非实物，固不能以权衡称量，然吟讽玩味之，其质之轻重，较然有别。且所谓质轻者，非谓其意浮浅也，极沉挚之思，表达于词，亦出之以轻灵，盖其体然也。兹举例以明之。亲友故旧，久别重逢，惊喜之余，疑若梦寐，此人之恒情。杜甫《羌村》诗叙乱后归家之情曰："妻孥怪我在，惊定还拭泪。世乱遭飘荡，生还偶然遂。邻人满墙头，感叹亦歔欷。"结句云："夜阑更秉烛，相对如梦寐。"意沉痛而量极重，读之如危石下坠。至如晏幾道《鹧鸪天》词，叙与所欢之女子久别重遇，则曰："从别后，忆相逢，几回魂梦与君同。今宵剩把银釭照，犹恐相逢是梦中。"

其情与杜甫《羌村》诗中所写者相似，而表达于词，较杜之诗，质量轻灵多矣。惟其轻灵，故回环宕折，如蜻蜓点水，空际回翔，如平湖受风，微波荡漾，反更多妍美之致，此又词之特长。故凝重有力，则词不如诗，而摇曳生姿，则诗不如词。词中句调有修短之变化，亦有助于此。

三曰其径狭。文能说理叙事，言情写景；诗则言情写景多，有时仍可说理叙事；至于词，则惟能言情写景，而说理叙事绝非所宜。此虽因调律所限，然与词体之特性亦有关系。苏轼、辛弃疾为运用词体能力最大者，苏词有说理之作，如：

> 蜗角虚名，蝇头微利，算来着甚干忙。事皆前定，谁弱又谁强。且趁闲身未老，须放我，些子疏狂。百年里，浑教是醉，三万六千场。
>
> （《满庭芳》）

辛词亦有说理之作，如：

> 蜗角斗争，左触右蛮，一战连千里。君试思，方寸此心微，总虚空并包无际。喻此理，何言泰山毫末，从来天地一稊米。嗟小大相形，鸠鹏自乐，之二虫又何知。记跖行仁义孔丘非，更殇乐长年老彭悲。火鼠论寒，冰蚕语热，定谁同异。
>
> （《哨遍》）

读之索然无味，适足以证明其试验之失败。又经史子及佛书中辞句，皆可融化于诗，而词则不然。古书辞句，有许多不宜于入词者。辛弃疾镕铸之力最大，其词中，《论》《孟》《左传》《庄子》《离骚》《史》《汉》《世说》《文选》、李杜诗，拉杂运用，然如“最好五十学《易》，三百篇《诗》”（《婆罗门引》），“进退存亡，行藏用舍，小人请学樊迟稼。衡门之下可栖迟，日之夕矣牛羊下”（《踏莎行》），终非词中当行之作。宋代词人多用李长吉、李商隐、温庭筠诗，盖长吉、温、李之诗，秾丽精美，运化于词中恰合也。六朝人隽句，用于词中，乃有时嫌稍重，故如李清照词用《世说》“清露晨流，新桐初引”为恰到好处。此可以细参其轻重精粗之分际矣。盖词为中国文学体裁中之最精美者，幽约怨悱之思，非此不能达，然亦有许多材料及辞句不宜入词。其体精，故其径狭，王国维所谓词能言诗之所不能言而不能尽言诗之所能言也。

四曰其境隐。周济谓吴文英词如“天光云影，摇荡绿波，抚玩无斁，追寻已远”，言其境界之隐约凄迷也。实则不但吴文英词如是，凡佳词无不如是。若论“寄兴深微”，在中国文学体制中，殆以词为极则。诗虽贵比兴，多寄托，然其意绪犹可寻绎，阮籍诗言在耳目之内，意寄八荒之表，号为“归趣难求”。然彼本自有其归趣，特以时代绵远，后人不能尽悉其行年世事，遂“难以情测”耳。若夫词人，率皆灵心善感，酒边花下，一往情深，其感触于中者，往往凄迷怅惘，哀乐交融，于是借此要眇宜修之体，发其幽约难言之思，临渊窥鱼，若隐若显，泛海望山，时远时近，作者既非专为一人一事而发，读者又安能凿实以求，亦惟有就已见之所能及者，高下深浅，各有领会。譬如冯延巳（或作欧阳修）《蝶恋花》词：

几日行云何处去？忘了归来，不道春将暮。百草千花寒食路，香车系在谁家树？　泪眼倚楼频独语，双燕来时，陌上相逢否？撩乱春愁如柳絮，依依梦里无寻处。

或谓其有“忠爱缠绵”之意（张惠言），或谓其为“诗人忧世”之怀（王国维），见仁见智，持说不同，作者不必定有此意，而读者未尝不可作如是想。盖词人观生察物，发于哀乐之深，虽似凿空乱道，五中无主，实则珠圆玉润，四照玲珑，读者但能体其长吟远慕之怀，而有荡气回肠之感，在精美之境界中，领会人生之至理，斯已足矣。至其用意，固不必沾滞求之，但期玄赏，奚事刻舟。故词境如雾中之山，月下之花，其妙处正在迷离隐约，必求明显，反伤浅露，非词体之所宜也。

就以上四端，词之特性及其所以异于诗者略可睹矣。

或曰：晚清人论词，贵重、拙、大。子之所言，无乃与此相戾乎？曰：重、拙、大之说，所以药浮薄纤巧之弊也。吾之所论，就词之本质而言，重、拙、大之说，就词之用笔而言，二者并行而不相悖。譬如上文所举辛弃疾词：“休去倚危栏，斜阳正在，烟柳断肠处。”其文虽小，而用意用笔固极重大也。又如晏幾道词：“从别后，忆相逢，几回魂梦与君同。今宵剩把银釭照，犹恐相逢是梦中。”其质虽轻，而情思固极沉挚也。相反相成之美，惟俟知言者味之。

或又曰：如子所言，词之为体，似只宜写儿女幽怨，若夫忧时爱国，壮怀激烈，则无能为役矣。曰：天下事固不若是之单简也。余之所论，仅就词体之源而阐明其特质，神明变化，仍视乎作者如何运用之。岳飞抱痛饮黄龙之志，力斥和议之非，愤当时群小误国，己志莫明，其词曰：“起来独自绕阶行，人悄悄，帘外月胧明。”又曰：“欲将心事付瑶琴，知音少，弦断有谁听。”（《小重山》）辛弃疾雄姿英发，志图恢复，愤朝廷用之不尽，不能驱逐胡虏，建树伟业，故其词云：“长门事，准拟佳期又误，蛾眉曾有人妒。千金纵买相如赋，脉脉此情谁诉？君莫舞！君不见，玉环飞燕皆尘土。闲愁最苦。休去倚危栏，斜阳正在，烟柳断肠处。”（《摸鱼儿》）文天祥尊夏攘夷，百折不屈，备尝艰险，杀身成仁，其词云：“世态便如翻覆雨，妾身元是分明月。”（《满江红》）此三公者，光明俊伟，千载如生，其壮怀精忠，苦心孤诣，均借要眇蕴藉之词体曲折达出，深婉沉挚，无叫嚣偾张之气。如犹以是为未足，即最豪壮者，词亦能之。张元幹《石州慢》云：“心折。长庚光怒，群盗纵横，逆胡猖獗。欲挽天河，一洗中原膏血。两宫何处，塞垣只隔长江，唾壶空击悲歌缺。万里想龙沙，泣孤臣吴越。”张孝祥《水调歌头》云：“猩鬼啸篁竹，玉帐夜分弓。少年荆楚剑客，突骑锦襜红。千里风飞雷厉，四校星流彗扫，萧斧挫春葱。谈笑青油幕，日奏捷书同。”陆游《谢池春》云：“壮岁从戎，曾是气吞残虏。阵云高，狼烟夜举。朱颜青鬓，拥雕戈西戍。笑儒冠自来多误。”诸词均大声镗鞳，激扬壮烈，然就词之意境韵味论，不及前所引岳飞等三公之作，故词人所重，在彼而不在此。盖豪壮激昂之情，宜用于演说时，以激发群众一时之冲动，若诗则所以供人吟咏玩味，三复不厌，而词体要眇，尤贵含蓄，故虽豪壮激昂之情，亦宜出之以沉绵深挚。豪壮之情，可激于一时之义愤，而沉挚之情，须赖平日之素养。豪壮之情，譬诸匹夫之勇，而沉挚之情，则仁者之大勇也。自古忠义之士，爱国家，爱民族，躬蹈百险，坚贞不渝，必赖一种深厚之修养，绝非徒恃血气者所能为力。最高之文学作品，即在能以精美之辞达此种沉挚之情，若喊口号式之肤浅宣传文字，殆非所尚。词中佳作，往往貌似柔婉，中实贞刚。世人论文天祥，每赏其《正气歌》，实则其《满江红》词“世态便如翻覆雨，妾身元是分明月”二语，辞婉意决，孤忠大节，尽见于中。若徒能重豪宕之作，遇词中佳品，视为柔靡，此非但见其欣赏力之薄弱，亦正见其情感之无修养，只能偾张而不能深挚也。

词体之所以能发生，能成立，则因其恰能与自然之一种境界、人心之一种情感相应合而表达之。此种境界，此种情感，永存天壤，则词即永久有人欣赏，有人试作。以天象论，斜风细雨，淡月疏星，词境也；以地理论，幽壑清溪，平湖曲岸，词境也；以人心论，锐感灵思，深怀幽怨，词境也。凡真正词人及有词之修养者，其表现于为人及治学，均有特征。其为人也，必柔厚芳洁，清超旷逸，无机诈之心，鄙吝之念。如晏幾道“仕宦连蹇，而不肯一傍贵人之门，论文自有体，不肯一作新进士语，费资千百万，家人寒饥，而面有孺子之色，人百负之而不恨，己信人，终不疑其欺己”（黄庭坚《小山词序》）；姜夔“体貌清莹，望之若神仙中人”，“虽内无儋石储，而每饭必食数人”，“性孤僻，尝遇溪山清绝处，纵情深诣，人莫知其所入，若夜深星月满垂，朗吟独步，每寒涛朔吹，凛凛迫人，夷犹自若也”（张羽《白石道人传》）。皆足以代表词人之行性。其治学也，必用思灵敏，识解深透，能心知其意，而不滞于迹象。如王国维考据之业，世所推崇，其见解似新奇，实平易，能发千载之秘，而又极合于情理之自然，其运用证据，灵活确切，其文章爽朗澄洁，引人入胜。考证之文，本易沉闷，而吾人读

《观堂集林》，则如读小说，娓娓忘倦。盖王氏本词人，其词极佳，举《蝶恋花》为例：

百尺朱楼临大道，楼外轻雷，不间昏和晓。独倚阑干人窈窕，闲中数尽行人小。　一霎车尘生树杪，陌上楼头，都向尘中老。薄晚西风吹雨到，明朝又是伤流潦。

王氏用词意治考证，故能深透明洁，卓越一代。今人颇推尊王氏《人间词话》，而能欣赏其《人间词》者已少，能知其用词意治考证者尤少。然王氏考证之作，精思入神，灵光四射，恰为其词才词意在另一方面之表现，不明此旨，无以深解王氏也。（世亦有仅具文学之天才，而不长于理智之思考者，故余非谓词人尽能兼为学者，惟以王氏为例，证明有词人之天才而作学术之研究，自有其超卓之处也。）

再就中西诗体比较论之，尤可说明词之特性，及其在文学上之地位。中西诗源流不同，发展各异。西洋诗导源希腊，重史诗及剧曲，剧曲之中，尤重悲剧，故亚里士多德《诗学》中，惟论史诗与悲剧，于抒情诗屏弃不道。抒情诗希腊亦有之，其流甚微。至十四世纪，意大利诗人彼得兰克（今译“彼特拉克”。——编者注）出，抒情诗始渐兴。至十八与十九世纪之间，浪漫派文学起，抒情诗含华敷荣，盛极一时。中国诗自古即重抒情，《诗经》中佳篇多抒情之什。屈宋之作，体裁虽变，亦均抒情。惟汉赋摹写物象，于抒情为远，故其流不畅。魏晋以降之赋，仍返于抒情。六朝五言诗，唐代古近体诗，五代两宋之词，元明之散曲，莫非抒情之作。即元明杂剧与明清传奇，亦不过抒情的剧曲而已。希腊式之史诗与剧曲，中国无之。中国抒情诗特别发达，故因情感之不同，分为各种体裁，有赋，有古诗、律诗、绝句，有词，有曲。西洋抒情诗则无精细之分体，然各种风格情韵，亦均具备。举英国诗为例：密尔顿（今译“弥尔顿”。——编者注）之《乐》与《忧》二诗，似吾国之六朝小赋。雪莱之《西风歌》，似吾国之七古。华兹华茨（今译“华兹华斯”。——编者注）之商籁体诗，似吾国之律诗。白朗宁之戏剧式的抒情诗，似吾国元明清之剧曲。至如济慈及罗色蒂（今译“罗塞蒂”。——编者注）兄妹之诗，则似吾国之词，而罗色蒂所作《生命之屋》一百零一首，芳悱幽怨，凄迷灵窈，每一吟讽，宛如读吾国秦观、晏幾道诸小令。盖感物之情，中西不异，幽约怨悱之情思境界，中国人有之，西洋人亦有之，故中国有词，西洋亦有济慈、罗色蒂诸人之诗。惟中国之词特立为一种体裁，枝叶扶疏，发展美盛，西洋未能如此耳。济慈及罗色蒂兄妹诸人，如生于中国，必为词人，可与秦观、晏幾道、李清照相伯仲，此固可推知者也。

余以上所言，非为词宣扬辩护，不过说明此种文学体裁之特性及其地位。余非敢谓天下之美尽在于词，亦非敢强天下人皆读词作词，然词在中国文学中自有其价值。人心不同，各如其面。生而具精美要眇之情感者，自能与词相悦以解，视为安心立命之地。而此种灵思美感，如再加以深厚之修养，施于为人及治学方面，亦均有卓异之造诣。天下事并行不悖，殊途同归，词为人心物象之一种表现，而达于美与善之一种途径，斯则本文所论述之要旨已。

（原载《思想与时代》第3期，1941年10月）